BVDINGEN.

Katerina Timm
Hexenschwester

Katerina Timm

# Hexenschwester

Historischer Roman

Marion von Schröder

Marion von Schröder ist ein Verlag
der Ullstein Buchverlage GmbH

ISBN 978-3-547-71137-0


Gesetzt aus der Berling
Satz: LVD GmbH, Berlin
Druck und Bindearbeiten: GGP Media GmbH, Pößneck
Printed in Germany

# Prolog

Lene hielt die Luft an.

Wenn man nicht mehr atmete, war man tot. Und tot wollte Lene sein.

Alle hatten es eilig. Als könnten sie nicht schnell genug nach Hause kommen. Vor dem Kreuztor begann das Gedrängel und Geschiebe. Lene wollte sich umdrehen und zurückschauen. Dorthin, wo nicht weit vor der Stadt drei Kreuze standen, die den Richtplatz bezeichneten. Noch immer stieg Qualm von den Scheiterhaufen auf. Mit einem Ruck zog die Mutter Lene vorwärts, so dass sie stolperte und beinahe hingefallen wäre.

Immer weiter einen Fuß vor den anderen setzen. Nicht hochschauen. Nicht atmen.

Manche der Erwachsenen wischten sich übers Gesicht und taten so, als sei es der Rauch, der ihnen die Tränen in die Augen trieb. Andere waren bleich und starr, wie der Vater. Lene hatte seine Hand losgelassen, als sie merkte, dass er keinen Blick mehr für sie hatte. Mit einem Mal war er ihr unheimlich geworden. Außerdem hatte er ihre Hand so fest gedrückt, dass es weh tat. Da hielt Lene sich lieber an die Mutter. Zumindest war die wie immer. Sie hatte sogar gelächelt, als Lene sich an sie gedrückt hatte.

Nicht atmen.

Manche schwatzten schon wieder, lachten sogar. Ihre Gesichter wollte Lene sich merken. Für immer. Aber sich etwas zu merken, lenkte ab. Schon hatte sie unbedacht einen Atemzug gemacht.

Nur nach vorn schauen. Und die Luft anhalten.

Die Kinder taten wie ihre Eltern. Sie schwiegen bedrückt, mit großen angstvollen Augen, in denen noch der Schrecken stand. Oder brüsteten sich mit ihrem Mut.

»Die haben ja vielleicht gekrischen!«, meinte ein Junge, der einige Jahre älter war als Lene.

Ein empörter Schnaufer stieg ihr hoch bis in die Nase. Nein, das war nicht gut. Sie wollte doch umfallen und tot sein. Und wenn sie dann die Augen aufschlug, würde sie bei ihnen sein. Bei Lenhard. Und bei seinen Eltern.

Am besten war es, den Blick auf die Füße zu heften.

*Wir sind schon gleich beim Karlstor. Ich muss tot sein, bevor wir zu Hause sind,* dachte Lene. *Bestimmt ist es besser für die Clara, wenn ich schon vorher tot bin.*

Und außerdem roch man nichts, wenn man die Luft anhielt. Roch nicht mehr das verbrannte Fleisch.

Sie hatte so eine schöne Stimme gehabt, die Frau Kannegießer. Von Frau Holle wusste sie zu erzählen, die in den Raunächten mit dem Wilden Heer ritt, und von Erdenmännlein und Moosweibchen. Ihr Mann hatte wenig gesprochen. Aber er war immer freundlich gewesen, wenn sie ihm bei seiner Arbeit zugeschaut hatten. Lenhard hatte aufmerksam beobachtet, wie er die kiefernen Brunnenröhren auseinandernahm, um sie vom Sand zu reinigen.

Lenhard. Ihr Lenhard. Clara hatte sich immer lustig gemacht. *Lene und Lenhard, Lene und Lenhard.* Das war ihr Spottlied gewesen. Zumindest, bis sie merkte, dass Lene nur noch darüber lächelte. Lenhard hatte Lene geholfen, beim Klettern auf dem Wildenstein. Er nahm ihre Hand und ließ sie nicht los, so dass Lene gar keine Angst mehr hatte. Er pflückte ihr die Blutegel von den Beinen, wenn sie im Seemenbach spielten und sich beinahe bis zum Hinterteil hineintrauten. Lenhard würde einmal Bornmüller werden, wie sein Vater. Zehn Jahre würden sie noch warten müssen. Mindestens. Dann könnten sie heiraten. Zehn Jahre waren eine Ewigkeit.

Eine Ewigkeit. Er war tot.

Ein Schluchzer stieg in Lene auf und ließ sie nach Luft schnappen.

»Was machst du denn da?«

Die Mutter schüttelte sie so heftig an der Hand, dass Lenes Kopf hin und her flog. Der Vater sagte nichts. Er stand nur da und schaute zurück. Dorthin, wo vor dem Kreuztor der Richtplatz lag.

Zu Hause wartete die Großmutter, mit versteinertem Gesicht, beängstigend wie der Vater. Sie hatte hierbleiben dürfen, wegen der kranken Clara.

»Sie schläft«, sagte die Großmutter. Sie sah niemanden an dabei.

»Los, mach schon, geh hoch und zieh dich um«, herrschte die Mutter Lene an.

Lene beeilte sich, die Treppe hinauf und in die Kammer zu kommen.

Sie sah sofort, dass Clara nur so tat, als schliefe sie. Sie ging zu ihr und legte ihr die Hand auf die Stirn, wie sie es bei den Erwachsenen gesehen hatte.

»Du bist noch ganz heiß«, sagte sie.

Ihre Schwester drehte sich zu ihr um. »Ganz bestimmt muss ich jetzt auch sterben.« Ihre Zähne klapperten aufeinander.

Lene konnte nichts sagen. Ein Schrecken schlug den anderen tot.

»Bestimmt muss ich sterben«, wiederholte Clara. Dann brachen die Worte aus ihr heraus, als habe sie die ganze Zeit nur darauf gewartet, sie endlich aussprechen zu dürfen. »Es ist doch alles wegen mir.«

»Was meinst du denn?«, fragte Lene zaghaft.

»Ich bin doch schuld. Nur wegen mir sind sie jetzt alle tot.«

Sie wandte sich ab und begann laut zu schluchzen.

Lene hielt die Luft an.

## Erster Teil

# Gold und Pech

September 1624 – Mai 1625

# 1

Die Trauben waren prall und beinahe süß. Niemand hatte dafür sterben müssen, nicht in diesem Jahr und auch nicht im vergangenen. Kurz sah sich Lene nach allen Seiten um, bevor sie eine kleine Handvoll pflückte, die Beeren einzeln zwischen die Finger nahm, sie begutachtete und kostete.

Eigentlich war das verboten. Gekreuzte Rebpfähle verhinderten den Zugang zu den Weinbergen, die unter Herbstbann standen und streng bewacht wurden. Traubendiebe wurden an den Pranger gestellt.

Doch Lene fand, das Verbot gelte nicht für sie. Schließlich gehörte der Weinberg ihrem Vater, und sie wollte lediglich feststellen, wie reif die Trauben waren.

Lene blieb stehen, um auf die Stadt hinabzublicken, wie sie es immer tat auf ihrem Weg vom Weinberg zum Bandhaus. Büdingen lag in einer Senke, die so sumpfig war, dass die Bewohner von ihren Nachbarn »Frääsch« genannt wurden, Frösche. Die Schieferdächer des Grafenschlosses und der Kirche ragten zwischen den Wohnhäusern empor, die seit dem großen Brand mit Ziegeln gedeckt waren, statt mit Stroh. Dort unten, vor den gewaltigen, mit Gräben und Dornenhecken umgebenen Mauern mit den runden Türmen, erschien die Stadt uneinnehmbar und abweisend. Von hier oben sah sie freundlich und heimelig aus.

Dabei hatte es auch in Büdingen düstere Vorzeichen gegeben. Gerade einmal sechs Jahre war es her, dass die Mädchen mitten in der Nacht geweckt worden waren. Auf den Straßen standen die Menschen, seufzten und beteten und starrten in den Himmel, wo ein fallender Stern unheilverkündend seine feurige Bahn zog. Eine Wasserflut hatte die Stadt bedroht, so gewaltig, dass sogar das Obertor zerstört wurde. Die große Linde am Richtplatz vor dem Kreuztor war umgestürzt. Brände wüteten in Rinderbügen und auf der Ronneburg. Mancherorts, so erzählte man, habe es Blut geregnet. Selbst die Alten konnten sich nicht erinnern, je dergleichen erlebt oder auch nur davon gehört zu haben. Viele waren sicher, dies war der Beginn der Apokalypse, wie sie in der Bibel angekündigt worden war. Die Welt war zum Reich des Teufels geworden.

Noch immer herrschte Krieg im Land. Zeitungen und Fliegende Blätter trugen die Kunde davon herbei, auch Fremde, die auf der Durchreise waren oder in Büdingen Schutz suchten. Wolfgang Ernst von Isenburg und Büdingen war es bisher gelungen, seine Grafschaft aus den Kämpfen herauszuhalten, die seit Jahren das Reich verwüsteten. Truppendurchzüge wehrte er ab, indem er darauf hinwies, wie schlecht die Wege in der Wetterau seien, wie zahlreich die Gewässer, wie dicht die Wälder und wie unwegsam die Gebirge. Und doch lagen immer wieder Regimenter vor der Stadt. Im Sommer erst waren die fürstenbergschen Völker abgezogen, deren Pferde die Futtervorräte der Stadt fast gänzlich aufgebraucht hatten.

Jeder Augenblick des Verweilens war ein kleines Abenteuer für Lene. Seit einiger Zeit ging sie öfter ihrer eigenen Wege. Ohne sich abzusprechen hatten sie und Clara sich vorhin getrennt. Jede war auf einem anderen Pfad zum gleichen Ziel gelangt, dem Bandhaus am Fuße des Pfaffenwalds. Hier banden die Küfer die Fässer, hier wurden die Trauben gekeltert.

Nun war alles bereit für die Lese, Gefäße und Gerätschaften waren gereinigt und abgedichtet.

Bevor Lene das langgestreckte Sandsteingebäude betrat, verharrte sie einen Augenblick neben der geöffneten Tür. Wie ein Kind, das Verstecken spielt, hielt sie sich gerade außer Sichtweite der kleinen Gruppe, die sie im Inneren vermutete. Sie lächelte, als es ihr gelungen war, die Stimmen derer zu erkennen, die sich drinnen unterhielten. Die ihres Vaters Ewald Kalkhof, die an rollende Kieselsteine im Seemenbach erinnerte, und die höhere Heinrich Merz', des Winzers, den er vor fast zwanzig Jahren aus Franken hatte kommen lassen. Noch immer verriet sie, dass er nicht aus der Wetterau stammte.

Ah, und Velten war da! Eine Überraschung, die Lenes Herz schneller schlagen ließ. Seiner dunklen, festen Stimme war anzuhören, dass er seine Lehrjahre in Frankfurt verbracht hatte; wo die Büdinger ›naut‹ sagten, hieß es bei ihm ›net‹. Lene musste sich bezähmen, nicht sofort hineinzustürzen. Nein, es wäre besser, auf Clara zu warten. Doch offenbar war ihre Schwester schneller gewesen als sie, Lene erkannte ihr Lachen.

Als Lene in die Kühle des Bandhauses trat, fand sie die vier Menschen um die große Schraubenkelter versammelt. Sie wirkten so in ihre Betrachtung versunken, als gelte es, eine völlig neue Gerätschaft zu bestaunen. Flüchtig streiften sie die Blicke, nur der Veltens verharrte ein wenig länger. Wie war es möglich, dass einer ein Gesicht hatte, das so freundlich, ja beinahe weich wirkte, und doch zugleich Kanten hatte, wie es sich für einen richtigen Mann gehörte? Sein Lächeln ließ ihre Wangen glühen. Sofort sah sie zu Clara hin. Beruhigt stellte sie fest, dass die nichts bemerkt zu haben schien.

Wie andere Frauen in den Spiegel blickten, um zu schauen, ob sie ordentlich und anständig aussahen, begann Lene, ihre Schwester zu mustern. Das Sonnenlicht, das durch die kleinen Fenster hereinfiel, ließ Claras Haar glänzen wie die Goldfäden im alten Tuch der Großmutter. Ihre Nase hatte einen winzigen Schwung nach oben, ihr Mund war nicht zu groß, die Augen hell und wach. Das braune Kleid betonte das leuchtende Haar, das enge Mieder die kleinen Brüste, die gebauschten Ärmel die wohlgeformten Arme.

*Wir sehen hübsch aus*, dachte Lene. Nur wenigen gelang es, sie und Clara voneinander zu unterscheiden.

»Schon Karl der Große hat das Traubentreten verboten!«, meinte Heinrich Merz gerade.

Lene atmete auf. Wenigstens sprachen die Männer nicht vom Krieg.

»Hat er nicht!«, triumphierte Ewald Kalkhof. »Velten, erklär's ihm.«

»Ich weiß grad nicht, was du meinst«, antwortete Velten ernsthaft. »Wenn du mir die Zeilen vielleicht einmal vorsagen willst ...«

Lene kniff die Lippen fest zusammen, um sich ein Lachen zu verbeißen.

Velten wartete nicht ab, bis sich Ewalds Miene verfinstert hatte, sondern fuhr fort: »Ach, du meinst gewiss den Satz aus dem *Capitulare de villis*, wo es heißt: ›Ut torcularia in villis nostris bene sint praeparata; et hoc praevideant iudices, ut vindemia nostra nullus pedibus praemere praesumat, sed omnia nitida et honesta sint.‹ Übersetzt man das mit: ›Die Keltern auf unseren Krongütern sollen zweckmäßig eingerichtet sein; die Amtmänner haben darauf zu achten, dass niemand sich untersteht, unsere Trauben mit den Füßen zu keltern, sondern dass alles sauber und reinlich zugeht‹, so hat dein Weinmeister recht. Übersetzt man ›sed‹ jedoch mit ›außer‹, so dürfen die Trauben mit *sauberen* Füßen sehr wohl gekeltert werden.«

Lene war sich ganz sicher, dass Velten einer der klügsten

Männer Büdingens war. Graf Wolfgang Ernst war wahrscheinlich der Allerklügste. Aber unter den jungen Leuten war Velten gewiss der Schlaueste. Kein Wunder, er war ja ständig von Büchern umgeben. Auch jetzt zog er zwei Exemplare unter seinem Arm hervor, denen man ansah, dass sie ganz frisch gebunden waren.

»Ui!«, meinte Lene ehrfürchtig und streckte den Zeigefinger aus.

»Hast du denn auch saubere Hände?«, wollte Velten wissen.

Lene stellte fest, dass ihr Vater gerade nicht zu ihr hinschaute, und streckte Velten die Zunge heraus. Clara trat neben sie. Gemeinsam berührten sie das Leder, das sich so warm und glatt anfühlte wie menschliche Haut. Am liebsten hätte Lene Velten das Buch aus der Hand genommen, um festzustellen, ob es nach ihm roch.

»Hier hab ich das *Pelzbuch* von Gottfried von Franken. Das sieht jetzt wieder aus wie neu. Und hier das *De vegetabilibus* von Albert Magnus.« Veltens Hand fuhr streichelnd über den Einband des obersten Buches und berührte die Stelle, wo Lenes Finger eben noch gelegen hatten. »Ich hab sie hierher gebracht, weil …«

»Jaja, das hast du schon recht gemacht«, meinte Ewald. »Die Gertrud hätt wohl nicht verstanden, dass man Geld ausgibt, nur damit alte Bücher ein neues Gewand bekommen.«

»Und – wann soll die Lese sein dieses Jahr?«

»Hier, guck.« Ewald pflückte eine einzelne Beere aus der Traube, die er in der Hand hielt. »Noch sind sie prall. Erst wenn sie zu schrumpfen anfangen, ist es so weit.« Er zerquetschte die Beere zwischen den Fingern. »Die Kerne sind hell, und es hängt Fleisch dran. Wenn du sie jetzt liest, gibt es einen sauren Wein. Wenn du aber zu lang wartest, ist er zwar süß, aber weder stark noch haltbar. Nur sechs Tag lang sind die Trauben genau richtig.«

Noch nie hatte Lene einen Menschen getroffen, der so wissbegierig war wie Velten Eckstein. Wo er ging und stand, fragte er die Leute aus. Ob er nicht Angst habe, dass ihm irgendwann der Kopf platze, so viel, wie er hineinstopfe, hatte Lene ihn einmal gefragt. »Ich will wissen, wie die Welt so geht«, hatte er geantwortet.

»Am besten ist es, die Trauben bei zunehmendem Mond zu ernten«, sagte Ewald.

»Dann sind sie aber am wenigsten haltbar«, wandte Heinrich ein. »Der Mond sollte im letzten Viertel stehen, oder es sollte Neumond sein.«

Selten gab es etwas, bei dem die beiden Winzer sich einig waren. Ein Fremder hätte glauben können, sie lägen in ständigem Streit miteinander. Dabei war dies nichts als ein gutmütiger Wettkampf, ein Spiel, bei dem es galt, sich gegenseitig zu übertrumpfen.

»Ich weiß nicht, warum ich dich hierhergeholt hab«, meinte Ewald Kalkhof. »Seitdem hab ich eine schlechte Lese nach der anderen.«

»Du hättest halt nicht nur mich herholen sollen, sondern auch unser gutes fränkisches Wetter.«

Lene konnte sich kaum erinnern, dass ihr Vater je zufrieden gewesen wäre mit dem, was sein Weinberg erbrachte. Entweder erfroren die Reben noch auf Walpurgis, oder der Sommer war so nass, dass der Wein verdarb, weil die Trauben erst nach Michaelis reiften. In manchen Jahren blieben sie so klein, dass gar kein Wein gekeltert werden konnte. Dabei erzählte die Großmutter, der alte Landgraf Wilhelm habe früher seinen eigenen Wein sogar dem Frankenwein vorgezogen. Nun wurde den Menschen immer seltener die Gnade einer guten Ernte zuteil.

Jedermann kannte den Grund, nicht nur, weil der Herr Pfarrer ihn Sonntags sowohl morgens im Gottesdienst als auch nachmittags in der Christenlehre erklärte. Es war Gottes Zorn über die Hexen, die sich dem Teufel zusagten, sich in seinem Namen taufen ließen und Unzucht mit ihm trieben. Der böse Geist befähigte sie zu den wunderlichsten Dingen. Auf Stühlen und Heugabeln konnten sie über große Entfernungen reisen. Und sie brachten Krankheiten unter die Menschen, indem sie vergiftete Eier auf dem Markt verkauften, die sie selbst gelegt hatten.

Gerade gab es offenbar keine dieser abscheulichen Frauen in Büdingen, denn der Herrgott war ihnen gnädig. Der Sommer war warm gewesen wie seit Menschengedenken nicht mehr. Wenn die Gegend in den nächsten Tagen von Unwettern verschont bliebe, würde es ein gutes Weinjahr werden.

»Nein, dem Heinrich darfst du keine Schuld geben«, sagte Velten. »Andernorts hat man es schon ganz und gar aufgegeben mit dem Wein.«

Lene sah, wie die Augenbrauen ihres Vaters sich zusammenzogen. Davon wollte er nichts hören, das wusste sie.

»Das sag ich ihm jeden Tag«, bekräftigte Heinrich Merz. »In Fritzlar hat man die Weinberge schon längst umgepflügt. Da wächst heut Getreide. Und der Landgraf Ludwig hat seinen eigenen Weinberg eingehen lassen und Gärten draus gemacht. Du solltest Apfelbäume pflanzen, Ewald, wie die Frankfurter. Da lässt sich auch ein schöner Wein …«

»Wenn's dir hier nicht mehr gefällt, dann geh doch nach Frankfurt!« Ewald drehte sich um und verließ das Bandhaus, die Fäuste geballt, die Schultern hochgezogen.

»Es tut mir leid, dass ich die Red drauf gebracht hab«, meinte Velten entschuldigend zu Heinrich.

»Du hast ja recht. Und irgendwann muss er das begreifen.«

Als Velten aufbrach, schlossen die Schwestern sich ihm wie selbstverständlich an. Schön war das, so neben ihm zu gehen, stellte Lene fest. Auch wenn seine Schritte etwas zu groß waren. Ob er lernen konnte, sie den ihren anzupassen? Ein wenig erschrak sie über den Gedanken. Begann nun das, wovor sie sich immer gefürchtet hatte? Die Trennung?

In vielen Nächten hatten sie und Clara miteinander geflüstert, während Konrad und die Magd neben ihnen schon schliefen. Sie hatten ihre großen Zehen miteinander verschränkt, wie sie es oft taten, wenn sie so dalagen. »Du wirst sehen«, hatte Lene dann gemeint, »irgendwann treffen wir zwei Zwillingsbrüder. Dann wohnen wir alle in einem Haus und bleiben für immer zusammen.«

So hatte der liebe Gott es für sie bestimmt, davon war sie fest überzeugt. Schließlich sagte man, Zwillinge besäßen nur eine Seele, die sie miteinander teilten. Wie sollte man sich da trennen können? Ein einziges Mal, auf dem Kalten Markt in Ortenberg, hatten sie tatsächlich ein Zwillingspaar getroffen, das einst den gleichen Traum gehabt hatte. Die beiden Männer hatten nie geheiratet und waren alt und grau geworden über ihrem Warten auf Zwillingsschwestern. Clara hatte nie etwas zu Lenes Plänen gesagt, und Lene hatte ihr Schweigen für Zustimmung genommen. Erst seit einiger Zeit, seit Velten wieder in der Stadt war, war Lene der Gedanke gekommen, ihr Schicksal könnte ein anderes sein.

Sie hatten noch nicht das Obertor erreicht, als Velten stehenblieb. »Ich war doch in Gelnhausen gestern.«

Lene erschrak. Fremde Truppen lagen dort, Spanier, seit nun bald fünf Jahren. Gerade einmal zwei Meilen von hier.

»Lene, guck nicht so! Mir ist ja nichts passiert.« Er schüttelte verwundert den Kopf. »Man sollt es nicht meinen. Die haben kaum was zu fressen dort, den Bauern wird von den Soldaten die Frucht auf den Feldern ausgedroschen und das Vieh auf den Gassen totgeschlagen. Aber Blattgold kriegt man noch. – So, hier schaut mal. Ich hab euch was mitgebracht.«

Lene sah ihre Schwester an und fand ihr eigenes verwundertes Lächeln auf deren Gesicht wieder. Velten langte in die Tasche, die an seinem Gürtel hing, und hielt ihnen ein kleines Päckchen aus türkischem Papier entgegen, das mit einer weißseidenen Schleife verschnürt war. Lene griff zuerst zu.

»Vorsichtig, da sind zwei drin!«, sagte Velten.

Lene legte das Päckchen mitten auf ihre Handfläche. »Mach du das Band ab!«

Clara nahm die Enden zwischen die Fingerspitzen und löste vorsichtig die Schleife. Dann streifte sie das Band ab und faltete die Verpackung auf.

Auf dem Papier lagen zwei glänzende weiße Würfel.

»Was ist das?«, fragte Lene.

»Marzipan, mit Zuckerguss«, erklärte Velten.

»Und das da obendrauf?«

»Kandierte Pomeranzenschale.«

Lene rührte sich nicht. Und auch Clara stand völlig still.

»Was ist?«, lachte er. »Das ist für euch!«

»Ich glaub, das da ist ein bisschen größer.« Zögernd wies Clara auf eines der Konfektstücke, ohne es zu berühren.

»Nein«, meinte Lene entschieden. »Höchstens das andere. Es ist oben ganz genauso, aber unten ist es breiter.«

Velten steckte seinen brauen Haarschopf zwischen die Köpfe der Schwestern. »Ich find, eins sieht aus wie das andere.«

»Und die Pomeranzenstückchen«, sagte Lene. »Die sind auch nicht gleich.«

Velten kniff die Augen zusammen, als wolle er ergründen, ob er gefoppt wurde oder ob die Mädchen es ernst meinten.

»Das hier ist ein bisschen größer«, sagte Lene, ohne den Blick von den Marzipanwürfeln zu nehmen.

Velten begann laut zu lachen. »Ich sag's euch doch, die sind gleich.«

»Sind sie nicht!« Lene merkte, dass sie beinahe böse wurde.

»So kommen wir nicht voran«, sagte Velten. »Dann guck ich halt, welches das größere ist.« Er maß das Konfekt von allen Seiten und deutete auf eines der beiden Stücke. »Das hier. Das ist das größere.«

Entschlossen streckte Lene ihrer Schwester die Hand entgegen. »Mennes.«

Die schüttelte nur den Kopf. »Mennes!«, forderte sie ebenfalls.

»Ihr werdet euch doch nicht …«, begann Velten. Die beiden beachteten ihn nicht.

Da war es bereits geschehen. Bei dem Gerangel der Schwestern war Lene das Stück, das auf ihrem Handteller gelegen hatte, heruntergefallen. Beide Mädchen sprangen beiseite und besahen die traurigen Reste des Konfekts, das durch einen unbedachten Schritt Lenes tief in den sandigen Boden getreten worden war.

»Seht ihr, das habt ihr nun davon«, schimpfte Velten. »Ihr tut grad, als ginge es um Gold und Edelsteine. So, jetzt gebt ihr mir das andere Stück, und ich teil es mit meinem Messer. Und dann wird nicht mehr gestritten! – So. Du, Lene, kriegst das, und du, Clara, kriegst das, und jetzt ist Ruh. Ihr seid mir vielleicht zwei!« Er steckte das Messer wieder ein. »Was heißt denn das, ›Mennes, Mennes‹? Meins, meins?«

»Nimm es, nimm es«, murmelte Clara.

Sofort sah sie Lene schuldbewusst an. Niemand sollte auch nur ein Wort ihrer geheimen Sprache erfahren.

»Ihr seid mir zwei närrische Weibsbilder!«, lachte Velten. »Sonst will doch jeder immer das größere Stück. Nur ihr nicht. Wenn es so geht, wie der Pfarrer sagt: ›Selig sind, die da hungert und dürstet nach der Gerechtigkeit, denn sie sollen satt werden‹, dann kommt ihr zwei bestimmt in den Himmel!«

»Verstehst du das denn nicht?«, fragte Lene. »Die das größere Stück kriegt, kann sich nicht drüber freuen, weil sie denkt, die andere ist traurig. Und das will keine von uns.«

»Ich bleib dabei«, meinte Velten kopfschüttelnd, »ihr seid mir schon zwei seltsame Weibsleut.«

Nachdem Velten sich vor dem Haus der Ecksteins verabschiedet hatte, gelang es Lene nur mit Mühe, sich nicht noch einmal nach ihm umzudrehen. Gerade waren sie in die Schlossgasse eingebogen, als sie laute Rufe und schnelle Schritte hörten. Adam Lang, der Nachbar, war es, der ihnen mit seinem halbwüchsigen Sohn entgegengelaufen kam.

»Macht euch fort, ihr Mädchen!«, rief er ihnen entgegen. »Die Weningser!« Und schon waren die beiden an ihnen vorbei. Erschrocken griff Lene nach Claras Hand und begann loszulaufen, während hinter ihnen die laute Stimme des Nachbarn weitertönte: »Auf! Kommt! Die Weningser!«

Lene begriff nicht, wovor er sie hatte warnen wollen, doch ihr Herz pochte wie wild. Nur noch wenige Schritte waren es bis zur Tür ihres Elternhauses, als erneut Rufe schallten, dieses Mal links aus der Kirchgasse. Lene fuhr herum. Mit hochrotem Gesicht kam ihre Magd Els angerannt, als sei der Leibhaftige hinter ihr her. Ihr dicht auf den Fersen folgten zwei Männer mit gezückten Säbeln, gekleidet in einer bunten Mischung aus Uniformteilen und einfachen Gewändern.

»Bleib stehen, du Strahlhex!«, rief der eine.

Els lief geradewegs auf die Schwestern zu. »Macht doch die Tür auf!«

»Komm!«, sagte Clara.

Bevor sie die Tür erreichen konnten, waren die Männer aber schon bei ihnen. Der eine, ein Kerl mit strähnigem, schwarzem Haar, packte Els am Arm.

»Guck dir doch die zwei an«, rief der andere aus, »die wären doch genau die Richtigen! Da gäb es keinen Streit!«

»Vater!«, schrie Lene. »Peter!«

Clara stand wie festgewurzelt.

»Stellt euch doch nicht so an!« Der Schwarze drückte Els an sich.

»Uns gehört hier sowieso bald alles!« Der andere Soldat, obwohl jung, schon fast kahlköpfig, fuchtelte mit seinem Säbel. »Der Tilly wird's euch schon lehren! Euren Isenburger hat er auch in den Main getunkt!«

Also waren es kaiserliche Soldaten. Papisten. Feinde.

Rufe waren im Haus zu hören, Schritte, die eilig die Treppe herunterpolterten, während Lene unablässig nach dem Vater und dem Bruder rief.

»Halt doch dein Maul!«, brüllte der Kahle und gab ihr einen heftigen Stoß mit dem Ellbogen. Lene fiel gegen die Tür, die im selben Augenblick aufgerissen wurde.

»Pass auf!«, schrie Lene, die mehr um den Vater als um sich fürchtete.

Hinter dem Vater tauchte Peter auf, ihr älterer Bruder. Clara rannte unbehelligt ins Haus. Lene hörte, wie ihre Schwester verzweifelt nach ihr rief, wieder und wieder. Mit einem Ruck wurde sie von Peter hochgezogen. Rasch stieß er sie hinter sich.

Noch immer hielt der Schwarze die Magd fest umklammert, als sei sie Beute, die er sich nicht wieder nehmen lassen wollte. Els begann, gellend zu schreien, krallte ihre Fingernägel in den Hals des Soldaten, in seine Wangen, als wolle sie ihn bei lebendigem Leibe zerreißen.

»Du Gewitteraas!« Er ließ sie los und wollte ihre Hände packen, bekam aber nur ihr Haar zu fassen.

»Au!« Els schrie, vor Schmerz oder vor Wut.

Lene hörte, wie die Hintertür aufgerissen wurde, und drehte sich erschrocken um. Es war die Großmutter, Gott sei Dank! Sie kam vom Hof herein, eine Wingerthacke schwingend.

»Sind sie da? Sind sie da?«, fragte sie aufgeregt, als könne sie es nicht erwarten, sich höchstpersönlich einem Papistenheer zu stellen.

Peter riss ihr die Hacke aus der Hand und erhob sie gegen seinen Angreifer. Der verlor vor Schreck seinen Säbel. Der Schwarze ließ Els los, nur einen Wimpernschlag lang. Doch schon war sie an der Tür.

»Gewitter noch mal!«, schimpfte die Großmutter.

Im gleichen Augenblick fiel Els in den Hausflur.

»Mach die Tür zu!«, schrie Lene ihren Bruder an.

»Es geht doch nicht, der Lump hat sein Fuß dazwischen!«

Els ergriff die Hände der Schwestern, die sie ihr entgegenstreckten, und sprang auf. In der hintersten Ecke des Hausflurs umschlangen sich die drei, schluchzten wie kleine Kinder vor Schrecken und Erleichterung.

Noch immer kämpfte Peter gegen den Kahlen.

»Komm, wir gehen!«, rief der Schwarze.

Und tatsächlich zogen sich die Kämpfenden zurück, just in dem Augenblick, als die Mutter zur Hintertür hereinkam. Der Hausflur war wieder leer. Ein Stuhl lag auf der Seite, sonst kündete nichts von dem Aufruhr, der gerade noch geherrscht hatte.

»Um Himmels willen, was ist denn hier los?«, fragte die Mutter.

»Zwei Kaiserliche! Und sie wollten an unsere Els! Und an die Mädchen!«, antwortete ihre Schwiegermutter.

Vor dem Haus hatte sich inzwischen die halbe Stadt versammelt, Männer, Frauen und Kinder.

»Komm!« Lene nahm Clara bei der Hand und zerrte sie zur Haustür. »Das müssen wir sehen!«

»Hast du denn noch nicht genug?«, fragte Clara halblaut, ohne sich jedoch Lenes festem Griff zu widersetzen.

»Ihr bleibt hier!« Der mütterliche Befehl verhallte unbeachtet.

Lene erkannte zwei Männer der Stadtwache mit ihren Gewehren. Ansonsten hatte jeder offenbar das gegriffen, was gerade zur Hand war und sich als Waffe eignen mochte. Einige schwangen Rechen und Spaten, andere fuchtelten mit Sensen und Mistgabeln.

Die beiden Soldaten befanden sich in der Mitte der Menge, davon kündeten Rufe wie »Jagt sie zur Stadt hinaus!« oder »Schlagt sie tot, die Halunken!«. Überall kamen die Leute aus den Häusern gestürzt und wollten wissen, was geschah.

»Das sind zwei aus Wenings«, sagte Adam Lang, kurzatmig vom Laufen und von der Aufregung. »Vom heimheusschen Regiment. Die sollten Vorräte kaufen, aber stattdessen haben sie beim Schwanenwirt gesessen und gesoffen. Und dann haben sie hier gehaust wie die Säu.«

Auch ohne ihre Waffen schienen die beiden Männer noch nicht genug zu haben, sie fuhren fort zu schimpfen und zu drohen.

»Hier wird bald ordentlich geputzt, ihr werdet es schon sehen!«, rief der Schwarze.

Gleich mehrere Männer drängten sich um ihn. Lene konnte nicht erkennen, was dann geschah, hörte nur laute Schmerzensschreie. Immer wieder gingen Hacken und Schaufeln nieder, holten die Männer aus und droschen auf die Soldaten ein, die schon in die Knie gegangen waren. Grob wurden sie wieder auf die Beine gestellt und unter dem Johlen der Menge vorbei am Steinernen Haus in Richtung des Mehltors expediert. Der Schwarze hielt seinen Arm umklammert und schrie und fluchte unablässig. Ein heißes Triumphgefühl durchflutete Lene, als hätten sie und Clara ihre Angreifer höchstpersönlich in die Flucht geschlagen. Am Tor angelangt, wurde jeder der beiden Soldaten mit einem kräftigen Tritt in den Hintern aus der Stadt befördert.

»Gebt uns wenigstens unsere Gäule zurück«, wagte der Kahle noch zu sagen. »Und unseren Karren!«

Ihm antwortete brüllendes Gelächter. Verwundet und zerschlagen wie die beiden waren, musste einer den anderen stützen. Eine kleine Abordnung begleitete sie, um zu gewährleisten, dass sie ihre Richtung beibehielten. Natürlich ging auch das nicht ohne gegenseitige Beschimpfungen ab.

»Sagt eurem Tilly, dass es jedem so ergeht, der hierherkommt!«, hörte Lene Adam Lang neben sich rufen.

Mit einem Mal fühlte sie sich stolz und sicher, und als ihre und Claras Blicke sich trafen, wusste sie, dass ihre Schwester das Gleiche empfand. Wenn die Bürger dieser Stadt zusammenhielten, konnte kein Soldat der Welt ihnen etwas anhaben.

# 2

Ein Bauer aus Vonhausen war der Erste, den es erwischte. Der Schießplatz war gut erkennbar, mit Schranken abgesperrt und mit Tannenbäumchen verziert. An seinem hinteren Ende waren die Schießstände und Pavillons für die Schützen und die Buden der Schreiber errichtet worden. Sei es, dass der Mann die Regeln nicht kannte oder dass er zu sehr dem Wein zugesprochen hatte – jedenfalls marschierte er in aller Seelenruhe mitten über den Platz.

Schon liefen die Gehilfen des Pritschmeisters herbei.

Sie packten den Bauern und zerrten den Erschrockenen mit sich. Auf einem Podium am Rande des Platzes standen zwei bunt bemalte Bänke: der »Predigtstuhl«.

Lene stieß ihre Schwester an. Sie wusste, was jetzt kam. Wie gut, dass ihr Vater einen Tisch unmittelbar am Rande des Schießplatzes ergattert hatte.

An ihrem Ziel angelangt, beugten die Buben ihr Opfer unter dem Gelächter der Zuschauer über die Bank. In der nun erwartungsvollen Stille näherte sich der Pritschmeister, betont gemächlichen Schrittes, aber so, dass die Schellen, die er an einem Band ums Knie trug, laut rasselten. Er war sich sichtlich dessen bewusst, dass nun aller Augen auf ihm ruhten. Sein Gewand trug die Farben der Stadt, Rot und Gelb, und auf dem Kopf saß eine Narrenkappe. In der Hand hielt er eine riesige lederne Pritsche.

Da half es nichts, dem Bauern wurden zuerst die Münzen

in seinem Beutel abgenommen und in die Menge geworfen. Mit einem kühnen Sprung schnappte sich Lene eines der Geldstücke und erntete damit den Beifall ihrer Tischnachbarn. Dann bekam der arme Kerl mit der Pritsche eine Reihe ordentlicher Streiche auf das Hinterteil verpasst, bevor er losgelassen wurde. So schnell ihn die Füße trugen, verdrückte er sich in der johlenden Menge.

»So geht es einem, der die Wegsteuer nicht mehr findet«, kommentierte die Großmutter.

Lene gelang das Kunststück, zu nicken, ohne dass es der Mutter auffiel, die ihr auf der Bank direkt gegenübersaß. Es war besser, sie nicht merken zu lassen, wenn man die Meinung der Großmutter teilte. Obwohl jeder im Haus das tat – bis auf ihre Schwiegertochter.

Die verzog keine Miene. Auch die Abstrafung des armen Vonhausers hatte sie lediglich mit einem milden Kopfschütteln bedacht. Ihre Haltung entsprach der einer Fürstin, die weiß, dass sie es ihrem Volk schuldig ist, sich bei seinen Lustbarkeiten zu zeigen, und die ihre Langeweile hinter einer huldvollen Maske verbirgt.

Plötzlich jedoch leuchteten ihre Augen. »Ei, wer kommt denn da?«

Lene, die schon die ganze Zeit unauffällig nach Velten Ausschau gehalten hatte, fuhr herum. Er musste doch kommen! Schließlich gehörte er zu den fünfzig Schützen, die eigens dazu ausgebildet worden waren, die Stadt im Notfall zu verteidigen. Aufgrund der unruhigen Zeiten hatte man ihre Zahl erst vor kurzem verdoppelt.

»Der Schunke Peter«, murmelte sie enttäuscht.

Ihre Freundin Marie, die ihr gegenübersaß, warf ihr einen fragenden Blick zu, der sich wohl weniger auf den Ankömmling als vielmehr auf Lenes Enttäuschung bezog.

»Und der Contz«, sagte Clara.

»De Schnalcher«, sagte Lene.

»Was sagst du?«, fragte die Mutter.

»Hej schnalcht.«

»Er schmatzt«, übersetzte Clara unter dem strengen Blick Gertruds.

»Der Alte ist ein ganz Frommer, und der Junge schmatzt beim Schwätzen«, sagte die Großmutter, der der kurze Wortwechsel offenbar entgangen war. »Der kriegt daheim doch auch mehr Schläg als Brot zu fressen.«

»Ruh jetzt!«, befahl ihre Schwiegertochter. »Was du aber auch immer hast mit dem Meister Schunk.« Sie stand auf und winkte den beiden Männern zu. »Setzt euch doch bei uns!«

Lene kicherte, als sie ihre Schwester leise stöhnen hörte.

»Rückt zusammen, ihr Mädchen«, sagte ihre Mutter. Peter Schunk ließ sich neben Anna Krug, Maries Mutter, nieder, sein Sohn Contz neben Gertrud.

Eigentlich gab es an Contz Schunk nichts auszusetzen. Er hatte freundliche braune Augen, und wenn er lachte, bildeten sich neben seinen Mundwinkeln kleine Fältchen. Sie sahen aus wie die Wellen des Seemenbachs, wenn sie auf einen Stein stießen.

Aber da war diese eine Sache, die Lene an ihm abstieß. Mitunter machte Contz beim Sprechen eine winzige Pause, wie jemand, der noch einen kleinen Bissen oder eine Fleischfaser im Mund hat und versucht, sie mit der Zunge zu bewegen. Mit Ausnahme ihrer Großmutter schien niemand zu bemerken, was Lene von jeher an ihm aufgefallen war. Selbst Clara zuckte nur die Achseln, wann immer Lene sie darauf aufmerksam machte. Anscheinend war es, wie wenn man in einer Wolke ein Pferd erkennt. Hat man es erst einmal gesehen, verschwindet das Bild nicht mehr, bis die Wolke sich auflöst, und doch vermag ein anderer es gar nicht wahrzunehmen.

Man hätte die Schunkens nicht unbedingt für Vater und Sohn gehalten. Wo das Gesicht des Sohnes dunkel war, war das des Vaters rosig, wo Contz' Haare braun und glatt waren, schwebten die gekräuselten von Peter Schunk wie ein rostiges Wölkchen über seinem Schädel. Und auch Vater Schunk hatte etwas an sich, das außer Lene niemand zu bemerken schien.

Sie hatte das Gefühl, Peter Schunk schaue gern den jungen Mädchen hinterdrein. Und das, wo er als Kirchenrüger doch für die Aufrechterhaltung von Sitte und Moral zuständig war und jede Woche nach dem Gottesdienst dem Konsistorium berichten musste, wer seiner Meinung nach dagegen verstoßen hatte. Verwunderlich wäre es nicht, wenn er nach einer Frau Ausschau hielte, immerhin war der Schuster seit über einem Jahr Witwer. Eine Magd besorgte den Haushalt, in dem vier Männer beieinander lebten, Vater, Sohn, Geselle und Lehrbub. Und ebenso misstrauisch, wie Lene den Sohn daraufhin beobachtete, wann wieder das für andere nicht wahrnehmbare Schmatzen kam, so beobachtete sie den Vater, wie er sich den jungen Frauen gegenüber verhielt.

»Es ist alles nicht mehr so wie früher«, seufzte die Großmutter. »Da sind die auswärtigen Schützen noch mit Kuchen und Wein bewirtet worden. Aber die Cordebachschen und die Fürstenbergschen haben uns alles weggefressen.«

»Ja, die Zeiten sind schlecht«, sagte Peter Schunk.

Marie zog einen Mundwinkel nach oben, und Lene sah, dass auch ihre Schwester die Augen verdrehte. Nun würden die Älteren endlos über all das Schlimme schwätzen, das sich außerhalb der Stadtmauern landauf, landab abspielte. Auch Velten liebte es, sich an solchen Gesprächen zu beteiligen, wie er sich ja für alles interessierte, was in der Welt geschah. Doch was nutzte es, sich an einem Tag wie diesem, der zum Lachen, Spielen, Scherzen, Tanzen und Weintrinken gedacht war, das

Herz mit Schauergeschichten zu beschweren? Lene mochte davon heute nichts hören, noch weniger nach dem, was gerade erst vor ihrer eigenen Haustür geschehen war.

Dabei war es glimpflich ausgegangen, nicht nur für sie und Clara, auch für die Stadt. Der Regimentskommandeur hatte sich beim Grafen Wolfgang Ernst beschwert, dass einer seiner Soldaten schwerverletzt, der andere verschollen sei, wahrscheinlich von Büdingern getötet. Der Graf hatte ihm daraufhin berichtet, wie die beiden Männer sich betragen hatten und dass seinen tapferen Untertanen nichts anderes übriggeblieben sei, als sich ihrer auf diese Weise zu erwehren. Man hatte die Sache auf sich beruhen lassen.

Lediglich Els war seitdem noch ängstlicher als vorher. Bei jedem Geräusch zuckte sie zusammen, und sobald sie das Haus verließ, drehte sie sich pausenlos um. Jeder Versuch, sie zu beruhigen, hatte wenig Erfolg. Im Gegenteil. Seit einiger Zeit behauptete Els hartnäckig, verfolgt zu werden. Wenn man allerdings genauer nachfragte, schwieg sie. Außerdem meinte sie, alles und jeder rede hinter ihrem Rücken über sie. »Die nimmt sich selbst zu wichtig«, sagte die Großmutter dazu.

»Ist der alte Herr Graf heut nicht hier?«, fragte Peter Schunk. »Ich hab ihn gar nicht gesehen.«

»Bestimmt ist er wieder krank«, meinte die Mutter. »Wir können nur beten, dass der Allmächtige ihn noch nicht allzu bald zu sich ruft. Ich hab gehört, drei Doktoren kümmern sich um ihn.«

»Solang er herrscht, haben wir nichts zu fürchten«, sagte Peter Schunk. »Aber wenn Wolf Heinrich drankommt – dann gnad uns Gott.«

Der älteste Grafensohn war von weniger bedachtem Wesen als sein Vater. Schon vor vier Jahren hatte er sich dem Herzog von Braunschweig angeschlossen, den man auch den

»tollen Christian« nannte. Christian von Braunschweig hatte katholische Kirchenschätze geraubt und daraus Münzen prägen lassen, die sein Porträt trugen sowie die Worte: »Gottes Freund – der Pfaffen Feind«. An seiner Seite hatte Wolf Heinrich gegen die kaiserlichen Truppen unter ihrem Feldherrn Tilly gekämpft und war dabei fast im Main ertrunken.

Dennoch hatten kaiserliche Generale seinem Vater eine Sauvegarde gestellt, das Versprechen, seine Grafschaft zu verschonen. Wolf Heinrich hatte sich mit 9000 Reichstalern aus der Gefangenschaft freikaufen können und schwören müssen, nie wieder eine Waffe gegen den Kaiser zu erheben.

»Ihr glaubt doch nicht, dass er sein Versprechen dann noch hält!«, sagte Peter Schunk.

Lene mochte sich nicht vorstellen, was geschehen würde, wenn er recht behielt. Aber der Krieg konnte schließlich nicht ewig dauern. Das sagte auch Velten. Der alte Graf musste einfach nur am Leben bleiben, bis er vorbei war.

Lenes Bruder Peter hatte geschwiegen, seit die Schunkens an den Tisch gekommen waren. Auch sonst redete er selten ein Wort, wenn Fremde anwesend waren, genau wie seine Frau Ursel. Die beiden hatten es eher mit dem Schaffen als mit dem Schwätzen. Doch auch er schien nun der düsteren Prophezeiungen überdrüssig. Nach einiger Zeit stand er auf und entschuldigte sich und Ursel, sie wollten einen kleinen Rundgang an den Buden vorbei machen, die um den Platz standen.

Alle drehten die Köpfe, als ein Pfeifen und Trommeln ertönte. Der Pritschmeister rief die Schützen zusammen. Nun, um drei Uhr am Nachmittag, konnte das Schießen endlich beginnen. Sofort sprang Contz auf und eilte dorthin, wo die Schützen sich sammelten.

»Vielleicht schießt er dieses Mal den Ritter?«, mutmaßte die Mutter. »Letztes Jahr hätt es ja beinah geklappt!«

Sein Vater brummte nur abfällig, als könne er daran nicht glauben oder halte diese Fertigkeit seines Sohnes für ganz und gar überflüssig.

Gegenüber dem Schießhaus am anderen Ende des Platzes stand die hölzerne Zielwand, mit bunten Wappen bemalt, daneben die Türme für die Zieler, die jeden Schuss beobachteten. Jeder Schütze suchte nun seinen Stand auf, den er nicht verlassen durfte, solange seine Abteilung schoss. Lange Zeit bildete das trockene Knallen der Schüsse den Hintergrund der Gespräche am Tisch, und Pulverdampf lag in der Luft.

Contz war gerade an den Tisch zurückgekehrt, als Lene eine Stimme hinter sich hörte.

»Ist's erlaubt?«

Sie fuhr herum. Es war nicht das erste Mal, dass sie Velten in seinem Schützengewand sah, aber sie fand, er habe nie so prächtig darin ausgesehen wie heute. Und auch sie selbst musste sich ihres blauen Festtagskleids nicht schämen, wie der Anblick Claras ihr den ganzen Tag bewiesen hatte. Noch bevor ihre Mutter den Mund wieder schließen konnte, hatte Velten sich bereits auf dem Platz niedergelassen, wo zuvor Lenes Schwägerin gesessen hatte.

»Und, ihr Männer, wie habt ihr geschossen?«, fragte Ewald Kalkhof.

»Man muss abwarten, was die Zieler sagen«, sagte Contz, und Velten: »Die Wand ist zu klein, mein ich.«

Lachend blickte er zu ihnen herüber.

*Hoffentlich werd ich nicht rot,* dachte Lene.

Die launigen Gespräche am Tisch, bei denen es um die Schießkünste des einen oder des anderen ging, gaben ihr die Möglichkeit, ihn ungestört zu beobachten. Contz' Augen waren braun, das hätte man selbst vom anderen Ende des Tisches aus sehen können. Wie nahe müsste man Velten kommen, um zu entscheiden, welche Farbe seine Augen hatten? Mal schimmerten sie grün, mal blau, mal grau. Ob das Meer wohl solche Farben hatte?

Velten warf ihr einen spöttischen Blick zu, als könne er ihre Gedanken erraten. Rasch wandte sie den Kopf ab und tadelte sich sogleich dafür. Sie wünschte, sie hätte ihren Blick gleichmütig abgewendet, als gebe es nichts vor ihm zu verbergen. Aber nicht nur er sollte nicht wissen, was in ihr vorging. Unter dem Tisch fasste sie nach Claras Hand.

»Was ist denn?«, fragte die leise.

»Nichts ist«, sagte Lene, ließ die Hand wieder los und schaute dorthin, wo die Zieler und Schreiber ihr langweiliges Geschäft verrichteten. Wenn es so sein sollte, dass sie sich einmal trennen mussten, dann wollte sie lieber nicht diejenige sein, die schuld war daran.

Sie versagte sich jeden weiteren Versuch, Veltens Augenfarbe zu ergründen.

Inzwischen war es dunkel geworden. Das Schießen war vorbei. Die Schützen hatten Büchse und Kugeln vorgezeigt und sich eingeschrieben, die Schreiber und Zieler jeden Schuss vermerkt, und die endlos vielen Preise waren verteilt worden. Nun war niemand mehr nüchtern, und alle schienen ein wenig fröhlicher als sonst. Vielleicht sogar fröhlicher als in anderen Jahren. Überall brannten Feuer unter großen Kesseln. Ein leichter Abendwind trieb den Geruch von gebratenem Fleisch und Zwiebeln heran.

»Kommt, lasst uns zur Kegelbahn gehen!«, schlug Clara vor.

»Guckt mal, wer da schon wieder ist!«, sagte Marie, als sie an der Zinnbude vorbeikamen.

Lene folgte dem Blick ihrer Schwester. Wahrhaftig, da stand Velten und warf die Würfel auf ein rot und weiß bemaltes Brett. Offenbar hatte er nicht mehr Glück gehabt als sie, denn er kam mit leeren Händen zu ihnen.

»Man sollt nicht meinen, dass es bei euch an Geschirr mangelt«, sagte Lene.

»Och, man muss doch vorsorgen. Vielleicht will ich mal einen eigenen Hausstand gründen.« Er zwinkerte ihr zu, woraufhin ihr ganz schwach in den Knien wurde. »So, kommt her«, er breitete seine Arme aus, »Lene zu meiner Rechten, Clara zu meiner Linken. Leider habe ich nur zwei Arme für die drei schönsten Mädchen der Stadt. Aber bleib nur bei uns, Marie, damit alle Männer mich beneiden können.«

Ein Arm Lenes lag um Veltens Mitte, direkt über dem ihrer Schwester, der andere um Marie. Velten hielt ihre Schulter umfasst, als seien sie schon ein Liebespaar, und zog sie so dicht an sich, dass sie seinen Leib warm und fest an ihrem spürte. Sie bräuchte sich nur ein wenig zu ihm hinüberzuneigen, dann könnte sie ihm einen Kuss auf die Backe geben. Von der Mutter gäbe es ein gewaltiges Donnerwetter, wenn sie ihre Töchter so sähe. Im Gehen lachten sie laut darüber, dass Entgegenkommende einen großen Bogen machen mussten, weil sie sich weigerten, einander loszulassen.

»Ihr solltet sehen, wie der Contz rumläuft«, erzählte Velten. »Stolz wie der Gockel auf dem Mist. Jedem zeigt er seine Fahne mit dem Gewinn drauf und dem seidenen Münzsäckelchen, das daran baumelt.«

»Und du? Was hast du geschossen?«, fragte Lene.

»Ich bin doch immer schon froh, wenn ich keine Schimpffahne bekomm, oder die Narrenkappe mit den Hahnenfedern aufgesetzt«, erwiderte Velten gutgelaunt und drückte Lenes Schulter.

Sie sah zu ihm auf, geradewegs in seine Augen. Ihr war es völlig gleichgültig, ob ihr Liebster ein guter Schütze war oder nicht. Mit einem Mal blieb er stehen. Ein Paar, das hinter ihnen gegangen war, prallte auf sie. Der Mann schimpfte, und Lene musste lachen.

»Wollen wir nicht ein Spiel machen?«, fragte Velten. »Wir trennen uns, und jeder versucht, unterwegs Weinkrüge von den Tischen zu ergattern. Wer zuerst drei beisammen hat, hat gewonnen.«

»Und was ist der Gewinn?«, fragte Lene.

»Wer gewinnt, der – der darf sich was von den anderen wünschen.«

*Dann wünscht ich mir einen Kuss von dir,* dachte Lene und wusste schon, dass sie sich niemals trauen würde, das zu äußern. Sie fand das Spiel ein wenig albern, aber sie stimmte ebenso zu wie die anderen. Während die rasch davonliefen, ging sie nur zögernd weiter und hielt auf den Tischen Ausschau nach vereinsamten Krügen. Sie wollte keinen stibitzen, solange irgendjemand in der Nähe war, der sie beobachten konnte.

Kinder, aufgeregt vom festlichen Trubel und davon, im Dunkeln noch draußen sein zu dürfen, spielten kreischend Fangen auf der Gasse zwischen den Bänken. Einer der Jungen stieß gegen Lene. Sie hielt ihn kurz fest, mehr, um sich zu vergewissern, dass er nicht strauchelte, als um ihn zu ermahnen. Gleichzeitig bemerkte sie, dass sie beobachtet wurde. Wenige Schritte entfernt saßen der Bornmüller und seine Frau mit anderen beisammen und beobachteten das Treiben ihrer Kinder mit nachsichtigem Lächeln. Lene ließ das Kind los. Ihre Schultern verhärteten sich. Rasch ging sie weiter.

Sie konnte sich nicht erinnern, je auch nur ein Wort mit jemandem aus dieser Familie gewechselt zu haben. Und doch überkam sie Unbehagen, wann immer sie einen von ihnen sah.

Kurz überlegte sie, nicht mitzutun bei dem Krugwettkampf. Aber dann könnte Velten sie für eine Spielverderberin halten. Sie beschloss, in den nun stockfinsteren Schatten hinter der Budenreihe zu schauen, ob dort vielleicht jemand sein Trinkgefäß abgestellt hatte.

Gerade war sie um die Ecke gebogen, als eine Hand sich fest um ihre schloss. Eher überrascht als erschreckt fuhr sie herum – und prallte gegen eine Männerbrust. Arme legten sich fest um sie. Vor Schreck wich aller Atem aus ihr.

»War das nicht schlau von mir, dass ich die anderen weggeschickt hab?«, hörte sie leise an ihrem Ohr. »Lass sie ruhig ihre Krüge sammeln!«

Hinterher hätte sie nicht mehr sagen können, wie es geschehen war. Ihre Arme waren schneller als ihr Wille, ganz von allein schlangen sie sich um seinen Hals. Es war zu dunkel, um erkennen zu können, welche Farbe seine Augen hatten.

»Gibst du mir einen Kuss?«

Lene hörte nicht auf die innere Stimme, die ihr einreden wollte, Velten müsse wohl betrunken sein, um mit einem Mal so frech zu werden. Kurz wie ein Wimpernschlag berührte ihr Mund den seinen. Oder doch fast. Sie erwischte eher seine Nasenspitze.

Er lachte, auf eine Weise, wie Lene es noch nie von ihm oder einem anderen Menschen gehört hatte.

»So kommst du mir aber nicht davon«, meinte er, »ich will einen richtigen Kuss!«

Er hielt sie fest und schaffte es gleichzeitig, ihren Kopf erneut zu sich zu ziehen. Sein Kuss war dunkel und warm wie sein Lachen und ganz anders, als sie geglaubt hatte, dass Küsse seien.

Als er sie losließ, schwankte sie leicht, wie ein Vogel, der nach seinem ersten Flug wieder auf der Erde landet.

»Die anderen brauchen das nicht zu wissen mit uns«, sagte er leise. »Noch nicht. Mein Vater muss erst mit deinem reden.«

Ihr Herz schlug hart gegen den Brustkorb. Am liebsten hätte sie einen Schrei getan vor Freude. Doch sie nickte nur.

Leicht strich er ihr mit dem Finger über die Wange. »Komm, wir müssen zurück.« Dann lachte er. »Guck mal, was ich hier hab.«

Er tat einen Schritt zur Seite, bückte sich, und als er wieder vor ihr stand, hatte er die Hände voller Weinkrüge.

Sie hatten sich getrennt, nach einem weiteren Kuss, der flüchtig war und doch schon vertraut, und der zukünftige Küsse verhieß.

Lene traf als Letzte wieder am Tisch ein. Uneingedenk seiner Warnung, die anderen nichts von ihrer Liebe wissen zu lassen, strahlte Velten sie an. Sie freute sich, dass es ihm so wenig gelang, zu verbergen, was ihn bewegte. Trotzdem bemühte sie sich, ihn lediglich mit einem Seitenblick zu streifen und ihm nur das allerkleinste Lächeln zukommen zu lassen.

Clara unterhielt die Runde gerade mit einer ausführlichen Schilderung dessen, was sich beim Glückstopf zugetragen hatte, wer was gewonnen hatte und wie wenig die Preise ihrer Meinung nach zu den stolzen Gewinnern passten. Lene war erleichtert, dass aller Augen auf der Schwester ruhten. Sie wollte sich eben neben Marie niederlassen, als sie deren festen Griff um ihr Handgelenk spürte.

»Ich muss mal – wohin«, meinte Marie, »aber ich fürcht mich, allein zu gehen. Kann die Lene mit mir kommen?«

Lenes Mutter blickte nur kurz auf, nickte seufzend, bevor sie sich wieder Clara zuwandte.

Lene ließ sich von der Freundin fortziehen. Die blieb bereits nach wenigen Schritten stehen, gerade außer Sichtweite der anderen.

»Ich dacht, du willst …«

»Nein, das hab ich doch nur so gesagt.« Maries dunkle, ohnehin schon große Augen waren vor Neugierde noch weiter aufgerissen. »Was mit dir ist, will ich wissen. Du strahlst ja, als hättst du vorhin eine Sau mit sechs Ferkeln gewonnen. Erzähl schon! Was ist denn?«

Hätte die Freundin sie am nächsten Tag gefragt, wäre es Lene vielleicht möglich gewesen zu schweigen. Aber zurückzuhalten, was so frisch noch in ihr brodelte, war schwerer, als den Deckel auf einem Topf mit kochendem Brei zu halten.

»Ach, Marie!« Sie umarmte die Kleinere und hob sie hoch, dass die einen Juchzer tat, lauter, als es ihrer Überraschung entsprechen konnte.

»Was ist denn? Sprich doch!«

»Es – ist der Velten.«

»Was ist mit ihm? Sag bloß – sag bloß, ihr habt euch …«

Lenes Hand fuhr vor und verschloss Marie kurz den Mund, bevor sie weitersprechen konnte.

»Ihr habt euch – geküsst?«, fuhr die leiser und beinahe ehrfürchtig fort.

Lene nickte, heftig und stolz.

»Richtig geküsst? Auf den Mund?«

Nicht nur *auf* den Mund, dachte Lene.

Ob alle Menschen das beim Küssen taten? Das, was so aufregend war, dass es ihren ganzen Körper glühen ließ, wenn sie nur daran dachte? Nein, ganz bestimmt war das eine besondere Dreistigkeit Veltens, und andere hielten den Mund beim Küssen geschlossen. Allein die Vorstellung, dass der Vater und die Mutter jemals … Sie musste kichern.

Dann nickte sie erneut. »Und er hat gesagt, er kommt und spricht mit dem Vater. Aber versprich mir, dass du keinem was davon sagst, verstehst du? Keiner Menschenseele! Nicht mal Clara!«

*Schon gar nicht Clara.* Mit einem Mal war es ihr, als sei sie nichtsahnend unter einem Fenster vorbeigegangen, aus dem jemand gerade sein Nachtgeschirr leerte. Dass ihr die Schwester aber auch jetzt erst in den Sinn kam! Dabei war sie bereit, ihr anzutun, wovor sie selbst sich seit Jahren fürchtete.

Plötzlich bemerkte sie, dass Maries Blick an ihr vorbeiging. Sie drehte sich um, wollte ergründen, was die Aufmerksamkeit der Freundin so fesselte.

»Nicht umdrehen!«, zischte Marie.

»Aber was ist …« Mit gemächlichen Schritten bewegte sie sich möglichst unauffällig an Maries Seite.

»Nicht hingucken!«, warnte die erneut.

Um nichts in der Welt hätte Lene die Aufforderung befolgen können.

Am Rande des Festplatzes, in einiger Entfernung von den immer noch dicht besetzten Tischen und Bänken, stand eine schlanke Gestalt im Schein einer Fackel.

»Das ist der Glanze Wendel«, meinte sie achselzuckend. »Aber du brauchst doch keine Angst vor ihm zu haben.«

»Ich hab keine Angst. Er tut mir leid. – Nicht hingucken!«

»Aber *du* guckst doch selbst dauernd! Warum tut er dir leid?«

»Weil keiner mit ihm redet. Weil keiner ihn an seinen Tisch ruft wie deine Mutter die Schunkens.«

»Natürlich nicht.«

Schließlich durfte Wendels Vater das Fest nicht einmal besuchen. Wenn er ein Wirtshaus betrat, musste er laut seinen Namen und seinen Beruf ausrufen. Es gab einen Schemel, der nur für ihn bestimmt war, und sein Becher war an der Wand festgekettet, damit keiner sich auf den gleichen Platz setzen musste wie er oder aus dem gleichen Gefäß trinken. Seine Ehrlosigkeit war wie eine ansteckende Krankheit. Wer einmal mit dem Scharfrichter zu tun gehabt hatte, war selbst ehrlos, sogar ein Angeklagter, dessen Unschuld hundertmal bewiesen worden war.

Nein, zu anständigen Leuten durfte Wendel sich nicht an

den Tisch setzen, und ein anderes Handwerk als sein Vater würde er auch niemals erlernen dürfen.

Marie schwieg.

»Mariechen – er gefällt dir doch nicht etwa?«

Möglichst unauffällig und aus den Augenwinkeln musterte Lene Wendel. Ihr war unbegreiflich, was ein Mädchen an dem blassen jungen Mann mit dem verdrossenen Gesichtsausdruck finden konnte.

»Soll ich vielleicht warten, bis ein Grafensohn kommt?«

Lene sah Marie erschrocken an, deren Stimme verbittert geklungen hatte. Noch nie hatte die Freundin erkennen lassen, dass sie sich um ihre Zukunft sorgte. Seit Jahren war ihre Mutter Witwe. Marie würde mit keinerlei Mitgift rechnen können.

»Aber sein Vater trägt den roten Mantel, und sie wohnen vor der Stadt!« Lene konnte nur hoffen, dass ihre Worte eindringlich genug klangen.

»Aber was kann er denn dafür?«

»Du hast ein zu weiches Herz.«

Ihr war unbehaglich zumute. Hoffentlich handelte es sich bei Maries plötzlichem Interesse für den Sohn des Scharfrichters nur um eine vorübergehende Anwandlung.

»Und du bist zu brav«, gab Marie zurück und stieß sie mit dem Ellbogen.

*Die Clara ist vielleicht brav,* dachte Lene. *Ich bin gar nicht brav. Ich hab den Velten geküsst.*

*Und bald werd ich heiraten.*

# 3

Wie immer waren Vater und Heinrich unterschiedlicher Meinung. Fand der eine, man könne die Rebpfähle ruhig schon herausziehen, um sie vor der winterlichen Feuchte zu schützen, so hielt der andere dagegen, wenn man die abgeernteten Reben jetzt niederböge und zum Schutz vor den ersten Nachtfrösten mit Erde bedecke, würden sie gewisslich das Frühjahr nicht erleben, sondern erbärmlich verfaulen.

Lene richtete sich auf. Die herbstliche Abendsonne war schwach, trotzdem spürte sie, wie der Schweiß ihr den Rücken hinablief. Sie wusste schon nicht mehr, wer sich durchgesetzt hatte, als es darum gegangen war, ob in diesem Jahr gedüngt werden sollte oder nicht. Sie zog den Eimer mit der Mischung aus Weinlaub und Taubenmist zu sich heran und schüttete eine Schaufel voll in die kleine Grube zu ihren Füßen, bevor sie sie wieder verschloss.

Das ständige Bücken störte sie nicht, und an die Rückenschmerzen abends hatte sie sich gewöhnt. Außerdem wusste jeder, dass Frau Holle die fleißigen Mädchen belohnte und die faulen bestrafte. Und wer heiraten wollte, musste sich gut mit ihr stellen, denn sie war es, die für den Kindersegen verantwortlich war. Zumindest erzählte die Großmutter das, während die Mutter schimpfte, sie wolle von derlei gottlosem Zeug nichts hören.

Lene wandte sich zu Clara um, die nur wenige Schritte entfernt auf dem Boden kniete und die Tauwurzeln eines Weinstocks entfernte. Clara bemerkte ihren Blick und schenkte ihr ein schiefes Lächeln.

»Sollen wir heim?«, fragte Lene. »Wir schaffen es heut eh nicht mehr.«

»Mir ist das nur ...«

Lautes, wiederholtes Rufen unterbrach Clara. Jemand kam mit großen Sprüngen den Berg herauf. Lene beschirmte ihre Augen mit der Hand und konnte nun ihren Bruder Konrad ausmachen.

»Guck mal, wie der auf einmal rennen kann«, sagte sie halblaut.

Ihre Mutter war der Meinung, ihr Jüngster sei von zu schwächlicher Konstitution, als dass man ihm neben dem Lernen für die Lateinschule noch harte körperliche Arbeit zumuten könne. Ihr Vater war anderer Ansicht, doch die Mutter hatte sich durchgesetzt. Wie so oft.

»Ihr sollt heimkommen«, rief Konrad ihnen entgegen.

»Ist was passiert?«, fragten Lene und Clara fast gleichzeitig.

»Nein, ich weiß nicht, warum, ich soll euch nur holen.«

Während sie ihre Gerätschaften in dem kleinen Häuschen am Fuße des Weinbergs verstauten, merkte Lene, dass ihre Schwester ebenso beunruhigt schien wie sie selbst.

»Was haben sie denn gesagt? Was ist denn?«, versuchte sie es noch einmal bei Konrad.

Er zog die mageren Schultern bis fast zur Nasenspitze hoch. »Mir sagt doch keiner was. Ach ja – ihr sollt euch vorher die Händ und das Gesicht waschen.«

»Das ist nur wieder eine der närrischen Ideen von eurem Vater. Ich weiß nicht, was ihr Mädchen dabei sollt. Wahrscheinlich hat die Alt ihm das eingeredet.«

Nachdenklich betrachtete Gertrud Kalkhof ihre Töchter

und schüttelte immer wieder den Kopf. Es war nicht aus ihr herauszubringen, was die beiden erwartete. Gerade dies steigerte jedoch nur die Aufregung der Mädchen. Ständig zupften sie einander die Falten ihrer Röcke gerade, zwirbelten ungebärdige Haarsträhnen zwischen den Fingern, bis sie lagen wie gewünscht.

Zu Hause hatte die Mutter sie schon erwartet, hatte Konrad zu seinem Leidwesen in die Küche geschickt und war mit den Mädchen in die Kammer gegangen, in der sie mit ihm und Els schliefen. Dort wurde ihnen geheißen, ihre blauen Festtagskleider anzuziehen.

»Nun kommt schon«, seufzte die Mutter schließlich und ging ihnen auf der Treppe voran hinab ins Erdgeschoss. Auf halber Höhe fasste Lene nach Claras Hand, die warm war und beruhigend. Ihre eigene war eiskalt. Unten im Flur hörten sie Männerstimmen, die aus der Stube drangen. Lenes Herz setzte einen Schlag aus, als sie die eine erkannte.

Die Mutter machte lediglich eine Kopfbewegung in Richtung der Stube.

Ein letztes Mal befeuchtete Lene ihre Lippen, die vor Aufregung trocken geworden waren, und pflückte ein blondes Haar von Claras Schulter.

»Los!«, kommandierte die Mutter von der Küchentür aus.

Lene öffnete die Stubentür.

Am Tisch saßen der Vater und Peter, ihnen gegenüber Sebastian Eckstein und sein Sohn Velten, die sich zu den Eintretenden umwandten. Obwohl der Buchbindermeister immer freundlich zu ihr gewesen war, war er Lene doch fremd und fern erschienen. Die Familien pflegten freundlichen Kontakt miteinander, man blieb auf der Straße zu einem kleinen Schwatz stehen und saß auch bei Festen gern zusammen. Bisher waren die Ecksteins jedoch noch nie Gast in diesem Haus gewesen. Auf dem Tisch stand wie meist die Zinnkanne mit Wein, und jeder der Männer hatte beide Hände um seinen Becher gelegt, als müsse er sich daran festhalten. Etwas lag in der Luft, das eher an Geschäfte als an ein gemütliches Beisammensein denken ließ.

Lene sah sofort, dass auch Velten sein bestes Gewand trug. Seine störrischen braunen Haare waren auf wundersame Weise dazu gebracht worden, sich ausnahmsweise fügsam zu verhalten. Sie umklammerte die Hand der Schwester noch fester, als wolle sie um Verzeihung bitten.

Ihr Vater stand auf und kam auf sie zu. Sein Lächeln war beruhigend.

»Eigentlich ist das hier ein Gespräch unter Männern, bei dem Weibsleut nichts zu suchen haben«, begann er. Er stellte sich hinter sie und legte einen Arm um jede seiner Töchter. »Der Herr Eckstein ist hier, um für seinen Sohn meine Tochter zum Weib zu erbitten.«

Lene wagte weder Velten noch ihre Schwester anzusehen.

»Aber ich hab eine Bedingung daran geknüpft.«

Lene hörte ein Lachen in der Stimme ihres Vaters, und als sie kurz aufschaute, lächelten auch Velten und Sebastian, als handele es sich um einen gutmütigen Scherz.

»Ich will ja nicht, dass später einer sagen kann, hier hätt es vielleicht einen Irrtum gegeben. Und deshalb will ich ganz sichergehen, dass der junge Mann auch genau weiß, was er tut.« Ewald wandte sich an Velten. »Tugendsam, fleißig und fromm sind sie alle beide. Aber es ist ja auch wichtig, dass du sie auseinanderkennst. Also, Velten – welches von meinen Mädchen möchtest du haben?«

Velten stand auf und kam auf sie zu. Lene wagte kaum zu atmen. Obwohl sie sein Lachen liebte, fand sie den feierlichen Ernst auf seinem Gesicht so anziehend, dass es beinahe schmerzte. Ein wenig größer als sonst erschien er ihr, beinahe fremd. Lediglich der Gedanke, was Clara von dem halten mochte, was hier geschah, und ob sie es ihr sehr verübelte, lenkte sie ein wenig ab von ihrem verzückten Schauen.

Als Velten vor ihnen stand und sie lächelnd nacheinander musterte, wusste sie, dies war nichts als ein Spiel. Er hatte sich nie geirrt, wenn es darum ging, sie und Clara auseinanderzuhalten, nicht, als sie noch Kinder waren, und nicht, seitdem er aus Frankfurt zurückgekehrt war. Sie bemühte sich, ebenfalls zu lächeln, ihrem wild pochenden Herzen zum Trotz.

Velten sank auf ein Knie. Wo das Licht der Kienspanlampe sein Haar traf, leuchtete es wie Messing. Am liebsten hätte Lene darübergestrichen. Sie löste bereits den festen Griff, mit dem sie ihre Schwester noch immer umklammert hielt.

»Ihr habt recht, Herr Kalkhof«, sagte Velten. »Jedes Eurer Mädchen würde den Mann stolz machen, dem es gelingt, sie als Hausfrau unter sein Dach zu führen. Aber ich weiß seit langem, welche es sein soll, die mein Weib wird.«

Er streckte seine Hand aus und fasste die Claras.

»Das ist meine Clara. Die will ich haben, und keine andere.«

Die Männer lachten befreit, wie wenn Velten es durch ein Wunder geschafft hätte, mit dem Zweckschuss, dem besten Schuss, die Scheibe zu treffen. Als er aufstand und Clara in die Arme nahm, sprang Lene so hastig beiseite, als gälte es, sich vor der Berührung eines Aussätzigen zu schützen. Bevor er Clara küssen konnte, ging Ewald Kalkhof dazwischen.

»Noch seid ihr nicht verlobt!«, sagte er streng. »Und jetzt, wo das erledigt ist …«

Damit schob er seine Töchter sanft zur Tür hinaus und schloss sie hinter ihnen.

Sie standen im Flur, nebeneinander, ohne sich zu berühren, nur einen Augenblick lang. Lene kam er vor wie eine Ewigkeit.

Dann öffnete sich die Küchentür und die Mutter erschien.

»So, ihr zwei, ihr zieht die Kleider jetzt wieder aus, sonst macht ihr sie noch schmutzig. Die Els bringt euch später was zu essen.«

Damit wurden sie zu Bett geschickt, als hätten sie etwas angestellt. Lene lief zuerst die Treppe hinauf. Ihr Schweigen begleitete sie bis in die Kammer.

Dort drehte sie ihrer Schwester den Rücken zu und begann, sich auszuziehen. Erst, als sie nur noch im Hemd dastand und sich schon anschicken wollte, unter die Decke zu schlüpfen, kam Clara zu ihr.

»Du bist mir bös, gell, Lenchen?«

Clara trat hinter sie, umschlang sie und legte den Kopf auf ihre Schulter. Lene rührte sich nicht. Sie wünschte, sie könnte tatsächlich böse auf die Schwester sein. Zorn würde hell brennen wie altes Rebholz. Nichts bliebe von der Scham, die sich anfühlte, als könne sie nie mehr vergehen. Es war, als habe man einen Scherz mit ihr getrieben, und alle Welt habe über sie gelacht.

»Ich wollt es dir so gern sagen, so lang schon – aber ich hab es nicht fertiggebracht«, sagte ihr Ebenbild.

»Wie lang?«, hörte sie sich selbst sagen, mit einer Stimme, so kühl und fest, dass sie ihr fremd war.

»Ach, schon bald, nachdem er aus Frankfurt kam.«

*So lang schon*. Damals hatten sie angefangen, sich häufiger zu trennen, ihrer eigenen Wege zu gehen, jede für sich. *Und ich hab gedacht*, ich *hätt damit angefangen. Was für ein dummes Schaf ich doch war.*

Sie wollte sich aus Claras Umarmung lösen, und es gab ein Gerangel, weil die sie nicht lassen wollte. Lene musste ihr erst einen harten Stoß mit dem Ellbogen versetzen. Sie legte sich ins Bett, drehte Clara den Rücken zu und zog die Decke über sich.

Sofort kam Clara wieder an, setzte sich neben sie und

wollte sie erneut in die Arme nehmen. *Du zerknitterst dir doch dein Kleid*, hätte Lene beinahe gesagt.

Stattdessen fragte sie: »Hat er dich geküsst?«

Sie hörte, wie Clara hinter ihr den Atem anhielt und hasste sie dafür. *So, das soll ich also nicht wissen? Das geht mich nichts an? Ha, das geht mich mehr an, als du ahnst!*

»Ja. Ja, er hat mich geküsst«, sagte Clara leise.

»Wann?«

»Das – das erste Mal im Sommer.«

*Im Sommer*. Die Scham kroch wieder über ihre Haut wie ein großes, ekliges Tier. Mit einem Mal stürzten viele Bilder gleichzeitig auf sie ein, wie Velten sie angelächelt hatte, wie er ihr zugezwinkert hatte. Wie er sie geküsst hatte. Und mit einem Mal begriff sie. Ihn, den der helle Tag nie hätte täuschen können, hatte die Dämmerung getäuscht. Ein einziges Mal hatte er seine Clara mit ihr verwechselt. Was sie für den ersten Kuss gehalten hatte, den er ihr schenkte, war in Wahrheit einer von ungezählten gewesen, die Clara zugedacht waren.

Er hatte sie nicht belogen mit all den anderen Freundlichkeiten und Vertraulichkeiten. Sie hatte ihnen lediglich den falschen Namen gegeben. Er hatte sich ihr gegenüber genauso verhalten, wie ein zuvorkommender Mann es der künftigen Schwägerin gegenüber tut, wenn er weiß, dass seine Liebste ihrer Schwester eng verbunden ist.

»Bitte, so sag doch was.«

Clara schmiegte sich nun lang ausgestreckt an sie, in dem Gewand, das sie getragen hatte, als Velten vor ihr auf die Knie gesunken war. Und warum auch sollte sie es nicht tragen? Schließlich war dies ein Festtag für sie. Noch immer versuchte sie, Lene zu umarmen, und noch immer lag Lene steif da wie ein Stück Holz.

»Bitte, bitte, sei mir doch nicht mehr bös. Ich kann mich doch nur freuen, wenn du dich mit mir freust.«

Lene schwieg.

Später kam Els und brachte ihnen die Abendsuppe. Lene aß nichts, obwohl ihr der Magen knurrte. Und weil sie nichts aß, ließ auch Clara ihr Nachtmahl kalt werden.

Irgendwann gab die Schwester es auf, sie mit vorsichtigen Worten versöhnen zu wollen. Bald darauf hörte Lene ihre gleichmäßigen Atemzüge. *Ja, träum du nur von deinem Velten.*

Später kam Konrad und legte sich schlafen, noch später Els. Umständlich und schnaufend schob sie sich neben Clara unter die Decke. Lene spürte, wie Claras Fuß ihre Sohle berührte, viel zarter als gewöhnlich. Üblicherweise hätte sie sich jetzt auf den Rücken gedreht, und dann hätten sie ihre großen Zehen miteinander verschränkt, bis die Müdigkeit eine von ihnen dazu gebracht hätte, sich zum Schlafen auf die Seite zu rollen. Die Berührung wurde nun drängender, als wolle Clara sich ihre Vergebung erzwingen. Schließlich versuchte sie, ihren Zeh mit Gewalt zwischen die Zehen ihrer Schwester zu zwängen. Lene holte aus und trat ihr so heftig gegen das Schienbein, dass selbst Els laut knurrte.

Offenbar waren die Verhandlungen über Mitgift, Widerlage und Leibgedinge für alle Seiten befriedigend verlaufen, denn noch vor Weihnachten wurde im Hause Kalkhof die Verlobung zwischen dem Buchbindergesellen Velten Eckstein und der ehr- und tugendreichen Jungfrau Clara Kalkhof gefeiert. Als Verlober fungierten die Väter, denn »man kennt sich ja«, wie Ewald Kalkhof meinte. Im Mai sollte geheiratet werden, wie es üblich war, damit die Geburt des ersten Kindes möglichst nicht in die heiße Jahreszeit fiel, wo die Kindbetterinnen leichter starben und die Kinder schneller krank wurden.

Die Hochzeit fürchtete Lene weniger als den Abend, der nun vor ihr lag. Die Verlobung sollte lediglich im Beisein der

Familien stattfinden, was es ungleich schwerer machte, ihr Elend zu verbergen. Obwohl sie wusste, dass sie sich damit versündigte, wünschte sie sich insgeheim eine Krankheit herbei, die nur kurz dauern, aber so schwer sein sollte, dass niemand von ihr verlangen konnte, das Bett zu verlassen.

Der besagte Abend fand sie jedoch bei bester Gesundheit. Sie trug ihr blaues Festgewand, während für Clara ein neues, zartgelbes Kleid geschneidert worden war. Zum ersten Mal war ihre Schwester an diesem Abend nicht ihr Spiegelbild. Allein schon das unterstrich für Lene Claras Verrat.

In den vergangenen Wochen hatte sie sich hinter einer Maske versteckt, die Clara gegenüber höfliche, Velten gegenüber schroffe Züge trug. Sollte er nur glauben, sie verüble ihm, dass er ihr die Schwester nahm. Jedenfalls gelang es ihr passabel, ihre Enttäuschung ihm gegenüber in Unfreundlichkeit zu wandeln.

Mit Clara war es ungleich schwerer. Lene ertrug ihr Schweigen der Schwester gegenüber nicht und hatte es bereits nach wenigen Tagen gebrochen. Trotzdem sprach sie nicht viel, so schwer es ihr auch wurde. Oft geschah es, dass sie heimkam, nachdem sie nun häufiger allein oder mit Els an ihrer Seite ausging, und fast schon den Mund geöffnet hatte, um Clara eine Begebenheit zu erzählen. Gerade noch rechtzeitig fiel ihr dann ein, dass die selbst solche Vertrautheit ja aufgekündigt hatte. Am meisten Verständnis zeigte ihr Vater für sie, der sie tatsächlich wie die Kranke behandelte, die sie heute Abend am liebsten sein wollte.

Hätte Clara ihre Freude offen gezeigt, als sie etwa im Familienkreis kleine Geschenke herumreichte, die sie von Velten erhalten hatte, wäre es Lene wohl leichter geworden, sie zu teilen. Alles in ihr sehnte sich ja nach der alten Innigkeit. Doch kaum betrat Clara den Raum und wurde ihrer ansichtig, wich das Strahlen von ihrem Gesicht und wurde durch eine schuldbewusste Miene ersetzt, als sei sie gerade bei einem hinterhältigen Streich ertappt worden. Darüber ärgerte Lene sich jedes Mal. Es war ihr Beweis dafür, wie weit Velten – den sie für sich nur noch ›den Kerl‹ nannte – sie voneinander entfernt hatte. Hatten sie einst alles geteilt, so litt sie nun allein, und Clara verbarg ihre Freude.

Schon vor der Feier war es geduldet worden, dass Velten sich mitunter abends durch die Hintertür hereinschlich, um mit Clara in der Küche oder der Stube zu sitzen. Die Großmutter reizte ihre Schwiegertochter fortwährend, indem sie Clara ausmalte, was zu ihrer Zeit bei solchen Treffen geschehen sei, und welche Freiheiten die jungen Männer sich herausgenommen hatten, wenn sie durch die Fenster in die Spinnstuben gesprungen seien, die man ja nun, dem Herrn sei's geklagt, verboten hatte. War die Mutter gerade nicht in der Nähe, wusste sie pikante Einzelheiten aus der öffentlichen Badestube zu berichten, die man vor einigen Jahren geschlossen hatte. Zu anderen Zeiten hätte Lene derlei Geschichten durchaus zu schätzen gewusst. Da sie jedoch von Liebeslust statt von Herzeleid handelten, kam es ihr nun eher vor, als sei die Großmutter zum Feind übergelaufen.

Zu sechst hatten die Frauen an diesem Tag in der Küche gewerkelt, um das Verlobungsmahl auf den Tisch zu bringen. Wann immer etwas aus dem Keller zu holen war, erbot Lene sich dazu, um der Gegenwart der anderen zu entfliehen. Erst kurz vor dem Eintreffen der Ecksteins schickte die Mutter ihre Töchter nach oben, sich umzukleiden.

Während Lene in ihr blaues Kleid schlüpfte, war sie sich der Blicke der bereits fertig gerichteten Clara bewusst, die unablässig auf ihr ruhten.

»Kämmst du mir mein Haar?«, fragte Clara und hielt ihr den Kamm aus Horn hin.

Lene fiel ein, dass Velten ihn ihrer Schwester erst vor wenigen Tagen geschenkt hatte. Sie musste an sich halten, um nicht wie ein kleines Mädchen die Hände hinter dem Rücken zu verstecken.

»Warum? Deine Haare sind doch schon gekämmt.«

»Ach, Lenchen.«

Etwas in Claras Stimme zwang sie, zu ihr hinzuschauen. Clara legte den Kamm beiseite.

Sie kam auf Lene zu, nahm ihre beiden Hände und sah sie ernst an. »Du musst nur ein Wort sagen, und – und ich zieh das Kleid wieder aus und leg mich ins Bett.«

»Und dann?«

»Dann wird halt nichts aus der Verlobung.«

Lene forschte im Gesicht ihrer Schwester. Sie fand nichts als Traurigkeit und Verzweiflung. »Das würdest du doch nicht machen?«

»Gewiss, wenn du nur wieder mit mir sprichst.«

»Ich sprech doch mit dir.«

»Du weißt, wie ich's mein.«

Mit einem Mal war es beinahe einfach, Clara zu umarmen.

»Was hast du denn für Grillen und Tauben im Kopf? Los, du gehst jetzt runter und verlobst dich! Was sind denn das für Sachen!«

»Aber nur, wenn du wieder lachst!«

»Ja, guck, ich lach schon wieder!« Lene verzog ihr Gesicht zu einer Grimasse.

»Ach, Lenchen, ich geh doch nicht fort, ich wohn doch dann nur um die Eck!«

»Ich werd mich schon dran gewöhnen«, knurrte Lene. Dies, so befand sie, war ihr Verlobungsgeschenk. Etwas auszusprechen, woran sie selbst nicht glauben konnte.

Danach war ihr ein wenig leichter zumute. Auch wenn Velten sie »die schönste Schwägerin, die ein Büdinger Bursch je bekommen hat« nannte, auch wenn er, als der Kuchen serviert wurde, zum Missvergnügen ihrer Mutter Claras Hand ergriff. Schwerer war es schon, mit ansehen zu müssen, wie beide gelobten, einander zur Ehe zu nehmen. Unwillkürlich stellte Lene sich dabei vor, an ihrer Schwester Stelle zu sein.

*Clara wäre bestimmt nicht so missgünstig,* kam es ihr in den Sinn.

Zu sehen, wie die Verlobten sich umarmen und küssen durften, war dann schon fast wieder erträglich. Clara erhielt von Velten ein goldenes Ringlein als Brautpfand. Der schwerste Augenblick an diesem Abend kam für Lene, als ›der Kerl‹ vor ihr stand und ihr einen irdenen Topf überreichte, mit blauer Glasur, bemalt mit einem weißen Muster und mit einem feinen Tuch aus Batist bedeckt.

»Du gründest doch sicher auch bald deinen eigenen Hausstand«, meinte er mit seinem Lachen, das Lene nun nicht mehr gewinnen konnte. »Und schau mal hinein.«

Bis zum Rand war der Topf mit feinem Konfekt gefüllt.

»Das ist alles für dich, Lene! Das brauchst du mit niemandem zu teilen!«

Ihr gelang es nicht, zu lächeln, aber zumindest, ihrer Schwester ein weiteres Geschenk an diesem Abend zu machen: Sie schluckte die scharfe Erwiderung herunter, die ihr auf der Zunge lag.

Beim ersten Mal hatte sie sich nichts gedacht. Schließlich konnte es Gründe geben, warum jemand lieber den Abtritt aufsuchte, als das Nachtgeschirr zu benutzen, und warum er länger für diesen Gang brauchte als gewöhnlich. Vielleicht hatte Clara die Großmutter getroffen, die öfter nachts schlaflos durch das Haus wanerte. Vielleicht hatte sie ein Geräusch aus dem Stall gehört und war hineingegangen. Schließlich sollte die Kuh bald kalben. Oder der Durst hatte sie in die Küche getrieben, um dort einen Becher Wein zu trinken, und sie war am Tisch wieder eingeschlafen.

Beim zweiten Mal wurde sie misstrauisch.

Als es zum dritten Mal geschah, war sie vorbereitet. Sie wartete, bis sie sicher war, nun müsse Clara am Fuß der Treppe angelangt sein. Dann schlug sie die Decke zurück, stand auf und ging leise zur Tür. Konrad und Els waren nicht aufgewacht, als Clara sich davongeschlichen hatte, dennoch lauschte sie gebannt auf deren Atemzüge. Leise schob sie den Riegel zurück, öffnete die Tür und schloss sie wieder hinter sich. Mit nackten Füßen stieg sie die Treppe hinab, hielt sich am Geländer fest, um nicht zu fallen.

Im Haus war es stockdunkel und kalt. Eine eigenartige Furcht ergriff Lene, als erkunde sie einen fremden Ort, an dem keine Menschenseele lebte. Unten öffnete sie die Küchentür. Danach schaute sie in die Stube, die nun, nach Fastnacht, wieder der Familie allein gehörte, nachdem die Tische und Bänke der Heckenwirtschaft verschwunden waren. Überall war es dunkel und leer. Lene glaubte keinen Augenblick, dass Clara auf dem Abtritt zu finden sei. Dazu verschwand sie zu häufig und für zu lange. Ob sie das Haus verlassen hatte? Im Hemd? Lene schüttelte den Kopf. Dann konnte es nur noch einen Ort geben, wo ihre Schwester sich aufhielt. Aber warum sollte sie es sich plötzlich zur Gewohnheit gemacht haben, nächtens in den Stall zu schleichen?

Erst als Lene vor der Hintertür stand, die zum Hof führte, erinnerte sie sich daran, dass die Scharniere ein wenig zum Knarren neigten. Bereits die erste Berührung zeigte, dass sie nur angelehnt war. Langsam drückte Lene sie auf. Die Tür öffnete sich völlig geräuschlos, als hätte jemand sie frisch geölt.

Als sie die Gestalt draußen auf der Bank erkannte, schloss

sie hastig und ohne nachzudenken wieder die Tür. Doch ihr Vater war schon aufgesprungen und kam herein.

»Lenchen«, rief er leise hinter ihr her, so dass sie am Fuß der Treppe stehenblieb. »Lenchen, komm her.«

Sie zögerte nur einen Augenblick.

»Komm mit, Lenchen.«

Im Dunkeln fand er ihre Schultern und schob sie in Richtung der Stube. Drinnen entzündete er kein Licht. Er setzte sich auch nicht auf den Stuhl, der dem Hausherrn vorbehalten war, sondern zog sie mit sich auf die Bank.

»Lenchen, was machst du denn hier mitten in der Nacht?« Er tastete sich zu ihren Knöcheln, dann zu ihren Füßen. »Ohne Schuh und Strümpf!«

Er nahm den Mantel von seinen Schultern und legte ihn um sie. Lene zog ihre Füße auf die Bank und kuschelte sich in den Mantel, der nach ihrem Vater roch, ein wenig wie Holz und Öl.

*Warum verpetz ich sie nicht einfach*, fragte sie sich, und spürte doch, dass sie das nicht über sich brächte.

»Was hast *du* denn da draußen gemacht auf der Bank?«, fragte sie stattdessen.

»Hast du die Clara gesucht?« Seine Stimme war sanft, wie meist, wenn er mit seinen Kindern sprach.

Lene nickte, dann fiel ihr ein, dass er das im Dunkeln ja nicht sehen konnte.

»Ich hab auf die zwei aufgepasst, die Clara und ihren Velten, dass keiner sie stört«, erklärte er. »Sie sind ja jetzt verlobt, da sollen sie nach altem Brauch auch zusammen sein dürfen.«

Also war es ihm darum gegangen, das Paar vor der Entdeckung durch die Mutter zu schützen. Das musste er nicht sagen.

»Aber es ist doch kalt!«

»Denen ist nicht kalt. Die wärmen sich gegenseitig.«

»Sind sie im Stall?« Lene merkte, dass ihre Stimme zittrig klang wie die eines Kindes, das nach seinen Eltern fragt, und sie ärgerte sich darüber.

»Ja.«

Das Wort war ein Urteil, mit einem Schwert vollstreckt. Es sauste nieder und zerhieb eine Seele, die Doppelseele, in zwei Hälften.

Mit aller Macht musste Lene sich an der Bank festkrallen, um nicht aufzuspringen. In diesem Augenblick ging es nicht um Velten. Es ging nur um sie und Clara. Was ihrer Schwester gerade geschah und in den vergangenen Wochen geschehen war, hatte Clara verändert. Es ließ ihre Augen leuchten, tagein, tagaus, in einer Weise, die sich nicht verbergen ließ, so sehr sie es auch versuchte. Alles in Lene drängte danach, in den Stall zu laufen und sich dort zu verstecken, um zumindest heimliche Zeugin dieses Wunders zu sein.

Kein einziges Mal hatte sie um Velten geweint. Doch nun senkte sie den Kopf, während Tränen ihre Augen füllten und über die Wangen liefen. Was Clara erlebte, gehörte ihr allein. Es war unteilbar. Allein hatte sie die Reise angetreten, die sie zur Frau machte, und ihre Schwester als Mädchen zurückgelassen. Lene konnte hier verharren, oder sie konnte versuchen, ihr zu folgen, um sie wiederzufinden. Plötzlich wusste sie, dass es dazu nur einen Weg gab.

»Vater.« Ja, das war wieder die Stimme, die zu ihr gehörte, fest und ohne zu schwanken. »Vater – ich will auch heiraten. Bitte, such mir einen guten Mann.«

# 4

Missmutig zupfte Lene an den Ärmeln ihres Sonntagskleides. Irgendwie hatte sie das Gefühl, der schwarze Stoff kratze mehr auf der Haut als der irgendeines anderen Gewandes. Vorneweg gingen wie immer die Eltern, dahinter Peter und Ursel, dann Lene und Clara. Ihnen folgten Konrad und die Großmutter. Els hielt sich am Ende des Zuges, als hoffe sie, unterwegs verlorengehen zu können. Wie jedes Mal verlängerte sich der kurze Weg dadurch, dass ständig Verwandte oder Bekannte begrüßt werden mussten.

Im Inneren der Kirche drängten sich die Gläubigen. Vor einigen Jahren hatte man eigens eine Empore einbauen müssen, um die Massen aufzunehmen.

Wie ein Kind klammerte Els sich an den Arm der Großmutter. Der riesige, kahle Raum schien sie einzuschüchtern. Ihr Blick war nach oben gerichtet, auf den Triumphbogen, als könne dort jeden Augenblick die Darstellung der armen Sünder erscheinen, die am Tage des Jüngsten Gerichts im Schlund des Höllendrachens verschwanden. Dabei war sie schon vor Jahren übertüncht worden, wie alle Wandgemälde. Entgegen ihrer sonstigen Gewohnheit, zu allem ihre Meinung kundzutun, schwieg die Großmutter zu kirchlichen Angelegenheiten meist erstaunlich hartnäckig. Nur ein einziges Mal hatte sie gesagt, dass es um das Fresko, »das grässliche Ding«, nicht schade sei. Es anzuschauen habe einem ja »den Herzbändel abgedrückt«.

Wie überall, wo die Reformierten sich gegen die Lutheraner durchgesetzt hatten, war die Einhaltung des zweiten Gebots ernst genommen worden, dass der Mensch sich kein Bildnis vom Allmächtigen machen solle. Nicht nur die Marienstatue, die »Not Gottes« und die Salvatorfigur waren verschwunden, selbst Orgel und Taufstein hatte man entfernt. Der Altar war durch einen Tisch ersetzt worden, die Kanzel durch einen Predigtstuhl. Auf Weisung des Grafen hatte man die Wandteppiche abgenommen und anstelle der bunten Scheiben in den Chorfenstern einfaches Glas eingesetzt. Mehr als einmal taten die Büdinger ihren Unmut über die Veränderungen kund, indem sie die neuen Fenster nachts einwarfen.

Die Sitzplätze entlang der Wände waren für den Bürgermeister, die Lehrer und den Rentmeister reserviert sowie für diejenigen Mitglieder der fürstlichen Familie, die sich gerade in Büdingen aufhielten. Und obwohl die Kirche erst vor kurzem mit zusätzlichen Stühlen ausgestattet worden war, fanden längst nicht alle Menschen Platz. Wer nicht rechtzeitig kam, musste stehen.

Bevor der Herr Pfarrer eintraf, war es üblich, sich ein wenig umzuschauen und mehr oder minder lautstarke Grüße auszutauschen.

Als die Mutter ausrief: »Ja, was ist denn das?«, blickte Lene darum zunächst nicht auf.

Doch die Stimme hatte anders geklungen als bei einem Gruß. Eher wie damals, als ihre Mutter die Attraktion des Jubilatmarktes entdeckt hatte, das Kind mit dem Bart. Lene folgte ihrem ausgestreckten Zeigefinger.

Unter dem Chorgewölbe, kaum zwei Armbreit vom Predigtstuhl entfernt, saß Marie, ganz allein und mit großem Abstand zu den übrigen Gläubigen. Seit dem Tag, als Velten mit seinem Vater in ihr Haus gekommen war, hatte Lene die

Freundin gemieden, als könne sie damit die Erinnerung an ein trügerisches Glück und eine vergebliche Hoffnung auslöschen. Die gelösten Haare fielen Marie ins Gesicht. Ihre Füße, die unter dem schwarzen Kleid hervorschauten, waren nackt.

Lenes entsetzter Blick wurde von Clara erwidert. Was hatte die Freundin getan, dass man sie solcherart öffentlich als Dirne brandmarkte? Hatte Marie sich am Ende mit Wendel eingelassen? Lene wandte sich um. Noch war der Platz neben der Kirchentür leer, wo sonst die Familie des Scharfrichters stand.

Einige Male hatte Lene den Wunsch verspürt, zu Marie zu gehen. Sie wollte die Freundin noch einmal beschwören, für sich zu behalten, was sie ihr unbedacht anvertraut hatte. Damals hatte sie geglaubt, es sei nur eine Frage der Zeit, bis sie aller Welt ihre Liebe zeigen durfte. Nun war es ungleich dringlicher, dass Marie schwieg. Niemals sollte Clara erfahren, was beim Herbstschießen geschehen war. Und Velten schon gleich zehnmal nicht. Immer wieder war es Lene gelungen, den Gedanken an die Mitwisserin zu verbannen. Und auch Marie hatte in dieser Zeit nicht ihre Nähe gesucht. Dennoch fühlte Lene sich, als sei es ihre Aufgabe gewesen, Marie vor einer Dummheit zu bewahren, und als habe sie darin versagt.

Dem Beginn des Gottesdienstes mit Introitus, Kyrie eleison und Gloria folgte die Lesung der Epistel in deutscher Sprache. Dann wurde das Graduale gesungen und das Evangelium gelesen. Nach dem Abendmahl, dem Agnus und der Kollekte hätte der Gottesdienst gern zu Ende sein dürfen, wenn es nach Lene gegangen wäre.

Nicht nur, weil sie den Anblick der bloßgestellten Freundin kaum ertrug. Mit gesenktem Haupt saß Marie da, von Hunderten von Augenpaaren angestarrt. Während der Predigt betrachtete Lene die Umstehenden, zählte immer wieder die

Anzahl der Fenster im Chorraum und die Falten an der Kröse der Hutmachersfrau. Sie tat alles, um nur nicht zuhören zu müssen.

Sie konnte gut verstehen, warum Els sonntags morgens häufig von einer plötzlich auftretenden Übelkeit befallen wurde, in dem vergeblichen Versuch, sich vor dem Gottesdienst zu drücken. Doch der Besuch war Pflicht. Wer nicht daran teilnahm, konnte mit einer Geldbuße belegt werden. Und so stand Contz Schunk ganz allein neben dem Gesellen und dem Lehrling. Sein Vater war wieder in der Stadt unterwegs, um Büdinger aufzuspüren, die dem Gottesdienst fernblieben oder sogar stattdessen in der Wirtschaft saßen.

Am liebsten hätte Lene einmal mit Velten über das gesprochen, was der Pfarrer erzählte. Aber das wäre ihr früher schon schwergefallen und nun ging es gar nicht mehr.

Schon zu Anbeginn der Welt hatte Gott festgelegt, wer zum Heil und wer zur Verdammnis bestimmt war, wer in den Himmel durfte und wer in die Hölle fuhr. Auch ein noch so untadeliges Leben konnte daran nichts ändern, auch wenn die Lutheraner dies glaubten.

Allerdings, wenn Lene es richtig verstanden hatte, konnte man zumindest erahnen, was für einen vorbestimmt war. Gelang dem Tüchtigen alles, war dies ein Zeichen, dass man errettet werden würde. Andererseits warnte der Pfarrer davor, sich darüber allzu viele Gedanken zu machen. Der Mensch dürfe nicht versuchen, dem Allmächtigen in die Karten zu schauen. Jedenfalls war das alles sehr beängstigend. Angst aber war wiederum ein Zeichen dafür, dass man nicht genug an die Gnade Gottes glaubte, und damit Sünde. Als Mittel gegen die Zweifel empfahl der Pfarrer stetige Arbeit, um sie zu verscheuchen.

Worüber predigte er heute? Lene zwang sich, zuzuhören, bevor sie Augen und Gedanken wieder schweifen ließ. Ah, über das zweite Buch Mose: »Wenn ein Mann oder ein Weib Wahrsager oder Zeichendeuter sein wird, die sollen des Todes sterben, man soll sie steinigen, ihr Blut sei auf ihnen.« Nein, das war auch nicht besser.

Dort drüben stand Velten, neben seinem Vater. Hatte er bei den Worten des Pfarrers gerade ein wenig die Mundwinkel verzogen? Das war weiterer Beobachtung wert.

Jetzt schaute er herüber und lächelte. Lene überlegte gerade, ob sie es wagen sollte, dies zu erwidern. Vielleicht könnte ihr Zweifel etwas sein, das sie künftig teilen würden. Als Schwägerin und Schwager. Gerade noch rechtzeitig fiel ihr auf, dass Clara neben ihr den Kopf ebenfalls in Veltens Richtung gedreht hatte. Offenbar hatte er gar nicht sie angelächelt. Natürlich. Sie knuffte Clara in die Seite. Das fehlte noch! Sich gegenseitig schöne Augen zu machen, während der Pfarrer predigte.

*Wenigstens singen dürfen wir wieder,* dachte Lene, als der Gottesdienst mit einem Choral zu Ende ging. Auch die Kirchenlieder waren eine Zeitlang verboten gewesen. Die Menge der Gläubigen bewegte sich zum Ausgang, noch langsamer als üblich. Lenes Hand fasste die Claras, damit sie sich nicht verloren in dem trippelschrittigen Geschiebe.

*Hier riecht es ärger als in unserem Ziegenstall,* dachte Lene.

Den Grund für das Stocken erkannte sie in dem Augenblick, als sie durch die Tür traten.

Der vorher locker bewölkte Himmel hatte sich zugezogen. Ein leichter Regen fiel. Aber niemand schien es eilig zu haben, den Nachhauseweg anzutreten. Neben der geöffneten Kirchentür stand Marie. Alle hielten Abstand von ihr, als habe sie eine ansteckende Krankheit. Auch jetzt war ihr Kopf gesenkt. Dennoch konnte man sehen, dass ihre Wangen glühten.

Ohne zu überlegen machte Lene einen Schritt auf sie zu.

»Du wirst doch nicht –«, zischte ihre Mutter.

Sie gab Lene einen Schubs, dass ihr nichts übrigblieb, als weiterzugehen.

»Mit dem Glanze Wendel hat man sie erwischt!«, ertönte es aus der Menge. Schon waren die ersten Rufe und Beschimpfungen zu hören. »Hurenmensch« und »Dirne« gehörten noch zu den harmloseren. Fassungslos starrte Lene die Menschen an, von denen sie jeden Einzelnen kannte, und deren Gesichter sich nun verzerrt hatten, hasserfüllt oder triumphierend vor Selbstgerechtigkeit. Auch beim Hinausgehen hatte sie niemanden von der Familie Glanz gesehen. Vielleicht waren sie zuletzt hinein- und zuerst wieder hinausgeschlichen. Keiner von ihnen stand der Gedemütigten bei. Nicht einmal ihre Mutter, die Witwe Krug, war zu sehen.

Wie Perlenzier hingen Regentröpfchen in Maries dunklem, gewelltem Haar.

*Sie ist schön,* dachte Lene. *Sie ist schöner als ihr alle miteinander.*

Dieses Schauspiel konnte sie nicht länger ertragen. Sie packte Claras Hand fester und versuchte, sie aus dem Gewühl herauszuziehen. Es war so ungerecht. Schließlich hatte Marie nichts anderes getan als Clara. Der war wohl der gleiche Gedanke gekommen. Ihre Wangen waren kaum weniger gerötet als die Maries.

»Wo wollt ihr denn hin?«, rief die Mutter hinter ihnen her. »Ihr bleibt schön hier. Das schad euch nicht, das anzusehen!«

Inzwischen war die Familie Kalkhof wieder vollständig versammelt. Als habe Gertrud nur auf ihr Publikum gewartet, stemmte sie nun die Arme in die Seiten und rief Marie zu: »Du Hurenweib, du! Dass du dich nicht schämst!«

»Sei du bloß still«, murmelte die Großmutter.

»Recht geschieht es ihr«, fuhr die Mutter in unverminderter Lautstärke fort. »Und noch Schlimmeres hat sie verdient!

Steht nicht in der Bibel, dass man solche Weibsstücker steinigen soll?«

»›Aber Gott kennt eure Herzen‹«, gab die Großmutter zurück. »Das steht über dich drin!«

Ewald Kalkhof presste die Lippen aufeinander. Lene fiel auf, wie blass ihr Vater war. Von klein auf war sie es gewohnt, dass ihre Mutter an der Großmutter so wenig ein gutes Haar ließ wie die an ihr. Aber sie konnte sich nicht erinnern, dass es je zum offenen Streit zwischen den Frauen gekommen war. Obwohl ringsum die lautstarken Schmähungen Maries weitergingen, wurden einige der Umstehenden bereits aufmerksam und drehten sich um.

»Sag der alt Schell, sie soll das Maul halten!«, forderte Gertrud ihren Ehemann auf.

»Dann frag die da zuerst, ob sie nicht schon genug angerichtet hat!«, gab die Großmutter zurück.

Die beiden Frauen standen sich gegenüber, als wollten sie einander im nächsten Augenblick an die Gurgel gehen.

Ewald, der den Wortwechsel völlig unbewegt verfolgt hatte, nahm seine Töchter bei den Händen.

»Kommt, wir gehn heim.«

Er sah keine von ihnen an. Sie folgten ihm ohne Widerstreben. Auch Els schien froh zu sein, dem Schauspiel entkommen zu können und schloss sich ihnen hastig an. Noch einmal drehte Lene sich um, dorthin, wo Marie noch immer stand, nur wenige Schritte entfernt.

In diesem Augenblick hob Marie den Kopf und sah sie an. Erst als sie ins Stolpern geriet, wandte Lene den Blick von ihr. Ihr Herz begann unruhig zu schlagen. Noch nie hatte sie so viel Trostlosigkeit in den Augen eines Menschen gesehen.

Draußen war bestimmt nichts mehr zu erkennen. Trotzdem stand die Mutter am offenen Fenster der Schlafkammer, die sie mit dem Vater teilte, und starrte in die Dunkelheit hinab. Hinter ihr drängten sich die übrigen Frauen des Hauses wie Soldaten, die von der Turmwache wissen wollen, wie weit der Vormarsch des Feindes gediehen war.

Was am Sonntagmorgen als Aprilregen begann, hatte zwei Tage danach noch immer nicht aufgehört. Unablässig wurde Schwemmsand von den Weinbergen ins Tal gespült. Dabei hatte der Seemenbach vorher schon alle Last gehabt, die Mengen getauten Schnees zu fassen, die von den Hängen des Vogelsbergs herabflossen. Knöchelhoch wirbelte das gelbe Wasser durch die gepflasterten Gassen.

»Das schwemmt die Sünd fort aus der Welt«, sagte die Mutter befriedigt, bevor sie das Fenster schloss.

»Meint Ihr das wirklich?«, fragte die Els eifrig.

»Ja, überleg doch, wann es angefangen hat! Als das Hurenmensch neben der Kirchentür stehen musst. Das ist ein Zeichen!«

»Wenn nur die Mauer hält«, murmelte die Großmutter.

Lene wusste nicht, was sie geweckt hatte. War es die Unruhe um sie herum oder das wändedurchdringende Läuten der Sturmglocke?

»Was habt ihr denn?«, fragte sie ihre Geschwister verschlafen. »Bis zu uns kommt das Wasser ganz gewiss nicht.«

Ihr klopfendes Herz strafte den Versuch Lügen, sich selbst zu beruhigen. »Wo ist denn die Els?«, fragte sie, während sie sich eilends ankleidete.

Sie bekam keine Antwort.

Im Stockwerk darunter schienen Mutter und Großmutter bereits auf sie gewartet zu haben. Auch Ursel kam eben aus ihrer Kammer. Lene wiederholte ihre Frage.

»Die wird doch nicht mit den Männern sein, das dumme Tier!«, mutmaßte die Großmutter.

»Euer Vater und der Peter sind fort, schon bevor die Glocke geläutet hat. Und bestimmt ist die Mauer jetzt gebrochen. Hoffentlich ertrinkt uns keiner.« Wie immer, wenn Unheil drohte, war die Mutter in allerbester Stimmung.

»Komm, wir gehen die Els suchen«, forderte Lene ihre Schwester auf.

»Ihr bleibt hier!«, rief die Mutter.

Wieder einmal wurden ihre Befehle nicht beachtet.

Draußen schien das Ende der Welt angebrochen zu sein. Da war keine Gasse mehr, die der Regen überschwemmt hatte. Vielmehr toste ein reißender Fluss zwischen den Häusern hindurch, wütete gegen ihre steinernen Fundamente an.

Unschlüssig blieben die Mädchen auf der obersten Stufe der Außentreppe stehen. Dies war weitaus schlimmer, als Lene es sich vorgestellt hatte. Einen Augenblick lang verfluchte sie ihre Unbesonnenheit. Doch ins Haus zurückkehren, wo die schimpfende Mutter wartete, wollte sie nun auch nicht mehr.

Aus allen Häusern kamen die Männer gelaufen, mit Laternen und Fackeln, formten sich zu den leuchtenden Schuppen einer Schlange.

»Das Wasser geht ja nur bis zur zweiten Stufe«, sprach Lene sich und Clara Mut zu. »Es ist wie früher, als wir im Seemenbach gespielt haben. Und da warn wir noch klein.«

Das erste Eintauchen des Fußes war das Unangenehmste. Die nasse Kälte ließ sich die Haut am ganzen Körper zusammenziehen. Es war tatsächlich, als wate man im Seemenbach. Nach wenigen unsicheren Schritten mussten die Mädchen Halt aneinander suchen.

»Das geht so nicht.« Mit energischen Griffen nahm Lene ihre bereits wasserschweren Röcke hoch, wrang sie aus und band sie zusammen, so gut es eben ging. »Die haben alle Besseres zu tun heut Nacht, als uns auf die Bein zu gucken.«

Vorsichtig einen Fuß vor den anderen setzend, folgten sie der leuchtenden Schlange. Immer noch kamen Männer hinzu, wurden Fenster aufgerissen. Das Gurgeln des Wassers schien die Sturmglocke übertönen zu wollen. Äste ritten auf den Wellen, stießen gegen die Beine, dazu Unrat und die Kadaver kleiner Tiere.

*Das schwemmt die Sünd fort.* Lene schauderte. Wenn man hier strauchelte, hörte einen keiner rufen.

Noch vorsichtiger setzte sie die Schritte, noch fester umklammerte sie Claras Hand. Die Menge bewegte sich am Schloss vorbei, dorthin, wo man in alter Zeit einen Erddamm entlang des Seemenbachs errichtet hatte und später zusätzlich die Mauer.

Von weitem waren Rufe zu hören. Sie mischten sich mit dem Läuten der Glocke, das selbst hier noch von der Karlspforte herüberklang. Immer wütender toste der sonst so friedliche Bach, nunmehr den Tod verheißend. Die Lichtflecken wurden dichter, flossen ineinander, beleuchteten in der Ferne ein ungeordnetes Durcheinander verzerrter, hastender Gestalten, manche mit Säcken auf den Armen. Was sie taten, ob die Mauer noch hielt oder bereits gebrochen war, wo Peter und der Vater in diesem Inferno steckten – all dies war mit einem Mal bedeutungslos.

»Da findest du keinen!«, stellte Lene fest. »Und hier ist die Els ganz bestimmt nicht. Die wär vor Angst doch längst gestorben.«

Einzig Narrheit schien sie hierhergetrieben zu haben. Clara widersprach nicht. Und als Lene sich umwandte, folgte sie sofort. Verzagt traten sie den Rückweg an.

Nur selten kam ihnen jemand entgegen, leuchtete sie an, schüttelte den Kopf oder fluchte. In der brausenden, gurgelnden Dunkelheit musste jeder Schritt mit den Füßen ertastet werden. Die Kälte hatte Lenes Beine taub werden lassen, während der Schweiß ihr den Rücken hinabrann. Sie begannen, sich Ziele zu setzen: bis zu dem Eck, bis zum nächsten, bis zu dieser Treppe, bis zu jener. Die Dunkelheit löste die Entfernungen auf, verwandelte die vertrauten Gassen in eine fremde, unheimliche Landschaft.

Als die beiden Schwestern endlich die Haustür aufstießen, schluchzten sie vor Erleichterung. Lene war so sicher, unmittelbar dahinter auf die schimpfende Mutter zu stoßen, dass sie im leeren Hausgang erst einmal verblüfft stehenblieb.

»Komm, wir gehn nach oben, ziehn uns aus und legen uns ins Bett«, schlug sie vor. »Und morgen tun wir so, als ob wir nur vor der Tür ...«

»Zu Hilfe!« Eine dumpfe Stimme erscholl. Lene wusste nicht, woher im Haus sie kam. Gerade wollte sie loslaufen, um nachzuschauen, da ertönte der Hilferuf erneut.

»Das kommt aus dem Keller!«

Tatsächlich, die Tür unter der Treppe stand offen. An Säcken, Fässchen und einer Unzahl irdener Gefäße drängte Lene sich vorbei zur Großmutter, die rufend und händeringend auf halber Höhe der Kellertreppe stand. Unten, bis zu den Waden im Wasser, hielt die Mutter Ursels Hand. Der Schwägerin schwappte die gelbe Brühe bis zur Leibesmitte.

»Schnell, so helft doch!«, rief die Großmutter. »Die Els, die Els!«

Lene stürzte an ihr vorbei, Clara gleich hinterdrein.

»Ich hab sie«, rief Ursel, »kommt, schnell!«

Sie ließ sich aufs Hinterteil fallen, auf eine im trüben Wasser unsichtbare Stufe. Mit beiden Händen zog sie an einem Arm, der zwischen Rüben und Zwiebeln aus dem Wasser ragte.

»Fallt ihr nicht auch noch rein!«, mahnte die Mutter.

Zu dritt zogen sie Els auf die Treppe.

»Ist sie tot?«, wollte die Mutter wissen.

»Ich weiß es nicht«, sagte Ursel. »Sie hat die Augen zu.«

»Legt sie in den Gang!« Das war die Großmutter.

Dorthin wurde Els gebracht, und dort lag sie, bewegungslos und stumm.

»Die hat ordentlich Wasser geschluckt«, sagte die Großmutter. »Ursel, du musst ihr auf die Brust drücken, genau in der Mitt, nein, kräftiger!«

Entsetzt starrte Lene auf die Magd. Konnte es wirklich sein, dass sie ihren waghalsigen Ausflug überlebt hatten, während Els im vermeintlich sicheren Haus den Tod fand?

In diesem Moment öffnete Els die Augen, spie einen Schwall Wasser aus und richtete sich langsam auf. Sie stöhnte, verdrehte die Augen und fiel wieder hintüber.

»Die lebt«, stellte die Großmutter fest. »Bringt sie ins Bett.«

*Pack lieber mit an, anstatt zu reden,* dachte Lene. Sie wusste, dass sie ungerecht war. Velten stand nie müßig dabei, wenn er seine Clara im Weinberg besuchte. Auch jetzt hielt er nur für einige Atemzüge inne, während er sich auf seine Haue stützte.

Das furchtbare Wasser, das am Ende beinahe mannshoch in den Straßen stand, hatte in den Weingärten kaum Schäden angerichtet. In der Kirche jedoch mussten noch mehr Gläubige als sonst beim Gottesdienst stehen. Die Flut hatte die neuen Stühle so heftig gegen die Wände geschmettert, dass nur geborstene Bretter übriggeblieben waren. Dies bestärkte die Büdinger in ihrer Meinung, es sei wohl doch ein Fehler gewesen, die Statuen des heiligen Johannes und des heiligen Nikolaus aus dem Gotteshaus hinauszuwerfen. Schließlich waren sie für das Wetter zuständig.

»Woher weißt du denn, wo du schneiden musst?«, fragte Velten neugierig.

»Das weiß man halt«, sagte Lene.

In Wahrheit gab es nicht viele Menschen, denen ihr Vater

diese Arbeit zutraute. Sie hatte keine Lust, Velten etwas zu erklären, wenn es ihm doch nur darum ging, eine Ausrede zu finden, um Clara währenddessen anzustarren wie ein liebeskranker Gockel. Sie wandte sich ab und fuhr fort, mit dem Rebmesser die Wassertriebe abzuschneiden, die dem alten, mehrjährigen Holz entsprossen.

Clara ließ den Korb mit den Weidenruten stehen und kam zu ihnen herüber. Heute hatte sie freiwillig die langweiligere Aufgabe übernommen, das Anbinden der Stöcke.

»Siehst du hier die Augen?«, fragte sie Velten.

Wie Lene mit einem Seitenblick erkannte, nutzte der natürlich die Gelegenheit, sich so dicht neben seiner Verlobten hinabzubeugen, als sei er kurzsichtig.

»Jetzt fangen sie grad an zu schwellen«, fuhr Clara fort. »Nur die Triebe, die hier herauskommen, tragen Trauben. Und man muss so schneiden, dass kein Saft ausfließt.«

*Das weiß er doch schon alles,* dachte Lene, *schließlich bringt er Vater immer all die schlauen Bücher. Er hört dich nur gern reden.*

»Was bekomm ich doch für eine kluge Frau«, sagte er.

Und schon hatte Lene mitten in ein Auge geschnitten. Sie unterdrückte einen Fluch und stapfte einige Schritte weiter, um den Eimer mit Ziegenmist zu holen, mit dem Wunden bestrichen wurden, die beim Schneiden am Holz mitunter entstanden. Wenn sie Pech hatte, würde dieser Stock dennoch vertrocknen.

Die Tage, an denen es Velten in den Sinn kam, die Werkstatt seines Vaters zu verlassen und seine Verlobte im Weinberg zu besuchen, wurden ihr stets lang. So rasch die Stunden von Glockenschlag zu Glockenschlag sonst bei der Arbeit vergingen, so qualvoll dehnten sie sich dann.

An diesem Abend war es nicht der Duft von Taubenmist, der abgewaschen werden musste, sondern der von Ziegenkot.

»Ich bring euch noch heim«, sagte Velten, kaum dass sie das Obertor erreicht hatten.

»Aber nur bis zum Eck!«, erwiderte Clara.

Die Mutter hatte sich jegliche öffentliche Verabschiedung vor dem Haus verbeten. Warum also mussten die beiden ihr Sprüchlein jedes Mal aufsagen? Ob alle Verliebten sich auf diese, für ihre Umgebung so wenig erträgliche Weise verhielten?

Die Liebe war eine Krankheit, die den Verstand kostete und selten einen guten Ausgang nahm. Das stand zumindest in allen Büchern zu lesen, behauptete Konrad, als sei er mit seinen zwölf Jahren schon ein Gelehrter auf diesem Gebiet. Und offenbar ging es ja auch gut ohne sie. Peter und Ursel hatten nie Anzeichen irgendeiner Vernarrtheit zu erkennen gegeben. Sie hatten geheiratet, weil es an der Zeit war, eine Familie zu gründen, und sich jemanden gesucht, der den gleichen Wunsch hatte. Wohin es führte, wenn man sich seinen Leidenschaften ergab, konnte man am Schicksal der armen Marie sehen.

Wie sich zeigte, hatten die Verlobten gut daran getan, sich bereits in der Färbergasse und lediglich mit einem unschuldigen Lebwohl verabschiedet zu haben. Gertrud stand schon in der Tür.

»Kommt rein, ihr Mädchen, kommt rein!«, sagte sie mit einer Stimme, die Lene von der Mutter sonst nur kannte, wenn sie in der Kirche »Wie schön leuchtet der Morgenstern« sang.

Wie eine Schar Gänse, die von einer gutgelaunten Magd gescheucht wurden, beförderte man sie drinnen schleunigst in die Küche. Sowohl der Vater als auch Peter fehlten noch, dennoch stellte Els den großen Topf mit Linsensuppe auf den Tisch und teilte die Löffel aus.

»Langt ordentlich zu, ich hab für die Männer was beiseit gestellt!«, sagte die Mutter.

Lene bemerkte, dass die Großmutter ihrer Schwiegertochter einen abschätzigen Blick zuwarf. Sie hatte den Verdacht, er beziehe sich auf deren ebenso ungewohnt wie anhaltend gute Laune.

Lene fiel auf, dass die anderen verhaltener als sonst zulangten. Es schien beinahe, als lauerten sie auf etwas. Gerade holte sie mit einem Stück dunklem Brot die letzten Reste der Suppe aus dem Topf, als Peter hereinkam. Er trug sein Festgewand. Mit einem Mal kam es ihr vor, als sei das Herz ihr eine Handbreit tiefer gesackt.

»Die Mädchen sollen …«, sagte er, als seine Mutter ihn auch schon unterbrach.

»Was soll das nur wieder?«

Peter zuckte lediglich mit den Schultern und wandte sich an seine Schwestern. »Ihr sollt die guten Kleider anziehen und in die Stub kommen.«

Es war wie in einem bösen Traum, wo ein vertrautes Gesicht sich plötzlich in eine Teufelsfratze verwandelt. Die Erinnerung an die freudige Erwartung, die der gleiche Befehl einst ausgelöst hatte, schmeckte nun schal. Und die vorsichtigen, besorgten Blicke, mit denen Clara sie verstohlen musterte, ärgerten Lene. *Tu nicht so. Dir geht's doch gut.*

Beim letzten Mal hatte es ihr gar nicht schnell genug gehen können, nun trödelte Lene mit dem Fertigwerden. *Ich will gar nicht wissen, wer es ist.* Damals wäre es der Richtige gewesen. Wer immer jetzt unten in der Stube saß – es konnte nur der Falsche sein. Es war wirklich nicht immer einfach, sich dem Wirken der Vorsehung anzuvertrauen.

Clara wartete geduldig.

»Nun geh doch schon!«, knurrte Lene. »Sag der Mutter, ich komm gleich.«

Clara hatte die Tür kaum hinter sich geschlossen, als Els hereinkam. Ängstlich schaute sie sich um. Seit sie im Keller beinahe ertrunken war, hatte ihre Wunderlichkeit noch zugenommen.

»Wovor hast du denn immer solche Angst?«, fragte Lene. »Hier kann dir doch gar nichts passiern!«

Els nahm sie am Arm und zog sie zu sich heran.

»Ich muss dir was sagen«, flüsterte sie. »Die sind meinetwegen hier. Wegen dem Wasser.«

»Ich weiß nicht, was du meinst, Els. Hast du was angestellt? So schlimm wird es schon nicht sein. Und vor der Mutter musst du keine Angst haben. Die schimpft vielleicht schnell, aber sie tut dir doch nichts.«

Els sah sie verwirrt an. »Ich – ich mein das große Wasser.«

»Els, red doch vernünftig. Was für ein großes Wasser?«

»Neulich, als das viele Wasser da war. Im Keller, und überall. Da wo – wo ich fast ersoffen bin.«

»Els, ich versteh dich nicht. Was willst du mir denn sagen?«

»Der Herr Pfarrer – der hat doch gemeint, es wär gut, wenn eine neue Sintflut käm und alle Sünder hinmachen tät, damit die Gerechten errettet werden. Und deshalb hab ich auch alles aus dem Keller raufholen wolln, damit wir zu essen haben während der Sintflut.«

Lene hörte polternde Schritte, dann wurde die Tür aufgerissen.

»Lene, wo bleibst du denn?«, schnaufte die Mutter ungeduldig.

Els schlüpfte an ihr vorbei. Lene blieb nichts, als der Magd zu folgen.

*Ich frag die Els nachher noch mal, was sie von mir gewollt hat,* dachte Lene.

Peter erwartete sie unten an der Treppe. Lene fühlte sich an einen Büttel erinnert, der einen armen Sünder dem Scharfrichter zuführt.

Als die Tür sich öffnete, legten sich in einer gespenstischen

Wiederholung alte Bilder über die neuen. Lene sah Veltens Gesicht vor sich, in allen Einzelheiten, wie er sich umgewandt und ihnen erwartungsvoll entgegengesehen hatte. Das war einer der letzten Augenblicke des Glücks gewesen.

Wieder saß Ewald zwei Männern gegenüber, Vater und Sohn, und wieder drehten sie sich zur Tür.

*Das ist nicht deine Wahl,* dachte Lene. *Das hat die Mutter eingefädelt.* Es war, als habe ihr Vater sie betrogen.

Niemals wäre er von sich aus auf den Gedanken gekommen, seine Tochter Contz Schunk zu geben.

Zögernd betrat Lene den Raum. Natürlich ließ Clara ihr den Vortritt. Während Contz' Lächeln freundlich war, missfiel das seines Vaters ihr augenblicklich. Er musterte Clara und sie in einer Weise, als hätten sie vergessen, unter dem Mieder das Hemd anzuziehen.

Ein saurer Geschmack stieg ihr in den Mund, dass sie dachte, ihr müsse gleich übel werden. Ohne nachzudenken war sie davon ausgegangen, es sei der Vater, der hier für den Sohn werbe. Doch was, wenn der ihn nur begleitete?

Soweit bekannt war, hatte Peter Schunk bisher keine Anstalten gemacht, seine Werkstatt dem Sohn zu übergeben. Warum also sollte Contz eine Frau suchen? Viel wahrscheinlicher war es, dass Peter Schunk lediglich das Trauerjahr abgewartet hatte, um sich erneut zu vermählen.

*Ich red nie wieder ein Wort mit der Mutter,* schwor Lene sich.

Ihr Vater stand auf. Dieses Mal sah er weniger freudig aus.

Er kam nicht zu ihnen und legte auch nicht die Arme um sie, blieb lediglich stehen und sagte: »Ich hab schon mal gesagt, dass ich meine Töchter nur einem geben will, der sie auseinanderkennt.«

*Lieber Gott, bitte mach, dass er sich vertut,* betete Lene stumm.

Verzweifelt versuchte sie sich zu erinnern, ob Peter Schunk das Kunststück schon einmal fertiggebracht hatte, das den meisten misslang. Sie konnte ihn nur anstarren, vor Furcht gelähmt wie ein Kind, das im Wald plötzlich einem Wolf gegenübersteht.

Aber nicht er erhob sich, sondern Contz.

Er deutete mit dem Finger zuerst auf ihre Schwester, dann auf sie, und sagte: »Das ist die Clara, und das ist die Lene. Ich will die Lene.«

Dieses Mal wurden sie nicht ins Bett geschickt. Nach dem Umkleiden durften sie wieder herunterkommen und sich in die Küche setzen, wo es noch immer nach Linsensuppe roch, als sei dies ein Abend wie jeder andere, und als habe das Schicksal nicht gerade einen Kübel Pech über Lene ausgeschüttet.

»Und? Jetzt erzählt doch schon!« Noch immer hatte die Mutter das Leuchten in den Augen.

Clara übernahm es, ohne Verzierungen zu berichten, was in der Stube geschehen war.

Lene konnte einen blassen Trost darin finden, dass zumindest die Großmutter die Freude der Mutter nicht teilte, sondern immer wieder verstohlen den Kopf schüttelte.

»Der Contz!«, war das Einzige, was sie dazu verlauten ließ.

Zwischen dem Triumph der Mutter, der Skepsis der Großmutter und der stummen Besorgnis ihrer Schwester suchte Lene in sich nach einer Regung. Vergeblich.

Als die Mutter erneut meinte: »So sag doch was, Lenchen! Freust du dich?«, schlug zum Glück die Haustür zu.

Kurze Zeit darauf kam ihr Bruder herein.

Der Vater dagegen blieb in der Tür stehen. »Lenchen – komm mal mit mir.«

Sie folgte ihm mit hängendem Kopf in die Stube. Ohne genau zu wissen, was diesen Eindruck hervorrief, schien es ihr, als rieche es hier noch nach den Schunkens. Und obwohl sie den Ledergeruch in deren Schusterwerkstatt immer gemocht hatte, war ihr dies mit einem Mal zuwider.

Der Vater setzte sich auf seinen Stuhl und wies auf die Bank neben sich.

»Lenchen – du musst ganz ehrlich zu mir sein. Willst du den Contz heiraten?«

Lene versuchte ein schwaches Lächeln. »Ich hab schon gedacht, der Alt …, ich mein, ich hab schon gedacht, der Meister Schunk ist um mich gekommen.«

Wenigstens sah ihr Vater entsetzt aus. »Wie kommst du denn auf so Gedanken? Das hätt ich doch nie geduld!«

*Aber dass der Contz um mich freit, das duldest du. Hättest du mich nicht* vorher *fragen können, ob ich das will?* Aber der Gedanke war müßig. Väter fragten in dieser Angelegenheit ihre Töchter nicht. Sonst könnte man es ja gleich ihnen überlassen, ins Haus zu bringen, wen sie gerade wollten.

»Ich hätt dich gern einem gegeben, der einen angeseheneren Beruf hat.« Ewald seufzte. »Aber die Zeiten sind schlecht. Bald mag manch einer sich entscheiden müssen, ob er sich einen neuen Einband für ein altes Buch leisten kann oder ob er nicht eher ein Paar Schuh braucht. Und der Contz ist ein anständiger Kerl. Man hat nie was Schlechtes über ihn gehört.«

Es klang, als wolle er sich selbst davon überzeugen, die richtige Wahl für seine Tochter getroffen zu haben.

»Jetzt wird es doch nichts mit dem Lenhard.«

Geistesabwesend hatte Lene diese Worte vor sich hin gemurmelt. Nun erschrak sie über sich selbst, kaum dass sie heraus waren. Was war ihr nur in den Sinn gekommen? *Lene und Lenhard.* Wie oft hatte Clara sie damit aufgezogen, als sie noch Kinder waren.

»Nein. Mit dem Lenhard wird es nichts mehr.«

Ewald Kalkhofs Stimme klang rau. In seinen Augen loderte etwas, das Lene erschaudern ließ. Es kam ihr nicht in den Sinn, zu fragen, was ihn plötzlich so verbittert hatte. Man sprang nicht von einem hohen Felsen, man fasste nicht in die Disteln. Und man näherte sich manchen Erinnerungen besser nicht. Und doch war es, als sei etwas ausgesprochen worden, das des Aussprechens bedurft hatte.

Ewald nahm ihre Hand. »Du hast mir noch keine Antwort gegeben. Willst du den Contz? Und ich bin dir nicht bös, wenn du nein sagst.«

Lene senkte den Kopf und dachte nach. Wenigstens war Contz ein Büdinger. Ihr Vater hätte sie einem Mann aus Lorbach geben können, oder einem aus Rinderbügen. Dann hätte sie Clara allenfalls ein paar Mal im Jahr gesehen. Das Haus der Schunkens lag in der Obergasse, kaum weiter von Claras künftigem Zuhause entfernt als das Haus der Kalkhofs. Jeden Tag würden sie sich gegenseitig besuchen können und zusammen auf den Markt gehen. Der schunksche und der ecksteinsche Garten vor den Mauern der Stadt grenzten fast unmittelbar aneinander. Ihre Kinder würden gemeinsam aufwachsen, konnten als Basen und Vettern miteinander spielen.

Sie sah ihren Vater an. Dann nahm sie einen tiefen Atemzug.

»Ja, Vater. Ich will ihn heiraten.«

## 5

Die wilden Erdbeeren, die zwischen den Rebstöcken wuchsen, brachten kleine, dunkle Früchte hervor. Eigentlich war Lene geschickt worden, um ein Körbchen voll für ihren Bruder zu holen. Die Hitzigkeit von Konrads Magen bereitete der Mutter ständige Sorgen. In Wein, mit Weißbrotstückchen, sollten die Beeren zu einem leicht bekömmlichen Brei gekocht werden.

Zudem hatte Ursel gebeten, ihr ein wenig Kraut und Wurzeln der Erdbeerpflanzen mitzubringen, die, zusammen mit rotem Wein gesotten, zuverlässig gegen übermäßigen Blutfluss während der Weiberzeit halfen. Nun war das Körbchen bereits gut gefüllt.

Obwohl die Mutter immer wieder davor gewarnt hatte, konnte Lene nicht anders, als einige Früchte zu naschen. Eigentlich musste man sie erst gründlich säubern, denn es bestand die Gefahr, dass Blindschleichen und anderes Gewürm darüber hinweggekrochen waren und sie vergiftet hatten.

Als Lene sich aufrichtete, sah sie die Gestalt am Fuße des Berges. Sie ahnte sofort, wer da stand und ertappte sich bei dem Gedanken, einen Umweg in Kauf zu nehmen, um ihr nicht zu begegnen. Lene hob das Körbchen auf, nahm einen tiefen Atemzug und ging gemächlichen Schrittes hinab.

»Gott zum Gruß«, rief Marie ihr schon aus der Ferne zu, als fürchtete sie, Lene könne sich doch noch für einen anderen Weg entscheiden.

Lene erwiderte die Begrüßung, als sie vor ihr stand.

»Es ist lang her, dass ich dich gesehn hab, Lene. Ich hab ja auch nicht erwartet, dass du zu meiner Hochzeit kommst. Du weißt doch, dass der Wendel und ich geheiratet haben?«

Lene nickte stumm. Natürlich hatten die Büdinger sich tagelang die Mäuler zerrissen. Der Sohn eines Scharfrichters nahm üblicherweise die Tochter eines solchen zum Weib oder zumindest ein Mädchen aus einer Familie, wo der Vater einen vergleichbar unehrlichen Beruf ausübte. Aber man war sich rasch einig gewesen. So wie die Dinge standen, konnte Marie froh sein, dass sie überhaupt noch einer nahm.

»Da hat man immer Umgang gepflegt mit den Krugs – und dann so was«, hatte die Mutter kopfschüttelnd gemeint, als hätte allein ihre Anwesenheit Gewähr gegen alle Anfechtungen bieten müssen. Früher hatte sie häufig gesagt, als Christenmensch müsse man sich um die arme Witwe Krug und deren bedauernswerte Tochter doch kümmern. Seit Maries Fehltritt war hiervon keine Rede mehr.

Lene hörte ein Rascheln und drehte sich um. Nichts war zu sehen. Wahrscheinlich nur ein Tier, vielleicht ein Vogel.

»Da ist keiner«, kommentierte Marie diese Bewegung. »Ich hätt dich schon nicht angesprochen, wenn einer in der Näh wär.«

Lene wusste nichts zu sagen und konnte sie nur hilflos anstarren. Der Drang, Marie in den Arm zu nehmen, kämpfte mit dem Wunsch, den Kopf zu schütteln und zu sagen: *Was machst du aber auch für Dummheiten!*

»Ich hab gehört, du bist dem Schunke Contz versprochen?«

Lene nickte. Worte fielen ihr nicht ein, dabei hätte sie Marie doch zeigen wollen, dass sie sich – zumindest hier, wo keiner es sah – nicht scheute, mit ihr zu sprechen.

»Und der Velten heiratet deine Schwester?«

Lene glaubte, ein gehässiges Leuchten in Maries Augen zu

erkennen. Nun gelang es ihr nicht einmal mehr zu nicken. Sie stand starr wie ein Kaninchen vor der Schlange. Clara hatte nicht mit ihr kommen können, zu viel war noch zu erledigen vor der Hochzeit am Monatsende. Nun war Lene froh darüber.

*Bitte, bitte sag ihr nicht, dass ich dem Velten einen Kuss gegeben hab,* flehte es stumm in ihr. Keine Worte kamen über ihre Lippen. Wie viel leichter hatte ihre Mutter es doch mit den Menschen. Solange man sich an das hielt, was der Herr Pfarrer predigte, war alles in Ordnung. Tat man es nicht, geschah es einem recht, wenn man ausgestoßen wurde. Lene verfügte nicht über solche Selbstgerechtigkeit. Sie fühlte sich beinahe schuldig dafür, dass sie einen Mann heiraten durfte, der – wenn auch nur gerade eben – einen ehrlichen Beruf ausübte. Und dafür, dass Marie sich selbst aus der Gemeinschaft der Bürger ausgeschlossen hatte.

Marie schüttelte ärgerlich den Kopf.

»Dann wünsch ich dir noch alles Gute mit deinem Contz!«

Es klang wie ein Fluch. Schon hatte Marie sich umgedreht und war davongelaufen.

»Lebwohl!«, gelang es Lene noch, hinter ihr herzurufen.

Sie wusste nicht, ob Marie sie noch gehört hatte.

»Die Schand! Die Schand!«

Schon im Hof waren die lauten Rufe der Mutter zu hören. Vor Schreck hätte Lene beinahe die Kanne mit der frischen Ziegenmilch fallenlassen. Vorsichtig öffnete sie die Hintertür. Im Hausgang stand die Familie, vollständig versammelt, um die Mutter, die noch immer »die Schand« beklagte.

Vielleicht hatte die Mutter ja herausgefunden, dass Clara sich nachts mit ihrem Verlobten traf? Doch ihre Schwester sah in keiner Weise schuldbewusst aus, sondern erschüttert.

Lene ahnte, dass aus der Mutter nichts Vernünftiges herauszubekommen sein würde. Sie drückte sich eilig an allen vorbei in die Küche und stellte die Kanne auf dem Tisch ab, bevor sie zurück in den Flur eilte. Ursel stand der Küchentür am nächsten, und so fragte Lene sie leise, was in aller Welt denn geschehen sei. Ihre Schwägerin schob sie zurück in die Küche, wohl ahnend, dass jedes Wort zu neuen Ausbrüchen ihrer Schwiegermutter führen würde.

Dort gingen sie zu dem kleinen Fenster, in größtmöglicher Entfernung zur Küchentür.

»Sie haben grad die Els geholt.« Ursel war weiß wie ein Stück Leinen.

»Wie – sie haben die Els geholt?«

»Sie wollen sie einsperren. Sie haben gesagt – sie ist eine Hex.«

»Was?« Lene musste sich beherrschen, nicht laut herauszulachen. »Die Els? Wie kommen die bloß darauf? Was haben sie denn gesagt?«

»Nichts haben sie gesagt! Gar nichts!«

*Die Els kann gar keine Hex sein,* hätte Lene beinahe gesagt. *Die wüsst gar nicht, wie das geht.* Augenblicklich schämte sie sich ihrer Gedanken. Was wusste sie eigentlich von der Els? Nicht einmal ihr genaues Alter kannte sie. Sie und Clara waren noch klein gewesen, als die junge Els in das Haus gekommen war. Nach Kinderart hatten sie die Magd dafür verachtet, dass sie langsam im Geist war, und später für ihre Plumpheit und ihre ständig roten Backen.

Über Hexerei wusste Lene auch nicht mehr. So gern die Mutter über dieses Thema redete, so ungern hörte sie ihr dabei zu. Aber offenbar verführte der Böse nicht nur kluge Frauen. Warum sollte nicht gerade eine auf ihn hereinfallen, die alles glaubte, was man ihr erzählte? Und was hatte Els ihr neulich sagen wollen, an dem Abend, als Contz mit seinem Vater gekommen war? Mit Schrecken fiel Lene ein, dass sie völlig vergessen hatte, Els noch einmal danach zu fragen.

»Das ist nur ein Irrtum«, sagte Ursel. »Du wirst sehen, das klärt sich schnell auf.«

Plötzlich fühlte Lene ihr Herz pochen, in einer Angst, die nichts mit Els zu tun hatte. Der Mund wurde ihr trocken. *Bei den Kannegießers hat es sich nicht aufgeklärt.*

»Komm, lass uns zu den anderen gehen«, drängte Ursel.

Kaum wurde die Mutter ihrer ansichtig, verstärkte sich ihr Jammern. »Die Leut, die Leut! Was werden die Leut nur sagen! So was in unserm Haus!«

Kurz darauf fanden Lene und Clara sich in ihren fleischigen Armen wieder. Lene blinzelte überrascht. Sie konnte sich nicht daran erinnern, wann ihre Mutter sie zum letzten Mal mit Zärtlichkeiten bedacht hatte.

»Ihr armen, armen Mädchen!«

»Aber den Mädchen ist doch gar nichts passiert!«, wagte Peter einzuwenden.

»Peter, überleg doch!« Die Mutter schien den Tränen nahe. »Du glaubst doch nicht, dass sie jetzt noch einer nimmt! Das fällt doch auf uns alle zurück, was die Els gemacht hat!«

Die Großmutter schüttelte nur den Kopf und schnaubte, während der Vater scharf erwiderte: »Du hast die Els also schon schuldig gesprochen, bevor du überhaupt weißt, warum man sie anklagt? Und außerdem: Ich müsst mich sehr täuschen, wenn der Meister Eckstein so denkt, wie du meinst. Und was den Meister Schunk betrifft – mit dem darfst *du* reden. Ihr seid euch doch sonst immer einig. – So, ich seh jetzt, ob ich rauskrieg, was das ist mit der Els und wo man sie hingebracht hat.«

Damit verließ er das Haus, nicht ohne die Tür kräftig hinter sich zuzuschlagen.

Ein paar Tage später klopfte es, als Kalkhofs gerade beim Nachtmahl saßen.

Die Miene des Vaters war finster, als er nach einiger Zeit zurück in die Küche kam. »Lenchen, komm mal mit.«

Beunruhigt sprang Lene auf.

»Was ist denn?«, fragte sie, als sie allein draußen im Gang standen. »Weißt du was über die Els?«

Aber nein, das konnte nicht sein. Schließlich gab es keinen Grund, dies nicht der ganzen Familie mitzuteilen. Bislang war lediglich in Erfahrung zu bringen gewesen, dass Els im Rathaus festgesetzt worden war und dort verhört wurde.

Ihr Vater sah sie nur schweigend an, schüttelte den Kopf und öffnete die Tür zur Stube.

Drinnen wartete Peter Schunk. Neben ihm auf der Bank saß Sybilla Burckhardt, eine kleine Frau mit runden, kräftigen Armen. Die Büdinger Hebamme.

Peter Schunk stand auf, als sie eintraten.

»Erklär mir, warum ihr uns heut Abend besucht, Peter.« Ewald Kalkhof blieb neben der Tür stehen und verschränkte die Arme.

»Es – es hat Gered gegeben.« Lene bemerkte, dass Peter Schunks Gesichtsfarbe noch ein wenig rosiger war als gewöhnlich. »Es ist ja nicht nur wegen der Els. Man sagt auch, die Clara hat es nicht abwarten können, bis sie verheiratet ist mit dem jungen Eckstein.«

»Wer sagt das?«

»Es ist doch egal, ob es stimmt oder nicht. Es reicht, dass geredet wird.«

»Jedenfalls braucht die Clara bestimmt die Hebamme nicht. Und sie wird sie auch nicht brauchen, bis sie Velten Ecksteins Frau ist. Und auch danach ein Dreivierteljahr nicht.«

Die Luft im Raum war schwer wie vor einem Sommergewitter.

»Die Sybilla ist ja auch nicht wegen der Clara hier.«

»Warum denn sonst?«

»Wegen der Lene.«

Lene wagte kaum noch zu atmen.

»Natürlich ist da viel dummes Zeug bei dem, was so geschwätzt wird«, fuhr der Schuster fort. »Aber es kommt halt allerhand zusammen. Es ist ja nicht nur die Geschicht mit der Els und dass man über die Clara redet, sondern auch, wie du weißt, über die Krugs Marie, mit der eure Mädchen immer zusammen waren.«

»Was willst du damit sagen?« Ewalds Stimme klang so bedrohlich, wie Lene es selten erlebt hatte.

»Ich will gar nichts sagen!« Peter Schunk hob abwehrend die Arme. »Die Leut sagen das! Und man kann es ihnen ja kaum verdenken. Ein Haus, in dem eine Hex ihr Wesen getrieben hat, wo die Schwester sich unzüchtig verhält und wo eine Hur ein- und ausgegangen ist, die jetzt der Scharfrichterssohn zu seinem Weib genommen hat – schau mich nicht so an, Ewald! Du weißt, wie die Leut sind! Weder du noch ich können da dran was ändern. Keiner würd es uns übelnehmen, wenn der Contz sich jetzt eine andre suchen tät.« *Ich auch nicht,* dachte Lene. »Aber die Lene hätt es danach bestimmt schwer, noch einen zu finden, der sie nimmt.«

Lene musste ihren Vater nicht ansehen, um zu wissen, dass er die Zähne fest zusammenbiss, um vor Wut nicht etwas zu sagen, was er später bereuen würde.

»Aber das will doch keiner von uns«, fuhr Peter Schunk besänftigend fort. »Unser Haus braucht wieder eine Frau. Und ich will Enkel. Schließlich weiß keiner, wann seine Zeit kommt.«

Er seufzte so laut, dass Lene den Kopf hob und ihn anschaute. Nichts an ihm deutete auf einen gebrechlichen alten Mann hin. »Im Vertrauen gesagt – ich such ein tüchtiges Weib für den Contz. Ich trau ihm nicht, dass er selbst einmal die rechte find. Und die Lene wär genau, was er braucht.

Deshalb – mach dir nur keine Sorgen. Es geschieht alles genau wie abgemacht.«

Ewald Kalkhof nickte, widerwillig, wie es schien. »Ich versteh bloß nicht, warum du die Hebamm mitbringst, um mir das zu sagen.«

»Mir liegt halt der Ruf von der Lene am Herzen. Stell dir nur vor, es kommt einer auf die Idee zu sagen, der Velten hätt sich vielleicht mal geirrt im Dunkeln.«

*Aber er hat sich geirrt im Dunkeln,* dachte Lene, bis sie begriff, dass Peter Schunk etwas ganz anderes meinte.

Scharf zog ihr Vater den Atem ein. »Peter, wenn du vorhast, meine Töchter und damit meine Familie zu beleidigen …«

*Wenn er ihn rauswirft, brauch ich den Contz nicht zu heiraten,* dachte Lene. Der Gedanke löste keine Regung in ihr aus, weder Enttäuschung noch Erleichterung.

»Aber davon kann doch gar keine Red sein! Ich hab doch schon gesagt, ich will nur den Ruf von der Lene schützen! Oder willst du, dass man sie neben die Kirchentür stellt, wie die Krugs Marie?«

*Stünd ich jetzt zwischen den beiden, würde ich tot umfallen, wie die sich angucken.* Am liebsten hätte Lene sich geschüttelt, so kalt war ihr.

»Dann sag schon, was ihr wollt.« Ewalds Stimme klang, als gebe er sich geschlagen. Wie Lene es oft bei ihm erlebt hatte, wenn er mit der Mutter stritt.

»Die Sybilla kann ja leicht feststellen, ob an so einem Gered was dran ist oder nicht. Und wenn nicht, dann kann die Lene jedem mit erhobenem Haupt gegenübertreten.«

»Das kann sie auch so!«

»Aber kann sie es noch, wenn die Clara neben der Kirchentür gestanden hat? Wir können sie ja holen, und dann kann die Sybilla feststellen, ob da was war zwischen ihr und dem Velten.«

*Das war eine Drohung.*

Ewald Kalkhof öffnete den Mund und schloss ihn wieder.

Sybilla Burckhardt schien zu merken, dass er sich auf dem Rückzug befand. Sie stand auf und kam auf Lene zu.

»Auf, ihr Männer, es langt, wenn ihr raus auf den Gang geht, ich ruf euch dann wieder rein«, verkündete sie energisch. »Es dauert nur ein Augenblick.«

Peter Schunk beeilte sich, ihren Worten zu folgen. Lene sah einen eigenartigen Glanz in seinen Augen, als er sich noch einmal umwandte. Ihr Vater seufzte tief und folgte ihm mit hängenden Schultern, ohne sie noch einmal anzusehen.

»So, Lene.« Sybillas Stimme klang entschlossen. »Du machst jetzt, was ich dir sag. Ich will keine Anstellerei. Leg dich da auf den Tisch und heb die Röck hoch.«

»Was?«, entfuhr es Lene entsetzt.

»Soll ich rausgehn zu den Männern und ihnen sagen, du willst nicht? Dann kannst du dich gleich neben die Kirchentür stellen!«

»Nein«, erwiderte Lene zögernd. Dies hatte etwas mit dem zu tun, was zwischen Männern und Frauen geschah. Wer war sie, darüber zu befinden, was recht war und was unrecht?

Sie tat wie geheißen, legte sich rücklings auf den Tisch und zog die Röcke hoch.

»Wenn das kein Jüngferchen ist, dann weiß ich nicht«, murmelte Sybilla. »Hab dich doch nicht so! Höher mit den Röcken und die Beine auseinander.« Grob spreizte sie Lenes Schenkel. »Ja, so ist es recht!«

Sie steckte die Finger in den Mund, bevor sie zwischen Lenes Beinen verschwanden, wo sie dehnten und bohrten. Lene stieß einen kleinen Schrei aus, ob vor Schreck, vor Scham oder vor Schmerzen, hätte sie selbst nicht zu sagen vermocht.

»Stell dich doch nicht so an! Was da bald reinkommt, ist größer wie mein Finger, und was dann wieder rauskommt, ist noch viel größer. – So, und schon sind wir fertig.« Sybilla wischte die Finger an ihrem Rock ab. »Da hast du ja Glück, dass alles noch so ist, wie's sein soll. Manch eine hat es nämlich nicht mehr so schön beinander, wenn's ans Heiraten geht. Obwohl sie ihr Lebtag lang noch keinen Kerl an sich rangelassen hat, ist da unten alles so offen wie's Kreuztor am Markttag. Manche kommt schon so auf die Welt. Aber erklär das mal den Mannsleuten.«

Lene sprang vom Tisch und strich ihre Röcke glatt. Als Sybilla die Tür öffnete, kamen die Männer wieder herein. Zuerst Peter Schunk, danach Ewald Kalkhof, der es noch immer nicht fertigbrachte, seiner Tochter in die Augen zu blicken. Peter Schunk hingegen konnte, wie Lene vermeinte, ein Grinsen nicht verbergen. Er wusste genau, was sich hinter der verschlossenen Tür abgespielt hatte, so, als hätte er die ganze Zeit neben ihr gestanden. Wahrscheinlich hatte er sich jeden Augenblick davon vorgestellt.

Lene wartete nicht ab, was die Erwachsenen weiter miteinander besprechen würden. Sie lief an ihnen vorbei, zur Hintertür und über den Hof zum Stall. Dort kletterte sie die Leiter hoch und warf sich ins Heu. In ihre Kammer hätte sie nicht gehen können, warum, wusste sie selbst nicht. Sie lauschte verwundert ihrem lauten, verzweifelten Schluchzen.

Als sie kurz darauf die Stalltür hörte, wusste sie sofort, wer zu ihr kam. *Ausgerechnet.* Dabei hätte sie niemand anderen ertragen in diesem Augenblick. Clara setzte sich zu ihr. Sie blieb stumm. Lene weinte nur umso lauter. Zur Scham kam nun auch noch die Wut. Als Clara begann, ihr hilflos über den Rücken zu streichen, brach sie aus ihr hervor. Lene warf sich herum und richtete sich auf.

»Du bist schuld! Du und dein Velten!«

»Aber warum denn?«, fragte Clara mit großäugigem Entsetzen. »Was ist denn passiert?«

»Weil du und dein – dein Kerl, weil ihr euch hier im Heu verlustiert, muss ich es büßen und mir von der Burckhardts Sybilla unter die Röck fassen lassen!«

»Aber – das wollt ich doch nicht!«, stotterte Clara. Lene sah, dass ihr Tränen in den Augen standen. Das machte sie nur noch wütender.

»Ja, weil ihr euch nichts denkt! Hauptsach, ihr habt euren Spaß!«

»Wir machen es nicht mehr, ich versprech's dir! Ich treff mich vor der Hochzeit nicht mehr allein mit ihm.«

Lene wartete darauf, dass sich das Gefühl der Genugtuung einstellte. Es blieb aus.

Kein Tag verging, an dem im Hause Kalkhof nicht über Els gesprochen wurde. Dennoch erschien es Lene geradezu herzlos, dass ihrer aller Leben einfach weiterging, während die Magd im Kerker lag. Es wurde geputzt, gekocht und es wurden Hochzeitsvorbereitungen getroffen, als sei nichts geschehen.

»Es ist besser so«, meinte selbst der Vater. »Bis sich rausstellt, dass die Els nichts gemacht hat, müssen wir so tun, als hätten wir sie nie gekannt.«

*Wie kannst du nur so was sagen,* hätte Lene am liebsten erwidert. Aber so sprach man nicht mit seinem Vater. Zudem unterband sein verschlossener Gesichtsausdruck jede weitere Frage.

»Morgen Nacht lieg ich mit dem Konrad allein hier.« Lene hatte es nicht sagen wollen. Sie wollte ihren Kummer für sich behalten, da sie wusste, dass die Schwester ihn nicht teilte. Doch irgendwann ließen die Worte sich nicht mehr zurückhalten.

»Ich will nachts aber schlafen, dass du es nur weißt«, kam es aus dem anderen Bett. »Die stundenlange Schwätzerei im Dunkeln brauchst du mit mir gar nicht anzufangen.«

»Dann sei jetzt auch ruhig und schlaf«, gab Lene ihrem Bruder zurück. »Außerdem – worüber soll man sich mit dir schon unterhalten können?«

»Nicht traurig sein, Lenchen«, flüsterte Clara und umschlang sie fest. Sie schob ihren linken Fuß über den rechten ihrer Schwester und verschränkte ihre große Zehe mit der Lenes.

*Nie mehr liegen wir so beieinander,* dachte Lene. *Nie mehr. Wenn wir wenigstens zusammen traurig sein könnten. Aber sie freut sich ja, dass sie fortkommt.*

»Du bist doch nicht bös, dass du mein Kleid heut anhast und kein neues?«, fragte Clara.

Wunderschön sah sie aus in den bunten Gewändern, mit der Hochzeitskrone auf dem Haar. Lene schlüpfte gerade in das zartgelbe Kleid, das Clara bei ihrer Verlobung getragen hatte.

*Seit wann gibt es bei uns ›mein‹ und ›dein‹?,* hätte sie am liebsten erwidert.

Wenn sie sich das nächste Mal begegneten, würde Clara nicht mehr bei ihnen leben. In diesem Augenblick war es Lene nicht so, als ob die Schwester ihr Velten weggenommen hatte. Nein, Velten würde ihr die Schwester nehmen.

»Ich schenk es dir! Du kannst es behalten!«, fügte Clara hinzu.

*Ja, der Velten, der wird dir genug Kleider kaufen. So reich ist der Contz nicht.* Vieles schmeckte heute bitter, an Claras Freudentag.

»Ich hätt den Lenhard haben sollen«, brach es aus ihr heraus. Es tat weh, es auszusprechen. Doch konnte sie auf diese

Weise zumindest ein wenig dessen zeigen, was sie verzehrte. »Dann hätten wir heut vielleicht zusammen Hochzeit gefeiert.«

Clara riss die Augen auf, als habe Lene sie mit einer Nadel gestochen. »Bitte sag das nicht! Bitte sprich nicht vom Lenhard! Nicht heut!«

*Aber ich habe doch nie mehr von ihm gesprochen,* dachte Lene. Früher, da hatte sie öfter versucht, mit ihrer Schwester über das zu reden, was einst geschehen war. Aber Clara hatte sich stets geweigert. *Sag nichts mehr,* hatte sie nur gesagt. *Oder willst du, dass ich wieder krank werd?*

»Und wir feiern doch heut zusammen!«, meinte Clara. »Glaubst du denn gar nicht, dass du auch ein wenig glücklich werden kannst mit dem Contz? So wie ich mit dem Velten?«

Lene sah ihre Schwester sprachlos an.

»Was du dich immer hast mit deinem Velten«, antwortete sie rau. »Dabei weiß der nicht mal, wie rum man ein Gewehr halten muss. Der Contz trifft wenigstens die Scheibe.«

Mit jeder Stufe, die sie hinabstiegen, tauchten sie tiefer ein in das Stimmengewirr der unten Versammelten. Kaum wurden die Gäste Lenes ansichtig, stießen sie sich gegenseitig an. Alle drehten sich zu ihr herum.

»Da ist sie ja! Da kommt die Braut!«

»Noch nicht, noch nicht!« Lene beeilte sich, um allen einen freien Blick auf Clara zu ermöglichen, die hinter ihr ging.

Kaum waren sie unten angelangt, als die Frauen begannen, sich um Clara zu drängen. Jede Einzelheit des Hochzeitsgewandes musste begutachtet werden.

»Guckt einmal, wie weit der Rock ist!«, rief eine. »Wie viel Unterröck hast du denn an?«

»Oder hast du gar einen Weiberspeck drunter?«, fragte eine andere keck.

Clara nickte stolz. In der Tat trug sie das wie eine dicke Wurst geformte modische Kissen, das um die Taille gelegt und vorn verknotet wurde.

»Ihr verdrückt ihr ja die Röck!«, hörte Lene die Stimme ihrer Mutter. »Jetzt macht, dass wir fortkommen!«

Wie in einem Triumphmarsch wurde die Braut von ihren Freunden und Verwandten zum Wirtshaus, dem ›Schwan‹, geführt. Obwohl Lene bemerkte, dass Clara sich öfter nach ihr umdrehte, ließ sie sich in die Menge zurückfallen, beantwortete aufgeregte Fragen und hoffte, ihre Einsilbigkeit werde nicht auffallen. Sie sah nicht, wie Braut und Bräutigam einander zum ersten Mal an diesem Tag begegneten. Am besten war es, möglichst wenig zu sehen und zu spüren. Erst, als alle sich niedergesetzt hatten, wagte sie einen Blick auf das Brautpaar. Velten stand seinem zukünftigen Weib in nichts nach, was Farbigkeit und Prunk seiner Gewänder betraf. Die Stiefel, die weiten Hosen, das kurze Wams und der große Hemdkragen entsprachen der neuesten Mode, ohne die schrecklichen Übertreibungen, über die in den Zeitungen berichtet und die in den Fliegenden Blättern verhöhnt wurden.

Bereits zur Morgensuppe wurden etliche Becher Wein geleert. Die Augen der Gäste wurden glänzender, die Wangen röter, das Gelächter lauter.

Zwischendurch wurde die Trauung vollzogen, als sei sie bloß eine Nebensache an diesem Tag. Die Gästeschar zog in das Rathaus, wo Braut und Bräutigam sich Liebe und Treue gelobten und dies durch einen Handschlag besiegelten.

Anderenorts erhob sich das Rathaus respektheischend am Rande eines großen Platzes. In Büdingen stand es in einer Reihe mit Wohnhäusern, die es um fast das Doppelte überragte. Es wirkte wie ein hoher Herr, der sich in einer Runde einfacher Männer niedergelassen hat und vergeblich darum bittet, man möge ihn doch ansehen wie ihresgleichen.

Ob Clara wohl auch daran dachte, dass die Els sich hier befand? Im ›Betzeloch‹, dem Gefängnis, nur ein Stockwerk über ihnen? Und ob die wohl wusste, was heute geschah? Lene wünschte sich, dem sei nicht so. Els sollte nicht denken, sie sei ganz und gar vergessen.

Nachdem der Zusammensprecher das Paar für ewig verbunden erklärt hatte, ging es wieder zurück in den ›Schwan‹. Auf dem kurzen Weg dorthin tauchte Contz an Lenes Seite auf.

»Du hast gar nicht bei uns gesessen!«, beklagte er sich.

Lene wusste nichts zu antworten, bis ihr einfiel: »Ihr habt aber auch nicht bei mir gesessen!«

Contz nutzte das Gedränge, um kurz ihre Hand zu nehmen. »Jetzt sitzen wir aber nebeneinander. Jetzt müssen wir ja nebeneinander sitzen!«

*Wir feiern doch heut zusammen!*, hatte Clara gesagt. Lene musste sich eingestehen, dass sie dies beinahe vergessen hatte. Die Mutter zumindest hatte es gewiss nicht vergessen. Kaum waren sie die steinernen Stufen zur Gaststube emporgestiegen, kam sie auf Lene und Contz zu.

»Contz, du gehörst doch ab heut zur Familie. Da musst du auch zu uns kommen. Dein Vater sitzt schon bei uns.«

*Da wird die Großmutter aber eine Freud haben*, dachte Lene.

Drinnen versperrten die den Weg, die erst einen Platz finden oder zugewiesen bekommen mussten. Drei Tage lang dauerte die Hochzeit, und jeden Tag mussten andere Gäste bewirtet werden.

Clara schien sichtlich erleichtert, Lene endlich wiederzusehen. Die schämte sich ein wenig dafür, sich der Schwester entzogen zu haben. Als alle endlich saßen, wurden die Pasteten serviert, danach gesottenes und gebratenes Kalb- und

Ochsenfleisch. Anschließend spielten Musikanten zum Tanz auf.

»Komm, Lene, da machen wir auch mit.« Contz sprang auf und zog sie mit sich.

Im Aufstehen wurde Lene der strengen Miene Peter Schunks gewahr.

»Aber nicht die Volte!«, sagte er entsetzt.

»Ei, lassen wir sie doch, es sind ja junge Leut«, versuchte die Mutter ihn zu beschwichtigen. »Und der Contz lässt seinen Mantel an dabei, gell, Contz?«

Contz nickte und zog Lene mit sich. Unter den Tanzenden angekommen, begann er, sie herumzuschwenken, dass ihr ganz schwindelig wurde. Die sich um sie drehenden Gesichter verwischten zu Farbflecken. Nur die lachenden Veltens und Claras erkannte sie. Velten trug keinen Mantel, und er ließ auch nichts aus, was diesen Tanz in den Augen der Älteren so anstößig machte. Er hatte den Arm um sein Weib gelegt, seine Hand in gefährlicher Nähe ihrer Brust, und schob sie mit dem Schenkel vor sich her. Clara hielt ihren Rock fest, damit beim Springen nicht allzu viel ihrer nackten Beine zu sehen war.

Als Lene und Contz am anderen Ende des Saales angelangt waren und sie viele Paare zwischen sich und den Eltern hatten, hielt er sie für einige Augenblicke an den Armen fest.

»So ein großes Fest wird es bei uns aber nicht werden, sagt der Vater.« Er hatte sich zu ihr gebeugt, dass sie ihn verstehen konnte bei dem Gefiedel und Gepfeife der Musikanten. »So viel Geld haben wir nicht wie die Ecksteins, sagt er. Bei uns kauft ja auch nicht der Graf.«

»Aber das ist doch nicht schlimm.«

Nein, das war es wahrhaftig nicht. Lene war eher erleichtert. Wie sollte man etwas feiern, an dem es gar nichts zu feiern gab?

Sie reihten sich wieder ein in den Wirbel der Tanzenden, und Lene versuchte, ihre Bewegungen den seinen anzupassen. Aber Contz' Schritte und Hüpfer waren stets ein wenig schneller oder langsamer als ihre, so dass sie sich bald ungelenk vorkam. Zu Beginn sagte sie noch, es tue ihr leid, wenn sie zusammenstießen oder einander auf den Zehen standen.

»Das macht doch nichts, Lene«, meinte Contz dann nur. »Wir tanzen doch gut miteinander.«

Als die Platten mit Kuchen und Konfekt hereingebracht wurden, setzten alle sich nieder.

Noch bevor die Köstlichkeiten verteilt wurden, stand Ewald Kalkhof auf.

»Wir haben noch etwas zu feiern heut«, sagte er, nachdem die Letzten von ihren Nachbarn zur Ruhe ermahnt worden waren. »Ich möcht euch verkünden, dass unsere Magdalena sich mit dem ehrenwerten Schuhmachergesellen Contz Schunk verheiraten wird.«

Er hatte nicht »ich freue mich« gesagt. Diesen Bewerber hatte die Mutter ausgewählt, nicht er. Dennoch hätte Lene sich gewünscht, er zeige etwas mehr Zuversicht. Sein spürbarer Mangel an Begeisterung war wie ein böses Omen.

»Los, steht auf, ihr zwei«, forderten die Gäste.

Contz erhob sich. Als Lene zögerte, nahm er ihre Hand und zog sie ebenfalls hoch. Alle lachten und klatschten.

Er räusperte sich. »Ich bitt Euch, Herr Kalkhof, mir Eure Tochter nach christlicher Ordnung zum Weib zu geben. Ich versprech Euch, sie in der Furcht Gottes als mein eigen Leib und Leben zu lieben.« Er warf ihr einen kurzen Seitenblick zu. »In Freud und Leid will ich sie nicht verlassen, sondern ihr alle christliche Treu erzeigen.«

Nach dieser kleinen Rede atmete er hörbar aus, als sei er froh, sein Sprüchlein ohne Stocken aufgesagt zu haben. Zu

Lenes Erleichterung hatte sich kein einziges Mal das nur für sie wahrnehmbare Schmatzen gezeigt.

Ewald Kalkhof nickte zuerst ihm zu, dann Lene.

»Und ich gelobe, Contz Schunk zum Ehegemahl zu nehmen«, sagte sie, »und treu durch Freud und Leid ihm ein gehorsames Weib zu sein.«

»So, Contz, du darfst der Lene jetzt einen Kuss geben«, meinte Ewald.

Der beeilte sich, dem nachzukommen, und drückte Lene einen raschen, etwas feuchten Kuss auf den Mund. Damit waren sie so gut wie verheiratet. Nichts und niemand konnte sie nun noch auseinanderbringen, nicht einmal ihr eigener Wille. Man hatte schon Paare zur Ehe gezwungen, die in der Verlobungszeit die Trennung beschlossen hatten. In dem nun wieder folgenden Klatschen und Lachen der Gäste suchte Lene unwillkürlich Veltens Blick. Doch der hatte gerade seine Clara im Arm und flüsterte ihr etwas ins Ohr.

Peter Schunk trat vor, mit einem einfachen hölzernen Kasten unter dem Arm.

»Hier bring ich dir dein Brautpfand.« Er räumte den Tisch vor Lene frei und stellte den Kasten darauf. Lene sah Contz an, der nickte und lächelte. So vorsichtig, als könne ihr ein Tier entgegengesprungen kommen, öffnete sie den Kasten. Vor ihr lagen, auf rotem Stoff, zwei Schuhe. Sie waren schwarz wie Schusterpech und wiesen keinerlei Verzierung auf, doch waren sie aus so feinem, weichem Leder gefertigt, wie es nur für Frauenschuhe üblich war.

»Zieh sie doch mal an, ob sie passen«, forderte Ursel Lene auf.

Nach einem weiteren Nicken von Contz beugte Lene sich unter den Tisch, entledigte sich ihrer Schuhe und schlüpfte in die neuen. Das war nicht leicht, denn sie waren eng geschnitten. Aber am Fuß saßen sie wie angegossen.

Als sie dies sagte, strahlte Contz vor Stolz. »Die hab ich ganz allein gemacht, ohne den Vater!«

Nun begehrten natürlich alle, die Schuhe zu sehen. Lene musste aufstehen und in die Mitte des Saales gehen, damit jeder ihr Geschenk begutachten konnte. Contz trat zu ihr, und die Gäste nutzten die Gelegenheit, zu ihnen zu kommen und ihnen zu gratulieren. Claras Umarmung dauerte am längsten.

»Ich wünsch dir ganz viel Glück«, flüsterte sie, beinahe beschwörend.

Danach kam Velten und umarmte Lene ebenfalls. Für einen Augenblick klammerte sie sich an ihn, stahl sich seinen Duft nach Holz und Erde, den sie in ihrer Erinnerung zu bewahren versuchte. Schon war Velten wieder fort, bei seiner Clara. Er lachte ihr entgegen und hob sie hoch, als sei er tagelang von ihr getrennt gewesen. Lene gelang es kaum, ihren Blick von ihm loszureißen und stattdessen ihren Verlobten anzusehen.

Contz' stolzes Lächeln erinnerte sie an das Schießen, als er einen Preis gewonnen hatte. War sie nun der Preis? Wenn er sie ansah, lag Wärme in seinen braunen Augen. Nie war ihr der Gedanke gekommen, sein Wunsch, sie zu heiraten, sei aus etwas anderem als der Vernunft geboren. Vielleicht hatte sie sich ja getäuscht.

Noch einmal sah sie zu Velten hin. Seit über einem Jahr war er aus Frankfurt zurück. Clara hatte gesagt, so lange währe auch schon ihre Liebe. Wenn man sie miteinander sah, hätte man glauben können, sie hätten sich gerade erst gefunden. Lene konnte sich nicht erinnern, je ein Paar gesehen zu haben, das so liebevoll miteinander umging.

*Doch*, sagte ihre Erinnerung, *du hast einmal ein solches Paar gekannt. Die Kannegießers. Die Eltern vom Lenhard.* Eine Traurigkeit stieg in ihr auf, Tränen, die ihr die Kehle zuschnürten. Rasch wurde die Erinnerung zurückgedrängt, bevor sie sich weiter entfalten konnte.

Sie musste sich entscheiden. Sie konnte sich ewig nach Velten verzehren, den sie nie würde besitzen können. Oder sie konnte sich in das schicken, was die Vorsehung für sie bestimmt hatte. Und musste sie nicht dankbar sein, für einen Mann, der ihr gegenüber nie etwas anderes als Freundlichkeit bekundet hatte?

Sie betrachtete das Brautpaar, versuchte Unglück und Sehnsucht aus sich zu tilgen und nichts zurückzulassen als Gelassenheit und Wohlwollen. Das neue Gefühl war brüchig, aber es gelang.

*Nimm ihn*, dachte sie. *Mennes*.

ZWEITER TEIL

# Unkraut unter dem Weizen

Mai 1625 – Mai 1628

# 6

Manchmal war es gut, keines reichen Mannes Tochter zu sein.

Lene besaß vier Kleider: Sie hatte ein Festgewand für besondere Feiern, das schwarze Kleid für den sonntäglichen Kirchgang und zwei Kleider für den Alltag, die sie im wöchentlichen Wechsel trug. Bei Clara war es ebenso. Noch hatte Velten nicht damit angefangen, seiner Frau neue Kleider zu kaufen. So würde Lene heute sicher sein können, in Clara nach wie vor ihr Ebenbild wiederzufinden. Es war schwer genug, nachts aufzuwachen, ohne sie an der Seite zu spüren, und morgens aufzustehen, ohne mit ihr die ersten verschlafenen Worte zu wechseln. Daran, dass Clara irgendwann beginnen würde, sich äußerlich von ihr zu unterscheiden wie eine Fremde, mochte Lene noch gar nicht denken. Sie würde sich daran gewöhnen müssen.

Nun, da Claras Arbeitskraft wegfiel und niemand wusste, wie es mit Els weiterging, war mehr als genug zu tun in Haus, Stall und Garten. Hatte man dort alles erledigt – was eigentlich nie der Fall war –, gab es immer noch den Weinberg. Hätte die Mutter allein das Sagen gehabt, wäre bereits eine neue Magd im Haus.

Seit über einer Woche hatte es nicht mehr geregnet. Lene hatte sich deshalb erboten, in den Garten zu gehen und die Pflanzen zu gießen. Wenn sie sich beeilte, konnte sie anschließend kurz bei Clara in ihrem neuen Zuhause vorbeischauen.

Das war beinahe ein wenig wie Müßiggang, zumindest Zeit, so wusste Lene, in der die anderen für sie würden mitarbeiten müssen.

Nicht eine einzige Wolke stand am Himmel. Ob Els dort, wo sie jetzt war, die Sonne sehen konnte? Wohl kaum.

Der Kalkhofsche Garten lag vor den Mauern der Stadt, direkt am Seemenbach, unweit des Mehltors. Lene zog Schuhe und Strümpfe aus und watete in den sommerlich flachen Bach. Aufmerksam beobachtet von einer Wasseramsel, setzte sie ihre Füße vorsichtig auf die rutschigen Steine, füllte wieder und wieder ihre Eimer und wässerte Obstbäume, Gemüse und Kräuter.

Mit einem Mal fielen ihre Blicke auf die wenigen, einsamen Häuser, die jenseits der Gärten errichtet worden waren. Wie es wohl war, vor der Stadt leben zu müssen? Ob man sich schutzlos fühlte? Einsam?

Lene stellte die Eimer ab, ging langsam bis ans Ende des Gartens, dann durch den Garten der Ecksteins hindurch. Ihre Schritte wurden zögernder. Sie ging am Mühlbach entlang, bis sie vor einem der Häuser stehenblieb.

Noch hätte sie umkehren können. Niemand würde je erfahren, was sie sich gerade anschickte zu tun.

Unschlüssig ging sie bereits wieder ein paar Schritte zurück, als sie die Frau bemerkte, die mit einem großen Korb in den Händen die Wiese hinter dem Haus betreten hatte. Lene blieb stehen. Als sie sah, dass die Frau nach wie vor allein war, atmete sie tief ein und ging auf sie zu.

Marie stand mit dem Rücken zu ihr.

Lene räusperte sich. »Soll ich dir helfen?«

Marie fuhr herum.

»Nein, du brauchst mir nicht – na ja, meinetwegen.«

Gemeinsam nahmen sie die Wäschestücke aus dem Korb, zogen sie an den Enden glatt und breiteten sie im Gras aus.

Lene beobachtete Marie dabei verstohlen. Kein Jahr war es her, dass sie beim Schießen miteinander gelacht, ihre Geheimnisse geteilt hatten und übermütig mit Clara und Velten durch die Straßen gelaufen waren. Wie fremd sie sich geworden waren.

»Du kommst doch bestimmt wegen der Els«, sagte Marie, als sie ihre schweigende Arbeit beendet hatten.

Lene nickte.

»Ich kann euch nicht helfen.« Schon wandte Marie sich ab, um ins Haus zu gehen.

»Kannst du mir gar nichts über sie sagen? Der Wendel – der sieht sie doch sicher ab und zu. Erzählt der denn nichts?«

Lene wusste nicht viel darüber, wie die Prozesse gegen die Hexen abliefen. Und sie wollte es auch nicht wissen. Aber ihr war zumindest bekannt, dass, neben einigen Amtspersonen, auch der Scharfrichter bei den Verhören anwesend war. Und dass Wendel seit einiger Zeit sein Gehilfe war.

»Ach, dafür bin ich euch gut genug, wie?« Marie stellte den Korb ab und verschränkte die Arme vor der Brust. »Und außerdem – wenn du erst mal mit dem Contz verheiratet bist, dann hat der abends auch Besseres mit dir vor, als zu erzählen, wer wieder ein Loch im Schuh hat.«

Lene brauchte einige Augenblicke, um zu begreifen, was in aller Welt Contz mit dieser Angelegenheit zu tun hatte. Zu sehr dachte sie nur daran, was sie in Erfahrung bringen wollte.

»Na, gut. Ich kann dir ja sagen, was ich weiß. Also, der Wendel denkt, der Prozess wird nicht mehr lang dauern.«

»Was heißt das? Darf die Els dann gehen?«

Marie lachte verächtlich. »Gehen darf die ganz bestimmt nicht. Und selbst wenn man sie rauslassen würd – ich glaub kaum, dass die noch gehen *kann*.«

Mit einem Mal fühlte Lenes Magen sich an, als habe sie seit Tagen nichts mehr gegessen. Sie brauchte alle Kraft, um sich der Bilder zu erwehren, die Maries Worte in ihrem Kopf entstehen ließen.

»Die wollen jetzt nur noch wissen, mit wem sie sich getroffen hat«, fuhr Marie fort. »Die Hexen kommen doch nachts immer zusammen. Und deshalb wollen sie wissen, wer dabei war bei den Hexentänzen, damit sie die auch noch kriegen.«

»Aber die Els war nachts bestimmt nicht fort! Ich weiß das, wir schlafen doch zusammen in einer Kammer!«

»Ihr schlaft in keiner Kammer mehr zusammen. Eher gehst du zu ihr, als dass sie wieder zu euch kommt, das kannst du mir glauben.«

»Marie, überleg doch, du kennst doch die Els. Wie kann die denn eine Hex sein?«

»Was weiß denn ich! Die hat das doch schon längst zugegeben. Gleich am Anfang, als sie sie noch gütlich befragt haben. Da ist nichts mehr zu machen. Man hat schon welche für viel weniger verbrannt, sagt der Wendel.«

Lene gruselte es. Marie brachte diese Worte mit Stolz hervor, als stärke es sie, einen Mann zu haben, der einmal Herr über Leben und Tod sein würde.

»Ja, was hat sie denn zugegeben?«, fragte Lene verzweifelt.

»Dass sie das Hochwasser gemacht hat.«

»Was? Die Els?«

»Jedenfalls hat sie gesagt, sie ist zum Seemenbach gegangen. Und dass sie Wasser mit den Händen draus genommen und in die Luft geworfen hat. Und dabei hat sie sich gewünscht, dass eine große Flut kommt.«

Mit einem Mal fiel Lene wieder ein, wie Els zu ihr gekommen war, an dem Abend, als man sie dem Contz versprochen hatte.

Was hatte sie gesagt? *»Der Pfarrer hat gemeint, es wär gut, wenn eine neue Sintflut käm und alle Sünder hinmachen tät.«*

Offenbar hatte die Els in ihrer Dummheit irgendwelchen Unfug angestellt.

*Hätt ich sie doch nur noch mal gefragt! Ich hätt sie warnen können davor, den Unsinn irgendjemandem zu erzählen.*

»Ich weiß, wer ihr die Gedanken in den Kopf gesetzt hat!«, rief Lene wütend. »In der Kirch hat sie das gehört mit der Sintflut! Wird der Herr Pfarrer jetzt auch angeklagt?«

»Red doch kein dummes Zeug. Ums Wettermachen geht's. Das darf halt nur der Herrgott. Und wenn's ein anderer macht, dann ist es Zauberei.«

»Die Els kann keinen Eimer Wasser über den Hof tragen, ohne dass man es ihr sagt. Wie soll die denn plötzlich Wetter machen können?«

»Ja, das fragt sich das Gericht auch, woher sie weiß, wie man so was macht. Und deshalb meinen sie ja, da muss wieder eine Hexenverschwörung dahinterstecken.«

Das Gefühl in Lenes Magen verstärkte sich. Nein, eine Verschwörung war es nicht gewesen. Und trotzdem war sie mit einem Mal fast sicher, woher die Els wusste, wie man Wetter machte. Die Erkenntnis schnürte ihr die Kehle zu. Sie konnte nur noch nicken. Eilig wandte sie sich zum Gehen.

»Wart noch«, rief Marie hinter ihr her.

Lene blieb stehen. Einen Wimpernschlag lang hoffte sie, Marie wüsste doch, wie die Els gerettet werden konnte, und habe ihr vielleicht nur Angst machen wollen, indem sie die Lage so aussichtslos darstellte.

»Hat dein Vater zehn Gulden?«

»Das weiß ich nicht«, stotterte Lene.

Zehn Gulden waren eine Menge Geld. So viel kostete eine ausgewachsene Kuh.

»Aber wenn es das braucht, um der Els zu helfen …«, Lene überlegte. »Die Hochzeit von der Clara hat viel gekostet, obwohl das meiste die Ecksteins bezahlt haben, aber die Lese letztes Jahr war gut, und dieses Jahr wird sie vielleicht auch wieder gut, trotz dem Wasser …«

Marie sah sie an, als habe sie angefangen, Lateinisch zu reden.

»Der Els kann keiner mehr helfen«, sagte sie. »Aber für zehn Gulden muss sie wenigstens nicht brennen. Da macht der Meister Glanz es mit dem Schwert.«

Erst als Lene erneut im Kalkhofschen Garten stand, kam sie wieder zu Sinnen. In einer Aufwallung trat sie gegen einen Eimer, dass er ins Gemüsebeet flog. Dann hob sie ihn hastig wieder auf. Nein, keine Pflanze war umgeknickt. Nahrung durfte man nicht vergeuden, schon gar nicht in Zeiten wie diesen.

Sie war schon fast am Rathaus, als sie merkte, dass sie an der Schlossgasse vorbeigelaufen war. Nicht einen Augenblick lang hatte sie daran gedacht, nach Hause zu gehen.

Vor der Tür leckte sie sich kurz über die Lippen und strich sich über die Haare.

*Unmöglich bist du!*, sagte eine innere Stimme. Jetzt war wirklich nicht die Zeit für Eitelkeiten.

Ein- oder zweimal erst war sie hier gewesen, mit der Mutter, wenn ein Buch gekauft werden musste, das Konrad für die Schule brauchte. Drinnen roch es nach Holz, Leim und Leder. Es war ein trockener Geruch, der sogleich durstig machte. Im hinteren Teil des Raumes saß Velten. Mit einem abgeplatteten Hammer von der Größe eines Kohlkopfes schlug er immer wieder auf einen Stapel Papierbögen, der auf einer steinernen Platte auf dem Tisch vor ihm lag.

Sein Vater arbeitete an einem großen Gestell, das einem Webstuhl glich. Sofort sprang er auf und kam auf Lene zu.

Sie wolle doch bestimmt zu ihrer Schwester, meinte er.

»Velten, begleit deine Schwägerin, sie kennt sich ja noch nicht aus bei uns.«

Velten hielt mit seinen großen Armschwüngen inne und legte den Hammer beiseite.

Lene stellte ihre Eimer ab.

»Ich war im Garten«, erklärte sie.

Sie geriet ins Stolpern, als sie ihm die Treppe hinauffolgte, und hoffte, dass er es nicht bemerkt hatte. *Ich war im Garten.* Kein Wunder, dass er die Clara genommen hatte. Er musste ja glauben, sie habe einen Sparren zu viel oder zu wenig.

Oben wartete Clara schon und breitete lachend die Arme aus. »Ist das schön, dass du da bist! Komm mit, ich muss dir alles zeigen!«

Am Tag ihres Einzugs war Claras Aussteuer beim Abladen von sämtlichen Verwandten, Freunden und Nachbarn begutachtet worden. Nun war Lene zum ersten Mal allein auf Besuch bei ihrer Schwester.

Sie nahm an, Velten würde nun zurück in die Werkstatt gehen. Doch er blieb bei ihnen und folgte ihnen überallhin. Konnte er sich so wenig von seiner Clara trennen? Und erkannte er ihr Recht, mit der Schwester allein sein zu wollen, so wenig an? Seine Anwesenheit war nicht der einzige Grund, der sie hinderte, mit dem herauszuplatzen, was sie beschäftigte. Clara strahlte so sehr, dass es Lene unrecht schien, der Schwester dieses Glück nicht zumindest noch eine Zeitlang zu lassen.

Zunächst musste Lene Frau Eckstein begrüßen. Juliane Ecksteins spitze Nase und leicht hervorstehende Augen ließen sie ein wenig einem Vogel gleichen. Zu Lenes Erstaunen ging Clara mit ihrer Schwiegermutter so vertraut um, als lebe sie seit Jahren in diesem Haus und nicht erst ein paar Tage.

Auch sonst hatte Clara keine Scheu, Truhen und Schränke zu öffnen und Lene stolz die Schätze ihres neuen Zuhauses zu präsentieren.

»Sieh mal, das sind Servietten! Damit putzt man sich beim

Essen den Mund ab, stell dir das vor. Und das da drüben, nein dort, das nennt man eine polnische Uhr. Und schau, jeder hat seinen eigenen Stuhl!«

Lene wusste zwar, dass Meister Eckstein häufig Buchbinderarbeiten für die Grafenfamilie leistete und auch sonst allerlei Aufträge von der Herrschaft bekam, etwa die Anfertigung von Futteralen für die Brille des Grafen. Aber dass es darum im Hause Eckstein so vornehm zuging, das hätte sie nun doch nicht vermutet.

Offenbar glaubte Clara, ihr neuer Wohlstand schüchtere die Schwester ein. Es verging geraume Zeit, bis sie meinte: »Lenchen, nun sag doch mal was! Du musst auch gar nicht neidisch sein, bald hast du ja auch deinen eigenen Hausstand!«

»Ich bin doch nicht neidisch!«, entgegnete Lene heftig.

Dies war beinahe die Wahrheit, wenn sie auch davon ausging, dass im Haus der Schunkens wohl keine Servietten in Gebrauch waren. Das einzige Objekt ihres Neides hielt sich im Hintergrund und strahlte seine Clara an wie ein Talglicht, in das jemand eine Prise Schießpulver gestreut hatte.

»Was ist es denn sonst? Ist daheim was?«

Wenigstens jetzt hätte Velten endlich verschwinden können. Aber er blieb und guckte ganz neugierig. Sollte sie Clara gar nicht mehr allein sehen dürfen?

Lene blieb nichts anderes übrig, als ihren Bericht zu beginnen. Aus Trotz streute sie häufig Wörter ihrer geheimen Schwesternsprache ein. So musste der Kerl doch merken, dass er störte! Zu ihrem Ärger begann Clara jedoch, ihrem Mann jedes Wort zu übersetzen.

Schließlich meinte sie sogar: »Sprich doch so, dass der Velten dich auch versteht!«

Lene stieß unwillig den Atem aus, gab aber nach. Clara würde ihm ohnehin alles weitererzählen, was man ihr berichtete. Also fuhr Lene fort, das wiederzugeben, was sie gerade von Marie erfahren hatte. Sie verschwieg lediglich, welcher Verdacht ihr gekommen war.

Clara war genauso entsetzt wie sie selbst.

»Was können wir nur tun?«, fragte sie verzweifelt, als Lene ihren Bericht beendet hatte.

»Kommt mit«, forderte Velten sie auf.

Die Schwestern sahen sich an, zuckten mit den Achseln und folgten ihm, als er wieder zur Werkstatt hinabstieg.

»Vater, es geht um die Els, die Magd von Kalkhofs«, begann er dort ohne Umschweife. »Weißt du Rat, wie ihr geholfen werden könnte?«

Sebastian Eckstein stand auf. Er verließ den hinteren Teil der Werkstatt, wo an der Wand, ordentlich aufgereiht, allerlei Werkzeuge mit hölzernen Griffen hingen, und ging die wenigen Schritte dorthin, wo in den Regalen Dutzende, nein, vielleicht sogar Hunderte von Büchern standen. Stets war es Lene erschienen, als komme er aus einer anderen Welt. Dabei war er nicht weniger ein Büdinger als ihre Familie oder die Schunkens. Wieder musste sie daran denken, wie selbstverständlich Clara sich in diesem Haus bewegte.

*Vielleicht passt sie wirklich besser hierher als ich.*

»Die Marie, also ich mein, die Frau vom Glanze Wendel, die sagt, man kann nichts mehr tun für die Els«, stieß Lene hervor.

Als Meister Eckstein sie nun ansah, konnte sie nicht mehr begreifen, dass er ihr je unnahbar erschienen war. *So wird der Velten mal aussehen, wenn er alt ist,* dachte sie.

Der Buchbinder seufzte.

»Wer heutzutage in einen Prozess gerät, in dem es um Hexerei geht, der muss alle Hoffnung fahren lassen, mit dem Leben davonzukommen«, sagte er traurig.

»Aber es ist doch schon gelungen, Frauen wieder die Freiheit zu verschaffen, die der Hexerei angeklagt waren«, warf Velten ein.

»Du meinst den Anton Prätorius, der das bewirkt hat.« Sebastian Eckstein wandte sich den Schwestern zu. »Vier Frauen waren der Hexerei angeklagt und in Birstein eingekerkert worden. Als der Scharfrichter aus Büdingen kam und ihnen die peinliche Befragung in Aussicht stellte, erhängte sich eine der Frauen in der Nacht darauf. Am anderen Tag unterzog man die restlichen drei der Befragung. Ihre Schreie waren überall zu hören, so dass die Leute zusammenliefen und den Pfarrer baten, er möge doch einschreiten. Und es gelang ihm wahrhaftig, den Richter und den Bürgermeister zu überzeugen.«

»Also kann man doch was tun!«, rief Lene aufgeregt.

»Mein liebes Kind, das ist bald dreißig Jahr her. Den Prätorius hat man längst vergessen. Wer heut für die Hexen eintritt, der findet kein Gehör mehr. Man schimpft ihn Hexenpatron oder Hexenadvokat. Nein, ich fürchte, die Wahrheit ist: Die Vernunft stirbt aus. Dies ist nicht das Zeitalter der Klugen und Besonnenen, nicht die Zeit eines Johann Boye, der sagte: ›Auch Unschuldige zwingt der Schmerz, zu lügen.‹«

Während Sebastian Eckstein sprach, ging er umher und berührte einige der Bücher sacht mit der Hand, als wolle er sie zu Zeugen berufen.

»Sie hören lieber auf den unseligen Jean Bodin«, fuhr er fort. »Er meinte, weil dieses Verbrechen so schwer zu beweisen sei, könne man unter hunderttausend Zauberern nicht einen bestrafen, wenn man sich an einen ordentlichen Prozess halte. Deshalb dürfe man niemals auch nur einen freisprechen, welcher der Hexerei verdächtig ist. Kennst du Christi Gleichnis vom Unkraut unter dem Weizen?«

Lene nickte. Natürlich kannte sie es.

»Und was soll es uns sagen?«

»Dass der Böse Unkraut zwischen den Weizen sät. Dass man es aber stehen lassen soll, weil beim Jüngsten Gericht die Engel kommen und das Unkraut rausreißen – also die Menschen, die Unrechtes getan haben – und sie verbrennen.«

Meister Eckstein nickte. »So steht es in der Bibel. Aber nicht einmal das wollen sie heute noch gelten lassen. Eher verbrennen sie ein ganzes Weizenfeld, wenn sie auch nur ein Hälmchen Unkraut darin vermuten.«

»Aber was soll man denn sonst machen?«, fragte Lene. »Wie soll man die richtigen Hexen von denen unterscheiden, die – die wie unsre Els sind?«

Vater und Sohn wechselten einen Blick miteinander, als sei sie ein Kind und als müssten sie überlegen, wie viel man diesem kleinen Geist zumuten konnte. Nach einem Seitenblick stellte Lene erleichtert fest, dass Clara mindestens ebenso ratlos dreinschaute wie sie.

»Lene«, sagte Velten vorsichtig. Wie schön er ihren Namen aussprach. »Hast du je eine Hexe gekannt?«

*Ja!*, schrie es in ihr. *Nein!*, schrie es in ihr.

»Ich weiß es nicht«, sagte sie schließlich.

»Nun, siehst du – ich weiß auch nicht, ob ich je eine gekannt hab. Ich weiß nur, dass es kluge Männer gibt, die meinen, man müsse diese Fehlgeleiteten mit Güte auf den rechten Weg zurückführen. Und andere, die bezweifeln, dass es überhaupt Hexen gibt.«

»Aber woher kommt dann all das Schlimme, was geschieht?«, fragte Clara. »Der Herr Pfarrer sagt, es kommt, weil wir die Hexen leben lassen und Gott damit zornig machen.«

Wieder wechselten die Männer einen Blick. Ob Velten tatsächlich all die Bücher gelesen hatte, die hier standen? Und die ganzen Zeitungen, die sein Vater ebenfalls verkaufte?

»Zauberer hat es schon immer gegeben, und bei allen Völkern«, entgegnete Sebastian Eckstein geduldig. »Warum sollte uns Gott mit einem Mal alle dafür strafen? Es gibt vieles, das wir nicht begreifen, vieles, das es noch zu entdecken und zu wissen gibt. Aber ich fürchte, wir werden nicht klüger werden, wenn wir alles, was geschieht, Hexen oder Dämonen zuschreiben. Die Welt wird närrisch, ganz und gar.« Er seufzte. »Sogar vom Kaiser Ferdinand haben sie erzählt, er sei verhext, oder gar selbst ein Hexer. Man tötet Kinder und behauptet, sie seien schon im Mutterleib dem Satan versprochen worden.«

»Dann glaubt Ihr also nicht, dass die Els das Wetter gemacht hat? Auch wenn sie selbst das denkt?«

Sebastian Eckstein lächelte. »Mich wundert's, dass die, die ihr das vorwerfen, nicht merken, dass ihr eigenes Denken ganz und gar gottlos ist. Lässt denn nicht mehr der Allmächtige es regnen und stürmen, wie er will? Hat der Satan jetzt mehr Macht als er? Und kann der Böse das, was einst nur der Schöpfer selbst bewirken konnte, nun Kalkhofs Magd als Geschenk in den Beutel stecken? Hier, ich will dir vorlesen, was Anton Prätorius dazu sagt.«

Er nahm ein Buch, blätterte eine Zeitlang darin und begann vorzulesen: »›Wenn sie nun Dinge bekennen, die weder dem Menschen noch dem Satan möglich sind‹ – siehst du, hier haben wir es, da ist auch vom Wettermachen die Rede – ›dann hat man sich an diesem Bekenntnis so wenig zu kehren, als hätten sie es nicht geredet. Solche armen Leute geraten leicht in Phantasien und werden vom Teufel jämmerlich betört. Dann soll man Mitleid mit ihnen haben und sorgen, dass sie wieder zurecht gebracht werden durch Gebet und Gottes Wort.‹«

Aber jeder muss selbst für sich entscheiden, wem er glauben will. Denen, die von Liebe und Vergebung, oder denen, die vom Ausrotten und Vernichten reden. Wir bestimmen, ob das Gute oder das Böse die Welt regiert.«

Lene würde Zeit brauchen, um über alles nachzudenken, was Marie berichtet und was Meister Eckstein erzählt hatte. Das Gespräch mit Clara würde warten müssen.

Zudem hatte sie noch ein weiteres vor sich. Und dabei würde die Schwester ihr nicht helfen können.

Bald verabschiedete Lene sich.

Wie immer, wenn sie am Rathaus vorbeikam, wurde Lene sich bewusst, dass Els ganz in ihrer Nähe war. Es schien absurd, dass ein Mensch, dem man nach wenigen Schritten hätte gegenüberstehen können, so ganz und gar unerreichbar war.

Seit es wieder mehr Prozesse gab, verwahrte man die Beschuldigten nicht länger im Hexenturm an der Stadtmauer, unterhalb der Weinberge, und man befragte sie auch nicht mehr im Folterturm, in der Nähe des Bandhauses. Sie wurden jetzt im Rathaus eingesperrt, damit man es nicht so weit hatte, wenn man sie zum Verhör bringen musste.

Was hatte Meister Eckstein über die Birsteiner Frauen gesagt? *Ihre Schreie waren überall zu hören.* Ob man auch Els quälte, in diesem Augenblick? Ob nur die dicken Mauern ihre Schreie verschluckten?

Auch wenn Lene es sich nun seltener zugestand, so beneidete sie Clara noch immer darum, Veltens Frau zu sein, jeden Tag mit ihm sprechen, ihn umarmen und küssen zu dürfen. Heute war ein neues Gefühl dazugekommen. Es hatte wohlgetan, sich mit Meister Eckstein zu unterhalten. So war es als Kind gewesen. Tausend Fragen hatte man dem Vater stellen können. Auf jede hatte er eine Antwort gewusst, und Lene hatte sich darum sicher und geschützt gefühlt. Sie beneidete die Schwester darum, unter so klugen Menschen leben zu dürfen.

Lene musste warten, bis um fünf Uhr alle zum Nachtmahl beieinander saßen. Sie hatte überlegt, mit der Mutter allein zu sprechen, hatte es jedoch nicht gewagt. Die Worte, die sie im Geist zusammengefügt hatte, waren stets schon wieder auseinandergefallen, bevor sie sie sich hätte merken können.

Und auch jetzt, als Ursel schon wieder aufsprang, um Schüssel und Löffel abzuräumen, wusste Lene zwar, *was*, nicht jedoch, *wie* sie vorbringen wollte, was sie beschäftigte. So begann sie es auf die, wie sie hinterher dachte, vielleicht dümmste Art.

»Vater?«, fragte sie. »Hast du zehn Gulden?«

Er hatte sich gerade erhoben, um mit Peter die Küche zu verlassen. Nun blieb er stehen, mit gerunzelten Augenbrauen, wachsam, wie es schien. Dann jedoch glätteten sich seine Züge, und er begann zu lächeln.

»Mein Mädchen, denkst du vielleicht, wir könnten deine Hochzeit nicht bezahlen? Mach dir keine Sorgen. Wir werden dir genau so ein schönes Fest ausrichten wie der Clara. Dafür hab ich schon vor langer Zeit Geld auf die Seit gelegt.«

Lene musste schlucken. »Nein, es ist nicht deshalb. Es ist – wegen der Els.«

*Ich hätt das nicht sagen dürfen,* dachte sie erschrocken, als sie in seine Augen blickte. Kein Mensch wollte seinen Vater so hilflos sehen.

»Das Kind ist schlauer, als ihr alle denkt«, sagte die Großmutter in die Stille hinein.

Die Mutter fuhr zu ihr herum. Lene erwartete wieder einen heftigen Wortwechsel zwischen den Frauen. Aber es kam nichts.

Stattdessen antwortete ihr Vater: »Nein, ich wusst schon immer, was ich für kluge Töchter hab. Ich hab halt nur gehofft, ich könnt meine Kinder verschonen vor dem, worüber die Stadt schon schwätzt.«

»Und was ist das?«, fragte Lene atemlos. »Dass man der Els nicht helfen kann?«

Wie der Vater seinen Kopf senkte, war Antwort genug.

»Aber sie hat doch gar nichts getan!«, sagte Lene. »Sie glaubt es vielleicht! Aber ihr glaubt es doch nicht, oder?«

Niemand sprach ein Wort, niemand bewegte sich, bis die Mutter schließlich sagte: »Aber sie *hat* es doch gemacht. Sie hat doch überall rumerzählt, dass sie es gemacht hat.«

»Du glaubst doch nicht, sie ist schuld an dem Hochwasser?« Die Frage des Vaters klang spöttisch.

»Ich weiß nicht, ob sie das Wasser gemacht hat oder nicht«, sagte die Mutter. »Es ist doch auch egal. Sie hat es machen wollen, das langt schon.«

Ewald sah seine Frau an und schüttelte den Kopf. Er wandte sich ab, blieb aber stehen.

»Woher wusst die Els überhaupt, wie man so was macht?«, fragte Lene. Sie hatte sich vorgestellt, ihre Stimme werde leise und verzagt klingen. Aber sie klang beinahe so wie die des Vaters eben.

»Was weiß denn ich? Wahrscheinlich erzählen die Hexen sich untereinander, wie so was geht.«

»*Du* hast es ihr erzählt, von *dir* weiß sie das!«, rief Lene schrill.

»Was fällt dir ein!« Die Mutter sprang auf. Eine heftige Ohrfeige klatschte auf Lenes Wange. »Was bist du nur für ein bösartiges Ding geworden!« Ihr Blick wurde lauernd. »Hast du vergessen, was ich dir gesagt hab? Was mit bösartigen Weibsleuten passiert?«

Es war, als habe sich unmittelbar vor Lenes Füßen ein Abgrund aufgetan. Sie musste ganz ruhig sitzenbleiben und den Atem anhalten. Ein Schritt, und sie würde hineinfallen.

»Recht hat es doch, das Mädchen«, sagte nun die Großmutter. »Du bringst doch immer mit heim, was die Leut schwätzen über die Hexen, und der Herr Pfarrer und der Meister Schunk und wie sie alle heißen. Du erzählst doch immer mit leuchtenden Augen, was die Hexen alles treiben, als ob du dich selbst gleich auf die Wingerthacke setzen wolltst und zum Fenster rausreiten.«

Die Mutter stieß einen empörten Schrei aus, doch die Großmutter sagte: »Von dir hat die Els das alles, und von keinem andern. Sie hat das alles zusammengerührt, was sie hier gehört hat, und in der Kirch. Und dann ist *das* dabei rausgekommen.«

Lange Zeit waren alle wie erstarrt.

»Ja«, sagte der Vater. »Ja, Lenchen, ich hab zehn Gulden. Es wird uns schwer werden, mit den zwei Hochzeiten und allem. Aber das sind wir der Els schuldig. Das und viel, viel mehr.«

»Ewald, jetzt überleg doch!«

Zum ersten Mal in ihrem Leben hatte Lene den beschämenden Gedanken, ihre Mutter müsse wohl dumm sein.

Hastig fuhr die Mutter fort: »Hast du schon mal überlegt, was die Els uns grad kostet? Weil sie keine Familie mehr hat, dürfen wir alles bezahlen! Alles, was es kostet, dass sie jetzt eingesperrt ist, das Geld für die Wächter und für das Essen und Trinken, was dort verbraucht wird, und für die Beleuchtung. Damit muss es jetzt aber auch gut sein! Wenn es jemand von der Familie wär, dann könnt man es ja noch verstehen. Aber so – ich bitt dich, nimm doch Vernunft an!«

Noch immer wagte Lene kaum zu atmen. Sie sah den Blick, den der Vater der Mutter zuwarf. Heute Morgen hätte sie die Augen noch gesenkt. Nun beobachtete sie die beiden, beinahe, als seien es Fremde.

»Ich bin *einmal* ein Feigling gewesen«, sagte ihr Vater. Seine Stimme klang rau. »Aber dieses Mal geht es nicht nach deinem Kopf.«

Er ging zur Tür, drehte sich noch einmal um und sagte: »Ich hab in meinem ganzen Leben nur eine Hex gesehen. Und die schläft jede Nacht an meiner Seit.«

# 7

Lene hatte den Verdacht, dass die Verhandlungen über ihre bevorstehende Hochzeit ganz und gar zwischen der Mutter und Meister Schunk allein geführt wurden. Jedenfalls äußerte der Vater sich nie dazu, während die Mutter die strenge, von Graf Wolfgang Ernst erst vor kurzem erlassene Hochzeitsordnung offenbar auswendig kannte.

Einerseits beklagte sie immer wieder, wie schade es doch sei, dass man ihrer Lene nicht die gleiche Hochzeit ausrichten könne wie ihrer Clara, andererseits habe der Herr Graf ja völlig recht damit, dass er der übermäßigen Fresserei und Sauferei Einhalt gebieten wolle. Schließlich hatte dies oft genug dazu geführt, dass die Brauteltern sich auf Jahre hinaus verschuldeten. Und so einig sie sich mit Meister Schunk darüber war, schienen doch mitunter Zweifel an ihr zu nagen.

Wann immer die Familie zusammenkam, begann sie zu rechtfertigen, warum nur zwei Tage lang gefeiert werde statt dreien, warum es jeweils nur eine Mahlzeit geben sollte und weder Musikanten noch Tanz. Dies geschah zumeist in Form lauter Selbstgespräche. Die restlichen Mitglieder der Familie schienen das Thema inzwischen leid zu sein.

»Was machen wir denn mit dem Kleid?«, war die Frage, die ihnen heute mit der Suppe zum Nachtmahl serviert wurde. »›Jeder soll sich seinem Stande gemäß kleiden‹, schreibt der Herr Graf. Wie das wohl gemeint ist?«

»Ich mein, der mischt sich in zu viel ein«, sagte die Großmutter halblaut. »Ich hab gehört, der schreibt sogar vor, was seine Hunde jeden Tag zu fressen kriegen.«

»Ich frag die Clara, ob ich ihr Hochzeitskleid anziehen darf.« Lene sprach leise, da sie Widerspruch erwartete. »Und den Weiberspeck lass ich auch weg.«

Ihre Mutter starrte sie an, als sei sie überrascht, dass jemand sich an dem Gespräch beteiligte. »Aber das ist ja – ja, Lenchen, das ist schlau! Da es getragen ist, kann keiner sagen, es ist zu prunkvoll, und doch ist es ein prächtiges Gewand! So machen wir es. – Ewald, was sagst du denn dazu?«

Der Vater wandte so langsam den Kopf, als weilten seine Gedanken noch im Weinberg und müsse er sie erst zum Heimkommen ermahnen.

»Wozu?«

»Ei Ewald, man könnt meinen, es ist dir ganz und gar egal, dass das Lenchen heiratet!«

Die Blicke Lenes und ihres Vaters trafen sich.

Sie hatte einen erneuten Streit befürchtet, doch der Vater sagte nur: »Da können wir uns schnell einig werden. Ich denk öfter mal dran, dass unser Lenchen heiratet. Und du denkst öfter mal dran, was sie vielleicht grad der Els antun.«

Damit stand er auf und ging hinaus.

Auch in diesem Jahr hatte Contz nicht den Ritter geschossen. Die Lese war so gut ausgefallen wie im Vorjahr, trotz des Hochwassers, und obwohl der Mai und der Juni kalt gewesen waren. Dass zwei ertragreiche Jahre aufeinanderfolgten, ließ viele hoffen, der Zorn Gottes wende sich nun von ihnen. Und einige fanden, man habe den guten Sommer ausschließlich der Tatsache zu verdanken, dass wieder eine Hexe dingfest gemacht worden war.

Lene und Contz heirateten an einem warmen, strahlenden Oktobertag. Contz' Gewänder waren neu, schienen aber eher für den Kirchgang gedacht als für eine Hochzeit. Und natürlich hatte Meister Schunk darauf bestanden, dass sich an die Eheschließung im Rathaus eine Feier in der Kirche anschloss, mit einem Abendmahl und einer Predigt, in der der Pfarrer auf den Sinn der Ehe verwies, der Zeugung von Kindern und der Erfüllung der von Gott gegebenen christlichen Pflichten.

Als sie danach aus der Kirche traten, versperrte ihnen eine Gruppe junger Männer den Weg. Zwischen sich hatten sie ein Seil gespannt, an dem alte Schuhe hingen.

»Es tut mir leid, ich hab nicht einen Pfennig«, gestand Contz den Junggesellen lachend.

Mit säuerlichem Gesicht musste sein Vater in den Beutel greifen, um den Wegzoll zu bezahlen.

Da es keine Morgensuppe gegeben hatte, traf sich im ›Schwan‹ anschließend eine völlig nüchterne Gästeschar. Sie zählte lediglich dreißig Häupter, ganz so, wie der Herr Graf es für Hochzeitsfeiern angeordnet hatte.

Die übertriebene Freude der Mutter an diesem Tag war Lene ebenso zuwider wie die an Mitleid grenzende Freundlichkeit der übrigen Familienmitglieder. Lediglich Peter und Ursel benahmen sich einigermaßen normal. Der Vater hatte dafür gesorgt, dass den Gästen ausreichend Wein zur Verfügung stand. Dennoch hatte Lene den Eindruck, deren Stimmung verdüstere sich im Laufe des Festes eher, statt ausgelassener zu werden. Mitunter schien es ihr, als wagten sie nur miteinander zu flüstern.

*Ich hätt den Contz nicht nehmen dürfen*, dachte sie, als sie bereits beim Brautmahl saßen. Wie immer an diesem Tag, wenn sie ihren Ehemann ansah, begegnete ihr ein unbekümmertes Lächeln. *Er hätt eine verdient, die ihn von Herzen gern hat.*

Die Talglichter an den Wänden waren gerade erst entzündet worden, als Clara zu ihr trat und ihr ins Ohr flüsterte: »Lenchen, komm mal mit mir, ich muss dir was erzählen.«

Draußen, in der beginnenden Abenddämmerung, warteten bereits Ursel und Peter. Ihre Mienen waren ernst, als hätten sie sich gerade über etwas Unerfreuliches unterhalten, und hellten sich erst zögernd auf, als sie näherkam.

»Lene, der Vater sagt, es ist am besten, wenn du heimlich weggehst, und später der Contz nachkommt«, sagte Peter. »Der Meister Schunk meint das auch. Du weißt ja, was bei der Clara los war.«

Eine riesige Menge völlig betrunkener Gäste hatte das Brautpaar zum ecksteinschen Haus begleitet. Dort hatten die verheirateten Frauen Clara die Krone vom Kopf genommen und ihr stattdessen eine Haube aufgesetzt. Lene hatte nicht einmal die Hälfte der gegrölten Ratschläge begriffen, die man Clara und Velten mit aufs Brautlager gegeben hatte. Sie hatte nichts dagegen, dass ihr dergleichen erspart blieb. Clara hatte damals kaum weniger gelacht als alle anderen. Aber sie hatte dieser Nacht ja auch mit Freude entgegengesehen, nicht mit der Beklemmung, die Lene nun plötzlich in ihrem Magen spürte.

»Aber wohin gehen wir denn?«, fragte sie nach wenigen Schritten.

Sie hatte geglaubt, sie werde diese Nacht in der Obergasse, im Haus der Schunks, verbringen, wie alle weiteren ihres zukünftigen Lebens.

»Der Vater hat gemeint, dass ihr die erste Nacht in unserer alten Kammer daheim verbringen sollt, damit ihr eure Ruh habt. Der Konrad schläft die Nacht bei der Großmutter.«

Ob der Vater auch nur ahnte, welch ein Geschenk er ihr damit machte? Gewiss tat er das.

Peter und Ursel sprachen kein Wort auf dem Weg nach Hause. Als sie zu Hause angekommen waren, verschwanden sie nach einem kurzen Gut Nacht sofort in ihrer Kammer.

Clara blieb weiter schweigsam.

»Meine Güte, jetzt tut doch nicht so, als ob jemand gestorben ist!«, sagte Lene ungehalten, als beide oben in ihrer Kammer standen. Es war ja schon beinahe kränkend, wie offensichtlich die Schwester bedauerte, dass sie Contz geheiratet hatte. »Da geht es bei jedem Leichenschmaus fröhlicher zu als heut bei meiner Hochzeit!«

Claras Gesichtsausdruck veränderte sich nicht.

Nein, es ging nicht um den Contz, begriff Lene. »Was hast du denn?«

Clara nahm ihre Hände. »Es wollt dir keiner sagen. Aber – es ist wirklich jemand gestorben. Vorhin hat's der Vater erfahren. Es ist die Els.«

Lene wurde der Mund trocken. »Wie – sie ist gestorben? Man stirbt doch nicht einfach so?«

»Der Velten sagt, das passiert öfter. Wenn sie sie befragen.«

Bilder stiegen auf und wurden beiseitegeschoben, blutige, schreckliche Bilder.

»Sie haben sie so gequält, dass sie gestorben ist?«, keuchte Lene.

Clara nickte nur bedrückt. »Aber sie werden es nicht zugeben. Sie sagen, der Teufel hat ihrer Not ein End gemacht, damit sie nicht gesteht, wer noch alles dabei war bei den Hexenversammlungen. – Die Eltern sind mir bestimmt bös, wenn sie erfahrn, dass ich dir das gesagt hab.«

Lene sank auf das Bett nieder. Mit Clara hatte sie es geteilt, so lange sie denken konnte. Und mit Els. Ab morgen würde Konrad allein darin liegen. *Und ich bin schuld. Ich hätt ihr zuhörn müssen.*

»Was haben sie denn mit ihr gemacht?«, unterbrach Lene ihre eigenen Gedanken.

Sie wollte es nicht wissen. Danach zu fragen erschien ihr dennoch wie eine Pflicht.

»Ich weiß es doch auch nicht«, murmelte Clara. »Das erfahrn wir bestimmt auch nicht. Und es tät ja nichts nützen. Wir können ja nichts mehr für sie tun. Ach Lene, lass uns doch jetzt nicht drüber sprechen.«

Vorsichtig zog sie die Nadeln aus Lenes Haaren und nahm ihr die Brautkrone ab, die der Vater gegen den vereinten Willen der Mutter und Meister Schunks durchgesetzt hatte. Allein der Gedanke daran ließ mit einem Mal Tränen über Lenes Wangen strömen.

»Ich hab so Angst, dass der Vater sterben muss«, brachte sie zwischen Schluchzern hervor.

»Wie kommst du denn jetzt da drauf?«, fragte Clara, während sie ihr übers Haar strich.

»Weil wir doch alle irgendwann sterben müssen.«

»Lenchen, du bist ja ganz durcheinander. Jetzt mach dir doch darum keine Gedanken! Ich hab es ja gewusst. Ich hätt es dir nicht sagen sollen, das mit der Els.«

*Nein, das war richtig,* wollte Lene sagen und dachte: *Schließlich hab ich nichts vor mir, worauf ich mich besonders freuen tät.* Aber sie konnte nicht aufhören zu weinen und brachte nichts hervor.

»Was ist denn das?« Lene hatte die Mutter nicht kommen hören, die nun in der Tür stand. »Lenchen, du bist ja noch gar nicht für das Brautlager gerichtet! Und du weinst ja! Clara, was hast du ihr denn erzählt?«

»Nichts hat sie mir erzählt!« Lene war froh, dass ihre Stimme ihr wieder gehorchte. »Es ist nur, weil – weil wir doch immer hier zusammen gelegen haben, und jetzt nie mehr.«

»Und deshalb heulst du? An deinem Hochzeitstag? Clara, du hast sie bestimmt aufgeregt. Kann man euch denn gar nichts heißen? – Jetzt mach schon, wisch dir das Gesicht ab und zieh dein Gewand aus. Was soll der Contz denn denken, wie du dich hier aufführst in der Hochzeitsnacht?« Sie stockte, offenbar von einem fürchterlichen Gedanken befallen. »Um Himmels willen, der denkt ja Wunder was! Lene, du hast doch nichts – nichts Schlechtes gemacht?«

Da Lene die Worte fehlten, übernahm Clara es, an ihrer statt zu antworten: »Mutter, was du aber auch denkst! Nein, es war so, wie das Lenchen gesagt hat. Sie hat halt nur an früher gedacht und wie schön es immer war.«

»Also gut«, murmelte die Mutter zerstreut. »Jetzt macht aber, damit ich dem Contz endlich Bescheid geben kann. Sonst ist das Lenchen morgen früh immer noch nicht ordentlich verheiratet. Das gäb ja vielleicht was!«

Als die Mutter die Kammer verlassen hatte, zog Lene mit Claras Hilfe das farbige Hochzeitskleid aus. Wäre es nach ihrem Schwiegervater gegangen, hätte auch sie heute ein schwarzes Gewand getragen.

Das Hemd, das Lene darunter trug, war an allen Säumen mit Spitze verziert. Clara hatte es ihr heute Morgen mit verschwörerischer Miene als Geschenk überreicht.

»Gut, dass der Meister Schunk das nicht sieht«, meinte Clara nun trocken.

*Das wär ja auch noch schöner.*

Nachdem sie unter die Decke geschlüpft war, erwartete Lene einen unbedachten Augenblick lang, Clara werde sich ebenfalls ausziehen und zu ihr ins Bett kommen. Sie musste ein überdrehtes Kichern verbeißen.

Clara beugte sich zu ihr herab und drückte ihr einen Kuss auf die Wange. »Das wird schon. Du wirst sehen, der Contz ist ein feiner Kerl.«

Sie wartete die Antwort nicht ab, sondern ging rasch hinaus und schloss die Tür hinter sich.

»Das weiß ich doch«, sagte Lene zu sich selbst.

Auf der Truhe an der Wand stand eine Kerze, die den Raum in ein dämmriges Licht tauchte. Kein Kienspan, kein Talglicht. Eine Kerze. Welch ein Luxus.

Als Contz kurz darauf hereinkam, trug er noch sein düsteres Hochzeitsgewand.

Ohne ein Wort, nur mit einem fast ängstlichen Lächeln, ging er in den dunkelsten Winkel, dorthin, wo Konrads Bett stand. Er setzte sich darauf und begann, sich auszuziehen. Lene zog die Decke ein wenig höher und starrte angestrengt in die Kerzenflamme. Als Contz nach einiger Zeit aufstand, sah sie mit einem Seitenblick, dass auch er nur noch sein Hemd trug. Er ging um ihr Bett herum, hob die Decke an und legte sich neben sie. Lenes Schultern verkrampften sich.

»Ach so«, murmelte Contz, sprang wieder aus dem Bett und blies die Kerze aus. Dann kam er wieder neben sie.

Was hatte die Großmutter gesagt? *Leg dich auf den Rücken und mach die Bein auseinander. Der erledigt dann schon den Rest.*

Ob Contz wenigstens wusste, wie man das tat, was man von ihnen erwartete? Als sie dort stumm nebeneinander lagen, begriff Lene, dass sie doch im Stillen gehofft hatte, ihr Ehemann werde sich in dieser Nacht auf geheimnisvolle Weise verwandeln, in einen, der Worte fand, die einem die Angst nahmen, und der eine Stimme hatte, die einen zum Schmelzen brachte. Aber er blieb derselbe Contz, der er bei Tage war.

»Also, du weißt ja«, sagte er nach einiger Zeit.

Als er herüberfasste und ihr Hemd hochhob, erstarrte Lene. Er legte sich auf sie, wahrhaftig, mit seinem ganzen Gewicht, und begann, sich zwischen ihre Beine zu graben.

*Mach die Bein auseinander.*

Sein Geruch war nicht unangenehm. Nur fremd. Was Contz dann tat, tat weh, mehr als bei Sybilla Burckhardt. *Unter Schmerzen sollst du gebären.* Ja, das konnte nicht einfach sein, wenn ein Kind den Körper einer Frau verließ. Aber das hier? Sollten sie nicht zusammenpassen wie ein Schlüssel in ein Schloss? Vielleicht ging es nicht ohne Spucke, schließlich hatte die Hebamme das auch so gemacht. Lene wagte nicht, den Vorschlag zu machen. Zudem schien Contz durchaus überzeugt davon, das Richtige zu tun. Er begann, sich immer schneller zu bewegen, bis er irgendwann mit einem Schnaufer über ihr zusammenbrach. Dann legte er sich wieder neben sie und zog ihr Hemd herunter. Er ertastete ihr Gesicht und strich über ihre Wange.

»So, Lenchen«, sagte er. »Jetzt sind wir Mann und Frau.«

## 8

Wenn Lene in den vergangenen Tagen versucht hatte, sich das Haus vorzustellen, war dabei meist ein Abbild des ecksteinschen Haushalts herausgekommen, oder auch des Kalkhofschen. Ein verkleinertes Abbild, denn das Haus der Schunkens wies lediglich zwei Stockwerke auf, nicht drei.

In der Werkstatt war sie schon häufiger gewesen, hatte Schuhe zum Flicken gebracht oder abgeholt. Mitunter waren ihr und Clara unter Aufsicht der Mutter auch ein paar neue angepasst worden. Nun wagte sie, sich genauer umzusehen, denn ein wenig war das ja nun auch ihre Werkstatt. Es roch nach Leder und nach Pech. Überall hingen und lagen unbekannte Werkzeuge, und dennoch wirkte alles wohlgeordnet.

Meister Schunk war im Hof geblieben. Lene war froh darüber. Er bewachte den Karren, auf dem ihre Aussteuer hierher gebracht worden war, und um den die Nachbarschaft sich neugierig versammelt hatte. Allein stieg Lene nun mit Contz zum ersten Mal die knarrende Treppe in den oberen Stock empor.

Über der Werkstatt lagen lediglich zwei Räume. Zur Rechten befand sich die Küche. Sie war zwar aufgeräumt und enthielt alles, was es brauchte, um eine Familie zu verköstigen, einen Tisch und Bänke, eine Feuerstelle, Kessel, Töpfe, irdenes Geschirr und Kochgerät. Dennoch wirkte sie seltsam verlassen.

»Und hier schlafen wir«, sagte Contz und öffnete die Tür zur Linken.

Lene betrat zögernd die Schlafkammer. Als Contz hinterdrein kam, fand er zwischen drei Betten und zwei Truhen kaum Platz zum Stehen.

»Das ist das Bett vom Jobst und vom Moritz, da schläft der Vater drin, und das ist unser Bett«, zählte Contz auf. Er strahlte sie so stolz an, als offeriere er ihr die Gemächer eines Palastes.

*Jetzt weiß ich, warum der Vater uns noch mal in der Schlossgass hat schlafen lassen,* dachte Lene dankbar. *Ich wett, der Meister Schunk hätt gern danebengelegen gestern Nacht.*

»Und wo schläft die Anna?«

»Was weiß ich, wo die schläft. Ich weiß nicht, ob sie schon wieder eine Anstellung gefunden hat.«

»Ist sie denn nicht mehr bei euch?«

»Ei Lenchen!« Contz lachte. »Was brauchen wir denn jetzt noch eine Magd? Wir haben doch dich!«

Sie musste zweifelnd dreingeschaut haben, denn er fuhr fort: »Die Mutter hat das immer allein geschafft, und nachdem sie tot war, hat es die Anna auch allein fertiggebracht. Ich weiß doch, dass du tüchtig bist!«

Lene nickte bedächtig. Er hatte recht. Es gab keinen Grund, warum sie nicht die Hausfrau werden sollte, die die Schunkens sich erhofften.

»Und deshalb werdet Ihr in keiner Schusterwerkstatt einen Stuhl mit Lehne finden«, schloss Jobst.

Wenn Meister Schunks Geselle sonst auch geradezu maulfaul war, so beantwortete er doch bereitwillig jede Frage, die Lene ihm stellte. Und so hatte sie sich angewöhnt, sich an ihn zu halten, wenn sie etwas wissen wollte. Den Meister mochte sie nicht ansprechen, oder nur, wenn es unumgänglich war. Er brachte es fertig, sie dabei jedes Mal so anzugrinsen, als habe sie sich versprochen und versehentlich etwas Anstößiges gesagt. Und Contz? So freundlich er stets zu ihr war, so wenig war etwas Gescheites aus ihm herauszubringen. Wenn sie ihn etwas fragte, hatte sie hinterher selten das Gefühl, klüger zu sein.

Jobst Euler war kein schöner Mensch. Dazu waren seine Züge zu grob und die Zähne zu schief. Wenn er sprach – was er nur tat, wenn es nötig war –, klang seine Stimme tief und angenehm, und er hatte ein freundliches Lächeln. Selten blieben die Gesellen mehr als ein Jahr bei einem Meister, oft nur einige Wochen, bevor sie ihre Wanderschaft fortsetzten. Jobst war seit zwei Jahren in diesem Haus.

»Andere sind zu faul zum Arbeiten«, sagte Meister Schunk, wenn die Rede darauf kam. »Der Jobst ist zu faul zum Wandern.«

»Was soll ich denn weiterziehn, wenn ich bei Euch alles lernen kann, was ich brauch?«, pflegte Jobst zu erwidern. »Außerdem gibt es hier keine Zunft, die mir das Bleiben verbieten kann.«

Und so blieb es dabei. Nein, zu faul zum Arbeiten war er gewiss nicht. Wenn der Meister ihn abends nicht geheißen hätte, sein Werkstück beiseitezulegen, um fünf am Nachmittag im Sommer, um sechs im Winter, so hätte er bei funzeligem Licht wohl bis in die Nacht gearbeitet. Und auch Peter Schunk schien es nicht allzu eilig zu haben, seinen Gesellen loszuwerden. Er überließ ihm bereits Arbeiten, die sonst ausschließlich dem Meister vorbehalten waren, wie das Zuschneiden des Leders und den Kauf von Nähgarn, Pech und Wachs. Nicht einmal seinem Sohn vertraute er darin.

Alles in diesem Haus drehte sich um die Arbeit. Die Werkstatt *war* das Haus. Die Betten dienten – fast ausschließlich – dem Zweck, nach der Arbeit zu ruhen, die Küche, sich dafür zu kräftigen. Arbeiten, Beten – viel Beten –, Schlafen. Alles andere galt Meister Schunk als sündig. Dennoch kommentierte er beinahe jeden Morgen, was nachts in der Schlafkammer vor sich gegangen war. Waren Contz und Lene als Mann und Frau zusammengekommen, wusste er darüber ein Bibelverschen zum Besten zu geben, ebenso, wenn sie nur traulich beieinander gelegen hatten.

Am liebsten hielt Lene sich in der Werkstatt auf. Sie beeilte sich stets, möglichst schnell fertig zu werden mit Kochen, Waschen, Putzen, dem Versorgen der Ziege, der Hühner und mit dem Garten. Obwohl auch diese Arbeiten ihr nicht missfielen. Es hatte etwas für sich, die einzige Frau im Haus zu sein. Niemand redete ihr hinein, wenn es darum ging, zu entscheiden, was auf den Tisch kam.

Noch lieber als die Hausfrau jedoch war sie »die Frau Meisterin«, wie sie nicht nur von Jobst und Moritz, dem Lehrling, genannt wurde, sondern auch von der Kundschaft und den Nachbarn. Obwohl sie dies genaugenommen nicht war. Aber da Contz' Mutter nicht mehr lebte, hatte dieser Titel offenbar nur darauf gewartet, von ihr geerbt zu werden.

Der Herr Pfarrer hatte recht. Arbeit war besser als Grübeln. Wenn man grübelte, kam man auf müßige Fragen wie die, ob das denn wirklich das Leben war, das der liebe Gott für einen ausgesucht hatte, und ob man in einem anderen nicht glücklicher geworden wäre. Ob man wirklich hier wohnen wollte, bis man starb, und ob man wollte, dass Kinder hier wohnen sollten, in diesen kleinen, dunklen Räumen. Wenn man solche Gedanken verscheuchte und nur schaute, hörte und schmeckte, konnte man zufrieden sein.

In den ersten Tagen hatte Lene sich in der Werkstatt nur vorsichtig bewegt, hatte Angst gehabt, etwas anzufassen oder kaputtzumachen. Mittlerweile gönnte sie sich jedes Mal, wenn sie hereinkam, einen kleinen Rundgang, um den Männern über die Schulter zu blicken. Meist wurde sie von einem zwitschernden »Gott zum Gruß« empfangen, das aus einem Weidenkorb kam, der in der Ecke hing. Contz hatte ihr nicht sagen können, wie der bunte Vogel hieß, der darin saß, nur, dass der Vater ihn einmal vom Kalten Markt mitgebracht hatte. Jobst war es gewesen, der ihr erklärt hatte, dass in jeder anständigen Schusterwerkstatt ein Vogelkäfig zu hängen hatte.

Die Männer saßen meist auf ihren Schemeln um den niedrigen Tisch, mit den großen Armbewegungen des Einstechens und Nähens befasst. Nur Contz und Moritz gönnten ihr ein Lächeln, der eine unbeschwert, der andere scheu. Der Meister und sein Geselle hoben nicht die Köpfe von der Arbeit.

Von Tag zu Tag wurde Lene stolzer auf die Männer. *Das ist mal was Gescheites, was die tun.* Schuhe brauchte jeder, egal, ob einer in Holzpantinen daherkam oder in den feinsten Lederstiefeln. Sie begann, den Leuten immer häufiger auf die Füße zu schauen. Aber auch so wusste sie Bescheid darüber, wessen Schuhwerk in welchem Zustand war, schließlich besaßen die Schunkens die einzige Schusterwerkstatt in Büdingen, und jeder Bewohner, außer den allerärmsten, kam gelegentlich hier vorbei.

Am schönsten war es, wenn man es ihr überließ, sich um die Kundschaft zu kümmern. Einfachere Schuhe und Pantoffeln verkaufte sie mittlerweile allein. Außerdem hatte sie gern ein Auge darauf, wenn der Meister einer jungen Frau einen Schuh anmaß. Dies dauerte stets länger als bei ihren Müttern, da musste die Ferse umfasst werden, der Knöchel, mitunter gar die Wade. Lene fing manch hilfloses Lächeln auf, das in ihre Richtung geschickt wurde, aber hörte auch Kichern und manchmal ein »Aber Meister Schunk, Ihr kitzelt mich ja!«

Man durfte nicht nachdenken. Dann war das Leben auszuhalten.

Und Contz durfte keinen Fehler machen.

Lene lebte erst ein paar Tage in diesem Haus, als dies zum ersten Mal passierte. Schon zuvor war ihr aufgefallen, dass Peter Schunk selten ein gutes Wort für seinen Sohn hatte. Natürlich schalt er Moritz häufig aus, der dann rot anlief und sich umso mehr bemühte. Dass Jobst einen Tadel erhielt, hatte sie noch nie erlebt. Wenn man danach ging, wie Peter Schunk seinen Sohn titulierte, hätte man Contz für den größten Nichtsnutz auf Gottes Erde halten können, dessen Arbeit die tägliche Suppe nicht wert war.

An diesem Tag kam Lene gerade die Stiege herab, als es geschah. Nein, eigentlich geschah es sogar, *weil* sie die Stiege herabkam. Wie immer hob Contz den Kopf. Wie immer erwiderte sie sein Lächeln, und wie immer hatte sie ein schlechtes Gewissen dabei. So sehr sie sich auch mühte, freundlich zu ihm zu sein, so sehr kam es ihr jedes Mal vor, als bleibe sie ihm etwas schuldig.

Ein helles, metallisches ›Klink‹ war zu hören, gefolgt von einem dumpfen Poltern. Meister Schunk riss sich den Knieriemen vom Bein und sprang auf. Jobst und Moritz zogen die Köpfe tief zwischen die Schultern.

Zwischen Contz' Füßen lag der Schuh, in den er gerade einen Nagel hatte treiben wollen. Lene war sich sicher, dies sei der Grund, der den Meister so erzürnt hatte. Doch er hob nicht das solcherart misshandelte Werkstück auf, sondern riss Contz den Schuhmacherhammer aus der Hand. Er stürmte zur Tür hinaus, die in den Hof führte, um die Pinne des Hammers im Tageslicht zu prüfen. Von dort war schon bald ein wütendes Schnauben zu hören.

»Du Knollfink! Du Nichtsnutz!«

»Knollfink, Nichtsnutz«, echote es aus dem Käfig über Lene.

»Die Pinne hast du schartig gemacht! Weil du Faulenzer deinem Weib schöne Augen machst, statt sie bei der Arbeit zu lassen! Na wart, dir wird ich einen Sprung weisen!« Schon schwang er den Riemen und ließ ihn kräftig auf die Schultern seines Sohnes niedersausen. Der verkreuzte seine Arme über dem Kopf, um die Schläge abzuwehren.

Lene erschrak. Am liebsten wäre sie dazwischengegangen. Ein Schauder überkam sie bei dem Gedanken, dass ihre Kinder hier aufwachsen sollten. *Sollen sie nicht lachen dürfen, nur arbeiten und beten, vielleicht sogar geschlagen werden? Soll das ihr täglich Brot sein?*

# 9

Während die Männer nach der Kirche noch stehenblieben, um einen Schwatz miteinander zu halten und diesen im ›Schwan‹ oder in der ›Krone‹ fortzusetzen, eilte Lene nach Hause, um das sonntägliche Essen zu bereiten. Das Kraut mit den Speckstücken musste nur noch gewärmt werden, und der Hirsebrei war auch schnell gemacht. Keiner der Männer war ein besonders anspruchsvoller Esser. Lob gab es, wenn etwas genauso schmeckte wie das, was Contz' Mutter einst gekocht hatte. Abwechslungsreiche Kost war nicht gefragt, und so hatte Lene schon bald aufgehört, den Schunks schmackhaft machen zu wollen, was im kalkhofschen Hause gegessen wurde.

Genau drei Wochen waren es noch bis zum Pfingstfest. Meister Schunk hatte bereits gestattet, dass zu diesem Anlass eines der älteren Hühner sein Leben lassen sollte. Lene überlegte gerade, ob sie den Versuch wagen konnte, das zähe Tier mit einem halben Krug Wein und ein paar getrockneten Pilzen genießbarer zu machen.

Da hörte sie die Glocke.

Beim ersten Schlag hatte sie noch geglaubt, es sei die Kirchenglocke, die erneut ertönte. Dann begriff sie, dass man die Sturmglocke läutete. Instinktiv wandte sie sich um, wollte zurück zur Kirche laufen. Nach wenigen Schritten bereits kam Contz ihr entgegen.

»Schnell, ich muss heim, die Büchse holen!«

»Aber was ist denn?«

»Ich weiß es doch auch nicht!«

*Aber du kannst doch nicht fort, ohne was zu essen,* wollte Lene schon sagen.

Zu Hause angekommen, warf Contz die schwarze Sonntagsjacke aufs Bett und holte seinen Schützenrock und die Büchse aus der Truhe.

»So, hier sind die Kugeln, hier sind die Lunten«, murmelte er.

»Es wird doch nicht gefährlich?«, fragte sie.

»Aber Lenchen, was denkst du denn. Zweimal schon hab ich vom Graf einen Reichstaler bekommen als bester Schütze. So schnell mach ich dich nicht zur Witwe.«

Und damit lief er die Treppe hinab.

*Sollte er mir nicht wenigstens noch einen Kuss geben?,* überlegte Lene, bevor sie die schwarze Jacke hochhob, sie sorgfältig zusammenlegte und in der Truhe verstaute.

Am liebsten wäre sie sofort losgelaufen. Aber immerhin gab es noch drei Männer zu versorgen. Beinahe wäre ihr der Hirsebrei angebrannt, so wenig war sie mit den Gedanken bei dem, was sie tat.

Meister Schunks langes Tischgebet unterschied sich in keiner Weise von all den anderen langen Tischgebeten, die Lene gehört hatte, seit sie in dieses Haus gekommen war. Er gelobte, die Gaben Gottes mäßig zu gebrauchen und statt ihrer das geistliche Brot des Wortes und die Speise der Seele zu suchen. Kein Wort der Fürbitte an den Allmächtigen, das väterliche Sorge offenbart hätte.

Als Lene den Tisch abgeräumt, Schüssel und Löffel gesäubert und versprochen hatte, selbstverständlich nachmittags zur Christenlehre in die Kirche zu kommen, durfte sie gehen.

Trotz wiederholter Beteuerungen von Veltens Mutter, nein, sie störe ganz gewiss nicht, fühlte Lene sich wie eine, die ungebeten in ein fremdes Haus eingedrungen ist. Schließlich saßen Ecksteins gerade bei Mandelkuchen und süßer Milch. Und obwohl sie unverzüglich eingeladen wurde, kam sie sich mit ihrer Aufregung mit einem Mal lächerlich vor.

Clara rettete sie, indem sie sagte: »Ich hab so gehofft, dass du kommst! Wir müssen doch zusammen sein, jetzt, wo unsere Männer fort sind.«

»Was ist denn überhaupt passiert?«, fragte Lene ratlos.

»Du weißt ja, dass die Kaiserlichen schon seit dem letzten Herbst hier in der Gegend liegen«, begann Meister Eckstein.

Ja, das hatte Lene gewusst. Immer wieder hatte sie sich einzureden versucht, ihnen werde nichts geschehen, starke Mauern und der Schutz des Grafen könnten sie vor allem bewahren, was anderenorts in diesen Zeiten geschah.

»Seit einer Weile schon treiben sie immer wieder ganze Viehherden weg. Heut sind sie in Langendiebach eingefallen und hausen dort. Und deshalb müssen die Männer hin, um den Bauern in ihrer Not zu helfen. Unsere Stadt muss sich den Schutz des Kaisers hart erkaufen, wie du weißt.«

Lene nickte. Alle stöhnten unter den Abgaben, die zu entrichten waren. Nur mit Geld und einem Gutteil dessen, was Äcker und Weinberge erbrachten, konnten die kaiserlichen Truppen davon abgehalten werden, die Stadt zu stürmen und sich einfach zu nehmen, was für den Unterhalt von Mensch und Tier benötigt wurde.

»Die Büdinger sind jetzt mit einigen Hundert Gulden und einer großen Menge Hafer in Rückstand geraten«, erklärte Meister Eckstein. »Und da hat der zuständige Befehlshaber damit gedroht, eine halbe Kompanie vor die Stadt zu legen. Die solle dann dem Grafen beim Eintreiben der Schulden zur Hand gehen, hat er gemeint.«

*Ich hab das alles gar nicht gewusst*, dachte Lene. *Oder zumindest nicht richtig. Die Ecksteins reden über so was, und sie lesen es in der Zeitung. Ich krieg nur mit, was die Frauen am Brunnen erzählen.*

»Noch etwas kommt hinzu«, fuhr Sebastian Eckstein fort. »Mancher Gemeinde ist es verständlicherweise ein Dorn im Auge, dass wir in Frieden leben, während man ihre Felder verwüstet und ihre Häuser plündert. Etliche Dörfer außerhalb der Grafschaft haben schon große Summen dafür bezahlt, dass die Soldaten doch auch einmal ihre Nachbarn auf isenburgischem Gebiet bedrücken und sie dafür verschonen sollen.«

»Mach doch der Lene keine Angst«, mischte sich Juliane Eckstein ein. »Und der Clara auch nicht. Bis jetzt hat unser Graf noch immer alles in die Reih gebracht.«

Sie nötigte Lene noch ein weiteres Stück Kuchen auf und goss ungefragt Milch nach. Die Freundlichkeit der Ecksteins ließ Lene ihre Unruhe nur umso deutlicher spüren. Sie rutschte auf dem Stuhl hin und her und war erleichtert, als Clara, kaum dass sie ihren Becher leergetrunken hatte, sie bei der Hand nahm und in ihre Schlafkammer zog.

Es war kühl im Raum. Nur ein einziges Bett stand darin, das Clara und Velten mit keinem anderen Familienmitglied teilen mussten. Clara ließ sich darauf nieder und klopfte auf die Bettdecke neben sich. Nur zögernd nahm Lene die Einladung an. Dabei wäre sie am liebsten unter die Decke geschlüpft und hätte sich der Wärme hingegeben wie einer liebevollen Umarmung. Sie hätte den Duft trinken mögen, der aus den Laken stieg, den Duft nach Zärtlichkeiten und Lust.

»Ich hab so Angst um ihn.« Claras Worte schlugen eine Schneise in Lenes wuchernde Gedanken. »Ich hab so Angst, dass ihm was passiert und dass er seinen Sohn nie sehen wird.«

Allmählich hatten die Leute begonnen sich zu wundern. Seit einem Jahr nun schon teilte Clara dieses Bett mit Velten. Lang genug vorher geübt hätten sie ja, meinten einige. Und ob nicht die böse Hex, die im kalkhofschen Haus gewohnt hatte, schuld daran sei, dass bei den Schwestern und ihrer Schwägerin Ursel der Kindersegen ausblieb.

»Ja, schau nicht so, Lene, es ist wirklich wahr! Und du wirst sehen, bald wirst du dafür sorgen, dass er Spielgefährten hat.«

Clara bat, ob Lene nicht bei ihr bleiben könne in dieser Nacht, und in der nächsten wieder.

Auch weiterhin versah Lene ihre Pflichten, machte im Haus der Schunkens die Betten und sorgte dafür, dass regelmäßig eine Mahlzeit auf den Tisch kam. Ansonsten verbrachte sie so viel Zeit wie möglich mit Clara. Und kaum, dass sie sich abends aneinandergeschmiegt und ihre großen Zehen sich gefunden hatten, war dies nicht mehr Veltens und Claras Bett, sondern das ihre.

Mitunter konnten sie sogar lachen und miteinander herumalbern. Das war besser, als Clara in ihrer Angst beistehen zu müssen. Dabei kam Lene sich vor wie eine Betrügerin. Sollte ihre Angst um Contz der Claras nicht gleichkommen? Sie konnte inbrünstig um seine sichere Rückkehr beten. Dies waren die einzigen Augenblicke, in denen ihr wirklich bang um ihn war. Doch sonst verspürte sie keine Angst, die sie so überfiel, wie dies bei Clara der Fall war.

Zumindest nicht die Angst um Contz.

Es war die dritte Nacht, seit die Männer fortgezogen waren. Lene und Clara hatten sich eben ausgekleidet und schickten sich an, das Licht zu löschen.

Rufe drangen von unten hoch, dann ein Poltern. Die Tür wurde aufgerissen. Velten stand da, unrasiert, die Büchse noch über der Schulter. Erst ein Schrei hinter ihr erinnerte Lene daran, hastig zur Seite zu springen. Schon hing Clara an Veltens Hals. Die beiden lachten, Clara weinte, dann lachten beide wieder und küssten sich. Lene, wie Clara nur noch im Hemd, machte einen Schritt hin zur Truhe, um Rock und Mieder zu greifen. Ihre Bewegung blieb nicht unbemerkt. Velten ließ sein Weib los, kam zu ihr, nahm sie um die Mitte, schwenkte sie einmal um sich, setzte sie wieder ab und gab ihr einen herzhaften Kuss auf den Mund.

»Was bin ich froh, dass ich wieder bei euch bin!«

Dann setzte er sie ab, ging wieder zu Clara und nahm sie in die Arme.

Während Lene sich ankleidete, meinte Velten über Claras Schulter hinweg gutgelaunt: »Ja, mach, dass du heimkommst! Da wartet dein Contz schon auf dich!«

*Und ich hab nicht mal dran gedacht, nach ihm zu fragen. Nur um dich hab ich mich gesorgt. Das muss aufhören. Das muss endlich aufhören.*

»Wenn der Henrich sich weiter so viel gefallen lässt von seiner Alt, werden sie ihm wohl die Haustür aushängen und aufs Dach schmeißen«, sagte Contz.

Lene kicherte.

So einen lustigen Abend hatte sie schon lange nicht mehr erlebt. Natürlich war sie schon früher in der ›Krone‹ gewesen wie auch im ›Schwan‹, jedoch immer nur, wenn Hochzeiten, Kindstaufen und Ähnliches gefeiert wurden. Einfach nur hinzugehen, um ein paar Krüge Wein zu trinken, hatte beinahe etwas Verruchtes.

Der Anblick des Apothekers, der neben dem Kuhhirten, der des Stadtkapitäns, der neben der Bäuerin saß, war ihr wohlvertraut. Schließlich hatten sie und Clara oft genug Zecher mit Wein versorgt, wenn sich in der Zeit zwischen

Weinlese und Fastnacht die Stube der Kalkhofs in eine Heckenwirtschaft verwandelte. Doch war in ihrem Hause keinem Familienmitglied ein Ausflug in eine andere Wirtschaft erlaubt gewesen. Zum einen hätte die Mutter es nicht geduldet. Aber auch der Vater hätte nicht eingesehen, einem Wirt auch nur einen Pfennig für etwas zu geben, das im eigenen Keller fässerweise vorhanden war.

Zu Beginn des Abends hatte Lene noch jedes Mal aufgeblickt, wenn die Tür sich geöffnet hatte, in der kaum eingestandenen Hoffnung, Velten und Clara kämen zufällig herein. Sie hatte sich ausgemalt, wie sie zusammensitzen würden, wie sie unter dem Tisch nach Claras Hand griffe, um dieses neue Abenteuer mit ihr zu teilen. Aber in ihrem Zustand würde Clara bestimmt in keine Wirtschaft mehr gehen. Nun würde Lene bis morgen warten müssen, um ihr davon zu erzählen.

Auf dem kurzen Nachhauseweg musste nun natürlich alles noch einmal durchgehechelt werden, wie das böse Weib des Schmieds plötzlich in der Tür gestanden und ihren Mann beschimpft hatte. Und wie der beim Versuch, ihr zu beweisen, dass er noch aufrecht stehen konnte, der Länge nach hingefallen war.

Lene hatte so viel zu schauen und zu staunen gehabt, dass sie selbst kaum zum Trinken gekommen war. Dennoch fühlte sie sich angenehm beschwingt. Sie fragte sich, wie es Contz gelang, sich noch auf den Beinen zu halten.

Immer wieder wetterte der Herr Pfarrer gegen die Unsitte des »Zutrinkens«, doch die Leute scherten sich nicht darum. Sobald jemand einen anderen herausforderte, die gleiche Menge nachzutrinken, die er vortrank, hatte man dies zu tun, wie Contz ihr erklärte. Sonst konnte er sich beleidigt fühlen, und das Ganze artete in eine Prügelei aus, die leicht im Kerker enden konnte. Das durfte Contz natürlich nicht riskieren.

Dennoch hatte er sich als angenehmer Gefährte erwiesen, der sie auch im Gespräch mit seinen Trinkkumpanen nicht vergaß, der ihr mancherlei erklärte, ohne dass sie hatte fragen müssen, und der sie »mein Lenchen« nannte.

»Wenn wir jetzt heimkommen, musst du aber ruhig sein, sonst weckst du den Vater.«

Contz schien aber ebenso beschwingt zu sein wie sie, denn er zwickte sie bei seinen Worten spielerisch in die Hüfte.

Kaum, dass Meister Schunk an diesem Abend das Haus verlassen hatte, um einem vom Pfad der Tugend abgekommenen Gemeindemitglied ins Gewissen zu reden, hatten sie sich davongemacht.

»Wir bleiben ja nicht lang, wir sind wieder zurück, bevor der Vater heimkommt«, hatte Contz gemeint. Dann hatte er sie gefragt, ob sie vielleicht ein paar Pfennige hätte. »Du weißt ja, wie kurz der Vater mich hält.«

»Vielleicht ist er noch gar nicht wieder daheim«, sagte Lene nun.

»Das glaubst du doch selbst nicht. Wo soll er denn sein, mitten in der Nacht?«

Contz und Lene waren unter den letzten Gästen gewesen, die der Nachtwächter mit sanfter Gewalt hinausgescheucht hatte.

»Vielleicht hat er irgendwo eine Heckenwirtschaft gefunden, die noch aufhat.«

Die Vorstellung, dass Peter Schunk mitten in der Woche abends in einer Wirtschaft saß, zudem in einer, die zu dieser Jahreszeit gar nicht geöffnet haben konnte, war so absurd, dass sie sich vor Lachen aneinander festhalten mussten.

Vorsichtig schloss Contz die Haustür auf. Die Werkstatt lag in völligem Dunkel. Sie würden sich zur Treppe an der gegenüberliegenden Wand vortasten müssen, dann jedes Knarzen der Stufen vermeiden und sich leise ausziehen. *Leise!*, mahnte sich Lene, in der schon wieder ein Glucksen aufstieg. Dann wäre ihr kleines Abenteuer zu einem guten Ende gebracht.

Wieso schlichen sie eigentlich wie Kinder herein, die etwas angestellt hatten? Immerhin war Contz ein erwachsener, verheirateter Mann. Aber Peter Schunk hatte für derlei Vergnügungen nicht mehr Verständnis als Lenes Mutter. Kein Wunder, dass die beiden sich so gut verstanden.

*Die beiden hätten viel besser zueinander gepasst. Dann wär der Meister jetzt mein Vater und der Contz wär – wär der Peter.* Wieder musste Lene ein Lachen unterdrücken.

Mit einem Mal griff Contz sie am Nacken und drückte ihr einen verrutschten Kuss auf den Mund.

»Dudelit!«, kam es aus dem Käfig über ihnen.

»Sei ruhig«, zischte Contz leise.

»Sei rrruhig!«, zwitscherte es laut.

»Komm hierher«, raunte Contz Lene zu und zog sie zur Hintertür.

Draußen schob er sie zu dem Tisch, an dem die Männer an warmen Tagen ihre Arbeit verrichteten, um das Tageslicht auszunutzen. Mit beiden Händen nahm er sie um die Mitte und setzte sie darauf. Dann fuhr er mit der Küsserei fort. Sonst tat er das nicht allzu oft, und Lene war ihm darum nicht allzu böse. Jedes Mal musste sie sich bezähmen, nicht den Kopf zurückzuziehen. Aber er hielt sie dann wie in einem Schraubstock. Seine Zunge füllte ihren ganzen Mund aus, dass sie kaum wusste, wohin mit der eigenen. Heute machte Lene ein Spiel daraus, schob seine mit ihrer immer wieder zurück, um, als dies nicht fruchtete, schließlich leicht zuzubeißen.

»Lenchen, du bist mir ja eine!«, flüsterte Contz.

Er drückte sich an sie und zwischen ihre Beine. Sie hielt still, von einem gelegentlichen, kaum unterdrückbaren Lacher abgesehen. Auch, als er ihre Röcke hochhob. Durch den rauen Stoff seiner Hose spürte sie sein Geschlecht, mit dem er sich an ihr rieb. Konnte das, was er offensichtlich vorhatte, denn wirklich gehen, hier, auf diese Weise? Es war jetzt schon empfindlich kalt nachts. Dass Contz sich davon nicht abhalten ließ, war fast ein bisschen aufregend. Schließlich wagte er selten genug etwas Außergewöhnliches. Als er sie losließ, um seine Hosen zu öffnen, verharrte Lene in ihrer Haltung.

Hinter ihm, nur als schwärzere Wand in der Dunkelheit erkennbar, lag der Stall. Für einen kurzen Augenblick blitzte ein Bild in Lene auf, das sie oft gequält hatte im vergangenen Jahr, ein Bild von Velten und Clara, wie sie sich in den Armen hielten. Nun tauchte es erneut auf, zum ersten Mal, seit sie Contz' Weib war.

»Komm, mein Lenchen.«

Contz' Stimme störte sie nicht einmal. Lene schloss die Augen. Vor sich sah sie Velten und Clara, nackt auf ihrem Heulager, dann in ihrem Bett, in hitziger Umarmung. Sie umklammerte Schultern und umschlang mit den Beinen den Leib vor sich. Als sie spürte, wie er sein Geschlecht in die Hand nahm, um ihm den Weg zu weisen, schlang sie die Arme noch fester um seinen Hals.

Plötzlich spannten die Muskeln seines Körpers sich an, und er hielt inne. Lene öffnete die Augen.

Ein schwacher Lichtschein floss in den Hof.

»Was macht ihr denn da?«

In der Tür stand Peter Schunk, nur im Hemd, einen Kienspanleuchter in der Hand. »Aber was frag ich denn. Das ist ja wohl das Einzige, was der Herr Sohn mit Eifer tut – saufen und herumhuren.«

Während Lene eilig die Röcke herunterzog, erstarrte Contz. Sein Mund blieb offen stehen. Wie auch seine Hose. Lene sprang vom Tisch, zwischen ihn und seinen Vater, als stünde es in ihrer Macht, ihren Ehemann zu schützen. Würde der Meister jetzt den Knieriemen holen und seinen Sohn durchprügeln für etwas, an dem sie nicht minder Schuld trug? Als er sich umdrehte, war sie überzeugt, er werde genau das tun. Sie folgte ihm durch die offene Tür, bereit, dieses Mal für Contz um Gnade zu bitten. Aber Peter Schunk blieb stehen, mitten in der Werkstatt. Er schüttelte den Kopf. Sein tiefer Atemzug klang gequält, als er Lene dicht zu sich heranzog.

Lene zuckte zusammen.

»Sorg dafür, dass er zeitig aufsteht«, sagte er mit gepresster Stimme. Sie sah, dass Schweißtropfen auf seiner Stirn standen. »Sorg dafür, dass er immer zeitig aufsteht.«

Dann wandte er sich ab und ging mit schweren Schritten die Treppe hinauf.

Es war ein Gewirr lauter, unverständlicher Stimmen, durch das Lene langsam aufwachte. Noch bevor sie die Augen öffnen konnte, wurde sie bei den Schultern gepackt und heftig geschüttelt.

»Ihr müsst aufstehen, schnell!«

Das war Jobst.

Zunächst sah sie nur Contz und Moritz, die mitten in der Kammer standen, gebeugt, wie unter einer Last.

»Ist der Meister krank?«, fragte sie. Die Zunge wollte ihr noch nicht ganz gehorchen.

Jobst antwortete nicht. Er zog lediglich die Augenbrauen hoch und krauste die Stirn.

Lenes Herz setzte einen Schlag lang aus. Sie sprang aus dem Bett und drängte sich zwischen Contz und den Lehrling.

Peter Schunk lag auf dem Rücken. Mit offenem Mund, die Augen blicklos erstarrt. Contz sah sie mit der Fassungslosigkeit eines Kindes an.

»Der Vater ist tot«, sagte er verwundert.

»Aber wie kann das denn passieren?«, fragte Lene ratlos.

Es war Jobst, der antwortete. »Ich weiß es auch nicht. Als er gestern Abend gekommen ist, hat er nur gesagt, ihm ist in der Brust so weh.«

»Dann schließ ihm doch wenigstens einer die Augen!« Lene rang die Hände.

»Ich kann das nicht, ich kann das nicht«, wimmerte Contz.

»Du bist sein Sohn, du musst das machen!«

Contz blieb stehen und rührte sich nicht.

»Dann stell dir halt vor, er hätt es dir befohlen. Dann hättest du es auch machen müssen.«

Er bewegte sich zu dem Toten. Die Sohnespflicht brachte er kaum zuwege, so sehr zitterten ihm die Hände.

»Was sollen wir denn jetzt tun, Frau Meisterin?«, fragte Jobst.

Was tat man in so einem Fall? Wie war es damals, als der Großvater gestorben war?

»Lauf zum Herrn Pfarrer«, sagte Lene. »Er soll die Sterbeglocke läuten. Dann muss der – der Meister in die Kirche, und nach der Predigt muss er wieder hierher zurück. Und dann wird er hier aufgebahrt. Nach zwei Tagen ist dann die Beerdigung. Glaub ich jedenfalls. Der Herr Pfarrer wird schon wissen, was zu tun ist.«

»Ja, so kenn ich das auch«, erwiderte Jobst. »Sollten wir nicht ein Gebet sprechen?«

Hilfesuchend sah sie zu Contz, der auf dem Rand seines Bettes saß und vor sich hin starrte.

»Weißt du eins, das passend ist?«, fragte sie Jobst.

Der schüttelte nur den Kopf.

»Und du?«, wandte sie sich an den Lehrling. »Dein Vater ist doch grad erst gestorben.«

Moritz leckte sich über die Lippen und dachte sichtlich angestrengt nach. »Da war ich doch gar nicht daheim.«

»Gut. Dann sprechen wir jetzt ein Vaterunser, das passt immer.«

Contz blieb sitzen. Er beteiligte sich nicht an ihrem Gebet.

Erst nach dem Amen hob er den Kopf.

»Der Vater ist tot«, sagte er.

# 10

Die Morgensonne schien durch das kleine Fenster. Jobst und Moritz waren bereits aufgestanden. Wahrscheinlich schon vor Stunden. Mit angehaltenem Atem versuchte Lene sich über das Leintuch in Richtung der Bettkante zu schieben, Fingerbreit für Fingerbreit.

»Wo willst du denn hin?« Contz' Stimme war schlaftrunken. Doch sein Arm, mit dem er sie umschlang, hatte Kraft.

»Ich muss dem Jobst und dem Moritz die Morgensuppe machen.«

»Ach, das können die auch allein.«

Er schmiegte sich an sie, dass sie ihn von hinten zwischen ihren Beinen spüren konnte. »Bleib doch noch bei mir.«

Lene seufzte leise. Jeden Morgen war es dasselbe, seit der alte Meister Schunk gestorben war. Der hatte dafür gesorgt, dass sein Sohn zeitig aufstand. Freiwillig hatte Contz es auch damals nicht getan. Offenbar fühlte er sich im Schlaf mehr daheim als im Wachen.

»Das ist doch schön, Lenchen, oder?«, flüsterte er. *Ja*. Es war ihr nicht unangenehm, so mit ihm zu liegen. Zumindest hatte sie es dann warm. Mitunter tat er morgens auch das, was Männer mit Frauen taten. Weil es ihnen gefiel. Und was Frauen taten, wenn sie ein Kind wollten. So schlimm war es schließlich nicht. Und es kam auch nicht so oft vor.

Wäre Clara mit einem anderen Mann verheiratet, hätte man sie fragen können, wie oft *sie* es getan hatten. Aber so brachte Lene es nicht über sich. Sie hatte allerdings den Verdacht, Contz sei bei dieser Angelegenheit ebensowenig fleißig wie in der Werkstatt. Sie wartete, ob er ihr das Hemd hochschob. Dann würde sie sich auf den Rücken legen. Das war ihr fast lieber, denn danach schlief er meist sofort wieder ein und protestierte auch nicht, wenn sie aufstand.

Heute jedoch, wie meist, genügte es ihm, sich an sie zu kuscheln. Lene war es nicht gewohnt, bei Sonnenaufgang noch im Bett zu liegen. Es gelang ihr darum auch nie, wieder einzuschlafen. Wie gern hätte sie sich jetzt zumindest auf den Rücken gedreht, um ihren Gedanken nachzuhängen. Einmal hatte Contz ihr dabei unvermutet die Decke weggezogen und gesehen, wie sie ihre großen Zehen ineinander verschränkt hatte. Er hatte laut gelacht und bei der ersten Gelegenheit Jobst und Moritz kopfschüttelnd von der eigenartigen Angewohnheit ihrer Frau Meisterin erzählt.

Es gelang ihr nun tatsächlich, sich dem wieder Eingeschlafenen vorsichtig zu entwinden. Er murmelte nur etwas Unverständliches. Leise zog sie Rock und Mieder über das Hemd und glättete ihre Haare.

In der Küche nebenan stand die saubere Schüssel auf dem Tisch. Nur sehr selten bereiteten Jobst und Moritz sich selbst eine Mahlzeit zu. Lene ahnte, dass dies aus Rücksichtnahme ihr gegenüber geschah. Man wollte ihr nicht zeigen, dass man sie wohl für ebenso faul hielt wie Contz. Es sprach für die Gutmütigkeit Jobsts, dass er nie ein Wort darüber verlor. Manch ein Geselle hatte den Meister verlassen, wenn ihm die Kost zu karg oder zu schlecht war.

In der Schüssel lagen vier Eier. Das hatte sie nun davon. Eigentlich hatte sie die für den nächsten Sonntag aufheben wollen. So häufig legten die Hühner schließlich nicht, dass man mitten in der Woche Eierspeisen essen konnte.

Im Herd brannte bereits ein Feuer. Nachdem Lene Wasser

zum Wärmen daraufgestellt hatte, schnitt sie einige Scheiben altes Brot klein, legte sie in die Schüssel und schlug die Eier darüber. Als das Wasser simmerte, goss sie es dazu, salzte die Suppe und rührte sie einige Male um.

Sie kehrte in die Schlafkammer zurück, setzte sich auf den Rand des Bettes und rüttelte Contz an der Schulter.

»Steh auf. Die Wassersuppe steht schon auf dem Tisch.«

»Ach, mein gutes Lenchen«, murmelte er.

»Nun komm schon. Sonst essen wir dir alles weg.«

»Jaja.«

In der Tür wandte sie sich noch einmal um. Zumindest hatte er sich nicht wieder auf die andere Seite gedreht.

Immer war das, was hier und heute geschehen sollte, Lene wie ein düsteres Geheimnis erschienen, vergleichbar dem, was Zauberer und Hexen taten. Nur ungleich gefährlicher und grausamer. Aber es war auch ein Handwerk, begriff sie nun, als Sybilla Burckhardt ihren großen Sack öffnete und Bretter und Stangen hervorholte. Rasch fügte die Hebamme sie zu einem Stuhl für die Kindbetterin zusammen. Dann zog sie Schere und Wachsfaden aus einem Beutel und wies die Nachbarinnen an, zwei Schalen mit Wasser zu holen.

»Wofür sind die?«, fragte Lene. Schließlich konnte es nicht schaden, alles über die Kunst des Gebärens zu erfahren, solange es einen selbst noch nicht betraf. *Noch nicht.*

»Die eine ist dafür, das Blut abzuwaschen. Sonst seh ich ja nichts.«

»Und die andere?«

Die Hebamme sah sie an, als habe sie es mit einer Schwachsinnigen zu tun.

»Die ist für die Nottauf, natürlich.«

Vielleicht war es doch besser, keine Fragen zu stellen. Eigentlich hatten außer der Burckhardt hier nur Frauen etwas zu suchen, die bereits selbst geboren hatten. Bei Lene hatte man eine Ausnahme gemacht.

Eine der anderen Frauen hatte Lene vorhin flüsternd erzählt, Clara habe nur zu sagen brauchen: »Aber sie ist meine *Zwillingsschwester!*«

Die Hebamme habe zwar geknurrt: »Und, war sie auch dabei, als es gemacht worden ist?«, habe aber dennoch unverzüglich nach Lene schicken lassen.

Gerade ließ Clara sich wieder stöhnend auf der Bettkante nieder. Sybilla warf ihr lediglich einen kurzen, prüfenden Blick zu.

»Lauf noch ein bisschen rum, wenn du kannst, umso schneller geht's. Ja, das Zimtwasser, das macht, dass es bald losgeht.«

Lene betete innerlich, es möge nicht losgehen, sondern vielmehr bald zu Ende sein. Bemerkungen schwirrten ihr durch den Kopf, die sie früher aufgeschnappt hatte, von Geburten, die einen ganzen Tag oder länger gedauert hatten. Sie begriff nicht, woher die Hebamme ihren Gleichmut nahm. Seit Stunden schon musste Clara sich quälen.

Ob der Allmächtige wirklich wusste, was er den Frauen antat, als er sie dazu verdammte, unter Schmerzen zu gebären? Lene erschrak über diesen gotteslästerlichen Gedanken und ersetzte ihn flugs durch einen, der ihr kaum weniger christlich erschien: Ob Velten wohl auch nur geahnt hatte, was er seinem Weib antat, wenn er sich mit ihr in ebendiesem Bett vergnügt hatte, auf dem Clara nun mit schmerzverzerrtem Gesicht saß?

Es war noch dunkel gewesen, als man Lene heute Morgen gerufen hatte, an einem Tag im Dezember, an dem es eh nicht recht hell werden wollte. Es dämmerte schon wieder, als Sybilla ihren letzten Befehl gab.

»Das ging ja leicht«, sagte sie, kaum dass sie die Nabelschnur durchgeschnitten hatte. »Da kannst du noch viele Kinder kriegen, Clara, wenn das immer so geht.«

Sie schickte zwei der Frauen, um warmes Wasser zu holen und eine kräftige Mahlzeit für die Kindbetterin.

»Was ist es denn?«, fragte Clara matt.

»Ei, ein Bubchen, wie du gesagt hast. Ein feiner, gesunder Kerl, wenn wir erst mal mit ihm fertig sind.«

Lene wäre gern zu ihrer Schwester geeilt, die das Kind noch lange nicht im Arm halten durfte. Doch sie konnte ihre Blicke einfach nicht von ihrem Neffen nehmen. Ein richtiges kleines Kind, mit allem Drum und Dran, mit Fingerchen, die schon festhalten konnten und Zehen, kleiner als Erbsen. Und so einer sollte mal ein Riesenkerl werden. Wie sein Vater. Ein Wunder.

Als die Frau mit dem Eimer zurückkam, wurde dessen Inhalt von Sybilla Burckhardt erst auf die richtige Wärme hin geprüft, dann mit einer duftenden Flüssigkeit versehen und schließlich in eine große Schüssel gegossen. Mit weniger Zartheit, als Lene sich gewünscht hätte, wurde das Kind gebadet, dann auf ein großes Tuch gelegt. Sybilla drehte und zog an seinem Köpfchen und streckte die kleinen Arme und Beine.

»Sie kommen unordentlich auf die Welt«, erklärte sie, »und wenn man sie nicht in die Reih bringt, werden sie später schief und buckelig.«

Mit dem Nagel des kleinen Fingers löste sie dann das Zungenband, damit der Junge nicht stumm bleiben würde. In der Tat quittierte er all diese Prozeduren mit gewaltigem Geschrei.

»Du kriegst ihn gleich, du kriegst ihn ja gleich«, murmelte Lene, während sie ihn weiter hingerissen betrachtete und mit dem Finger über sein Ärmchen strich.

Doch erst musste Clara tüchtig essen. Dann wurde sie untersucht, gesäubert und mit Mandelöl gesalbt, bevor Lene endlich gestattet wurde, ihr den Sohn zu bringen.

»Sebastian«, flüsterte Clara.

»So, du darfst ihn jetzt anlegen. An die link Seit!«, sagte die Hebamme. »Das zieht die Krankheit aus dem Kind raus.«

Eine Stunde später hätte Lene, die nun zusammen mit der Mutter und der Großmutter neben Clara auf dem Wochenbett saß, kaum einen Platz zum Stehen gefunden. Alle weiblichen Verwandten, Nachbarinnen und Freundinnen drängten sich in der Kammer, tranken einander zu, lachten und gratulierten Clara.

Sicher hatte auch Velten inzwischen erfahren, dass er einen Sohn hatte. Seine Zeit, ihn in dieser Welt zu begrüßen, war noch nicht gekommen. Dies war die Stunde der Frauen. Jede Niederkunft barg die Gefahr des Todes, für Mutter wie für Kind. Jede glücklich verlaufene Geburt war ein Sieg. Ein Grund zum Feiern.

Lene hatte es nicht sagen wollen, nicht hier, vor so vielen Menschen, und nicht jetzt. Aber Freude und Erleichterung spülten die Worte aus ihr heraus.

»Mach dich schon mal drauf gefasst, Sybilla«, sagte sie und sah nicht die Hebamme, sondern ihre Schwester an, um zu sehen, wie deren Augen aufleuchteten. »Im Sommer darfst du mit deinem Sack bei uns vorbeikommen.«

# 11

»Ich geh nicht«, sagte Lene, den Blick auf den Stand schräg gegenüber gerichtet, der zwischen dem des Messerschmieds und dem des Zuckerkrämers lag. »Er kennt mich nicht. Aber irgendwann wird er erfahren, dass ich die Frau vom Contz bin.«

»Dann kann ich auch nicht gehen«, sagte Clara.

»Und der Contz kann dann ja auch nicht gehen.«

»Wenn er überhaupt kommt!«, erwiderte Clara trocken.

»Der sitzt daheim in der Werkstatt und schafft«, erwiderte Lene heftig.

Wie stets am Montag, dem Markttag, hatten die beiden Frauen es geschafft, dass ihre Stände nebeneinanderlagen. Der Veltens befand sich unmittelbar vor dem Haus der Ecksteins, und Lene hatte Contz dazu überredet, dass er den seinen unmittelbar daneben aufschlug. So brauchten die Schwestern ihren Posten nicht einmal zu verlassen, um die Lage zu besprechen. Der kleine Sebastian befand sich in der liebevollen Obhut von Juliane Eckstein. Zwischendurch war Clara ins Haus gegangen, um ihn zu stillen.

»Und der Jobst?«, fragte sie nun. »Kann der nicht gehen?«

»Den erkennt mit seinem Gesicht doch jeder sofort wieder, wenn er ihn ein zweites Mal sieht.«

»Er könnt ja so tun, als ob er einen neuen Meister sucht«, gab Clara zu bedenken.

Lene warf ihr einen misstrauischen Blick zu. So oft sie sich über ihren Mann ärgern musste, so wenig ertrug sie es, wenn Clara deutlich machte, dass sie um seinen mangelnden Fleiß wusste.

»Moritz, du tust es«, entschied sie.

Der Lehrling fuhr herum. Während ihrer Erörterungen hatte er die Schuhe auf dem Verkaufstisch neu ausgerichtet, obwohl dies völlig unnötig war. Vielleicht hoffte er, damit dem wohl schon befürchteten Auftrag entgehen zu können.

»Wie – was soll ich denn dort machen?«

»Komm schon, Moritz. Du schlenderst gemütlich herum, als ob du dich nur umgucken willst. Hier …«, sie kramte in ihrem Beutel an der Hüfte und warf ihm eine Münze zu. Er verfehlte sie und musste sich erst bücken, um sie vom Pflaster aufzuheben. »Du kannst dir vom Nusskrämer eine Handvoll Nüsse holen. Und dann gehst du einfach hin und guckst dir alles an. Merk dir, was du siehst. Wenn man dich anspricht, sagst du, du willst nur ein wenig schauen. Und dann kommst du wieder zurück. Aber nicht auf dem direkten Weg! Er soll ja nicht sehen, dass du zu uns gehörst.«

Moritz sah wohl ein, dass es kein Entrinnen gab. Jedenfalls trollte er sich ohne weiteren Widerspruch. Die Aufforderung zum gemütlichen Herumschlendern nutzte er weidlich aus. Die Uhr auf dem Karlstor hatte zehn geschlagen, als er gegangen war, und als Lene bereits das Elf-Uhr-Läuten erwartete, war er noch immer nicht zurück.

»Wenn er seinen Auftrag vergisst, setzt es aber was«, grollte sie.

Clara überschritt die Grenze zwischen den beiden Ständen, kam zu ihr und schmiegte sich an sie. Einige der Vorübergehenden beobachteten sie lächelnd. Auch wenn die eine ein grünes, die andere eine braunes Gewand trug und Claras Leib nun wieder flach war, während der Lenes sich wölbte, boten sie gewiss noch immer einen außergewöhnlichen Anblick.

Eine schäbig gekleidete alte Frau verschwand gerade in der Rathausgasse. Man konnte deutlich sehen, dass sie ein Bein nachzog.

»Da war eben die Büttners Gret«, meinte Lene, nicht ohne Mitleid.

Man bekam die Alte selten zu sehen. Wenn sie sich zeigte, liefen ihr oft Kinder hinterher und bewarfen sie mit Unrat. Man erzählte sich, sie sei eine Hexe, die es einst mit Satans Hilfe geschafft hatte, selbst unter der peinlichen Befragung weiterzulügen. Da es ohne Geständnis keine Verurteilung geben konnte, hatte man sie laufen lassen müssen. Doch wer einmal mit dem Scharfrichter zu tun gehabt hatte, durfte nicht hoffen, je wieder in die Gemeinschaft der ehrlichen Leute aufgenommen zu werden, sei seine Schuld bewiesen oder nicht.

In diesem Augenblick, mit dem Schlag der Elf-Uhr-Glocke, kam Moritz angeschlendert.

»Nun mach schon«, rief Lene ihm ungeduldig zu. »Erzähl!«

Moritz trat neben sie. »Also. Das ist der Meister Löhr. Und der ist Schuhmacher.«

»Ist das alles? Das wussten wir schon vorher!«

»Mehr weiß ich auch nicht.«

»Und dafür warst du eine Stund fort? Du erzählst jetzt alles, was du da gesehn und gehört hast!«

Moritz stieß einen Seufzer aus. »Also. Der Meister Löhr, das ist so ein Kleiner, Dunkler. Bei dem wollt ich nicht Lehrbub sein. So wie der mit seiner Frau schimpft dauernd, ist das bestimmt kein geduldiger Meister. Aber schöne Schuh haben sie. – Also, wir haben natürlich auch schöne Schuh, aber halt immer dieselben. Er hat auch solche, wie man sie wahrscheinlich in der Stadt trägt. Deshalb stehen da viel Leut drumrum. Gekauft worden ist wenig, aber das ist ja immer so, dass erst mal nur geguckt wird.«

»Ja, das hast du gut gemacht, Moritz«, hörte Lene ihre Schwester sagen.

Sie selbst kaute nachdenklich am Daumennagel. Noch kamen die Menschen zu ihnen, wenn sie neue Schuhe brauchten oder alte geflickt werden mussten. Jobst schuftete mehr denn je, dennoch musste Lene die Kundschaft immer öfter vertrösten, die kam, um ihre Schuhe abzuholen.

»Ich bin doch kein Flickschuster«, sagte Contz zu seiner Verteidigung. »Wir sind Stadtschuster, keine Land- oder Flickschuster, da war der Vater immer stolz drauf.«

Vor wenigen Tagen hatten sie erfahren, dass ein zweiter Schuster sich in der Stadt niedergelassen hatte. Kunden hatten es ihnen erzählt, einige mit hämischer Freude.

»Wenn der Herr Graf hier endlich die Zünfte zulassen würd, dann gäb es das nicht«, hatte Contz nur gemeint. »Die sorgen dafür, dass keiner dem anderen die Butter vom Brot nimmt.«

Lene bemühte sich an diesem Tag, ganz besonders freundlich zu sein. Gerade hatte sie das Kunststück fertigbringen müssen, den Ausführungen der alten Frau Brodt zu lauschen, die von Bauchfluss und Harnwürmern berichtete, ohne dabei die Vorübergehenden aus den Augen zu lassen oder es gar zu versäumen, einen guten Kunden zu begrüßen.

»Ihr müsstet vielleicht was anbieten, was der Löhr nicht hat«, sagte Velten plötzlich.

»Was sollt das sein?«, fragte Clara. »Schuh sind Schuh.«

Lene lag schon die Antwort auf der Zunge, ihre Schuhe seien gewiss besser als die vom Löhr. Da fiel ihr Blick auf einen kleinen Stapel mit Lederstreifen. Unauffällig lagen sie auf Veltens Verkaufstisch, zwischen Zeitungen, Bibeln, Gesangbüchern, Schachteln und Heften. Sie waren vielleicht zwei Finger breit und mit den schönsten goldenen Mustern bedruckt.

Lene ging hinüber und nahm einen der Streifen in die Hand.

»Wofür sind die denn?«

»Das sind Lesezeichen«, erklärte Velten. »Guck mal hier, das sind die, die wir sonst verkaufen. Die sind aus Papier. Aber ich hab mir gedacht, ich mach mal ein paar aus Leder.«

»Hier, da sind zwei gleiche, die mit dem Blumenmuster. Kann ich dir die abkaufen?« Aufgeregt öffnete Lene den Beutel an ihrem Gürtel. »Sind die sehr teuer?«

»Die schenk ich dir«, lächelte Velten.

Wenn er lächelte, erschienen neben seinem Mund zwei allerliebste Fältchen.

»Ich will nichts von dir geschenkt haben«, sagte Lene zurückhaltend.

»Dann kriegst du halt einen Kredit von mir. Was willst du denn damit?«

»Hast du eine Schere für mich? Und Leim?«

»Ei freilich!«

Unter den aufmerksamen Blicken von Clara und Velten wählte Lene ein Paar der einfachen Schuhe auf ihrem Verkaufsstand aus. Die Bänder waren nur um einen Fingerbreit zu lang. Nachdem sie sie gekürzt hatte, nahm sie einen tiefen, ermutigenden Atemzug. Dann klebte sie die Lederstreifen vorsichtig quer über den Rist der Schuhe.

»Und?«, fragte sie.

»Wunderschön«, erwiderte Clara hingerissen.

»Aber Frau Meisterin«, jammerte Moritz. Aufgeregt trat er von einem Bein aufs andere. »Das könnt Ihr doch nicht machen!«

»Du siehst doch, dass sie das kann«, entgegnete Velten. »Und wenn du nicht ruhig bist, wird die Frau Meisterin dir gleich einen Streifen über den Mund kleben!«

»So was Feines hat der Löhr bestimmt nicht«, meinte Clara

mit leuchtenden Augen. »Kann er ja gar nicht haben. Es muss doch für was gut sein, dass meiner wie deiner mit dem Leder zu tun hat!«

Lene hingegen ahnte, dass Contz wohl eher der gleichen Meinung sein würde wie sein Lehrling. Von Neuerungen hielt er nicht viel. Die bedeuteten Arbeit und Mühe. Dennoch wagte sie es und räumte den Schuhen einen Platz in der ersten Reihe frei.

In ebendiesem Augenblick trat Irmgard Lang an den Stand, die Nachbarin der Familie Kalkhof.

»Aber Lene, da habt ihr aber ein Paar schöne Schuh! Solche hab ich ja noch nie gesehen, auch nicht beim …« Sie brach ab.

»Da hast du recht«, sagte Lene. »So schöne Schuh gibt es nur beim Meister Schunk!«

Sie sah, dass Moritz bereits den Mund öffnete, als er einen Rippenstoß aus Veltens Richtung erhielt.

»Wer hat denn schon alles welche gekauft?«, fragte Irmgard misstrauisch. »Nicht, dass nachher jeder …«

»Nein, das musst du anders sehn«, wandte Lene ein. »Grad, weil sie bald jeder haben wird, kommt's drauf an, zu den Ersten zu gehörn. Ich garantier dir, Irmgard: Wer die nächst Woch nicht hat, gilt als Bauer.«

»Wenn das so weitergeht, geb ich es auf mit den Büchern und mach nur noch Schuhbänder.«

Zwischendurch war Velten in der Werkstatt gewesen und hatte Nachschub besorgt, doch war auch dieser nun restlos geschwunden. Lenes Begeisterung hatte mit jedem Paar zugenommen, das sie verkaufte. Seit geraumer Zeit musste sie nun schon diejenigen vertrösten, die von der neuen Mode gehört hatten und daran teilnehmen wollten. Schon stellte Lene sich vor – von Clara in ihren Phantasien kräftig unterstützt –, wie sie in der nächsten Woche noch mehr der Schuhe verkaufen würde. Velten hatte, was seinen Part betraf, die Unterstützung bereits zugesagt. Es würde schwer sein, in der Werkstatt die Arbeit allein zu bewältigen. Vielleicht sollte man einen zweiten Gesellen einstellen, das hatte sie schon öfter gedacht, wenn sie Jobst ohne Unterlass arbeiten sah.

»Da kommt der Meister«, unterbrach Moritz ihre Gedanken.

Und tatsächlich, da kam Contz, mit langen Schritten und einem Gesicht, dem nichts anzusehen war. Ohne ein Wort nahm er sie am Arm und zog sie mit sich. Im Zurückschauen sah Lene, dass Clara gern eingegriffen hätte, dass Velten jedoch begütigend auf sie einredete.

Neben dem Karren des Strumpfmachers blieb Contz stehen. Lene glaubte, ihr Herzklopfen in den Ohren dröhnen zu hören.

»Die Lange Irmgard ist in unser Werkstatt gekommen. Und sie zeigt mir ein paar Schuh, wie ich sie noch nie gesehn hab, und behauptet, die hat sie hier an unserm Stand gekauft. Und sie fragt, ob ich nicht noch mehr machen kann. Weißt du da was davon?«

Lene holte tief Luft und begann zu erzählen, was sich an diesem Vormittag zugetragen hatte.

»Die sind alle ganz begeistert«, schloss sie. »Und ich glaub, wenn wir erst mal damit angefangen haben, werden wir noch ganz andere Ideen haben. Man kann ja nicht nur Bändchen aufkleben, der Velten kann uns ganze Lederstücke verzieren, bevor sie verarbeitet werden, stell dir mal vor …«

Sie unterbrach sich selbst. Wie sehr hätte sie sich gefreut, das Misstrauen von Contz' Gesicht schwinden zu sehen. Die Schuhe mussten ihm ja nicht einmal gefallen. Die Hauptsache war, etwas zu finden, mit dem sie gegen die neue Konkurrenz bestehen konnten. Doch die Miene ihres Mannes hatte sich eher noch weiter verfinstert.

»Das ist doch bestimmt auf dem Mist von den Ecksteins gewachsen«, sagte er. »Was bilden die sich eigentlich ein? Was würden die sagen, wenn ich bei denen reinkäm und meine Schuh auf ihre Bücher stell?«

»Aber Contz«, begann Lene.

»Sei ruhig!«, zischte er sie an. Mit schmalen Augen blickte er einer unauffälligen jungen Frau hinterdrein, die gerade vorbeiging. »Das war das Weib vom Löhr! Die muss ja nicht auch noch mitkriegen, was wir zu besprechen haben!«

Lene wartete, bis die Frau zwischen zwei Ständen verschwunden war.

Mit gedämpfter Stimme fuhr sie fort: »Denk doch mal nach! Wir könnten viel mehr verkaufen, ohne mehr Arbeit zu haben. Wir würden ein Pfund ausgeben, um einen Zentner wieder einzunehmen!«

»Da brauch ich nicht nachzudenken. Nicht ein Haar geb ich dafür!«, erwiderte er heftig. »Das wär ja noch schöner, wenn wir auf die Hilf von dem angewiesen wären. Schlag dir das bloß aus dem Kopf, ein für allemal.«

# 12

Noch nie in ihrem Leben hatte Lene so viel Wein auf einmal getrunken. Und Branntwein schon gar nicht.

Ihr Körper war in zwei Hälften geteilt. Während der obere Teil nur noch sterben wollte, war der untere bereits in der Hölle angelangt, wo er von Dämonen mit Feuer und Zangen gefoltert wurde.

Einer der Dämonen trug das Gesicht Sybilla Burckhardts. Zu Beginn war sie noch ruhig gewesen, wie bei Clara. Nun, nach drei Tagen und zwei Nächten, schien sie sämtliche Geduld verloren zu haben.

Dabei war alles probiert worden. Mehrfach hatte man Lene geheißen, die Stiege auf und ab und im Hof hin und her zu laufen. Alles Biegen, Reißen und Zerren, alle harschen Befehle hatten nichts genützt. Man hatte sie zur Ader gelassen, ihr ein Liebstöckelzäpfchen verabreicht, ihr zerlassene Butter in den Unterleib gespritzt und Schnupftabak in die Nase geblasen.

Als sie flehentlich bat, doch im Bett liegen zu dürfen, hatte man sie vom Gebärstuhl hierhergeführt, wo sie nun – seit Stunden, so kam es ihr vor – auf Geheiß der Burckhardt von den anderen Frauen in übelkeiterregender Weise »gewäljert«, also unaufhörlich von einer Seite auf die andere gedreht wurde. Zweimal hatte sie sich bereits übergeben müssen.

Clara saß mittlerweile nur noch blass im Hintergrund, flehte oder beschimpfte die Hebamme. Und betete. Das war das Schlimmste. Es zeigte Lene, dass man sie aufgegeben hatte.

»Es kann doch nicht sein, dass man nichts tun kann!«, sagte Clara nun.

»Meinst du, wir tun nichts?«, gab Sybilla Burckhardt zurück. »So groß kann das Kind doch gar nicht sein, so früh, wie das kommt.«

»Geht mal alle auf die Seit«, sagte sie dann. Sie legte ihr Ohr auf Lenes geschwollenen Leib, der platzen wollte und es doch nicht konnte.

»Gebt mal Ruh. Ihr alle! Auch du«, sagte sie zu Lene.

Lene hielt den Atem an. Für einen Augenblick schien es ihr, als sei das Feuer in ihrem Bauch erloschen, als stächen keine Nadeln mehr, zerrissen keine Dolche ihren Unterleib. Dann kam eine neue Welle über sie. Sie bäumte sich auf, mit einer Kraft, die sie nicht mehr besaß.

»Schneid es doch raus«, flehte sie, als es vorbei war, »schneid es raus und lass mich endlich in Ruh.«

»So Gott will, werden wir das tun müssen«, meinte Sybilla Burckhardt. »Von allein kommt da nichts mehr. Aber erst mal probieren wir noch was anderes. Ros«, wandte sie sich an die Nachbarin. »Gib der Lene noch mal einen Becher Branntwein.«

Lene wollte protestieren. Doch als sie den Haken in der Hand der Hebamme sah, blieben die Worte stecken. Vom scharfen Schnaps wurden sie in das wirbelnde Inferno gespült, das Teil von ihr geworden war. Als sie die entsetzlichen Schreie hörte, die von einem Tier stammen mussten, ließ sie das Leben los und ergab sich dem Zug ins blutrote Dunkel.

*Lenhard*, dachte sie noch.

Keine Schreie. Kein Gestank nach Blut und Schweiß und keine Schmerzen. Keine Befehle, keine Gebete.

Keine Schreie.

Alles war sauber, so sauber, dass Lene mit geschlossenen Augen den Duft von Gras und Sonne im Leintuch unter sich und in ihrem Hemd riechen konnte. Sie musste es tun, musste die Decke anheben, die sanft auf ihr lag, aber in ihren Händen plötzlich das Gewicht von Blei hatte. Sie hörte ein erschrockenes Atemholen, das von irgendwoher im Raum kam, und erinnerte sich daran, die Augen zu öffnen. Die Decke gab ein zartes Aroma preis, von Mandeln, Wein und Myrrhe. Ihr Leib war gewölbt, doch nicht wie zuletzt, eher so, wie er im Frühjahr gewesen war.

Keine Schreie.

Doch, ein Glucksen und Schnaufen.

*Ich hab es geschafft.*

Das Kind lag in Claras Schoß. Es war nicht fest gewickelt, wie bei Neugeborenen üblich. Und es war groß. Kein Wunder, dass es so lange gedauert hatte.

Niemand sonst war da.

Clara stand auf. Hätte sie nicht lächeln sollen oder etwas sagen? Sie hielt das Kind, als wisse sie nicht, wohin damit, legte es dann auf das Bett, auf dem sie zuvor gesessen hatte, das Bett, in dem Meister Schunk geschlafen hatte und gestorben war und das jetzt Jobsts Bett war. Warum legte sie es ihr nicht in den Arm? Es war groß. Vielleicht zu groß.

Clara warf einen Blick auf das Kind, ob es sicher lag und setzte sich zu Lene aufs Bett.

»Warum ist es denn dunkel?«, fragte Lene. Die Worte herauszubringen war so schwer wie eine Geburt.

*Ich weiß nicht, wie eine Geburt ist. Ich kann mich nicht erinnern.*

»Eben war es doch hell.«

»Ach, Lenchen.«

Lene hatte die Worte vorausgeahnt, ärgerte sich darüber, dass Clara nichts anderes eingefallen war.

»Sprich.«

Claras Tränen flossen, zögerten die Worte hinaus. Wie konnte sie es wagen, für sich zu behalten, was doch ihr gehörte?

»Ach, Lenchen, es tut mir so leid! Die Burckhardt hat alles versucht. Aber sie waren schon tot.«

»Sie?«

»Es waren zwei.«

»Aber …«

»Sie hat gesagt, das passiert oft bei Zwillingen. Das ist – das ist eben schwerer.«

*Ich hab es nicht geschafft. Meine Mutter hat es geschafft. Ich hab es nicht geschafft.*

*Waren es Buben? Waren es Mädchen? War es ein Pärchen?* Erst konnte sie nicht fragen, da sie das »war« nicht herausbrachte.

»Buben? Mädchen?«

»Mädchen.«

Was war das? Warum klang das Wort wie eine Lüge?

»Wo …?«

»Sie sind schon fort. Die Burckhardt hat es – hat sie notgetauft.«

»Sprich weiter.«

Clara nahm ihre Hand. »Es waren zwei. Das eine – das war ein wunderschönes kleines Mädchen. Es hat sogar noch gelebt, ein paar Augenblicke lang.«

»Und das andere?« Jedes Wort war eine Mühe.

»Das – das war – ich weiß nicht, wie ich …«

Ihre Augen verrieten es. *Das war kein Kind. Es war ein Ding. Ein grausiges Ding.*

Claras Blick ging an ihr vorbei, als spräche sie mit sich selbst. Ihr Händedruck war kein Trost mehr, sondern ein Sich-Festklammern.

»Die Burckhardt hat gesagt – das andere, das Schöne – das

hat das gemacht. Das hat – das hat das Leben aus ihm herausgesaugt.«

Auf einmal ertrug Lene den Anblick ihrer Schwester nicht mehr. Und beinahe noch weniger den ihres kleinen Neffen.

*Aber ich kann sie nicht fortschicken. Sie hat mir noch immer nicht alles gesagt.* »Sag«, flüsterte sie.

»Sie hat gemeint – das wird nichts mehr mit dem Kinderkriegen bei dir.«

Lene musste sich abwenden. Sie starrte auf die kleinen dunklen Scheiben, während die Worte in ihr nachhallten. Mit einem Mal schien ihr alles fremd. Was tat sie hier, in diesem Haus? Nur aus einem Grund war sie hergekommen. Aus dem Grund, aus dem Männer Frauen heirateten und in ihr Haus holten. Um eine Aufgabe zu erfüllen, bei der sie versagt hatte.

Tagsüber kamen die Männer selten nach oben, nur, wenn sie zu den Mahlzeiten gerufen wurden. Lene hätte auch keinen von ihnen ertragen. Allenfalls Jobst. Eher noch als Contz. Sie wusste selbst nicht, warum sie es tat, wusste nur, es musste sein. Sie hätte Clara bitten können, die Sachen mitzunehmen, hätte sie nicht einmal mehr anfassen müssen. Ihre Schwester hätte es verstanden.

Aber Lene hätte es nicht ertragen, verstanden zu werden.

Sie holte ihre Kleider aus der Truhe und nahm den Stapel heraus, der darunter verborgen lag. Auf dem Bett, das sie mit Contz teilte – wozu eigentlich noch? –, legte sie die weißleinenen Stücke aus, eins nach dem anderen. Sie strich sie glatt, jedes Hemdchen, jede Windel, legte die nächsten darüber und streichelte auch sie. Lene hatte Sebastian oft genug gehalten, konnte darum auch jetzt unter ihren Händen zarte Schultern und runde Ärmchen fühlen, winzige Zehen und strampelnde Beinchen sehen.

Lene faltete alles wieder zusammen, ein Stück nach dem anderen. Mit jedem Hemdchen, mit jeder Windel starb ein Traum. Nie würden ihre Kinder mit Sebastian im Seemenbach spielen und mit Blutegeln an den Beinen wieder herauskommen. Nie auf dem Wildenstein ihre ersten Kletterversuche unternehmen, nie vom Moosweibchen und vom Erdenmännlein hören. Nie seilspringen oder auf Stelzen gehen. Nie lachen, nie Wein trinken, nie tanzen, nie küssen.

Lene verstaute alles wieder in der Truhe und legte ihre Kleider darüber. Dann setzte sie sich aufs Bett und wartete, bis sie sich imstande fühlte, zurückzukehren in das, was ihr beschieden war.

Mit Contz wurde es immer schlimmer. Er schimpfte nicht, er schlug sie nicht. Nur ein einziges Mal sagte er: »Aber der Vater, der wollt doch immer so gern Enkelchen haben.«

Meist schien es, als weilten seine Gedanken woanders. Stets war es ihr erschienen, als könne sie durch seine braunen Augen auf den Grund blicken, ohne dass ihr Lüge oder Vorsicht begegneten. Nun mied er ihren Blick. Oft schreckte er auf, wenn man ihn ansprach.

*Er muss sich dran gewöhnen*, sagte sie sich. *Und ich muss ihm dabei helfen.*

Er ging nun häufiger in die Wirtschaft. Ohne sie. Lene machte ihm keine Vorwürfe.

»Gehst du mit mir in den Garten?«, fragte sie eines Abends. »Es hat geregnet, ich muss hacken gehen. Und Kräuter holen. Mir ist immer ein wenig bang dort, draußen vor der Stadt.«

Das stimmte zwar nicht, aber wenn er mit ihr kam, würde er zumindest nicht in die Wirtschaft gehen.

Die holsteinischen Soldaten, die zuletzt in der Gegend gelegen hatten, waren abgezogen, und solange die lüneburgischen, die man zum Schutz erwartete, noch nicht eingetroffen waren, mochte sich allerlei Volk herumtreiben. Und ganz sicher war man nie. Soldaten waren Soldaten, ob es feindliche waren oder verbündete.

»Na gut, dann komm ich eben mit.«

›Mein Lenchen‹ sagte er nicht mehr.

Sonst freute sich Lene, wenn Clara zur gleichen Zeit wie sie im Nachbargarten zu tun hatte. Heute war sie froh, mit Contz allein sein zu können. Jedes Zusammentreffen mit einem der Ecksteins machte ihn mürrisch. Manchmal konnte Lene ihn beinahe verstehen.

Sie hätte sich gewünscht, er würde sich hinsetzen und ihr zuschauen, ihr vielleicht sogar beim Hacken helfen. Etwas, das zeigte, dass auch er sich mühte, ihr Leben miteinander erträglicher zu machen. Stattdessen blieb er stehen, während sie ihre Arbeit tat, bemüht, in jede Richtung zu schauen, nur nicht in ihre.

Zum Schluss pflückte Lene noch einige Sträuße Dill und Kerbel, um sie später zu trocknen und für den Winter in Öl einzulegen. Als sie sich danach aufrichtete, sah Contz sie auffordernd an. Offensichtlich konnte er es nicht erwarten, sie endlich in die Stadt zurückbringen und in die Wirtschaft verschwinden zu können.

Lene stellte den Korb ab.

»Contz«, sagte sie.

Sein Lächeln legte sich wie ein dünner Schleier über die Ungeduld. »Was ist denn?«

»Ich muss dich mal was fragen. Ich hab auch schon den Jobst gefragt, aber ich bin nicht schlau geworden aus dem, was er mir gesagt hat.«

»Dann frag halt.«

Musste er immer diese kleinen Pausen beim Sprechen machen, als habe er noch einen Bissen im Mund, der noch nicht fertiggekaut war?

»Hast du dir mal überlegt, warum die Schuh immer drücken?«

Es war so schwer, eine Sache richtig anzufangen. Schon sah sie, wie seine Augenbrauen sich zusammenzogen.

»Was meinst du? Welche Schuh drücken immer?«

»Ich mein nicht unsre«, stotterte Lene. »Ich mein alle Schuh. Die vom Löhr, von allen Schustern. Auch von denen aus Frankfurt.« Dass Velten ihr das bestätigt hatte, schluckte sie gerade noch rechtzeitig herunter. »Immer beschwern sich die Leut, dass sie keine Meile laufen können, ohne Blasen an den Füßen zu kriegen.«

»Ja, und? Das ist halt so. Du sagst es ja selbst.«

»Guck mal«, forderte sie ihn auf. »Ich will dir was zeigen.«

Sie zog ihre Schuhe aus und trat in das nächste Beet, dessen Erde noch weich vom Regen war.

»Nicht!«

»Was hast du denn? Ich zertret schon nichts!«

»Wenn eine aus dem Kindbett kommt und über die Beete geht, dann wächst doch da ewig nichts mehr drauf!«

»In den ersten sechs Wochen, Contz. Falls das überhaupt wahr ist. So, jetzt schau dir meine Fußabdrücke an.«

Er trat neben sie, besah die Spuren und zuckte mit den Achseln.

»Ja, und?«

»Und jetzt sieh dir die Schuh an.«

Sie hob sie hoch und drehte sie herum, damit er die Unterseite betrachten konnte.

»Ja, und?«

*Wenn er noch einmal ›Ja, und?‹ sagt, werf ich ihm die Schuh ins Gesicht.*

Lene atmete tief durch. »Die Schuh sind völlig gleich.«

»Natürlich sind sie das. Das müssen sie ja auch sein. Deine Füß sind ja auch gleich.«

»Sind sie eben nicht!«, gab Lene triumphierend zurück.

»Wenn ich die Fußsohlen aneinanderleg – hier, so.« Sie ließ sich im Gras nieder, um ihm zu zeigen, was sie meinte. »Dann passen sie genau aneinander.«

Sie sprang auf, zu schnell. Es tat weh, und ihr wurde schwindelig. Noch immer war sie blutarm, und nicht alle inneren Wunden schienen verheilt zu sein.

Ihm war deutlich anzusehen, dass er kurz davor war, die Geduld zu verlieren.

»Aber sie sind nicht gleich!«, fuhr sie fort. »Die Schuh sind gleich, man kann jeden an den linken wie an den rechten Fuß ziehn. Aber die Füß sind nicht gleich!«

»Grad hast du mir doch gezeigt, dass sie gleich sind. Ich weiß nicht, was du willst.«

»Hier!« Lene sah sich um, dann lüpfte sie den Saum ihres Rockes.

»Was machst du denn da? Wenn dich einer …«

»Dann beeil dich halt! Hier …« Lene deutete auf einen roten Fleck an der Außenseite ihres rechten Oberschenkels, so groß wie der Abdruck eines Zeigefingers. »Die Großmutter hat immer gesagt, da hat die Frau Holle draufgedeutet, als sie uns aus dem Kreischborn geholt hat, und sie hat dabei gesagt: ›Das ist die Lene.‹ Und bei Clara: ›Das ist die Clara.‹«

»Abergläubisches Geschwätz!«

»Ja, aber darum geht es doch gar nicht.« Langsam wurde auch Lene ungeduldig. »Die Clara hat das Mal am linken Oberschenkel, genau dort, wo ich es am rechten hab. Und genauso ist das mit den Füßen«, fuhr sie hastig fort. »Der große Zeh ist beim einen rechts, beim andern links. Und vielleicht würden die Schuh nicht so schnell Blasen machen, wenn sie verschieden wärn. Einen Schuh für den rechten und einen für den linken Fuß.«

»Dann hat also jede von euch eine Truhe gehabt mit Kleidern?« fragte er belustigt. »Damit ihr sie nicht verwechselt?«

»Natürlich nicht.« Lene war verwirrt. »Was meinst du denn damit?«

»Na, wenn Füß sind wie Zwilling, und wenn jeder Fuß einen anderen Schuh braucht, dann hättet ihr ja auch unterschiedliche Kleider haben müssen.«

»Ach Contz, du verstehst mich nicht.«

Vielleicht musste man wirklich ein Zwilling sein, um zu begreifen, was sie meinte.

»Da gibt es auch gar nichts zu verstehen«, gab Contz zurück. »Und außerdem: So werden Schuh nun mal gemacht. Überall. Was hätt wohl der Vater davon gehalten, wenn hier neue Moden eingeführt werden, kaum, dass er unter der Erd ist?« Er schüttelte den Kopf. »Zwei verschiedene Schuh! Was du dir so denkst! Dann könnt man ja, wenn einer kaputt ist, den anderen nicht mehr gebrauchen und müsst ihn wegwerfen. Wer kann sich denn so was leisten? Die Leut haben kaum noch was im Beutel in der schlechten Zeit! Weißt du was: Ich kümmer mich ums Schuhmachen. Und du kümmerst dich …«

*Ums Kinderkriegen*. Einen Atemzug lang sahen sie sich an, erschrocken darüber, dass beinahe ausgesprochen worden wäre, was nicht mehr ausgesprochen werden durfte.

»Und du kümmerst dich ums Kochen.«

# 13

Sie erfuhren es sonntags in der Kirche.

Zu Beginn seiner Predigt verkündete der Pfarrer, am gestrigen Tag, dem 1. April des Jahres 1628, habe sich Graf Wolfgang Ernst zu Isenburg und Büdingen entschlossen, die Regentschaft an seine fünf erwachsenen Söhne abzutreten und das Land unter ihnen aufzuteilen. Mehrmals musste der Pfarrer die Gemeinde danach zur Ruhe mahnen. Während des gesamten Gottesdienstes gelang es ihm nicht, des Raunens und Flüsterns Herr zu werden, das seine Worte begleitete.

Anschließend standen die Büdinger noch lange in Gruppen vor der Kirche beieinander.

»Was bedeutet das?«, fragte Lene Contz. »Kommt jetzt der Krieg auch zu uns?«

»Ich weiß es doch auch nicht. – Guck mal, die Männer gehn alle in die ›Krone‹. Da erfährt man bestimmt mehr. Du gehst schon mal heim, und ich komm nach.«

Lene war so stolz darauf gewesen, dass es ihr gelungen war, auf dem Markt ein Stück fettes Schweinefleisch zu einem annehmbaren Preis zu ergattern. Eine Zeitlang hielt sie das Kraut noch warm, in dem Contz' Anteil am Braten schmurgelte. Irgendwann begann sie, sich Sorgen zu machen. Sie lief sogar zu Clara, da sie fürchtete, man habe vielleicht die Schützen zusammengerufen. Was wusste man denn schon, nun wo der Graf nicht mehr ihr Herr war! Nein, Velten hatte nicht gehört, dass man die Schützen versammelte.

»Der ist wieder in der Wirtschaft klebengeblieben«, meinte Jobst später.

Offenbar dauerte ihn ihre Unruhe. Normalerweise ließ er sich nicht so abfällig über seinen Meister aus.

Als es Zeit war, sich schlafen zu legen, ging Lene zu Bett. Schließlich würde sie am nächsten Morgen wieder früh aufstehen müssen. Eigenartig war das, mit Jobst und Moritz allein die Kammer zu teilen, so ohne Contz. Der Schlaf wollte nicht kommen. Bisher war ihr nie aufgefallen, dass Jobst schnarchte. Nachdem Lene sich lange hin und her gewälzt hatte, stand sie leise auf und ging nach unten. In der Werkstatt entzündete sie ein Talglicht, setzte sich auf Contz' Schemel und wartete.

Als er schließlich kam, musste sie wohl doch ein wenig eingenickt sein. Sie schreckte hoch.

Er blieb in der Tür stehen, als sei er an einen völlig fremden Ort geraten und müsse sich erst zusammenreimen, was er vor sich sah. Beim Hereinkommen schloss er die Tür so umständlich, als tue er dies zum ersten Mal.

»Ei Lenchen! Was tust du denn noch auf?«

Lene stellte fest, dass das Schmatzen sich verstärkte, wenn er betrunken war.

Sie stand auf. »Ich hab auf dich gewartet.«

»Das hättest du doch nicht tun müssen. Außerdem hab ich in der ›Krone‹ einen Weck gegessen.«

Hatte er ernsthaft geglaubt, sie sei aufgeblieben, um ihm eine nächtliche Mahlzeit zu bereiten?

Lene versuchte, ihren Ärger zu zügeln. »Also, was sagen die Leut?«

Er starrte sie nur an. Es kostete ihn sichtlich Mühe, das Gleichgewicht zu halten.

»Ich denk, du bist in die Wirtschaft gegangen, um mehr über den Grafen zu erfahren. Also, was sagen sie?«

In Wahrheit interessierte Lene das Schicksal der Grafschaft in diesem Augenblick wenig. *Ich benehm mich wie der alte Schunk,* dachte sie. *Aber wenn man so einen Vater gehabt hat, bringt man vielleicht die Leut dazu, dass sie genauso werden wie der Alt.*

Contz dachte sichtlich angestrengt nach. »So dies und das. Du weiß ja, wie die Leut so schwätzen.«

»Warum machst du das immer?«, fragte Lene gereizt. *Versuch nie, mit einem Betrunkenen zu streiten,* hatte ihr Vater immer gesagt. Aber nun war eh schon alles egal.

»Was mach ich?«

»Du sprichst immer so, als ob du noch einen Bissen im Mund hast, der noch nicht gekaut ist.«

Es gab Dinge, die niemals ausgesprochen werden durften. Sie waren so gefährlich, dass man sie im Käfig halten musste. Einmal ausgebrochen, töteten sie. *Wärst du doch nie auf die Welt gekommen,* durfte man zu keinem Kind sagen, und *Ich läg lieber bei einem Anderen* zu keinem Mann. Dies gehörte auch dazu.

Sie hielt den Atem an.

Contz schüttelte nur verständnislos den Kopf und ging mit schweren Schritten die Stiege empor.

In den Wochen danach wurde es noch schlimmer mit ihm. Bisher war Contz zumindest nie über Nacht fortgeblieben. Meist kam er, wenn die Wirtschaft dichtmachte. Nur einmal hatte er anschließend noch bei einem Trinkkumpan weiter gezecht. Damals war es schon nach Mitternacht gewesen, als er heimgekommen war. Aber er war gekommen.

Dieses Mal war es anders. Vor fünf Tagen hatte er das Haus verlassen. Seither war er verschollen.

»Ich kann mich ja mal ein wenig erkundigen«, hatte Jobst mehrfach angeboten.

Lene hatte immer nur den Kopf geschüttelt. Über den Contz wurde eh schon genug geredet. Schließlich sprach es sich schnell herum, wenn einer keinen Abend mehr zu Hause verbrachte.

»Na, hat dein Contz gestern in der ›Krone‹ wieder dem Letzten auf den Buckel geguckt?«, pflegte die Großmutter mitleidig zu fragen.

Lene wollte gar nicht wissen, was die Leute über *sie* sagten, wenn sie sich die Mäuler zerrissen. Irgendwie war ja doch immer die Frau schuld, wenn der Mann zu viel in der Wirtschaft saß. Was wäre erst, wenn man erfuhr, dass sie nicht einmal wusste, wo er nun wieder steckte? Ahnten die Kunden etwas, die dem Herrn Meister scheinheilig Grüße ausrichten ließen? Nein, wohl nicht. Grüßen lassen hatten sie früher schon seinen Vater, wenn er nicht da war.

Wenn ihm etwas zugestoßen war, würde Lene es erfahren. Doch was, wenn er in seinem Rausch gestürzt war, irgendwo lag mit gebrochenen Gliedern, ohne Hilfe?

*So ein Unsinn*, ermahnte sie sich.

In der Stadt hätte man ihn schnell gefunden. Und durch die Tore kam er nachts nicht hinaus. Und wenn er in den Küchenbach gefallen war? Seit Tagen schon führte das normalerweise kleine Rinnsal hohes Wasser.

Damals, als Contz mit den Schützen nach Langendiebach gezogen war, hatte sie sich zu wenig Sorgen um ihn gemacht. Vielleicht war dies nun die Strafe dafür? Am Tage gingen ihr die quälenden Bilder nicht aus dem Kopf; des Nachts schlief sie unruhig, und eigenartige Träume quälten sie.

Der Morgen des sechsten Tages gab den Ausschlag.

»Ich müsst Leder kaufen gehen, wenn wir weitermachen wollen«, sagte Jobst.

»Natürlich machen wir weiter!«, erwiderte Lene und wunderte sich darüber, wie entschlossen das klang.

Nun konnte sie nicht länger warten. Es musste etwas geschehen.

Der Kronenwirt hatte nicht zu sagen gewusst, wann Contz zum letzten Mal da gewesen war. Aber über eine Woche sei das ganz gewiss her, wenn nicht länger.

*Na wunderbar,* dachte Lene, als sie die Stufen zum ›Schwan‹ hochging. *Wenn es heut die Wirte wissen, weiß es morgen die Stadt.*

Aber kam es darauf noch an? Bald würden es sowieso alle erfahren.

Der Gastraum wirkte wie ein Zecher, der sich, ausgeschlafen, nüchtern und gekämmt, anschickt, die Kirche zu besuchen. Alle Fenster standen weit auf. Ein kühler Wind wehte herein. Helles Sonnenlicht zeigte, wie abgetreten die Eichendielen des Bodens waren, und wie viele Gäste schon ihren Namen oder unbeholfene Kritzeleien in die Tischplatten geritzt hatten.

Eine Magd war damit beschäftigt, mit einem alten Lappen die Spuren zu beseitigen, die Wein- und Bierkrüge auf den Tischen hinterlassen hatten. Sie gönnte Lene nur einen Seitenblick, bevor sie sich verbissen wieder ihrer Arbeit widmete und deutlich machte, dass man sie fürs Putzen bezahlte, nicht dafür, den Gästen einen guten Tag zu wünschen.

»Ist der Herr Hornschuh vielleicht zu sprechen?«, fragte Lene.

»Der ist im Keller und holt Wein«, wurde sie knapp beschieden.

Als wolle er die Worte der Magd bestätigen, kam der Wirt in diesem Augenblick herein, zwei gefüllte Kannen in Händen.

»Gott zum Gruß, Lene! Schickt dich dein Vater?« Er stellte

die Krüge auf dem Tresen ab. »Ach, was schwätz ich denn, ich vergess ja immer ...«

Lene sah ihn misstrauisch an. Nein, das schien keine Anspielung auf ihre Ehe zu sein.

»Aber wenn man die Leut kennt, seit ihre Tauf hier gefeiert worden ist ... Was kann ich denn für dich tun?«

»Ich wollt fragen ...« Himmel, war das schwer. »Ich wollt fragen, ob der Contz vielleicht hier war, so vor sechs Tagen.«

Warum sah er sie so erschrocken an? Und ein wenig mitleidig? Das war ja schlimmer, als wenn er neugierig geschaut, oder gar sie nicht ernst genommen hätte.

»Dann hat er es also wirklich gemacht«, murmelte er.

»Was meinst du denn?«

Jetzt schien es noch kälter im Raum geworden zu sein. Das klang fast so, als hätte der Contz sich was antun wollen!

*War ich ihm wirklich ein so schlechtes Weib, dass er es mit mir gar nicht hat aushalten können?*

»Ja, Lene, er war da, vor sechs Tagen. Und er hat dir wahrhaftig nichts gesagt? So ein Hundsfott! Entschuldige, aber es ist doch wahr! So was macht man doch nicht! Das hast du wahrhaftig nicht verdient!«

»Was denn? Erzähl doch!«

Die Magd lehnte an einem der Tische und gab sich nicht einmal den Anschein, als tue sie etwas anderes, als aufmerksam zu lauschen.

»Da hinten hat er gesessen«, erklärte der Wirt. »Dort im Eck.«

»Der Contz?«

»Nein, den Werber mein ich. Hast du denn nicht die Zettel gesehen? Die warn doch überall angeschlagen.«

Lene kam sich vor, als habe man sie mutterseelenallein in Frankfurt ausgesetzt, mitten auf der Mainbrücke. Sie fand sich nicht mehr zurecht.

»Du guckst mich an wie die Katz das neue Scheuertor, Lene. Da hing doch überall das Patent aus, und – hast du denn nicht die Trommeln gehört, als die gekommen sind? Hier hat der Werber jedenfalls seinen Laufplatz aufgeschlagen. Hier bei mir. Für zwei Tag hat er den Tisch dort gemietet. Da kam allerhand Mannsvolk, das kann ich dir sagen. Vom Schulbub bis zum Großvater. Immerhin gab's zehn Gulden Handgeld für jeden, der sich hat anwerben lassen, und zwanzig für den, der noch seinen Gaul mitgebracht hat.«

»Und du meinst, der Contz …«

»Ich will ja nichts gesagt haben, aber ich hab ihn auch bei dem sitzen sehen, da hinten im Eck.«

»Aber das muss ja nichts heißen«, sagte Lene schwach. »Hast du denn was gesehn? Ich mein – hat er Geld gekriegt, oder …?«

Der Wirt seufzte. »Hier kriegen die noch kein Geld, sonst machen die sich ja gleich fort damit. Aber wenn er mit denen ist, hat er es inzwischen bestimmt.«

Lene biss die Zähne fest aufeinander. Die Vorstellung, wie Contz sich zehn Gulden in den Beutel steckte und damit verschwand, während sie nicht wusste, woher sie das Geld für neues Leder nehmen sollte, ließ ihr das Blut in den Ohren rauschen.

»Weißt du denn – ich mein, wenn er wirklich mit denen gegangen ist –, weißt du denn, wo er jetzt sein könnt?«

»Soweit ich das gehört hab, haben sich draußen immer ein paar zusammengetan und sind zum Sammelplatz. Ich mein, es hätt geheißen, der wär bei der Saline.«

Ohne ein weiteres Wort drehte Lene sich um und lief hinaus.

Auch als sie hörte, wie der Wirt hinter ihr herrief: »Aber da sind sie schon lang nicht mehr!«, blieb sie nicht stehen.

DRITTER TEIL

# Teufelsaugen

Mai 1628 – August 1631

# 14

Während sie zur Saline draußen vor der Stadt gerannt war, als gehe es um jeden Augenblick, nahm Lene sich für den Heimweg Zeit, versunken in ihre Gedanken. Nur wenn sie jemandem begegnete, blickte sie misstrauisch auf. Wusste da einer mehr, als sie gewusst hatte? Blickte man sie gar mitleidig an?

Sie musste sich einen Plan überlegen, bevor sie Jobst gegenübertrat. Etwas zu verschweigen war etwas anderes, als sich verstellen zu müssen. Konnte ihr gelingen, worin sie so ungeübt war? Sie hatte die Welt getäuscht, was ihre Gefühle für Velten betraf. Aber sie wusste, dass man ihr sonst jede Regung an der Nasenspitze ansah.

Jobst legte die Ahle beiseite und sprang auf, kaum, dass sie durch die Tür getreten war.

»Was ist? Habt Ihr was erfahren?«

»Nein.« Lene schüttelte den Kopf. »Gar nichts. Niemand weiß was.«

»Ich hätt gehn sollen. Mir erzählen die Leut vielleicht eher was. Manches will man bestimmt dem Weib von einem nicht sagen.«

»Du meinst, wenn er bei einer andern wär? Ja, da hast du wahrscheinlich recht. Trotzdem, Jobst – hör zu! Ich verbiet dir, irgendwo nach ihm zu fragen. Selbst wenn's so wär, selbst wenn er bei einer andern wär – erspar mir, was aufzuwühlen, was dann noch die ganz Stadt erfährt.«

Er nickte widerstrebend. Sie merkte, dass er nicht überzeugt war.

»Also – wenn du mich nicht in böses Geschrei bringen willst bei den Leut – dann mach, um was ich dich bitt, und halt den Mund. Wir erfahrn früh genug, was los ist.«

Absichtlich hatte sie bis nach dem Essen gewartet. Das, was sie den Männern nun verkündete, sollte nicht mit ihrer morgendlichen Suche in Verbindung gebracht werden.

»Ach ja, ich war noch bei den Eltern vorhin«, sagte sie wie beiläufig, als die Männer sich schon wieder anschickten, die Treppe hinabzusteigen. »Der Vater hätt es gern, wenn ich ihm ein paar Tag im Weinberg helfen tät. Wo doch der Konrad ihm jetzt abgeht.«

Konrad war nach Franken geschickt worden, zu Heinrich Merzens Verwandtschaft. Der Vater hoffte, er werde dort Wissen erwerben, wie man auch hier den Weinbau ertragreicher machen könnte. Dies war gegen den Wunsch der Mutter geschehen, die noch immer der Meinung war, ihrem Jüngsten sei körperlich anstrengende Arbeit nicht zuträglich. Dass er seinem Vater darum nie eine besondere Stütze bei der Arbeit im Berg gewesen war, wussten weder Jobst noch Moritz.

»Ich würd dann auch dort schlafen, in der Schlossgass«, sagte Lene. »Vielleicht komm ich da auf andere Gedanken. Natürlich nur, wenn ihr es hier allein packt!«

Weder Jobst noch Moritz sahen besonders erfreut aus, doch zumindest versicherten sie zögernd, ein paar Tage werde es wohl schon ohne die Frau Meisterin gehen.

»Außerdem – wenn der Contz heimkommt in der Zeit, ist es vielleicht ganz gut, wenn ich nicht da bin. Das schad ihm nichts, wenn er erst mal einen schönen Schrecken kriegt. Also, wenn der Contz vor der Tür steht, dann kommt der Moritz und holt mich. Solange kann der Meister ruhig zittern. Und wenn er nicht kommt – dann bin ich in ein paar Tagen wieder da.«

*Wenigstens hat er sich nicht im Winter fortgemacht,* dachte Lene. *Wenigstens ist es nicht kalt.*

Am Anfang war es einfach gewesen. Die Ronneburg war ihr Wegweiser. Einfach immer drauf zu. Bereits nach kurzer Zeit hatte sie die Schuhe ausgezogen und in ihren Sack gesteckt. Wenn sie Blasen an den Füßen bekam, würde sie den Weg nie schaffen. Jetzt lief sie auf Strümpfen. So, wie es sich anfühlte, hatten die bereits ein Loch am anderen. Lene mochte nicht nachschauen. Es nützte ja nichts. Nachdem die Burg hinter ihr lag, hatte sie sich durchfragen müssen.

Gut, dass sie das gesagt hatte, das mit dem Vater, und dass sie ihm im Weinberg helfen sollte. So hatte Jobst nicht weiter nachgefragt, als sie mit einem Sack das Haus verlassen hatte. Hätte er gewusst, dass sie Brot und Wurst für drei Tage eingesteckt hatte, wäre er bestimmt misstrauisch geworden.

Es war so, wie Herr Hornschuh gesagt hatte: Die Büdinger, die sich entschlossen hatten, den Versprechungen der Werber zu folgen, hatten die Stadt längst verlassen. Nicht einmal ihre Spuren waren auf dem Sammelplatz noch zu finden gewesen. Wieder hatte Lene sich demütigen lassen müssen. In den umliegenden Häusern, dort, wo die Töpfer wohnten, hatte sie gefragt, ob jemand ihr sagen könne, wohin die Männer gezogen waren.

Auf die Neugier der Leute konnte man sich verlassen. Natürlich wussten sie, was sich da abgespielt hatte, direkt vor ihrer Haustür, und konnten ihr darum Auskunft geben. Zuerst hatte man die Rekruten hierhergeschickt, immer zu mehreren. Dann hatten sie ihr Handgeld bekommen und waren gemeinsam zum Musterungsplatz abmarschiert. Unter Bewachung, damit sie sich nicht mit dem Geld aus dem

Staub machten. Wie lange sie dort bleiben würden, hatte ihr keiner sagen können. Bestimmt nur ein paar Tage, hatte einer gemeint.

Hanau. Dorthin musste sie.

Nur kurz hatte sie heute Morgen überlegt, Jobst zu bitten, oder Peter, mit ihr zu kommen. Sie hatte sich rasch dagegen entschieden. Nicht nur, weil sie sich nach wie vor ein wenig dafür schämte, ein Weib zu sein, das von seinem Mann verlassen worden war. Nein, wenn Mannsvolk dabei war, konnte man einfach nicht tun und lassen, was man wollte.

Genau wusste sie selbst noch nicht, was sie tun würde, wenn sie Contz tatsächlich gegenüberstand. Aber sie wollte es zumindest selbst entscheiden dürfen. Außerdem hätten sowohl Jobst als auch ihr Bruder sich wohl schlicht geweigert, sie mitzunehmen. Nein, so war es schon besser. Nicht einmal Clara hatte sie gesagt, was sie vorhatte. Die hätte nur versucht, es ihr auszureden. Oder sich furchtbare Sorgen gemacht. Und es dann doch dem Velten erzählt. Oder gar den Eltern.

Langendiebach lag bereits hinter ihr. So weit konnte es doch nicht mehr sein? Lene war sich sicher gewesen, bis zum Abend Hanau zu erreichen. Aber nun war es bereits dunkel geworden. Unheimlich dunkel. Die Bäume waren schon nicht mehr voneinander zu unterscheiden, bildeten nur noch eine tiefschwarze, flache Silhouette vor einem dunkelgrauen, bewegten Himmel.

Der Weg, mal eine wagenbreite Straße, die vorbeiführte an Äckern und Dörfern, mal ein bloßer Pfad, der sich wand zwischen Steinen und Büschen, hatte sie abwechselnd der Mittagshitze preisgegeben und sie unter grüne, schattenspendende Bäume geführt. Nun ließ er sie im Stich, verschwand im Dunkeln.

*Ich war noch nie nachts draußen,* dachte Lene. *Zumindest nicht allein.*

Ob es hier Wölfe gab? Man sagte, sie würden immer dreister, wagten sich aus den Wäldern heraus und bereits an die Dörfer heran. Der Krieg mit all den Toten, die einfach liegengelassen wurden, habe ihnen Lust auf Menschenfleisch gemacht.

*Aber ich schaff es heut nicht mehr. Ich verlauf mich nur.*

Lene ging zu einer kleinen Baumgruppe. Von einem zum anderen Baum tastete sie sich, bis sie einen gefunden hatte, der dichte, starke Äste besaß. Sie legte ihren Sack nieder, zog die Schuhe wieder an und kletterte zur Sicherheit mehr als mannshoch hinauf, bevor sie wieder herunterstieg.

Dann setzte sie sich nieder und nahm ein paar tiefe Atemzüge. Sie öffnete den Sack, holte das Brot und die Wurst hervor und begann, hungrig einige Bissen abzubeißen. *An Wasser hab ich nicht gedacht. Muss es eben so gehen.* Hoffentlich lockte der Geruch nicht doch Wölfe an. Wenn sie kämen, würde sie die Stunden bis zur Dämmerung auf dem Baum verbringen müssen.

Lautlos war die Nacht nicht. Grillen zirpten, und in der Ferne war ein beruhigendes Muhen zu hören. *Dann bin ich heut halt auch ein Tier, das kein Dach über dem Kopf hat und im Freien wohnt. Und der liebe Gott muss noch ein bisschen mehr auf mich aufpassen als sonst.*

Auch ein getrocknetes Sträußchen Holderblumen, das zuunterst in ihrer Aussteuertruhe gelegen hatte, hatte Lene eingepackt. Es konnte nicht schaden, wenn Frau Holle zusätzlich auf einen aufpasste. Und wenn der Contz nicht mit ihr heimgehen wollte, dann würde sie ihm ein paar der Blüten in die Tasche schmuggeln. Das schützte vor Ehebruch.

Sie wollte schon ihre Hände falten, um ein Nachtgebet zu sprechen. Aber eigentlich war ihr eher nach Singen zumute. Das beruhigte so schön. Die Mutter hatte ihnen früher immer vorgesungen. Beinahe hatte sie das vergessen gehabt.

Und so begann sie leise zu singen:

»Auf einer grünen Aue er mich weidet,
zum schönen frischen Wasser er mich leitet,
erquickt mein Seel um meines Namens wegen,
gerad er mich führt auf den rechten Wegen.«

Dann lehnte sie sich gegen den rauen Stamm des Baumes und schloss die Augen.

Der Weg war kurz gewesen an diesem Morgen. Hatte er sich zu Beginn mitunter im hohen Gras fast verloren, merkte man ihm nun an, dass er auf eine größere Stadt zuführte. Tiefe Rinnen, von unzähligen Rädern eingegraben, zerfurchten ihn.

Gestern noch war Lene überzeugt gewesen, das Richtige zu tun. Heute erschien ihr die ganze Unternehmung närrisch. Wer hatte je von einer Frau gehört, die ihren Mann suchte, nachdem er zu den Soldaten gegangen war? Trotzdem waren ihre Schritte immer schneller geworden, als hätte sie ihn eben um Haaresbreite verpassen können.

Wie ein vielzackiger Stern sah die Festung Hanau aus, einladend und wehrhaft zugleich. Lene beschloss, einmal darum herumzulaufen. Wenn sie Contz dann nicht gefunden hatte, würde sie versuchen, im Inneren der Festung zu erfahren, wohin die Rekruten marschiert waren.

Wenn sie weiter nach Süden ging, würde sie bald zum Main kommen, so viel wusste sie. Also hielt sie sich in westlicher Richtung. Bald sah sie eine riesige Ansammlung von Wagen vor sich, dicht an dicht, teils ordentlich ausgerichtet, teils kreuz und quer, dass man sich nicht vorstellen konnte, wie einer aus diesem Gewühl herausfinden sollte. Männer liefen geschäftig umher, fluchten oder lachten, dazwischen, zu Lenes Erstaunen, Frauen und Kinder.

*Hier bin ich gewiss verkehrt*, dachte sie.

Doch sie konnte sich nicht entschließen, umzukehren, lief vorbei an Pferchen voller wohlgenährter Schweine und Kühe, an Pferden, die gestriegelt und gefüttert wurden.

Niemand beachtete sie.

Qualm zog ihr in die Nase. Der Geruch glich beinahe dem beim Schießen, wenn abends das Fleisch in den großen Kesseln schmorte, und doch auch ganz anders … Eine Erinnerung stieg in ihr empor, noch unbenannt, aber von solcher Heftigkeit, dass ihr flau im Magen wurde.

Sie ging zu einer Frau, die harmlos genug wirkte, saubere Kleidung trug und eine weiße Haube. Hätte sie mit einem Einkaufskorb in Büdingen auf dem Markt gestanden, sie wäre niemandem aufgefallen.

»Sag mir – was ist das dort?«, fragte Lene und wies in Richtung des unvermindert aufsteigenden Qualms.

Die Frau war gerade damit beschäftigt, ihren Sohn vom Wagen zu heben. Er war kaum älter als der kleine Sebastian.

»Ach das«, warf sie Lene über die Schulter hinweg zu. »Geh doch hin, wenn dir so was gefällt. Heut Nacht haben sie einen erwischt, der es mit seinem Gaul getrieben hat. Jetzt verbrennen sie ihn, und das Tier gleich obendrein.« Sie schüttelte den Kopf. »Jaja, die Bauern. Wenn die einen Pferdearsch sehen, können sie nicht widerstehn. Schad um den Gaul.«

Lene blieb noch eine Zeitlang stehen und starrte den Rücken der Frau an. Der Qualm machte sie nun husten. Am liebsten hätte sie ein Tuch vor die Nase gedrückt, um Pferde- und Menschenfleisch nicht länger riechen zu müssen.

Sie lief weiter, bis sie einen harten Stoß in den Rücken erhielt.

»Aus dem Weg!«

Zwei Männer zerrten einen dritten mit sich, der ihr eher einen müden denn einen verzweifelten Blick zuwarf. Als sie vorüber waren, sah Lene, dass man ihm die Hände auf den Rücken gefesselt hatte. Sie folgte ihnen, nicht aus Neugier, sondern weil sie ihr eine Gasse durch das Gewimmel bahnten.

»Nur bei der Wache!«, rief einer der Männer plötzlich. »Und nicht schon am Morgen!«

Er trat heftig gegen eine Kiste. Drei Männer sprangen erschrocken auf. Würfel und Münzen flogen durch die Luft. Instinktiv bückte Lene sich nach einem Albus. Gerade wollte sie den Männern die Münze zurückgeben, als auch schon einer von ihnen, ein Blonder mit einer großen Nase, auf sie zukam.

»Hehe!«, machte er wütend. »So geht's aber nicht!«

Lene murmelte eine Entschuldigung und hielt ihm die Münze hin.

»Die musst du doch nicht stehlen!«, meinte er, nun freundlicher. »An die kannst du auch anders kommen!«

Er nahm sie beim Arm und zog sie mit einem Ruck zu sich heran.

»Ihr Weiber habt's leicht«, kommentierte einer seiner Kumpane. »Wir müssen es uns mühsam erspielen, ihr braucht euch nur auf den Rücken zu legen!«

Vergeblich versuchte Lene, der Umklammerung zu entkommen. Verzweifelt blickte sie den Männern hinterdrein, die mit ihrem Gefangenen bereits in der Menge verschwanden.

»Die tut, als wär sie ein braves Bürgersfrauchen«, sagte der, der sie umklammert hielt. »Aber unterm Rock sind sie doch alle gleich.«

Er zog ihr die Haube vom Kopf, die mit Haarnadeln befestigt war. Das tat weh, und Lene büßte einige Haare ein. Der Mann warf die Haube einem der anderen zu, doch flog sie nicht weit, sondern fiel dicht neben seinen Füßen zu Boden.

»Hier bleibt keine brav, das sag ich dir. Hier wird jede zur

Hur. Du kannst es dir aussuchen. Du kannst bei uns bleiben, und wir passen auf dich auf. Oder du gehst heim und wartest, bis dich die Kaiserlichen kriegen. Die machen nicht so viel Federlesens. Erst zerren sie dich ins Heu und dann schlitzen sie dir den Bauch auf.«

Lene begann zu kreischen. Es war ein hohes, misstönendes Kreischen, für das Männerohren nicht gemacht waren. Früher hatte es ihr dazu gedient, ihren Bruder Peter abzuschrecken, wenn er sie in einen Klammergriff genommen hatte, um ihr etwa eine tote Maus vor die Nase zu halten. Gleichzeitig holte sie aus und stieß ihr Knie mit voller Wucht zwischen die Beine des Mannes, der sie festhielt.

*Getroffen.* Er ließ sie sofort los, begann wild zu fluchen und sie zu beschimpfen. Im Davonlaufen sah Lene ihre Haube im Schmutz liegen, unter dem Fuß des Mannes. Zumindest war es ihr gelungen, ihren Proviantsack festzuhalten. Sie rannte ziellos zwischen Wagen und Karren hindurch. Manche waren schwer beladen und mit grobem Tuch bespannt. Stangen und Bretter, die darunter hervorragten, versperrten ihr den Weg.

Lene hörte ihn, bevor sie ihn sah. Sie erkannte sein Lachen, das sie schon so lange nicht mehr gehört hatte. Selbst als sein Vater noch lebte, war er unbeschwerter gewesen als in der letzten Zeit.

Er trug auf dem Leib, was er angehabt hatte, als er zum letzten Mal das Haus verließ. Ein Beweis seiner Feigheit. Er hatte es nicht gewagt, noch einmal nach Hause zu kommen, um wenigstens eine Hose und ein Hemd zum Wechseln zu holen.

Sie kannte keinen der Männer, die bei ihm standen. Sein Lachen erstarb, als er sie kommen sah, und wich einem Ausdruck der Bestürzung.

»Aber Lenchen!«, rief er, als sie schließlich vor ihm stand. »Was machst du denn hier?«

Hatte er je etwas von sich gegeben, das nicht vorhersagbar gewesen war?

Die Männer, die ihn umstanden, grinsten, als erwarteten sie ein spannendes Schauspiel.

»Ich muss mit dir reden.«

»O je, ich weiß schon, was das wird«, meinte einer. »Der hast du bestimmt ein Kind angehängt. Was wollen wir wetten?«

Contz' Miene verfinsterte sich. Er nahm Lene beim Handgelenk und zog sie mit sich, einige Schritte weiter, hinter einen Karren.

»Lenchen, was ist denn? Und wie siehst du bloß aus! Was willst du denn?«

»Was ich will?«

Ihre Stimme klang schrill. Sie bemühte sich, ihrer Herr zu werden, bevor sie weitersprach.

»Contz, was hast du dir bloß dabei gedacht? Du kannst doch nicht einfach fortgehen! Und ohne ein Wort zu sagen! Was soll denn aus der Werkstatt werden? Und aus dem Jobst und dem Moritz?«

»Ihr kommt auch ohne mich zurecht.«

Das klang abweisend. Aber im nächsten Augenblick nahm er sie bei den Armen.

»Lenchen, guck mal, es ist doch nur zu unserem besten! Wofür brauchen die Leut denn Schuh? Zum Laufen! Und wo wird mehr gelaufen als bei den Soldaten? Die brauchen gute Schuster, hat der Werber gesagt. Und dass man viel Geld verdienen kann mit der Schuhmacherei. Die sind hier alle ganz närrisch auf Stiefel. Mit hohen Absätzen, stell dir das vor! Damit sie größer aussehn und der Feind Angst kriegt. Lenchen, überleg doch! Das ist, als ob wir zwei Geschäfte hätten. Ich verdien hier viel mehr als daheim. Du führst mit dem Jobst die Werkstatt weiter, und den Laden. Ich schick euch Geld, und wenn ich wieder heimkomm, sind wir reich. Dann musst du dich nicht mehr vor deiner Schwester verstecken!«

*Ich hab mich nie vor meiner Schwester verstecken müssen.*

»Und schießen kann ich schließlich auch. Da macht mir keiner was vor. Gestern habe ich meine eigene Muskete gekriegt! Und wenn es mit der Schuhmacherei nicht klappt – wer weiß, vielleicht kann ich Korporal werden! Oder sogar Feldwebel!«

»Contz, das hier ist kein Schützenfest! Da nützt dir dein ganzes Schießen nichts, wenn einer dich von hinten trifft!«

Er lachte, so unbeschwert, als habe sie ihn lediglich gebeten, zum Mittagsmahl wieder zu Hause zu sein.

»Lenchen, um mich brauchst du dir ganz bestimmt keine Sorgen zu machen. Mir *kann* gar nichts passieren! Dafür hab ich schon gesorgt.«

»Was meinst du denn damit?«

»Hier erfährt man so allerlei, wie man sich schützen kann. Mein Lebtag hab ich keine Nieren gegessen. Damit ist man sowieso sicher vor Schuss und Pestilenz. Außerdem – sieh mal hier!«

Er zog eine Münze hervor, die er an einer Kette unter dem Hemd trug. Seltsame Zeichen waren darauf abgebildet, wie Lene sie noch nie gesehen hatte.

»Du brauchst gar keine Angst zu haben. Die macht mich fest wie Stein und hart wie Eis, da kommt keine Kugel durch.«

»Wie viel hast du denn dafür bezahlt?«

»Jeder hat so eine! Willst du denn, dass dein Mann als Einziger ungeschützt bleibt?«

Auch Lene hatte schon von den Hunderten von Wundermitteln gehört, mit denen man den Leib unverwundbar machen konnte. Velten hielt nicht viel davon.

»Du schimpfst doch sonst immer auf alles Abergläubische!«

»Das hat doch damit nichts zu tun«, erwiderte er. »Manche haben auch das Johannesevangelium um den Hals, das ist genau das Gleiche.«

Lene konnte nicht anders, als Contz heftig in den Unterarm zu kneifen.

»Au!« Er sah sie empört an.

»Wie kannst du das denn spüren, wenn du fest wie Stein bist?«

Einen Augenblick standen sie schweigend voreinander, bis Lene sagte: »Ach Contz, hat das wirklich sein müssen?«

Er schloss die Augen und seufzte.

Sie musste es fragen. Und vielleicht war sie überhaupt nur hierhergekommen, um es zu fragen. »Bist du fort, weil ich dich – weil du denkst, ich hab dich nicht lieb genug?«

»Aber Lenchen, wie kannst du denn so was denken? Du hast mich doch lieb! Nein, das ist alles nur so gekommen, weil der verfluchte Löhr da ist. Der ist an allem schuld. Der hat mir die Kundschaft weggenommen.«

*Das ist so gekommen, weil dein Vater dir nicht mehr auf die Finger guckt,* dachte Lene. Sie sprach es nicht aus. Was nutzte es ihr, ihn zu verärgern. Dann würde er vielleicht gar nicht mehr nach Hause kommen. Sie senkte den Kopf.

»Was haben wir denn da für ein allerliebstes Mägdchen?«

Die Stimme war unmittelbar hinter ihr. Lene fuhr herum.

»Contz, ich dacht, dir geht es nur ums Hauen und ums Stechen, dass du mit uns kommst. Aber wir haben den Musterplatz noch nicht verlassen, und schon suchst du dir so ein feines Zobelchen!«

Lene wusste nicht, was dieses Wort bedeutete, mit dem der Kerl sie bedachte. Dennoch spürte sie, wie sie rot wurde.

Wütend musterte sie den Mann, der Contz so vertraulich angesprochen hatte. Schon einige Male hatte sie die Söhne des Grafen mit ihren adligen Begleitern gesehen. Keiner von ihnen war so prunkvoll gekleidet gewesen wie dieser Mann. Über dem kurzen Wams trug er einen Umhang, der kaum bis zur Hüfte reichte. Weite Hosen endeten in umgeschlagenen Stiefeln, und vom geschwungenen Hut wallte eine lange Feder herab. War das ein »allamodischer Monsieur«, wie solche Gecken genannt wurden? Nein, die trugen wohl eher bunte Gewänder. Die Kleidung dieses Mannes hingegen war ausschließlich schwarz und weiß. Dunkle Haare, glänzend wie Pech, fielen ihm in langen Locken bis über die Schultern.

Er sah ihr direkt ins Gesicht. Sein Lachen, bei dem er makellose Zähne zeigte, kam ihr nicht fröhlich vor, sondern eher so, als lache er sie aus.

Lene hatte sich oft gefragt, wie es geschehen konnte, dass Menschen dem Leibhaftigen ihre Seele verkauften, das ewige Leben in Seligkeit gegen einen Sack voll Gulden oder weniger eintauschten. Stets hatte sie sich den Teufel hässlich und missgestaltet vorgestellt. Nun begriff sie: Wenn Satan ihr je erschiene, um sie zu versuchen, dann gewiss in solcher Gestalt. Die Züge des Mannes waren so ebenmäßig, als sei er nur dazu erschaffen worden, wankelmütige Weiber auf den Pfad der Untugend zu locken. Sie glaubte noch nie solche Augen gesehen zu haben. Hell wie Sommerwolken waren sie, umgeben von einem tiefdunklen, fast schwarzen Kranz.

*Teufelsaugen*. So hätte ihre Mutter solche Augen genannt.

Der Mann zog ein Mädchen neben sich, das sich zuvor hinter ihm versteckt hatte. Während er einige Jahre älter als Lene zu sein schien, musste sie jünger sein, vielleicht gerade einmal zwanzig. Auch sie war von auffallender Schönheit. Ihr Mieder umschloss runde, üppige Brüste. Unter einem weiten Rock sah Lene rotseidene Strümpfe und bestickte

Schuhe aus feinstem Leder. Schwarzes, krauses Haar umschwebte das kantige Gesicht wie eine dunkle Wolke. Aber ihre großen, leuchtend blauen Augen waren flach wie ein seichtes Gewässer.

Sie riss sich von dem Mann los und eilte auf Lene zu, die einen Schritt zurückwich.

»Wie heißt du?«, fragte sie. »Wo kommst du her?«

Lene schwieg.

Contz antwortete an ihrer statt: »Das ist mein Weib, die Magdalena.«

Seiner Stimme war anzumerken, dass ihm unbehaglich zumute war.

Die Frau bemerkte seine Zurückhaltung nicht, oder sie scherte sich nicht darum.

»Ich bin die Barbara.«

Sie nahm eine Strähne ihres Haars und fuhr einige Male mit den Fingern hindurch wie mit einem Kamm, um es zu glätten. Dann trat sie dicht an Lene heran. Noch bevor Lene reagieren konnte, hatte Barbara eine Strähne auch ihres Haars gepackt. Beider Haare, licht und dunkel, flocht sie um ein- und denselben Finger.

»Sieh!«, strahlte sie den Schwarzhaarigen an.

Der zog sie sanft zurück, so dass sie ihren Griff lösen musste.

Contz hatte während dieser Attacke keinen Muskel bewegt, um Lene zu schützen. Sie warf ihm einen anklagenden Blick zu, der unbeantwortet blieb. Contz schien nur Augen für das Paar zu haben.

»Contz, du bist ein Dummkopf«, äußerte der Fremde. »So ein prachtvolles Weibchen lässt du allein zurück? Da wird dein Platz im Bett bestimmt nicht lange kalt bleiben.«

»Ich weiß nicht, wer Ihr seid.« Lene gelang es kaum, ihre Wut zu zügeln. »Aber beleidigen darf mich keiner.«

»Und Feuer hat sie auch noch! Ich sag doch, du bist ein Dummkopf. – Madame, ich heiße Julio Kaufmann. Aber Ihr dürft mich einfach Julio nennen.« Er zwinkerte ihr zu. »Wo der Contz und ich doch schon beinahe Freunde sind.«

Zu ihrem Ärger bemerkte Lene, dass Contz ein wenig rot wurde, gerade so, als fühle er sich geschmeichelt, von so einem ›Freund‹ genannt zu werden.

»Man könnt meinen, er ist ein Spanier«, sprudelte es nun aus ihm hervor. »Weil er so aussieht und weil er so heißt. Aber er ist kein Spanier, natürlich nicht.«

*Was schwätzt der denn?*, fragte sich Lene. *Man könnt wahrhaftig meinen, er ist schon gut Freund mit denen.*

»Außerdem heißt das bei denen ›Chulio‹«, fuhr Contz eifrig fort. »Wie wenn man was im Rachen hat, was man ausspeuzen will. Aber er hier heißt Julio. Wie der Juli.«

»Ja.« Für einen Augenblick schwand das Lachen vom Gesicht des Mannes und wurde durch etwas ersetzt, das es Lene eiskalt den Rücken hinunterlaufen ließ. »Ganz genau wie der Juli sogar.«

»Komm, Contz.« Lene nahm ihren Mann bei der Hand und zog ihn mit sich. »Ich will allein mit dir reden, ohne dass einer uns stört dabei.«

Hinter sich hörte sie das Lachen des Dunkelhaarigen.

Ungestört waren sie nirgends. So suchte Lene zumindest einen Platz aus, wo keiner müßig herumstand, sondern alle beschäftigt waren, sei es damit, einen Wagen zu beladen oder ein Kind zu stillen.

»Komm mit mir zurück, Contz«, flehte sie. »Du gehörst doch nicht hierher.«

Dann verschoss sie ihren schärfsten Pfeil: »Contz, was hätt denn dein Vater gesagt, wenn er dich hier gesehn hätt!«

»Ach, der Vater!«, meinte Contz wegwerfend.

Lene sah ihn entsetzt an. Gerade einmal eine Woche war

er fort von zu Hause, und schon hatte diese neue Welt ihn derart verändert. Jetzt war die Armee sein Vater. Hier konnte er Befehle entgegennehmen und wurde bestraft, wenn er sie missachtete. Vielleicht hatte ihm genau das gefehlt, seit sein Vater tot war.

*Ich hab ihn zu viel allein gehn lassen*, dachte Lene. *Er ist weich wie Blei. Jeder, der daherkommt, kann ihm einprägen, was immer er will.*

Plötzlich sah sie das Gesicht des Schwarzhaarigen vor sich, von dem Contz so fasziniert schien. Ihr schauderte. Sollte es ihm wahrhaftig gelingen, gesund zu ihr zurückzukehren, so wäre er nicht mehr der Contz, den sie geheiratet hatte.

»Ich bitt dich, komm doch mit mir«, bat sie erneut. Wofür war sie schließlich hier, wenn nicht, um dies zu erreichen?

»Ja, das geht doch nicht!« Er sah sie entsetzt an.

»Warum denn nicht?«

»Komm mit!«

Sie folgte ihm, bis sie an eine Stelle kamen, die frei war von Wagen. Umso mehr Menschen drängten sich hier, standen in dichten Reihen. Die meisten schwiegen, doch manche johlten über eintönigen, unbarmherzig klingenden Trommelschlägen und einem eigenartigen, ständigen Pfeifen und Klatschen, das Lene Gänsehaut verursachte. Schreie waren zu hören, dazwischen heftiges Keuchen und die Fetzen eines Gebets.

»Willst du es sehn?«, fragte Contz mit einem Glühen in den Augen. »Willst du es sehn?«

Er nahm sie am Arm und zog sie mit sich, durch die Menge hindurch.

»Nein!«

Lene riss sich los und lief zurück, bis sie außer Sicht- und Hörweite des Exekutionsplatzes war.

»Was war das?«, herrschte sie Contz an, kaum dass er wieder neben ihr stand. »Es hätt genügt, wenn du es mir gesagt hättst.«

»Dann hättst du es mir aber vielleicht nicht geglaubt. Das war einer, der abhaun wollt heut Nacht. Glaubst du, die lassen uns einfach wieder gehn mit dem Handgeld? Heut kommt der Befehlshaber, heut wird das Patent verlesen, und heut leisten wir den Treueid. Und morgen marschieren wir. Weggehn darf ich jetzt nicht mehr. Sonst kann ich auch durch die Gasse laufen wie der da.« Er deutete mit dem Kopf in die Richtung, aus der sie gekommen waren. »Hundert Mann oder mehr stehn da, jeder mit einem Stecken in der Hand. Bis der Kerl da durch ist, ist er halber tot. Willst du, dass sie das mit mir machen?«

Lene musste an den Gefangenen denken, den man vor ihr hergeführt hatte. War er es, der gerade durch die Gasse lief?

*Wär ich nur daheimgeblieben. Jetzt werd ich das nie mehr aus meinem Kopf kriegen.*

»Ach Contz«, sagte sie nur noch einmal. »Das ist doch nichts für dich hier.«

»Vielleicht hast du recht.« Er ließ den Kopf hängen. »Aber ich hab nichts anderes gewusst.«

Wie er so dastand, erinnerte er sie an den Contz, der von seinem Vater mit dem Knieriemen verprügelt worden war. Sie ging zu ihm und umarmte ihn. Er blieb mit hängenden Armen stehen und legte seinen Kopf auf ihre Schulter.

»Vielleicht wird hier ja wenigstens ein Kerl aus mir, und dann kannst du stolz sein auf deinen Mann«, murmelte er.

Lene hätte ihn gern angelogen, hätte ihm gesagt, er sei doch schon ein Kerl und sie sei stolz auf ihn. Sie brachte es nicht fertig.

Nach einiger Zeit richtete er sich auf.

»Jetzt musst du aber wieder heim. Eigentlich solltest du nicht allein durch die Gegend laufen. Aber das ist ja nun nicht mehr zu ändern. Wenn du jetzt gehst, bist du wenigstens daheim, bevor es dunkel wird. – Ach, Lenchen«, seufzte er. »Gib mir noch einen Kuss, bevor ich ins Feld zieh.«

Wo hatte er denn das gehört? Das klang so gar nicht nach Contz Schunk.

Er zog sie an sich und gab ihr einen seiner Contzküsse, die ihr keinen Platz ließen, ihn zurückzuküssen.

»Soso, das Lenchen bist du also«, hörte Lene hinter sich.

Das gab ihr Gelegenheit, sich Contz' Umklammerung zu entwinden.

Hinter ihr stand der Mann mit den schwarzweißen Gewändern, neben ihm die Dunkelhaarige. »Ich hab gedacht, du bist die Magdalena. Aber für den Contz bist du das Lenchen. Darf ich dich auch Lenchen nennen?«

Lene holte tief Luft, sah aber keinen Grund, diese Unverschämtheit einer Antwort zu würdigen.

»Halt dich fern von dem«, sagte sie leise und eindringlich zu Contz. »Der gefällt mir nicht.«

»Och, mach dir keine Sorgen. So schlimm ist der nicht«, erwiderte Contz.

»Ich gefall dir also nicht«, sagte Julio und trat neben sie. »Das ist aber schad. Vielleicht hast du wenigstens ein Schwesterchen, dem ich gefallen könnt?«

Lene sah Contz auffordernd an. Wenn er hier wirklich zu einem Mann werden wollte, hatte er nun die beste Gelegenheit, es zu beweisen, indem er sie vor diesem Kerl schützte.

»Sie hat wahrhaftig eine Schwester«, schwätzte Contz stattdessen drauflos. »Und – stell dir vor – die sieht genauso aus wie die Lene. Aber die Clara ist auch schon vergeben.«

»Soso, das Lenchen und das Clärchen.« Lene sah, wie ein eigenartiger Glanz in die Augen des Mannes trat. »Contz, willst du das Lenchen wirklich gehenlassen? Sie könnt doch auch mit uns kommen!«

Lene trat einen Schritt zurück. Was setzte der denn Contz für Ideen in den Kopf! Nein, das konnte sie sich ganz und gar nicht vorstellen, mit dem Tross zu ziehen, tagein, tagaus um ihr Leben bangen zu müssen und sich der Angriffe fremder Männer zu erwehren.

Wenigstens sagte Contz: »Nein nein, die Lene gehört nicht hierher. Die geht wieder heim, nach Büdingen.«

»Büdingen«, sagte die Dunkelhaarige versonnen.

Lene war sich sicher, die junge Frau musste schwachsinnig sein. Oder hatte ihr Begleiter sie vielleicht mit Zauberkräften so gefügig gemacht, dass sie wenig mehr Geist besaß als eine Puppe?

Zumindest in einem war Contz mit ihr einer Meinung. Sie gehörte nach Büdingen, in die Werkstatt und das Haus der Schunks, nicht hierher. Nicht in die Nähe von Männern wie Julio.

»Contz, wenn du hier bei uns bleibst, musst du aber noch einiges lernen«, sagte Julio mit einem Mal. »Du musst lernen, dich von einer Frau so zu verabschieden, dass sie dich nicht vergisst. Dass sie keinen andern auch nur ansieht, solange du fort bist, dass sie jede Nacht in eurem Bett liegt und sich wünscht, du wärst bei ihr, dass ihr Körper schmerzt vor Sehnsucht nach dir.«

Bevor Lene sich versah, hatte Julio sie gepackt. Sie war so verblüfft, dass sie nicht einmal daran dachte, sich zu wehren. Sie kniff lediglich die Augen zu und presste die Lippen fest zusammen, in Erwartung eines groben Kusses. Doch sein Mund legte sich nur ganz leicht auf ihren. Seine Lippen streichelten sie, dass die Verkrampfung sich ganz von allein lockerte und ihr Mund sich öffnete. Erschrocken riss Lene die Augen auf.

*Er ist wahrhaftig der Teufel. Ich hab den Teufel geküsst.*

Sie sah Contz hinter ihm stehen, völlig bewegungslos.

*Hätte er ihn nicht von mir wegreißen müssen, ihn beschimpfen oder gar schlagen?*

Sie war so wütend auf Contz, dass sie fast bereit gewesen wäre, das Spiel des Schwarzen mitzuspielen, nur um Contz zu kränken. Doch Julio schien der Meinung zu sein, er habe seinem Kameraden genug über den rechten Abschiedskuss beigebracht. Er zog Lene noch einmal an sich, dass sie seinen ganzen Leib spürte, von den Schultern bis zu den Schenkeln. Dann ließ er sie abrupt los, schüttelte den Kopf und lachte.

»Komm, Barbara«, sagte er, nahm die Schwachsinnige bei der Hand und verschwand mit ihr in der Menge.

Lene sah ihm sprachlos hinterdrein.

»Siehst du, was das für einer ist?«, zischte sie. »Und so einer nennt sich dein Freund!«

»Er hat es doch nicht bös gemeint!«, stammelte Contz.

Lene war so wütend, dass sie sich auf der Stelle umdrehte und davonlief.

Mochten die beiden doch glücklich werden miteinander.

# 15

»Ich mein, du wärst viel fröhlicher in der letzten Zeit«, hatte Clara neulich gesagt. »Wieder so wie früher.«

Lene reagierte stets unwirsch auf solche Äußerungen. Es fiel ihr schwer, Contz so zu vermissen, wie es sich gehörte. Dass jemand anders sie darauf hinweisen musste, machte es nicht leichter.

Aber Clara hatte recht. Alles war so viel einfacher jetzt. Hatten sie sich die Schlafkammer einst zu fünft teilen müssen, so hatte Lene sie nun für sich allein. Kaum dass sein Meister verschwunden war, hatte Moritz ihr stotternd gestanden, »der Löhr« sei bereit, ihn zu nehmen. Hier könne er seine Lehrzeit ja nun nicht mehr fortsetzen. Schon in der ersten Nacht, in der sie allein im Haus waren, packte Jobst sein Bettzeug und richtete sich in der Werkstatt einen Schlafplatz ein. Dort nächtigte er seither.

Morgens stand Lene so zeitig auf wie damals, als sie in dieses Haus gekommen war. Nun war sie es, die Jobst abends mahnen musste, die Arbeit aus der Hand zu legen.

Sie waren ein gutes Gespann.

*Jeder denkt, wir sind die Frau Meisterin und der Geselle*, dachte Lene mitunter. *Aber das stimmt nicht. Er ist der Meister, und ich bin der Lehrling.*

Für jede Woche nahm Lene sich etwas anderes vor, das sie bei Moritz abgeschaut hatte. Ihren Knieriemen fertigte sie heimlich, passend zu ihrer Körpergröße, indem sie den kürzte, den Moritz zurückgelassen hatte, und neu zusammennähte. Sein Schneidebrett benutzte sie zunächst für allerlei Hausarbeiten.

»Dafür ist es aber nicht gedacht«, meinte Jobst einmal mit leisem Tadel.

*Das weiß ich,* dachte Lene und lächelte in sich hinein. *Ich will nur, dass du dich an den Anblick gewöhnst.*

Zunächst tarnte sie ihr Interesse als kleine Handreichungen, mit denen sie ihn entlastete. Von Tag zu Tag wurden es mehr, bis er schließlich bemerkte: »Frau Meisterin, man könnt grad meinen, Ihr wollt mir den Moritz ersetzen. Das schickt sich aber nicht!«

Lene beteuerte, nein, das wolle sie ganz gewiss nicht. Aber solle sie denn müßig dabeisitzen, während er alle Arbeit tat? Einen neuen Lehrling konnten sie nicht nehmen, nun, da der Meister fort war, und einen weiteren Gesellen nicht bezahlen. Jobsts Widerstand erlahmte unter ihrer Hartnäckigkeit. Nur einmal noch bäumte er sich auf, als Lene das erste Paar Schuhe verkaufte, das sie ganz allein gefertigt hatte.

Nach außen vermochte sie ihren Anteil an der gemeinsamen Arbeit wohl zu verbergen. Kein Kunde erfuhr je, dass er in mehr bestand, als Wildschweinborsten am Nähgarn zu befestigen, um es leichter einfädeln zu können, auf die fertigen Schuhe Schwärze aufzutragen und sie mit Wachs einzureiben.

Ihre Idee, für jeden Fuß einen eigenen Leisten anzufertigen, hatte sie bei Jobst nur einmal vorgebracht. Er hörte ihr aufmerksam zu und meinte, er könne sich durchaus vorstellen, dass es möglich sei, auf diese Weise bequemere Schuhe herzustellen. Als es jedoch darum ging, dies tatsächlich auszuprobieren, zeigte er sich unnachgiebig. Lene begriff. Er war bereit, sie als Stellvertreterin Contzens zu akzeptieren. Aber er würde ihr nicht erlauben, etwas zu tun, das sein Meister ganz und gar missbilligt hätte. Auch von der »Verschandelei« hielt er nicht viel, wie er es nannte, wenn Lene Schuhe mit Veltens Lederstreifen beklebte.

Auch hierfür hatte sie einen Ausweg gefunden. Weiterhin bot sie auf dem Markt wie im Laden einfache schwarze Schuhe preis. Daneben präsentierte sie ein einzelnes Paar, das sie kunstvoll gestaltet hatte, mal mit den schon bewährten Schmuckbändern, mal mit ledernen Rosetten, mal mit lederbezogenen Schnallen versehen, welche die raffiniertesten Goldmuster aus Veltens Werkstatt trugen. Lene bot alles feil, was der Kunde brauchte, um seine Schuhe nach eigenem Geschmack zu verschönern.

Jobst schüttelte den Kopf darüber, ließ sie jedoch gewähren.

Später erschien es Lene wie ein Zeichen des Himmels, dass Jobst an diesem Vormittag nicht da war. Er machte die Runde bei der Kundschaft, fragte, ob jemand Schuhe zum Flicken hatte oder ein Paar neue brauchte. Hiervon war der Geselle erstaunlicherweise zu überzeugen gewesen. Contz hätte gewiss gefragt, ob man denn jetzt unter die Hausierer gegangen sei, schließlich sei man Stadtschuster, und was denn wohl der Vater dazu gesagt hätte.

Lene saß mit dem Rücken zur Tür, wie immer, wenn sie etwas tat, das über bloße Hilfsdienste hinausging. Als sie hörte, wie sich hinter ihr die Tür öffnete, zog sie rasch das Handleder ab und legte es auf den Tisch. Dann stand sie auf und drehte sich um.

Im Laden stand ein älteres Paar, das Lene noch nie gesehen hatte. Ihre Kleidung war dunkel und schlicht. Dennoch war Lene sich beinahe augenblicklich sicher, es müsse sich um hohe Herrschaften handeln. Im Gottesdienst wie auch bei manchen Festen hatte sie den Grafen und seine Familie gesehen. Edler waren auch sie nicht gekleidet gewesen. Sicher waren das adelige Gäste, die derzeit im Schloss wohnten.

*Allmächtiger, was tut man da? Hätt ich nur mal den Velten oder seinen Vater gefragt, wie die sich verhalten, wenn der Graf zu ihnen kommt!*

Lene versuchte es mit einem Knicks. Er fiel knapp aus. Schließlich sollte man nicht merken, dass sie nicht wusste, wie es ging. Am Ende wäre sie sonst noch umgeknickt dabei und aufs Hinterteil gefallen.

»Bist du das Weib vom Schuhmacher Schunk?«, fragte der Mann, während seine Frau sich neugierig umsah.

Lene nickte.

»Die Frau des gräflichen Secretarius besitzt ein paar Schuhe mit Schnallen aus goldverziertem Leder, die angeblich von ihm stammen sollen. Aber ich sehe hier nichts dergleichen.«

»Wir verkaufen gut gearbeitetes Schuhwerk, das jedermann nach eigenem Geschmack verzieren kann. Hier, seht!«

Lene stellte ein Paar Schuhe auf den Tisch, daneben den Korb, der mit allem gefüllt war, womit man sie schmücken konnte. Sie hielt die Schnallen daran und die Bänder, bevor sie stolz ihr neuestes Werk präsentierte.

»Seht hier, das sind Rosen aus Leder, und ein kleines Muster ist auch noch daraufgedruckt.«

Die Geschwindigkeit, mit der die Frau ihr die Blume vom Handteller riss, ließ Lene schmunzeln.

»Und wie soll das gehen?«, fragte die Frau mit großen Augen.

»Nun, das ist ganz einfach«, erklärte Lene. »Ihr sucht Euch aus, was immer Ihr wollt, und wir – ich mein, unser Geselle verziert Euch die Schuh, wie es Euch gefällt. Und schon am andern Tag könnt Ihr sie abholen kommen. – Oder jemanden schicken, es zu tun, damit Ihr Euch nicht selbst bemühen müsst.«

»Und die Schuhe dazu liefert ihr wohl gleich mit?«, fragte der Mann mit einem Lächeln.

»Ei gewiss, und Ihr werdet keine finden, die bequemer sind.«

»Das versprechen ja wohl alle, die den Crispin und den Crispinian verehren. Und doch ist's einem jedes Mal, als bekomme man Spanische Stiefel verpasst.«

*Ihr seht alle zwei nicht so aus, als ob ihr in eurem Leben schon mal weiter hättet laufen müssen als vom Esstisch bis zum Abtritt*, dachte Lene.

»In diesem Haus werden gewiss keine Heiligen angebetet«, sagte sie fest. »Und es ist, wie ich's sage. Bequemeres Schuhwerk werdet Ihr nirgendwo finden.«

Sie sandte ein kurzes Dankgebet zum Himmel, dass Jobst noch immer nicht zurück war. Dann lehnte sie sich ein wenig vor und dämpfte ihre Stimme, als verrate sie ein Geheimnis.

»Mein Gemahl hat herausgefunden, wie man den armen Füßen die Qual ersparen kann.«

»Und musste dafür gewiss dem Leibhaftigen seine Seele verkaufen?«, fragte der Mann spöttisch.

»Er hat nichts dazu gebraucht als seinen klugen Kopf, das kann ich Euch versichern.«

Während die Frau ihren Blick gelangweilt an die Decke schweifen ließ, hörte der Mann Lene aufmerksam zu. Sie legte ihm dar, wie behaglich seine Füße sich fühlen könnten, entspräche man ihrer unterschiedlichen Form, anstatt beide in Schuhe zu zwängen, die über den gleichen Leisten geschlagen waren.

»Habt ihr denn ein Paar dieser Wunderschuhe hier, damit ich sie mir ansehen könnte?«

Lene bemühte sich, entsetzt dreinzuschauen. »Ihr glaubt doch wohl nicht, dass sie wohlfeil für jedermann zu haben sind! Nein, die werden nur für ganz besondere Kundschaft gefertigt, für Herrschaften wie Euch!«

Ein Räuspern seiner Gemahlin ließ den Mann bedauernd die Schultern zucken.

»Wir sind in Eile. Meine Gemahlin muss noch dringend zum Hutmacher. Und den Zauberer will sie auch noch sehen.«

»Welchen Zauberer?«, fragte Lene.

»Weißt du das denn nicht? In dem kleinen Kerker am Obertor sitzt einer, nur ein paar Schritte von hier. Den kann man durch die Gitterstäbe beobachten. Und er erzählt jedem, der vorbeikommt, man habe ihn dort nur eingesperrt, weil er ein Pferd mit Kräutern geheilt hat. Dabei prahlt er damit, er halte den Teufel selbst daheim gefangen und habe ihn schon so gegeißelt, dass es dem den Hintern aufgerissen hat.«

»Ach so, der Thiel Bröll.«

Lene hatte schon von der neuen Sensation gehört, aber bisher weder Zeit noch Neigung gehabt, den Gefangenen zu besichtigen.

Der Herr versprach, in einigen Tagen wiederzukommen.

Bevor Lene auch nur den Mund aufmachen konnte, um zu antworten, war das Paar verschwunden. Sie ließ sich auf den nächsten Schemel fallen. Ihr Herz klopfte, ob vor Aufregung oder vor Enttäuschung, wusste sie nicht zu sagen.

Sie konnte es kaum erwarten, Jobst zu berichten, was sich zugetragen hatte. Natürlich verschwieg sie ihm, welche Art von Schuhen sie den Kunden versprochen hatte. Sie erzählte ihm lediglich, das Paar sei durch den guten Ruf, den ihre Schuhe genössen, auf die Werkstatt aufmerksam geworden.

»Was könnten wir für eine schöne Arbeit zusammen machen«, sagte er versonnen, als habe er ihr gar nicht richtig zugehört.

Das war das größte Lob, das Lene je von ihm bekommen hatte.

»Aber wir machen doch eine schöne Arbeit zusammen!«

»Ihr wisst schon, wie ich's mein. Ich wünsch mir ja auch, dass der Meister bald wiederkommt«, beteuerte er. »Aber bis dahin – man kann so wenig entscheiden. Und man weiß halt so gar nicht, wie lange das noch dauert.«

»Fällt dir denn was ein, was wir tun könnten – außer warten?«

Jobst brummelte etwas Unverständliches.

»Ja, was ist nun? Sag's doch! Weißt du was?«

Er sah sie an, und – wahrhaftig – er war rot geworden.

»Ihr könntet Euch ja scheiden lassen.«

Lene war so verblüfft, dass ihr keine Antwort einfiel. Sie war nicht einmal sicher, ob sie ihn richtig verstanden hatte. Dergleichen vorzuschlagen passte so gar nicht zu ihm.

Er schluckte und sah sie fest an. »Es gibt Sachen, wo man das kann. ›Bösliches Verlassen‹ ist so eine.«

»Und dann?«, fragte Lene atemlos.

»Und dann – Gewitter nochmal, ist das schwer –, dann könnten wir ja heiraten.«

Lene drehte sich um und verschränkte die Arme. Natürlich. Jobst musste schon länger daran gedacht haben. Wie viele Jahre war er nun als Geselle in diesem Haus? Zwei Jahre konnte eine Werkstatt in Abwesenheit des Meisters von seinem Weib weiterbetrieben werden, dann müsste sie es aufgeben. Was würde dann aus Jobst werden? Was würde aus ihr werden? Heiratete sie ihn, ging die Meisterwürde auf ihn über. So war es alter Brauch.

»Es müsst sich ja nichts ändern«, hörte sie Jobst hinter sich sagen. »Ihr schlaft oben und ich hier unten, und dabei belassen wir's. Es geht dabei nur ums Geschäft.«

Lene wandte sich um und sah den Gesellen an. Für ihn gab es kein größeres Glück als die Arbeit. Dafür war er bereit, zu opfern, was das Leben für andere wertvoll machte, Frau, Kinder, ein eigenes Heim. Es lag in ihrer Hand. An seinen Anblick hatte sie sich gewöhnt, nahm nur noch seine Stimmungen wahr, nicht mehr die schiefen Zähne, die großen Ohren und die starken Brauenknochen, die seine Augen verschatteten. Und doch war sie in diesem Moment beinahe sicher: Wäre er ansehnlicher und hätte sie sich vorstellen können, nicht nur die Arbeit, sondern auch das Bett mit ihm zu teilen – sie wäre bereit gewesen, über seinen Vorschlag nachzudenken.

Lene erschrak. *Was sind das nur für Gedanken!*

Contz hatte sein Versprechen nicht gehalten, das er ihr am Verlobungstag gegeben hatte, sie in Freud und Leid nicht zu verlassen. Ebensowenig wie jenes, das erst vor einem Jahr gegeben worden war. Kein einziges Mal hatte er ihr Geld geschickt. Sie versuchte sich einzureden, er fände dies wohl zu unsicher. Doch immer seltener gelang es ihr, sich vorzustellen, er stehe eines Tages vor der Tür und bringe einen Sack voll Gulden mit.

*Er hat mich im Stich gelassen*, dachte sie. *Aber das – das hat er nicht verdient.* Und außerdem – was nützte es, wenn sie tat, was das Gescheiteste war, wenn es ihr die Büdinger vielleicht nie verzeihen würden? Zwar erlaubte die reformierte Kirche die Scheidung. Aber wie viele Menschen kannte sie, die wahrhaftig von dieser Möglichkeit Gebrauch gemacht hatten? Keinen Einzigen.

»Ach Jobst«, seufzte sie. »Du hast ja recht. Das wär das Einfachste. Aber ich bring's nicht über mich.«

Am anderen Morgen war Lene sich beinahe sicher, der vornehme Herr habe sein Versprechen längst schon vergessen. Falls es je mehr als eine höfliche Floskel gewesen sein sollte.

Zwei Tage später jedoch stand er tatsächlich erneut im Laden, wiederum in Begleitung seiner Gemahlin, die Lene zu ihrem Erstaunen gestand, sie habe Tag und Nacht an nichts anderes denken können als an die ledernen Rosen. Sie müsse diese *unbedingt* ihr Eigen nennen und brauche dazu natürlich ein Paar passende – *»richtig passende, verstehst du?«* – Schuhe.

Wie durch ein Wunder war Jobst auch dieses Mal zu einer Besorgung unterwegs. Lene hatte befürchtet, die Herrschaften zeigten Neigung, den Meister oder doch zumindest seinen Gesellen persönlich kennenzulernen.

Sie waren jedoch in Gedanken noch bei einer Züchtigung, der sie gerade beigewohnt hatten, und von der sie sich deutlich angeregt zeigten. Thiel Bröll, der Zauberer, so erzählte der Herr, sei an den Pranger gestellt und mit Ruten gezüchtigt worden. Anschließend habe man ihn Urfehde schwören, ihn also versprechen lassen, keinerlei Rache für die erlittenen Strafen zu nehmen. Sodann habe man ihn des Landes verwiesen.

Dass nun die Frau Meisterin die Maße für die Schuhe abnahm, schien das Paar nicht zu verwundern. Lene versprach, die Schuhe – samt Rosenschmuck für die Dame, samt Schnallen mit Arabeskenmuster für den Herrn – seien in genau einer Woche abholbereit.

Kaum hatten die beiden den Laden verlassen, als Lene auch schon begann, sich die Worte zurechtzulegen, mit denen sie Jobsts Verärgerung über ihr eigenmächtiges Handeln entgegentreten konnte. Damit war sie noch immer beschäftigt, als er zurückkam. Seine Miene war weitaus düsterer, als sie sich dies gerade vorgestellt hatte.

Er kam nicht allein. Hinter ihm trat Johannes Spengler ein, der Hauswirt. Das Haus gehörte nicht etwa der Familie Schunk, wie Lene immer vermutet hatte. Dies hatte sie erst erfahren, als nach Contz' Weggang Johannes Spengler am darauffolgenden Ersten im Laden gestanden und die Miete verlangt hatte.

»Bisher hat sie mir der Meister Schunk immer gebracht«, hatte er in einem Ton gesagt, der sein Misstrauen verriet. »Nicht immer ganz pünktlich in letzter Zeit, aber – ich hab mein Geld gekriegt. Ich hab gehört, er soll fort sein?«

Kaum war der erste Schrecken überwunden, hatte Lene ihm zugesichert, er werde auch künftig jeden Monat zuverlässig die Miete erhalten. Oft war es ihr schwer geworden. Mitunter hatte sie ihn bitten müssen, sich ein paar Tage zu gedulden, oder hatte ihm ein Paar neue Schuhe für seine Frau, eins seiner zahlreichen Kinder oder für ihn selbst versprechen müssen. So lange wie in diesem Monat hatte er noch nie warten müssen. Seit Tagen lag Lene dies auf der Seele.

»Ich weiß, ich weiß, Herr Spengler«, begann sie, bevor er noch etwas sagen konnte. »Ihr müsst Euch keine Sorgen machen.«

Sie wandte sich an Jobst, der mit finsterer Miene hinter dem Hauswirt stand. Er glich einem königlichen Leibwächter, der nur auf einen Wink seiner Herrin wartet, um einen ungebetenen Bittsteller hinauszuwerfen.

»Jobst, stell dir vor, sie waren wieder da!«, sagte sie, und zu Johannes Spengler: »Adelige Herrschaften, Freunde des Grafen wohl, haben Schuhe bei uns bestellt! Zwei Paar gleich! – Ihr seht, Herr Spengler, Ihr kriegt Euer Geld ganz bestimmt!«

Johannes Spengler warf ihr einen Blick zu wie ein Arzt, der am Lager eines Schwerkranken steht.

»Ich glaub's Euch ja, ich glaub's Euch ja. Und ich seh ja auch, wie ihr euch müht, Ihr und der Jobst. Aber ich glaub halt nicht, dass ihr's packt.«

Vergeblich versuchte Lene, den Kloß in ihrer Kehle hinunterzuschlucken. »Ich bitt Euch, gebt uns ein bisschen Zeit. Bestimmt kommt der Contz bald wieder, oder er schickt Geld.«

Der Hauswirt seufzte. »Es weiß doch keiner, was aus dem

geworden ist, ob der nicht schon längst irgendwo seinen letzten Schnaufer getan hat. Und, seid ehrlich, eine große Hilf war der euch doch auch nicht, als er noch da war. Jeder weiß, dass der Jobst hier die Arbeit gemacht hat, während der Contz in der Wirtschaft gesessen und euer Geld versoffen hat.«

Lene wollte aufbegehren, zuckte dann jedoch lediglich mit den Achseln.

»Und Zeit hab ich Euch doch das ganze Jahr schon gegeben. Macht Euch nichts vor. Ihr wisst, wie schlecht die Ernte und die Weinlese im letzten Jahr ausgefallen sind. Selbst Euer Vater gibt zu, dass seinem Wein zum Essig nicht viel gefehlt hat und dass den nur einer kauft, dem er einen alten Käs dazu serviert.«

In der Tat hatte der Vater diesen Ausspruch getan. Und die Großmutter hatte hinzugefügt, »das Gesöff« ziehe einem wahrhaftig das Hemd in den Hintern.

»Die Leut haben kein Geld für Schuh in diesem Jahr. Da ändert ein Paar mehr für adelige Herrschaften auch nichts.«

»Zwei Paar«, sagte Lene.

»Oder zwei Paar. Herrgott noch mal, jetzt macht es mir doch nicht so schwer. Ich weiß doch selbst kaum noch, wie ich die Kinder satt kriegen soll.«

Das war wohl übertrieben. Doch den Flicken, den Lene auf seinem Wams entdeckte, hatte Johannes sich gewiss nicht eigens aufnähen lassen, um bei diesem Besuch besonders überzeugend zu wirken.

»Aber bis jetzt ist das Wetter gut in diesem Jahr«, konnte sie nur stammeln. »Der Vater meint, es könnt einen guten Wein geben. Dann haben die Leut auch wieder Geld für neue Schuh.«

»Ach, es ist ja nicht nur das. Überlegt doch, was um uns rum los ist. Von überallher in der Grafschaft kommen die

Leut und suchen Zuflucht in der Stadt. Da ist doch nichts mehr sicher, draußen in der Welt. Wir können noch froh sein, wenn's so bleibt, wie's ist. Überall verliern die Leut alles, was sie haben. Was hat mir gestern einer erzählt? Sechsmal so viel Säu wie jetzt hat man vor zwanzig Jahr noch zum Mästen in unsern Wald getrieben. Da könnt Ihr mal sehn.«

Tatsächlich waren Jahr für Jahr mehr Bauern aus den umliegenden Dörfern der Plünderungen von Seiten durchziehender Heere überdrüssig geworden, hatten ihre Höfe im Stich gelassen und sich in die Stadt geflüchtet. An der Innenseite der Stadtmauer hatte man Notställe errichten müssen, damit die Bauern ihr Vieh unterbringen konnten. Wohnraum war knapp geworden in Büdingen.

»Versucht doch, mich zu verstehn«, fuhr Johannes Spengler fort. »Hier wohnen zwei in einem Haus, das groß genug wär für eine ganze Familie. Und jeden Tag kommen Leut zu mir und bieten mir viel mehr als das, worauf ich bei Euch jeden Monat länger warten muss.«

»Und was heißt das?«, fragte Lene bang.

»Ich geb Euch noch Zeit bis zum nächsten Ersten. Ab dann ist das Haus neu vermietet. Wenn Euer Paar Hochwohlgeboren wiederkommt und Euch bezahlt, gebt Ihr mir die Miet für diesen Monat noch, und wenn nicht, dann verzicht ich halt drauf. Man ist ja kein Unmensch.«

Er drehte sich um und ging.

»Ich hab den Moritz getroffen gestern«, erzählte Jobst einige Wochen später. »Beim Löhr sieht es auch nicht besser aus als bei uns. Eher noch schlechter. Ihr wisst ja, wie viele von denen, die zu ihm gegangen warn, jetzt wieder bei uns sind.«

Lene nickte trübsinnig. Die Nachricht konnte sie nicht aufheitern. »Aber viele haben wir trotzdem an ihn verlorn.«

»Gar so viel sind es nicht. Ich hab nachgefragt, und manch

einer, der zu uns nicht mehr kommt, geht zum Löhr auch nicht. Es ist so, wie der Spenglers Hannes gesagt hat. Die Leute tragen ihre Schuh auch dann noch, wenn sie dringend geflickt gehörn. Und Geld für neue haben sie schon gar keins.«

*Und die, die das Geld hätten, kommen nicht,* fügte Lene im Stillen hinzu.

Seit fast zwei Wochen standen die Schuhe bereit, die sie für das vornehme Paar gefertigt hatte. Nach anfänglichem Schimpfen hatte Jobst sich sogar bereiterklärt, ihr bei der Anfertigung zu helfen. Ihr letztes Geld hatten sie aufwenden müssen, um beim Leistenschneider Leisten nach Lenes Vorstellungen anfertigen zu lassen. Für einen ersten Versuch waren die Schuhe mehr als passabel geworden, das musste sogar Jobst zugeben.

*Vielleicht haben sie gedacht, ich bring sie ihnen,* hatte Lene vor einigen Tagen gedacht. Sie hatte sich ein Herz gefasst und war zum Schloss gegangen. Velten hatte sich angeboten, sie zu begleiten, doch sie hatte sich lediglich von ihm erklären lassen, an wen sie sich dort zu wenden habe. Ein durchaus freundlicher Bediensteter konnte ihre Beschreibung sogar einem Paar zuordnen, dem Grafen von Hanau-Lichtenberg und seiner Gemahlin. Die Herrschaften waren tatsächlich, wie sie es vermutet hatte, Gäste des Grafen gewesen. Sie seien jedoch bereits vor einiger Zeit abgereist, beschied er sie.

»Das hätt den Kohl auch nicht fett gemacht«, hatte Jobst damals gemeint. Und er hatte recht.

»Ach, Jobst«, sagte Lene nun. »Es nützt ja alles nichts mehr.«

Er nickte. Hatte sie Widerspruch erwartet?

Gestern war der Hauswirt noch einmal da gewesen. Unmissverständlich hatte er erklärt, dass seine Geduld nun erschöpft sei. »Es tut mir ja leid für Euch«, hatte er gesagt. »Aber ich kann und will nicht noch mal nachgeben. Gutheit ist manchmal auch Dummheit.«

»Ich versteh schon«, sagte Jobst jetzt, mit hängendem Kopf. »Ihr wollt, dass ich mir was anderes such.«

Lene nickte bedrückt.

*Und ich muss mir auch was anderes suchen.*

»Und du willst sie mir wirklich geben?«, fragte Clara.

»Ich hätt sie dir schon längst geben sollen.«

Fünf Wochen war die kleine Juliane nun schon alt, aber erst jetzt übergab Lene ihrer Schwester die in Leinen gewickelten Hemdchen und Windeln.

»Willst du sie nicht noch behalten? Wart doch ab, bis der Contz wieder zurück ist. Vielleicht hat die Burckhardt sich ja getäuscht. Das ist schon öfter passiert, hab ich gehört. Vielleicht schenkt der Herrgott euch ja doch noch ein Kindchen.«

Lene schüttelte energisch den Kopf.

»Nun gut, wie du meinst. Wenn du sie mal brauchst – du weißt ja, wo sie sind. Ach, Lenchen, und du willst wirklich zurück zu den Eltern?«

»Was bleibt mir denn andres übrig? Selbst wenn der Contz in diesem Augenblick vor mir stünd – es würd ja nichts ändern. Es sei denn, er brächt einen Sack voll Geld mit.«

Clara antwortete nicht. Lene wusste, dass ihre Schwester an dieses Wunder noch weniger zu glauben vermochte als sie.

»Ach Lenchen, ich bitt dich: Willst du nicht zu uns kommen?«

Noch bevor Lene widersprechen konnte, fuhr Clara fort: »Die kommen doch auch so zurecht daheim. Drei Weibsleut, die zwei Mannsleut zu versorgen haben! Und dass der Konrad so schnell wiederkommt, das glaub ich nicht. Manchmal denk ich, der Heinrich wusst genau, warum er ihn zu seinem Bruder geschickt hat.«

Clara verzog den Mund zu einem schiefen Grinsen, das

Lene unwillkürlich erwiderte. Bei seinem letzten Besuch hatte ihr Bruder braungebrannt und kräftig ausgesehen, und mehr als einmal hatte er von einem hübschen fränkischen Winzerstöchterlein erzählt, dessen Vater sich grämte, dass er keinen männlichen Erben hatte.

»Aber ich, ich könnt dringend deine Hilf brauchen, mit dem Sebastian«, meinte Clara. »Ich sag dir, nichts als Unfug hat der im Kopf. Wenn du nicht aufpasst, ist der im Nu fort! Und ich hab doch genug mit der Juliane zu tun. Ach bitte, komm doch zu uns! Platz ist genug. Und ich hab den Velten und die andern Ecksteins auch schon gefragt, die mögen dich doch alle gern.«

Nein, dass ihre Schwester es ernst meinte damit, sie benötige dringend Hilfe, daran glaubte Lene nicht einen Augenblick lang. Schließlich stand Frau Eckstein Clara in allem zur Seite. Hätte Lene fürchten müssen, es sei lediglich Mitleid, das Clara zu ihrem Vorschlag bewog, so hätte sie ihn abgelehnt, ohne auch nur einen weiteren Gedanken daran zu verschwenden. Aber ihre Schwester stand vor ihr mit den großen Augen eines Kindes, das seinen Herzenswunsch geäußert hat.

Lene musste zugeben, es graute ihr davor, ins Elternhaus zurückkehren zu müssen. Es war das Eingeständnis einer Niederlage. Zu Clara zu gehen war etwas anderes. Das war kein Schritt zurück. Sie brauchte sich nur vorzustellen, wie der kleine Sebastian jedes Mal, wenn sie kam, nicht mehr zu bändigen war. Selbst als er noch nicht allein Treppen steigen konnte, war er auf seinem Hinterteil die Stufen heruntergerutscht, sobald er ihre Stimme unten in der Werkstatt hörte.

»Bitte!«, wiederholte Clara noch einmal.

»Mir ist's nicht wohl, dass ich auf die Mildtätigkeit der Ecksteins angewiesen bin …«, begann Lene.

»Das ist doch keine Mildtätigkeit!«, unterbrach Clara sie.

»Du gehörst doch zu mir! Und du wirst sehen: Dein Brot wirst du hart genug verdienen müssen. Wart, bis du deinen kleinen Engel vom Sonnenaufgang bis in die Nacht ertragen musst!«

»Nun gut«, meinte Lene schließlich. »Vielleicht für ein paar Wochen. Aber dann geh ich zurück in die Schlossgass.«

War sie überhaupt schon einmal hier oben gewesen? Lene konnte sich nicht erinnern. Der Weinberg ihres Vaters lag in der Mitte des Hangs. Sie konnte ihn sehen von hier aus, weit unter sich. Nie zuvor hatte es einen Grund gegeben, den Berg ganz hinaufzusteigen, auf gewundenen Wegen, gesäumt von Büschen, die die Weinberge voneinander abgrenzten.

Es war helllichter Tag, sonst hätte Lene sich nicht hierhergewagt. Kein Mensch ging freiwillig in den Wald. Der Wald war unheimlich, ungeordnet wie alles, was der Mensch nicht gezähmt hatte. Beruhigend gerade verliefen die Reihen der Rebstöcke unter ihr. Hinter ihr dagegen verflocht sich ein Verhau ungezähmten Gestrüpps von Holz, Dornenranken und niedrigen Bäumen. Wie hoch sie wohl werden konnten, wenn man ihnen gestattete, zu wachsen, wie sie wollten? Aber Holz war knapp. Für die Eisen- und Kupferschmelze wurde es benötigt, für die Glashütte und die zahlreichen Töpfereien.

Nur Förster, Holzfäller und Köhler wagten sich in den Wald, und die Hirten, die die Mastschweine hineintrieben. Wilde Pferde hätte es hier früher gegeben, erzählte die Großmutter. Lene ging einige Schritte weiter, schaute immer wieder zurück, als sei der Wald verwunschen und könne ihre Welt verschwinden, sobald sie ihn betrat. Aber nein, da unten, zwischen den Zweigen, schimmerte bläulich glänzend die Spitze des Schlossturms.

*Ich muss ja nicht weiter hinein*, dachte Lene. *Außerdem bin ich allein nach Hanau gelaufen. Da ist das hier nichts dagegen. Und auf dem Wildenstein bin ich herumgeklettert, als ich noch ganz klein war, da war es viel unheimlicher. Aber da war der Lenhard dabei. Wenn der dabei war, hab ich vor nichts Angst gehabt.*

Lene blieb stehen, den Käfig in der Hand. Meist fürchtete sie die Erinnerung. Aber heute war der Tag der Abschiede. Da passte es gerade, auch an Lenhard zu denken. *Vielleicht bin ich erst jetzt stark genug dafür. Vielleicht hab ich es bisher nicht gekonnt.*

Von Jobst hatte sie sich vorhin verabschiedet. Er hatte ihr nicht sagen können, wohin er gehen wollte, und sie glaubte ihm, dass er es wahrhaftig nicht wusste.

»Zum Löhr geh ich nicht«, hatte er nur gesagt.

Sie hatte ihn gefragt, ob er ihr Nachricht geben könne, wenn er einen neuen Meister gefunden habe. »Vielleicht willst du ja wieder zu uns zurückkommen, wenn der Contz wieder da ist.«

Er hatte sie mit hochgezogenen Augenbrauen angesehen und nichts gesagt. Sie hatte auch so verstanden. Zuerst war er dageblieben, weil er alles lernen wollte, was Meister Schunk ihm beibringen konnte, dann aus Gewohnheit, später, als Contz fortgegangen war, auch ein wenig ihr zu Gefallen. Aber es gab keinen Grund, warum er je wieder zurückkehren sollte.

Nun gab es nur noch eins zu tun.

Lene schaute sich um. Ja, der Baum dort, der war gut. Der hatte einen dicken Ast, nicht höher, als sie reichen konnte, und kurz über der Stelle, wo er dem Stamm entspross, befand sich ein großes Astloch. Lene fasste hinein. Nein, kein Tier, kein Gelege, nichts. Aus ihrem Beutel holte sie eine Handvoll Hirse hervor und legte sie in das Loch. Dann stellte sie den Käfig auf den Ast, hielt ihn mit einer Hand fest und öffnete mit der anderen vorsichtig die Tür.

»Komm, komm«, versuchte sie den Vogel zu locken.

»Zidii!«, machte er aufgeregt.

»Nun komm schon. Oder ist's dir hier draußen bang? Bist es ja noch weniger gewöhnt wie ich. Wer weiß, was ich dir antu, wenn ich dich hierlass. Kannst du überhaupt noch fliegen? Oder hast du's längst verlernt?«

Er drehte seinen feuerroten Kopf nach ihr, als könne sie ihm raten, was er jetzt tun solle.

»Nein, ich kann dir nicht zeigen, wie das geht, ich kann nicht fliegen. Ich weiß doch selbst kaum, wie es weitergeht.«

Der Vogel rührte sich nicht.

»Der Jobst hat ja gemeint, ich soll dich Nachbars Katz geben. Nein, hab keine Angst. Weißt du was? Ich häng deinen Käfig hierher. Und tu dir noch ein paar Körner rein. Und du gehst raus und rein, wie es dir behagt.«

Lene wandte sich zum Gehen.

»Aber lass dich nicht fressen, hörst du!«, rief sie noch einmal zurück.

Nein, sie wusste nicht, ob es richtig war, was sie tat. Aber wann wusste man das schon?

Die Betten waren rasch abgeschlagen gewesen. Ebenso wie die Truhen mit Contz' wenigen Habseligkeiten, das Küchengeschirr des Schunkschen Haushaltes und der Großteil der Werkzeuge waren sie im Keller der Kalkhofs untergebracht worden. Von den Werkzeugen, die sie selbst benutzt hatte, mochte Lene sich nicht trennen.

Vielleicht mussten bei Ecksteins ja mal Schuhe geflickt werden. Sollten sie etwa zum Löhr gehen müssen? Das Werkzeug dann aus dem elterlichen Keller zu holen, hätte unweigerlich Fragen der Mutter nach sich gezogen. Ecksteins hatte sie nur gesagt, sie habe hier noch ein wenig »Zeug«, das ihr gehöre, und ob sie es irgendwo unterstellen dürfe?

Frau Eckstein hatte sich eben angeboten, ihr dabei behilflich zu sein, als Sebastian im angrenzenden Raum ein entsetzliches Gebrüll anstimmte.

Clara, die gerade Juliane stillte, sah ihrer davoneilenden Schwiegermutter hinterher und meinte gleichmütig: »Kannst du grad allein gehn? Du weißt ja, wo der Keller ist. Platz ist da noch genug.«

Lene nahm den Korb mit dem in alte Lappen eingewickelten Werkzeug. Während sie hinabstieg, begleiteten sie leiser werdende Schluchzer und Trostworte aus dem oberen Stock.

Die Kellertür war unverschlossen. Lene überlegte, ob sie ein Teerholz entzünden solle. Das könnte sie im Mund halten, und hätte die Hände frei. Nein, das Licht, das durch das kleine Kellerfenster hereinfiel, würde gewiss ausreichen. Vorsichtig stieg sie die steilen Stufen hinab. *Hoffentlich läuft mir der Sebastian nicht hinterher*, dachte sie. *Da muss ich aufpassen.*

Es roch feucht und ein wenig muffig. Lene blickte sich suchend um. Auf einem Regal in der Ecke war noch genug Platz. Sie stellte sich auf die Zehenspitzen und hob ihren Korb auf das oberste Brett.

Gerade wollte sie sich wieder umdrehen, als zwei Arme sich um ihre Taille legten und eine Wange sich an ihre schmiegte.

Sie hatte ihn nicht kommen hören.

»Was tust du denn da?«, raunte er in ihr Ohr. »Ich hab dich vorbeigehn sehen. Ich kann dich doch nicht allein in den Keller lassen!«

Er hielt sie fest, so dass sie mit dem Rücken an seiner Brust lag. Dann neigte er seinen Kopf und berührte mit den Lippen ihre Halsgrube. Lene wagte kaum zu atmen.

*Ich muss es ihm sagen.*

Mit beiden Händen umfasste er ihre Brüste. Lene schloss die Augen. An ihrem Hals spürte sie seinen warmen Atem.

*Er weiß nicht, dass er sich irrt. Aber dieses Mal wird er es erfahren. Ich werd blamiert sein bis aufs Blut. Und Clara wird es erfahren.*

Sie rührte sich nicht, wünschte sich, die Zeit anhalten zu können. Mit jedem Atemzug, den sie tat, kam sie der Schande näher. Was würde er dazu sagen, dass sie sich von ihm in dieser Weise hatte berühren lassen, ohne sich zu erkennen zu geben?

Sie spürte seine Lust. Ein unbekanntes Feuer erwachte in ihr. Es breitete sich aus, rief alle Kraft aus ihrem Körper zu sich, dass ihr schwach in den Knien wurde.

*So ist das also. So soll es sein zwischen Mann und Weib.* Beinahe hätte sie aufgekeucht, als sie dies begriff. *Da hab ich schon geboren, und wusst doch nicht, wie es ist.*

*Nur ein Kuss*, flehte es in ihr. Und dann lauf ich davon, nach oben, und er wird nie erfahren, dass ich es gewesen bin.

»Ach Clara«, flüsterte er. »Es ist so lang her. Was sagt denn die Burckhardt? Wie lang müssen wir noch warten? Ich würd dich am liebsten jetzt sofort …«

»Velten, um Himmels willen!« Lene drehte sich um und gab ihm einen Stoß vor die Brust. »Ich bin's doch, die Lene! Hat der Vater damals nicht gemeint, er gibt seine Tochter nur einem, der seine Mädchen auseinanderhalten kann? Du hast mir ja einen schönen Schrecken eingejagt! Steckensteif bin ich hier gestanden und vor Angst fast gestorben, weil ich gedacht hab, das ist wieder einer von den Kaiserlichen! Wenn ich gewusst hätt, dass du es bist, hätt ich dir doch gleich eine Maulschelle gegeben, dass du wieder gewusst hättst, wo du hingehörst!«

Er ließ ein kleines, verblüfftes Lachen hören. »Ja, da werd ich aber genauer hingucken müssen, wenn du jetzt bei uns bist. Ich hätt schwören können, du bist meine Clara!«

»Tss!«, machte Lene. »Also wirklich! – Ich bitt dich nur um eins: Sag's ihr nicht. Ich möcht nicht, dass sie sich kränkt. Wegen nichts und wieder nichts.«

# 16

»Eh ich die päpstlich Lig' erkenn
Und sie mein eigen Herren nenn,
Viel lieber in das Feuer renn.«

Velten hob den Kopf und ließ die Zeitung sinken, aus der er gerade vorgelesen hatte. »So hieß es bei den Magdeburgern. Und genau das haben sie dann auch getan.«

»Wie meinst du das?«, fragte Clara.

»Gib mir das Julchen«, flüsterte Lene ihr zu. Vorsichtig ließ sie ihren Neffen los und streckte die Arme aus.

Frau Eckstein, die sich den Platz im hellsten Schein der Öllampe mit Velten teilte, sah von ihrer Näharbeit auf und lächelte. Der kleine Sebastian lehnte sich so schwer an Lenes Seite, dass er gewiss schon eingeschlafen sein musste. Aber auch die kleine Juliane hatte bereits die Augen zu. Lene sah doch, wie unbequem es ihrer Schwester sein musste, mit ihrer Tochter auf dem Schoß und einem weiteren Kind im Leib.

»Sie vergleichen Magdeburg mit der Römerin Lucretia«, erläuterte Velten, »die lieber in den Tod gehen wollte, als mit der Schändung zu leben. Martin Luther hat in Magdeburg gepredigt, und man hat dort die erste protestantische Kirchengeschichte aufgeschrieben. Fast ein Jahrhundert hat die Stadt sich den Papisten widersetzt.«

Er ließ die Zeitung sinken. »Ein halbes Jahr hat die kaiserliche Armee sie belagert, kroatische Söldner, spanische, italienische, französische. Die Magdeburger fühlten sich dennoch sicher hinter ihren mächtigen Mauern, mit den starken Geschützen und der tapferen Bürgerwehr.«

*Der Velten könnt selbst Bücher schreiben, so, wie der erzählen kann,* dachte Lene. Bilder erstanden vor ihr, von den wuchtigen Sandsteinmauern, die Büdingen umgaben, den vielen runden Türmen und dem schweren schwarzen Kreuztor mit dem roten Fallgitter. Waren sie stark genug, um standzuhalten, wenn der Feind auch hierherkam?

»Und sie haben auf den schwedischen König vertraut, der mit seinen Truppen bereits auf dem Weg war. Aber es war zu spät.« Veltens Stimme klang bitter. »Um sieben Uhr in der Früh blies man zum Angriff und stürmte Magdeburg. Es wurde gemordet, geplündert und geschändet, wie man es nie zuvor erlebt hat. Seine eigenen Offiziere flehten Tilly an, dem ein Ende zu machen. Aber er soll gesagt haben …« Velten nahm die Zeitung wieder hoch. »Hier, da steht es: ›Der Soldat muss etwas haben für seine Gefahr und Mühsal.‹«

Sein Vater schüttelte nur den Kopf.

»Aber wie kann das sein?«, fragte Clara fassungslos. »Das waren doch auch einmal ganz normale Leut, die in Frieden mit ihren Nachbarn gelebt haben. Wie wird denn einer zu so einem Tier?«

»Wie hat ein kluger Mann schon vor vielen Jahren gesagt?«, erwiderte Velten. »›Ein jeder Oberst, Rittmeister oder Hauptmann weiß wohl, dass ihm keine Doktoren, Magister oder sonst gottesfürchtige Leute zulaufen, sondern ein Haufen böser Buben aus allerlei Nationen.‹ Zu den Soldaten geht oft der, der mit dem Leben nicht zurechtkommt, der von daheim weg will oder eine Kerkerhaft fürchtet.«

Er sah Lene entschuldigend an.

»Und außerdem gibt es das Kriegsrecht«, fuhr er fort. »Wird eine Stadt im Sturm genommen, darf drei Tage lang geplündert werden. Aber sie haben keine drei Tage gebraucht. Mittags schon kehrten sie in ihr Lager zurück, mit Säcken voller Kriegsbeute, und sahen zu, wie die Stadt niederbrannte. Am nächsten Tag gingen sie wieder hin und machten Jagd auf die, die überlebt hatten. Man hat kleine Kinder …« Er unterbrach sich. »Nein, das müsst ihr nicht wissen. Alpträume warten nur darauf, dass man ihnen dies Futter vorwirft.«

Lene schauderte. Rasch senkte sie den Kopf, um Juliane einen Kuss aufs Haar zu drücken, und warf einen Blick auf Sebastian, der sich an sie schmiegte, den Mund feucht und im Schlaf geöffnet.

Durfte man Kinder, die einem nicht gehörten, so liebhaben? Vor kurzem hatte sie ihrer Schwester diese Frage gestellt.

*Es ist gut, wenn ein Kind zwei Mütter hat,* hatte Clara energisch geantwortet. Dann hatte sie auf ihren hohen Leib gedeutet und gemeint: *Wie leicht geschieht es uns Weibern, dass wir das Geschäft nicht überleben, das uns der Allmächtige aufgegeben hat zu führn. Fast hätt es mich meine Schwester gekostet. Nein, drum: Der Herrgott hat dem Velten und mir die Kinder geschenkt. Aber gehörn tun sie dir wie mir. Versprich mir das!*

Lene hatte es versprochen. Seitdem war ihr nicht mehr ganz so weh ums Herz, wenn sie kleine Kinder auf der Straße spielen sah oder Frauen begegnete, die gesegneten Leibes waren.

»Kann uns das hier auch passiern, was den Magdeburgern passiert ist?«, fragte Clara nun.

»Du weißt ja selbst, was man alles getan hat, um die Stadt zu schützen«, erwiderte Velten.

Neue Straßensperren, Schläge, hatte man in Büdingen errichtet, die Tore verstärkt, große Mengen Pulver und Pechkringel gekauft. In jedem Haus mussten Heu und Stroh von den Dachböden entfernt werden, für den Fall, dass der Feind die Stadt mit Brandgranaten beschoss.

»Aber natürlich ist manch einem trotzdem bang.« Ein flüchtiges Lächeln erschien auf Veltens Gesicht. »Es geht das Gerücht, die Ritterkette sei verschwunden. Einer von den Schützen soll sie in seinem Weinberg vergraben haben, damit der Feind sie nicht kriegt, falls er hierherkommen sollt. Der Mann soll sie wieder ausgraben, hat der Amtmann befohlen. Aber angeblich findet er sie nicht mehr. Jetzt muss er zehn Reichstaler zahlen, wenn sie in vier Wochen nicht wieder da ist.«

Lene ahnte, dass Velten diese Geschichte wohl deshalb erzählte, um seinem Weib die Angst zu nehmen. Immer wieder beobachtete sie dies an ihm. Er verschwieg ihnen nichts von dem, was draußen in der Welt geschah, und vermochte es dennoch, dass sie sich sicher fühlten. Mochte auch die Welt zum Tollhaus geworden sein, mochten Grausamkeit und Selbstsucht herrschen, Kälte und Dunkelheit – in diesem Haus gab es Wärme, Lachen, Licht und Freundlichkeit. Und Klugheit, die wie ein Bollwerk stand gegen die Dummheit der Menschen.

Am schönsten waren die Abende. Die ganze Familie saß in der Stube beisammen und hörte zu, wenn Velten oder sein Vater vorlasen. Nur einmal hatte Velten Lene gefragt, ob sie nicht an seiner statt etwas vorlesen wolle. Sie hatte rasch gesagt, sie könne das nicht so gut.

Er hatte die Augenbrauen hochgezogen, und Lene war rot geworden. Natürlich wusste er, dass sie lesen konnte. Schließlich sorgte die reformierte Kirche ebenso wie die lutherische dafür, dass auch die Mädchen zur Schule gingen. Sie hatte ja auch nur gemeint, dass er viel *schöner* lesen könne als sie. Aber eigentlich gab es einen ganz anderen Grund, warum es ihr lieber war, wenn er vorlas.

Dies war die einzige Gelegenheit, bei der sie ihn ungestört betrachten konnte. Wenn er vor ihr stand, vermied sie es stets, ihm in die Augen zu blicken, und schaute stattdessen auf seine Nasenspitze. Dabei tat es beinahe weh, zu sehen, wie das Haar ihm ins Gesicht fiel, und sich vorzustellen, sie dürfe es beiseitestreichen. Oder zu beobachten, wie sein Mund sich bewegte, wenn er vorlas, der Mund, der sie einmal geküsst hatte. Lene nahm den Schmerz mit in ihre Kammer, mit in ihre Träume. In die, die während des Schlafes kamen, und, schlimmer, in die, derer sie sich vor dem Einschlafen nicht erwehren konnte.

Drei Kammern gab es im zweiten Geschoss des Hauses. In der mittleren schlief Lene mit den Kindern. Zu ihrer Linken nächtigten die Eltern Eckstein.

Manchmal war sie erleichtert, dass Claras Niederkunft nicht mehr fern war. Seit sie in diesem Haus lebte, seit nunmehr zwei Jahren, war sie sich mitunter vorgekommen wie der alte Schunk. Wann immer sie mit Contz als Mann und Weib zusammengekommen war, konnte sie nicht vergessen, dass sein Vater danebenlag und lauschte. Die Geräusche mitanzuhören, die nachts aus der Kammer zur Rechten drangen, waren der Preis, den sie zu zahlen hatte dafür, dass man sie in diesem Haus aufgenommen hatte. Sie hätte hier glücklich sein können. Wären eben nicht die nächtlichen Geräusche gewesen. Häufiger als zweimal in der Woche, wie Martin Luther es empfohlen hatte, waren sie zu hören.

Die Kinder hatten einen guten Schlaf. Nur einmal hatte Sebastian sie erschrocken gefragt: »Was machen die denn?«

»Der Vater und die Mutter machen nur Spaß«, hatte sie erwidert.

Daran gewöhnen würde sie sich nie. Mitunter gelang es ihr wenigstens, sich zu ärgern, wenn sie Claras Stöhnen und ihre

Schreie hörte. Schlimmer war es, wenn sich die Bilder nicht fortschicken ließen, die ihr dann erschienen, wie damals, als sie mit Contz im Hof gestanden hatte, in der Nacht, bevor sein Vater starb. Oder gar Bilder, in denen sie sich selbst sah, mit Velten im Keller, und in denen sie fortführte, was damals unterbrochen worden war.

Wäre es nicht doch besser, zu den Eltern zu ziehen? Schließlich hatte ihr Aufenthalt hier nur einige Wochen dauern sollen. Gerade als sie zum ersten Mal fest beschlossen hatte, das ecksteinsche Haus zu verlassen, stürzte Claras Schwiegermutter auf der Treppe und brach sich den Arm.

»Du kannst uns doch jetzt nicht im Stich lassen mit der ganzen Arbeit«, hatte Clara damals gemeint. Das war zum geflügelten Wort geworden. Wann immer Lene auch nur andeutete, es werde nun allmählich Zeit für den Auszug, wiederholte Clara es und grinste dabei.

Aber nicht nur ihr schien es ernst damit, dass man Lene nicht aus Mitleid hierbehielt. Als Lene wieder einmal einen halbherzigen Fluchtversuch unternommen hatte, war Velten am Tag darauf zu ihr gekommen.

»Was soll das denn immerzu, dass du fortwillst von uns?«, bemerkte er. »Ich kann wohl verstehen, wenn es dir zu viel wird mit der Arbeit. Weiß Gott, du sparst uns eine Magd, so tüchtig wie du bist. Wenn das der Grund ist, dann geh. Dann würd ich sogar wollen, dass du gehst, denn ausnutzen soll dich hier keiner, nicht mal im Namen der schwesterlichen Liebe. Aber wenn da auch nur ein Restchen ist von dem dummen Glauben, du wärst uns eine Last – dann schlag dir das ganz schnell aus dem Kopf. Du gehörst doch zu uns.«

Und so war Lene geblieben.

Oben abschneiden. Unten abschneiden. Dann die Rübe in die Hand nehmen, und sie mit dem Messer abschaben, gerade so, dass sie glatt wurde, dass die Härchen und die kleinen Unebenheiten verschwanden. Winzige Tropfen des Saftes landeten dabei auf Lenes Haut, ließen sie leuchten, als sei sie unter einem goldenen Regen umhergelaufen. Nun noch die Rübe in gleichmäßige Scheibchen schneiden, sie mit beiden Händen aufnehmen und in die Schüssel legen. Und dann die nächste. Der Stapel wurde kleiner, und der Berg in der Schüssel wuchs. Die Gedanken spielten zahm bei derlei Arbeiten, wie Kinder in einem Hof, entfernten sich nicht allzu weit und begaben sich nicht in Gefahr.

Clara war nur kurz unten in der Werkstatt gewesen. Nun kam sie lachend wieder die Treppe hoch.

»Geh mal runter, Lenchen«, rief sie schon von der Treppe aus. »Da ist jemand, der zu dir will.«

Lene runzelte die Stirn. Wenn tatsächlich jemand zu Besuch kam – warum hatte Clara ihn nicht gleich heraufgeführt?

»Wer ist es denn?«, fragte sie halblaut und wischte sich die Hände an der Schürze ab.

»Ich kenn sie nicht. Ich weiß nur, dass sie zu dir wollen und nicht zu mir. Nein, eigentlich wollten sie zum Velten. – Ach, das ist schwer zu erklären. Sieh selbst.«

Schon machte Lene sich auf den Weg nach unten.

»Ich komm mit, sonst glauben die das doch nicht«, sagte Clara.

»Ach, da ist sie ja!«, rief Velten Lene schon entgegen. Bei ihm, dort, wo Bücher und Zeitungen angeboten wurden und was es sonst zu verkaufen gab, Hefte, kleine Lederwaren und dergleichen, standen ein Mann und eine Frau, mit den geraden Rücken zu ihr. Sie blätterten in einem Buch, das sie zuklappten und zurückstellten, als sie Lene kommen hörten.

»Ihr seht, das Weib des Schusters ist nicht das Weib des Buchbinders geworden«, sagte Velten.

Lene blieb am Fuß der Treppe stehen. Clara, einige Stufen über ihr, lehnte sich auf ihre Schultern, so dass ihre Köpfe dicht nebeneinander waren.

»Sie haben nämlich geglaubt, ich wär zuerst das Weib vom Contz gewesen und hätt jetzt den Velten geheiratet«, flüsterte Clara ihr zu.

Lene erkannte das Paar sofort.

»Das ist wohl eine glückliche Fügung, möcht ich meinen!«, rief der Mann aus. »Gerade wollten wir uns auf den Weg zu eurer Werkstatt begeben, um zu fragen, ob ihr vielleicht die Schuhe noch habt, die wir bei euch einmal in Auftrag gegeben hatten?«

*Das glaubst du doch wohl selber nicht. Ihr habt die Schuh vergessen. Und überhaupt – was denkst du denn? Nach zwei Jahren!*

»Ich hab die Schuh noch«, erwiderte Lene zurückhaltend.

»Leider konnten wir damals nicht kommen, sie abzuholen. Die werte Frau Mutter meiner Gemahlin war plötzlich erkrankt, so dass wir die Stadt eilends verlassen mussten.«

»Ich hol sie«, erwiderte Lene knapp und stürmte aus dem Laden.

Hinter sich hörte sie noch, wie Velten das Paar um einen Augenblick Geduld bat und ihnen anbot, sich so lange unter seinen Büchern umzusehen.

Lene hätte sich nicht gewundert, wenn die Herrschaften bei ihrer Rückkehr bereits wieder fort gewesen wären. Schließlich war die Frau schon bei ihrem Besuch in der schunkschen Werkstatt recht ungeduldig gewesen.

Dabei hatte Lene sich extra beeilt. Fast ohne Gruß war sie an Mutter und Großmutter vorbei in den Keller gestürmt. Im Hausgang hatte sie dann die Schuhe aus ihrer schützenden Stoffhülle genommen, um sie im Licht auf mögliche

Schäden zu untersuchen. Gott sei Dank war nicht einmal ein Stäubchen auf ihnen. In jeder Hand ein Paar, lief sie zurück in die Altstadtgasse.

Die Herrschaften hatten tatsächlich gewartet. Leicht atemlos stellte Lene die Schuhe auf den Verkaufstisch.

»Sehr schön!«, lobte der Graf von Hanau-Lichtenberg, nachdem er sie von allen Seiten betrachtet hatte. Seine Gemahlin blieb stumm, doch schien auch sie zufrieden mit Lenes Werk zu sein.

»Darf ich mal sehen?«, fragte Velten. »Oh, ihr habt zwei verschiedene Leisten verwendet. So was hab ich noch nie gesehen. – Oder? Moment, ich muss mal etwas nachschauen.«

Er ging zum Bücherregal, nahm nach kurzem Suchen eines der ledergebundenen Bücher heraus und blätterte darin.

»Hier, ich hab's doch gewusst!«

Er hielt Lene das Buch aufgeschlagen hin. Die Abbildung einer Vase war zu sehen, darauf Männer, die lediglich ein Tuch umgebunden hatten. Oder gar nichts trugen.

»Was meinst du denn?«

»Nicht *da* musst du hingucken, Lene«, grinste Velten. »Da gibt's wahrhaftig nicht viel zu sehen. Im alten Griechenland hatten die Frauen bestimmt keine große Freude an ihren Männern. Nein, die Schuh sollst du dir angucken. Die Sohlen mein ich, vielmehr. Siehst du's?«

Tatsächlich. Die Sohlen hatten eine ähnliche Form wie die der Schuhe, die Lene angefertigt hatte.

»So ist also gar nicht dein Mann der Erfinder dieses speziellen Schuhwerks!«, meinte der Graf gutmütig.

»Es ist wohl wie bei so vielem heutzutage«, erwiderte Velten. »Die Menschheit wird dümmer, nicht klüger. Und manches, das wir einmal wussten, ging verloren.«

»Es sei denn, ein kluger Kopf gräbt es wieder aus!«, sagte Clara munter.

»Gut, dass wir so kluge Köpfe wie deinen Mann haben«, gab der Graf zurück.

Lene sah Clara und Velten einen amüsierten Blick miteinander tauschen.

»Nun, aber ich will das Werk nicht loben, bevor es sich noch nicht bewährt hat«, sagte der Herr.

Velten verstand den Wink und brachte seinen Schemel aus der Werkstatt. Nacheinander nahmen zuerst die Frau Gräfin, dann ihr hochverehrter Herr Gemahl darauf Platz. Mit klopfendem Herzen zog Lene ihnen die Schuhe von den Füßen und die über, die sie einst mit Jobsts Hilfe gefertigt hatte. Das begeisterte Lob, das sie nun zu hören bekam, bedeutete ihr umso mehr, als es in Veltens Gegenwart ausgesprochen wurde.

Sie hatte erwartet, die Schuhe würden nun bezahlt und mitgenommen. Der Graf schien es jedoch selbstverständlich zu finden, man werde ihm die Schuhe ins Schloss bringen und dort die Bezahlung erhalten. Velten nickte Lene beruhigend zu. Offenbar war das so üblich. Er musste es ja wissen.

Dann war das Paar wieder verschwunden.

Lene blieb mit gemischten Gefühlen zurück. Nein, auch wenn die beiden schon vor zwei Jahren gekommen wären – gerettet hätte das Contz' Werkstatt nicht.

*Da hätten sie schon noch früher kommen müssen. Und es hätt sich rumsprechen müssen, dass es solche Schuh nur bei uns gibt. Und der Contz hätt nicht so stur und engstirnig sein dürfen. Dann hätten wir vielleicht Erfolg gehabt.*

Aber was nützte all das. Solche Gedanken waren müßig.

Velten hatte keinen Stand aufgebaut.

Andere dagegen sahen nicht ein, auf ihr Geschäft zu verzichten. Und so wurde beinahe alles angeboten, was es sonst an Markttagen zu kaufen gab, sogar Töpfe und Besen.

Das Raunen der Menge schwoll an und verkündete den Beginn des Spektakels. Es begann das übliche Gedrängel und Geschiebe, als diejenigen, die feststellten, dass sie einen ungünstigen Platz erwischt hatten, versuchten, sich einen besseren zu sichern.

Gebete und Gesänge aller fünf Pfarrer der Grafschaft begleiteten die Gruppe, die jetzt eintraf. Lene erkannte den Amtmann und den Bürgermeister, mehrere würdige, schwarzgekleidete Herren und den Scharfrichter in seinem roten Mantel. Zwei Stadtknechte führten einen Mann zwischen sich, der bleich und krank aussah, ansonsten jedoch enttäuschend unauffällig. Thiel Bröll war wieder zurückgekehrt, obwohl man ihn aus der Stadt gejagt hatte. Prompt hatte man ihn wieder eingesperrt.

»Das also ist der große Zauberer«, sagte Claras Schwiegervater halblaut.

Lene begriff, dass sein Spott sich auf die bezog, die Bröll verurteilt hatten.

»Nichts als ein Bauer ist er, der weiß, für welche Krankheit der Herrgott welches Kraut hat wachsen lassen«, meinte Velten denn auch. »Da mag er noch so wundersame Geschichten erzählen, dass man ihn in Frau Holles Zauberberg gebracht hat und was sonst noch alles. Wahrscheinlich hat er nur zu viel von seinen eigenen Kräutern …«

»Seid doch still«, mahnte Clara leise, die ansonsten den ganzen Tag kaum ein Wort gesprochen hatte.

Im Gegensatz zu den meisten Menschen hasste Lene Hinrichtungen, selbst dann, wenn grausame Übeltäter bestraft wurden. Stets fühlte sie sich erinnert an das allererste Mal, als sie hier gestanden hatte.

*Da, guck ruhig hin,* hatte die Mutter gesagt. *Das passiert solchen Weibsbildern.* Dabei war Lene zu klein gewesen, um sehen zu können, was vor sich ging.

Clara hatte damals zu Hause in ihrem Bett gelegen. Und genauso krank schien sie bei jeder Hinrichtung zu sein. Auch dieses Mal war sie wieder kreidebleich. Lene streckte wortlos die Hand aus und zog die kleine Juliane zu sich.

Kinder halfen, den Blick in die Zukunft zu richten. Aber an Tagen wie heute nützte es auch nichts, seine Nichte an sich zu drücken und ihr übers Haar zu streichen.

Lene sah, wie man den Bauer gerade an einen Pfahl band, um den man Holzscheite gehäuft hatte. Er murmelte unaufhörlich vor sich hin und sah schmächtig und verloren aus. Sie drückte Juliane noch fester an sich. Clara hielt ihr Gesicht an Veltens Schulter gepresst, um nicht zu sehen, was hinter ihr geschah. Über den Kopf seines Weibs hinweg sah Velten Lene hilflos an.

Sie schüttelte nur leicht den Kopf.

*Hoffentlich regt Clärchen sich nicht so auf, dass das Kind jetzt kommt,* dachte sie. *Das wär bestimmt kein gutes Omen.*

Der Amtmann verlas laut die Anklagepunkte, anschließend die Urgichten, die Geständnisse. Demnach hatte Thiel Bröll zugegeben, er habe einen Kristall besessen, in dem er die Zukunft habe sehen können, und dass er auch anderen geweissagt habe. Noch einen Stein habe er gehabt, einen Bernstein, in dem sei ein kleiner Dämon gewesen, mit Flügeln und einem langen Schwanz. Außerdem gab er zu, der Teufel habe ihn getauft und habe ihm auch Geld gegeben, das sich aber alsbald zu Dreck verwandelt habe.

Lene sah, dass Veltens Blick sich zunehmend verfinsterte bei jedem einzelnen Geständnis, das dem Mann vorgelesen wurde.

Kaum schwieg der Amtmann, als die Menge auch schon unruhig wurde.

»Wie machen sie's denn?«, hörte Lene einen in der Nähe fragen und eine Frauenstimme, die antwortete: »Nicht mit dem Schwert jedenfalls. Der wird gleich verbrannt. Da war ja nichts mehr zu holen, bei dem seiner Frau.«

»Der hat die Stadt auch schon grad genug gekostet«, hörte Lene.

Fetzen eines endlos langen Gebets waren nun zu hören, das einer der Pfarrer vorlas und das vom Verurteilten nachgesprochen werden musste. »Dass ich mich schwerlich an der Heiligen Dreifaltigkeit versündigt habe«, konnte Lene nur verstehen, und »ewige Strafe, den Tod und ewige Verdammnis damit wohl verdient habe«.

Velten schüttelte den Kopf.

»Er soll viele Frauen besagt haben, als sie ihn peinlich befragt haben«, hörte Lene seinen Vater halblaut sagen. Ein Schrei des Triumphes war aus den vorderen Reihen zu hören, als der Holzstoß unter den Füßen des Verurteilten angezündet wurde. »Hoffentlich geht es nicht wieder los, dass sie überall Hexen sehen. Sonst kann es keiner mehr aufhalten.«

*Ein Gewitter,* dachte Lene, als sie in dieser Juninacht hochschreckte. *Nein, kein Gewitter.* Jemand hatte geklopft, heftig und mehrfach.

In der offenen Tür stand Clara, mit einem Talglicht in der Hand.

Es bedeutete nie etwas Gutes, wenn man mitten aus dem Schlaf gerissen wurde. *Um Himmels willen, ist was mit* – nein, die Kinder lagen friedlich neben ihr. Sebastian rieb sich gerade verschlafen die Augen.

»Lene, du musst aufstehn.«

»Wieso, ist es denn schon …«

»Nein, es ist noch nicht mal Mitternacht. Komm schnell.«

Clara war im Hemd, hatte sich aber seltsamerweise einen Mantel übergeworfen. Leuchtend weiß wölbte ihr Bauch sich dazwischen.

»Soll ich auch den Mantel – soll ich die Kinder mitnehmen?«

»Nein. Jetzt komm schon.«

»Oder – ach so, ich soll die Burckhardt …«

»Nein, es ist noch nicht so weit.«

Mit klopfendem Herzen stand Lene auf und folgte ihrer Schwester. Gerade hatte sie die Tür hinter sich geschlossen, als Clara ihr das Licht übergab.

»Drunten. In der Stube.«

Damit verschwand sie in ihrer Kammer.

Clara würde sie nichts heißen, das unangenehm oder gar gefährlich war, beruhigte Lene sich.

Die Tür zur Stube im ersten Stock stand offen. Ein schwaches Licht ergoss sich flackernd auf den Gang.

Vorsichtig lugte Lene um die Ecke.

Vor dem Ofen, mit dem Rücken zu ihr, stand ein Mann. Er trug feine Stulpenstiefel, aber seine Kleidung war einfach, und Lene konnte auch keinen Hut entdecken. Seine Haare waren lang und dunkel.

Wie war Clara auf den Gedanken gekommen, sie nur im Hemd herunterzuschicken? Lene wusste, was nun geschehen würde. Der Mann war Julio, der wohl gekommen war, um ihr eine Nachricht von Contz zu überbringen. Eine schlimme Nachricht? Lenes Herz krampfte sich zusammen. Nie hatte sie Contz den Tod gewünscht.

Während sie noch vor der Tür verharrte, unentschlossen, ob sie hineingehen sollte oder nach oben, um sich etwas Schicklicheres überzuziehen, drehte der Mann sich um.

Lenes Herz setzte einen Schlag lang aus.

Nicht Julio war es. Niemand war gekommen, um ihr Kunde vom Ableben ihres Mannes zu bringen.

Ihr Mann selbst war zurück.

Contz.

»Lene! Meine Lene!«

Er stürzte auf sie zu und nahm sie in die Arme. Lene hielt still, auch als er begann, ihr Gesicht mit Küssen zu bedecken und dabei wieder und wieder ihren Namen zu rufen. Sie lauschte in sich auf Freude oder Wut, fand keines von beiden und auch nichts anderes.

Er nahm ihr Gesicht zwischen beide Hände und sah sie an.

Sein Haar war auf einer Seite länger als auf der anderen, wie es gerade Mode war, doch schienen sie schon länger nicht geschnitten worden zu sein. Contz sah müde aus, und sie entdeckte Fältchen neben Augen und Mund.

»Ich hab es nicht mehr ausgehalten«, sagte er. »Ich musst unbedingt heim zu dir. Du ahnst ja nicht, wie es ist, da draußen.«

Seine Kleidung war abgetragen, und ein Stück passte nicht recht zum anderen. Nein, er hatte gewiss keinen Sack voll Geld mitgebracht.

»Ich war in der Obergass. Potz Stern, was ist denn mit unsrer Werkstatt passiert? Ich dacht schon, es ist dir was, dass sie nicht mehr da ist.«

War da ein Vorwurf in seiner Stimme? Es schien beinahe so.

»Ich konnt die Miet nicht mehr bezahlen«, erwiderte Lene knapp.

Er nahm ihre Hand und tätschelte sie, wie bei einem Kranken. »Ach, das wird schon wieder, Lene, das wird schon wieder.«

*Du tust, als wär es meine Werkstatt gewesen. Aber es war deine.*

»Du wirst sehen, wir suchen uns was«, meinte Contz. »Und dann wird alles wieder gut.«

# 17

»Da haben wir aber Glück gehabt«, hatte Contz gemeint, kurz nachdem sie eingezogen waren. Nur wenige Schritte von der alten Werkstatt entfernt hatte er in der Obergasse eine neue gefunden. Das Haus war kleiner als das alte und wirkte ein wenig schwächlich, als könne es sich aus eigener Kraft nicht aufrecht halten und brauche die Nachbarhäuser, um sich von ihnen stützen zu lassen.

Lene war sich nicht so sicher mit dem Glück. Gut, sie waren nur noch zu zweit, was brauchte man da schon groß? Dennoch gab es ihr jedes Mal einen Stich, an dem Haus vorüberzugehen, in das Contz sie einst geführt hatte.

*Da könnten wir immer noch drin wohnen, wenn er nicht fortgegangen wär.*

Nun besaßen sie nichts als eine dunkle Werkstatt, in deren hinterem Teil ein paar Bretter standen, die nachts zu einem Bett zusammengefügt wurden, und eine Küche, die aus kaum mehr bestand als einer Feuerstelle, einem Tisch und zwei schmalen Bänken. Die Besitzerin des Hauses, eine alte Witwe, wohnte im oberen Stockwerk. Zusätzlich zur Miete hatte sie sich Lenes Hilfe im Haushalt ausbedungen.

Nun, wenigstens den Garten am Seemenbach besaßen sie noch, den Garten, in dem ihre Kinder hatten spielen sollen. Die Pacht hatte Lene in den vergangenen Jahren gerade noch aufbringen können mit dem, was Clara ihr gelegentlich zusteckte, und der Vater, wenn sie im Weinberg half.

Alles Werkzeug, das sich im Keller ihres Elternhauses befand, hatten sie hierhergeschafft. Irgendwann fiel Lene ein, dass ihr eigenes noch im Keller der Ecksteins auf dem Regal stand. Sie sah keine Notwendigkeit, es zu holen. Schließlich war es besser, wenn Contz nicht erfuhr, wie weit ihre Mithilfe in seiner Abwesenheit gegangen war. Und so benutzte sie Jobsts Werkzeug, wenn sie ihm half.

Als Lene sich zum ersten Mal zu Contz setzte und zum Handleder griff, war sie wachsam und angespannt. Erstaunlicherweise sagte er kein Wort dazu, auch nicht, als sie sich einen Schuh holte, das Nähgarn durchs Pech zog und begann, es durch die feinen, vorgestochenen Löcher zu ziehen. Natürlich bemerkte sie, dass er sie beobachtete.

Auch in den kommenden Tagen kommentierte er nichts von dem, was sie in der Werkstatt tat, obwohl sie bald alles ausführte, was sie bei Jobst gelernt hatte. Offenbar fürchtete er, sie könne ihm vorhalten, dass er kein Geld mitgebracht hatte, um sich einen Gesellen leisten zu können.

Mit der Zeit wurde ihre Mithilfe zu einer Selbstverständlichkeit, wenn Lene auch darauf achtete, dass kein Kunde sie bei mehr als den einfachsten Handreichungen sah. Bald waren die Stunden in der Werkstatt Lene wieder die liebsten am Tag. Jetzt, im Sommer, konnte man draußen am Tisch arbeiten, die Abende waren lang, und die Zeit ruhte sich aus, statt zu hasten.

Und selbst im Winter würde es Augenblicke geben, in denen man die Kälte vergessen konnte. Warmes, weiches Licht bündelte sich dann in der wassergefüllten Schusterkugel zu einem kleinen, ganz hellen Fleck. Selbst dann, wenn die ganze Werkstatt in tiefstem Dunkel lag, ermöglichte er es, kleine schwarze Löcher in schwarzem Leder zu erkennen, durch die schwarzes Garn gezogen werden musste.

Ab und zu ging Contz in die Wirtschaft. Das kam selten vor, und er kehrte nie betrunken zurück. Dort traf er sich mit einem gewissen Jakob. Auch er war ein Büdinger, auch er war im Krieg gewesen. Lene kannte ihn von klein auf; früher hatte er ihrem Vater öfter bei der Lese geholfen. Einsilbig war der Jakob schon immer gewesen. Aber seit er aus dem Krieg zurück war, hatte kein Mensch ihn je wieder ein Wort reden hören. Langsam fingen die Leute an, sich einzureden, er sei schon stumm geboren worden.

»Was redest du denn mit einem, der nichts sagt?«, hatte Lene Contz einmal gefragt.

»Ei, wir reden, wie es so war, draußen«, war seine Antwort.

Lene stellte sich vor, wie der Contz erzählte und der Jakob nickte. Wahrscheinlich erzählte er dem Stummen das Gleiche wie ihr. Nachts, wenn es so dunkel war, dass man nichts mehr erkennen konnte, nicht mal die eigene Hand, lag er neben ihr und redete und redete.

»Die schießen mit Büchsen, die mit Nägeln gefüllt sind«, erzählte er einmal, »oder mit eisernen Kugeln, die sind mit Ketten verbunden. Die kommen auf dich zu, schneller als du gucken kannst. Stell dir vor, du stehst da, du weißt nicht, ob du im nächsten Augenblick noch atmen wirst oder schon tot bist, und dann hörst du dieses Geräusch – du hörst es, wirklich, wie alles zerfetzt wird um dich her – und dann musst du die Augen zumachen und darfst nicht nach oben gucken, denn dann regnet es Kleider, und Eisen, und es regnet Blut, und Köpfe, es regnet wirklich Blut, und nach unten darfst du auch nicht schauen, weil, ob du es willst oder nicht, du fragst dich: Was ist das, wo ich eben draufgetreten bin? Ist es von einem Mensch, ist es von einem Tier? Ist das ein Stück von einem, den ich gekannt hab? Und du weißt: Das könnt ich sein, und vielleicht ist gleich von mir auch nicht mehr übrig als von dem. Manch einer lebt auch noch, oder, wenn es mit

Säbeln aufeinanderging, dann hat man ihm den halben Arm abgehackt oder das halbe Bein, und du siehst die Knochen, und der schreit und schreit um Hilfe, und keiner kann ihm mehr helfen. Und wenn sie dann tot sind, glaubst du, die werden begraben? Denen nimmt man, was sie noch am Leib haben, und lässt sie nackt liegen, und wenn du da vorbeikommst, wo sie ein paar Tag vorher gekämpft haben, dann liegen sie da, hundert und mehr, und es stinkt so gottserbärmlich, wie du es dir nicht vorstellen kannst, und die Fliegen kriechen denen aus den Ohren, und du denkst, warum lieg ich noch nicht dabei, und dir schaudert's vorm Herrgott, der das machen kann, aus deinem Kamerad, oder aus dir.«

So ging das Nacht für Nacht. Unaufhörlich sprudelte es aus ihm wie aus einer Quelle, die Unrat lieferte statt frischen Wassers, und Lene lag daneben und dachte: Irgendwann muss es doch vorbei sein. Irgendwann muss es doch gut sein und es müssen wieder andere Gedanken aus dem Contz strömen, der einmal in allem nur das Gute gesehen hat, sogar in mir.

Nicht immer redete er nur vom Kämpfen und vom Töten. Manchmal sprach er auch von den anderen Tagen im Krieg, den vielen, an denen nichts geschah. An denen die Männer, die im Sattel saßen, unterwegs die Hand im Hosenschlitz hatten vor lauter Langeweile oder mit einem Kameraden ins Gebüsch gingen, weil nicht genug Weiber da waren, oder an denen manche sich gegenseitig umbrachten, weil sie nichts mit sich anzufangen wussten.

Tagsüber war es gut mit dem Contz. Kaum, dass sie ihn mahnen musste, aufzustehen. Einmal hatte er sie sogar damit aufgezogen, dass sie noch schlief, obwohl die Sonne bereits aufgegangen war und er schon in der Werkstatt saß. Das hatte ihr gefallen.

Er war fleißig. Er tat alles, was sie ihn hieß.

Manchmal, wenn es dunkel wurde und sie zu Bett gingen, weil es nichts anderes zu tun gab, sah Lene vor sich die Stube der Ecksteins, das warme Licht, in dem alle nun wohl noch beieinandersaßen und Velten oder seinem Vater zuhörten, wie sie aus der Zeitung vorlasen oder aus einem Buch. Sie vermisste die Abende, an denen mehr sie gewärmt hatte als das Feuer des Kachelofens. Dann erinnerte sie sich wieder des feinen Schmerzes, den sie gespürt hatte, wann immer sie Velten beobachtet hatte.

Es war recht so, wie es jetzt war. Aber war es besser? Gut, dass man oft nicht selbst entscheiden musste, sondern dass der Herrgott es für einen tat.

Sie hatte lange gewartet, bis sie ihm davon erzählte.

Contz hatte sie mit in die ›Krone‹ genommen an diesem Abend. Das tat er selten.

»Es ist nicht mehr so wie früher«, pflegte er zu sagen. »Das ist nichts mehr für Weibsleut. Die Menschen sind anders geworden. Es hätt doch keine Schlägereien gegeben dort, als der Vater noch gelebt hat.«

Das war jetzt wieder seine Zeitrechnung. »Als der Vater noch gelebt hat« und »Seit der Vater nicht mehr ist«. Lene vermeinte sich durchaus erinnern zu können, dass es auch früher schon Schlägereien in der Wirtschaft gegeben hatte und dass manch einer fünf Gulden Strafe zahlen musste deshalb oder gar ein paar Tage im Kerker verbrachte.

Jedenfalls war die Gelegenheit günstig, nun, da Contz schon ein paar Becher Wein geleert hatte und der Jakob bei ihnen saß, der noch kein alter Mann war und trotzdem kaum noch ein Haar auf dem Kopf hatte oder einen Zahn im Mund.

»Stell dir vor, Contz«, begann sie munter, aber mit klopfendem Herzen. »Einmal sind ein Graf und eine Gräfin gekommen, die im Schloss zu Besuch warn, und die wollten Schuh haben. Und sie wollten unbedingt welche, die *niemals* drücken, egal wie weit man geht.«

Gott sei Dank war der Contz keiner, der viel nachdachte. Sonst hätte er vielleicht gefragt, warum einer, der den lieben langen Tag in der Kutsche herumfuhr, Schuhe brauchte, mit denen er meilenweit in der Gegend herumwandern konnte.

»Potz hunderttausend Sack voll Enten! Und? Was habt ihr gemacht?«

»Der Jobst hat überlegt und überlegt, Tag und Nacht, und dann hab ich ihm gesagt, wie ich mein, dass man es machen könnt, mit zwei Leisten statt einem.«

Das war beinahe wahr, und Jobst war nicht da, ihre Geschichte zu widerlegen.

»Potz hundert Gift, Lenchen, du mit deinen närrischen Ideen. Und, wie ist's ausgegangen?«

Contzens Gepotze begann Lene allmählich über die Geduld zu gehen. Seit er wieder zurück war, gab es kaum einen Satz, der nicht mit Potz anfing. Oder mit Pieu.

»Sie haben sie abgeholt und bezahlt.«

»Und sind bestimmt nie mehr wiedergekommen.«

»Die warn ja nicht von hier, die warn nur zu Besuch beim Herrn Grafen.«

»Pieu, da haben wir ja vielleicht noch Glück gehabt. Hoffentlich erzählen die keinem, wo sie die herhaben. Sonst wird am End noch gelacht über den Schuster, der für ein Paar Schuh zwei Leisten braucht statt einem.«

Er stieß den Jakob an, und zusammen lachten die Männer, als habe Lene die allergrößte Narretei zum Besten gegeben.

Lene wusste nicht, ob sie innerlich seufzen oder aufatmen sollte. Das war ja glimpflich ausgegangen. Und doch hätte sie sich gewünscht, Contz hätte in der Fremde gelernt, seinen Blick auch einmal über die Ladentür hinauszurichten.

Es war noch dunkel, als Lene sich aus dem Haus schlich. Immer wieder sah sie sich um und erfreute sich an dem sanften Streifen des Morgenrots. Es würde ein schöner Tag werden. Gerade richtig für das, was sie vorhatte.

Sie hatte Glück und musste nicht warten. Das Kreuztor stand bereits offen.

»Ei, Lenche, wohin willst du denn so früh?«, fragte der Torwächter.

»Den Leut die Schuh vors Bett stellen, damit sie aufstehn können«, entgegnete sie und deutete auf ihren Sack.

Mochte der Mann ruhig glauben, sie sei bereits unterwegs, um geflickte Schuhe auszutragen.

Niemand begegnete ihr auf ihrem Weg vor den Mauern der Stadt. Sie ging am Friedhof vorbei mit seiner uralten Kirche, folgte dann der sanft aufsteigenden Kreischhohl, bis sie an eine Stelle kam, wo aus einem Hügel Wasser floss und einen kleinen Teich speiste. Hierher führten viele ihr Vieh, um es zu tränken.

Doch für die Frauen hatte dieser Ort noch eine ganz andere Bedeutung. Nicht umsonst wurde er auch Holleborn genannt, und das nicht nur, weil unmittelbar neben dem Hügel ein riesiger Holunder stand. Im Teich schwammen die Seelen der Ungeborenen, so lange, bis es Frau Holle gefiel, sie in die Welt zu schicken. Wer hier nachts vorbeikam, konnte die Kinder mitunter schreien hören.

Lene kniete neben dem Hügel nieder und öffnete ihren Sack. Sie hatte sich alles genau überlegt und auch mit der Großmutter darüber gesprochen.

Zuerst nahm sie ein flaches Stück Holz heraus. Wie mit einer Schaufel hob sie an einer Stelle vorsichtig die oberste Schicht Erde mit Gras ab und legte sie beiseite. Dann begann sie, ein Loch zu graben, vielleicht anderthalb Handspannen breit und doppelt so tief. Als Nächstes holte sie den blauen

Topf mit dem weißen Muster aus ihrem Sack hervor, den Velten ihr anlässlich seiner Verlobung geschenkt hatte.

*Es muss was sein, woran dein Herz hängt,* hatte die Großmutter gesagt.

Die hatte ihr auch einen Albus gegeben, den Lene in den Topf gelegt und mit Hollerblüten bedeckt hatte. Darüber kam das Tüchlein aus Batist, das Velten ihr damals ebenfalls geschenkt hatte. Lene stopfte es mit den Fingern behutsam fest.

Und nun?

*Sag der Frau Holle, was du von ihr willst.*

»Liebe Frau Holle«, begann sie leise. »Bitte schenk dem Contz und mir doch ein Kindchen. Oder sogar ein paar.«

*Und mach, dass ich das dann auch überleb,* fügte sie stumm hinzu.

Es fiel ihr ein wenig schwer, Erde auf das weiße Tüchlein zu häufen, doch sie bemühte sich, jeden reuigen Gedanken sofort zu verscheuchen. Sicherlich erhörte Frau Holle die Bitte nicht, wenn sie glauben musste, man missgönne ihr die Gaben, mit denen man sie geneigt machen wollte.

Zum Schluss deckte Lene die Stelle wieder mit den Grassoden ab, drückte sie fest und betrachtete sie kritisch im Schein der aufgehenden Sonne. Das wäre ja noch schöner, wenn jemand den Topf ausgraben und in seine Küche stellen würde.

Nein, wer nicht wusste, dass hier etwas vergraben lag, würde es nicht finden.

Ihr war ganz leicht zumute. Wie nach einer mühseligen getanen Arbeit, wenn man sich umblickt und denkt: Ich hab es geschafft. Jetzt ist alles so, wie es sein soll.

Am liebsten hätte Lene gesungen. Und tatsächlich begann sie leise zu summen, als sie in die Obergasse kam und das

Haus sah, in dem sie jetzt wohnten. Contz hatte das Seine getan, indem er zurückgekommen war und sich Mühe gab, ihr zu gefallen. Heute Morgen hatte sie das Ihre getan.

Nun würde alles gut werden. Er würde ihr ein Mann sein. Und sie ihm ein Weib.

Bevor sie ging, hatte sie ihm etwas zu essen gerichtet, ein wenig dunkles Brot, ein Stück Käse und mit Wasser verdünnten Wein. Bestimmt war er schon aufgestanden. Allein die Vorstellung, wie er in der Werkstatt saß, aufblickte, wenn sie zur Tür hereinkam, und ihr ein Lächeln schenkte, machte sie froh.

*Ich freu mich auf ihn,* stellte sie fest. *Ich freu mich drauf, meinen Mann zu sehen.*

Ja, so sollte es sein.

*Und wenn er wahrhaftig noch nicht aufgestanden ist, dann schimpf ich nicht mit ihm, sondern ich leg mich zu ihm. Dann sieht die Frau Holle gleich, dass ich's ernst mein.*

Mit Schwung stieß Lene die Tür zur Werkstatt auf.

Und blieb erschrocken stehen.

VIERTER TEIL

# Die Besagung

August 1631 – Oktober 1632

# 18

Contz drehte ihr den Rücken zu. Doch er saß nicht über die Arbeit gebeugt, wie Lene es sich vorgestellt hatte. Vor ihm, mitten auf dem Tisch, saß eine Frau mit untergeschlagenen Beinen.

Contz drehte sich erst um, als die Frau auf Lene wies und sagte: »Guck mal!«

Den Mann, der auf dem zweiten Schemel saß, erkannte Lene nicht sogleich. Erst als er aufstand und auf sie zukam, erinnerte sie sich an ihn. Und nun wusste sie auch wieder, woher sie die Frau kannte.

Er war bei weitem nicht so prunkvoll gekleidet wie bei ihrer ersten Begegnung. Sein einfaches Hemd war sauber, aber die dunkle Jacke verschlissen. Und die Stiefel sahen aus, als habe er sie nicht flicken lassen, seit sie ihm in Hanau begegnet war.

»Oh, das Lenchen«, sagte Julio.

»Ich bin nicht dein Lenchen«, entfuhr es ihr.

»Nein, das bist du nicht. Sonst wärst du ja mit mir verheiratet und nicht mit dem Contz.«

Die Frau – Barbara hieß sie, jetzt fiel es Lene wieder ein – kicherte.

Contz stand langsam auf, blieb aber am Tisch stehen. Was gut war, denn er schwankte leicht. Zu einer Zeit, zu der andere gerade ihre Morgensuppe gelöffelt hatten, hatte er es bereits fertiggebracht, sich zu betrinken.

Lene seufzte.

»Ach Lenchen, ich hab dich gesucht! Guck mal, wer uns besuchen kommt! Du kennst doch den Julio und die Barbara?«

*Ja, ich kenn sie. Und deshalb hätt ich mir gewünscht, dass du sie nie mehr wiedersiehst. Die gehörn zum Krieg, die gehörn nicht hierher.*

So viel Contz sonst auch erzählt hatte – Julio und Barbara hatte er nicht mehr erwähnt. Lene war das nur recht gewesen.

»Lenchen, hock dich doch bei uns«, forderte Contz sie auf.

Am liebsten wäre sie in die Küche gestürmt. Aber konnte sie Contz diesem eigenartigen Paar überlassen?

»Da ist kein Platz«, erwiderte sie harsch, blieb aber stehen.

»Ich habe auch keinen Schemel gekriegt, nur die Männer, deshalb habe ich mich auf den Tisch gesetzt«, sagte Barbara.

Lene beachtete sie nicht.

»Wir könnten ja in die Küch gehn«, schlug Contz vor.

»Au ja, ich will in die Küch!« Barbara sprang vom Tisch herunter.

Es polterte hell und dumpf, als mehrere Werkzeuge auf den Boden fielen, die sie mit ihren Röcken heruntergefegt hatte. Lene bückte sich danach und hob sie auf.

Als sie sich wieder aufrichtete, sah sie, dass Barbara Contz bei der Hand genommen hatte und ihn hinter sich herzog. Lene sah Julio an, warum, wusste sie selbst nicht. Wäre es nicht an ihm gewesen, seine Begleiterin zu rügen, wenn sie sich so aufführte? War es ihm tatsächlich gleichgültig, wenn Barbara mit anderen Männern tändelte? Wahrscheinlich. Wie wenig Sitte und Anstand bei den Soldaten galten, hatte Lene schließlich selbst gesehen.

Stattdessen fühlte Lene sich von ihm in einer Weise gemustert, als sei sie etwas, das er erwerben wolle und das er sich vor dem Kauf genau ansah.

»Nun denn, also in die Küch«, sagte er und legte seine Hand leicht auf ihren Rücken.

Lene hätte die vertrauliche Geste gern damit beantwortet, dass sie sich umgedreht und seine Hand heruntergeschlagen hätte. Stattdessen beschleunigte sie ihre Schritte.

Barbara hatte sich eben auf der Bank an der Wand niedergelassen und zog Contz neben sich. Julio nahm ihr gegenüber Platz, so dass Lene nichts anderes übrigblieb, als sich neben ihn zu setzen.

*Wenn er frech wird, schütt ich ihm einen Eimer Wasser über den Kopf wie einem Köter, der an die Hündin will. Auf den Contz kann ich mich ja nicht verlassen.*

»Ach Lenchen, holst du uns was zum Trinken?«, meinte Contz, kaum, dass sie sich niedergelassen hatte.

»Ich mein, ihr hättet schon grad genug für den frühen Morgen«, erwiderte sie.

Außerdem fürchtete sie, Julio könne ihr in den Keller folgen, wenn sie jetzt ging.

»Ach bitte, Lenchen«, machte Contz.

»Ach bitte, Lenchen«, echote Julio.

Lene kam es vor, als mache er sich nicht nur über sie, sondern auch über Contz lustig.

Sie stand auf, holte den fast leeren Weinkrug aus der Werkstatt und ging in den Keller. Auf dem Weg die Treppe hinab drehte sie sich mehrmals um. Im Halbdunkel des Kellers hielt sie den Krug unter den Zapfhahn und öffnete ihn. Ihre Hand zitterte, so sehr ärgerte und beunruhigte Lene die Vorstellung, Julio könne jederzeit hinter ihr auftauchen.

Und in der Tat schien ihre Befürchtung nicht unnütz gewesen zu sein.

»Oder hätt ich dir helfen sollen?«, fragte Julio, als sie wieder zurückkam.

Selten hatte sie einen Menschen erlebt, der einem so frech

in die Augen sah. Wahrscheinlich bildete er sich furchtbar viel darauf ein, dass die meisten Frauen ihn für ansehnlich gehalten hätten.

»Barbara, benimm dich«, rügte er nun endlich milde die Frau.

Ihr Kopf lag auf Contz' Schulter, und sie war eben dabei, ihm mit einer ihrer Locken einen Schnurrbart zu verpassen. Tatsächlich hob sie den Kopf und rückte ein wenig ab von Contz, wie ein sanft getadeltes, gutmütiges Kind.

Julio versuchte nicht wieder, Lene zu berühren. Sie hatte sich ans äußerste Ende der schmalen Bank gesetzt, dennoch hätte er ihren Schenkel mit seinem berühren können, wenn er gewollt hätte. Er betrachtete sie nur, wie einer, der die Beute beobachtet in der Gewissheit, dass sie ihm nicht wird entfliehen können.

Zwischendrin amüsierte er sich offensichtlich über Contz und Barbara. Er sagte wenig. Dafür sprach Contz und dafür plapperte Barbara umso mehr.

Julio hatte es aufgegeben, Barbara zu ermahnen, wenn sie sich an Contz schmiegte. Lene fand es unter ihrer Würde, dies zu tun. Sie warf ihrem Mann lediglich ab und an einen Blick zu, den er – trotz zunehmender Betrunkenheit – offenbar durchaus registrierte. Mochte Barbara tun, was immer sie mochte, er erwiderte ihre Aufdringlichkeiten zumindest nicht.

Allerdings wehrte er sie auch nicht ab.

Lene hielt sich an Wasser, während die anderen einen Becher Wein nach dem anderen leerten. Obwohl Julio nicht weniger trank als Contz und Barbara, war seiner Sprache nichts anzumerken. Er wirkte völlig nüchtern.

In den langen Stunden, die Lene mit den dreien beisammensaß, wurde das Gepotze und Gepieue immer schlimmer beim Contz, wie auch sein Schmatzen. Als hinge ihm nicht eine fremde Frau am Hals, schwätzte er von diesem und jenem, den sie gekannt hatten, und mit einem Mal schienen die Jahre, die er im Krieg verbracht hatte, eine wunderbare Zeit gewesen zu sein.

Wider Willen ertappte Lene sich immer wieder dabei, Julio von der Seite zu mustern. Wie konnte ein Mensch, der ihr so zuwider war, nur derartig ansehnlich sein? Wenn er ihren Blick erwiderte, fühlte sie sich wie ertappt und ärgerte sich.

Barbara verhielt sich, als sei sie mit Contz völlig allein und als gehöre er ihr. Mit ihren großen Kuhaugen strahlte sie ihn an, als sei er ihr Herzallerliebster. Mehrmals versuchte sie, ihn zu necken, indem sie ihm ihren Finger in den Mund steckte, während er redete.

Schließlich sprang Lene auf.

»Contz«, sagte sie. »Komm mit. Ich muss dir was zeigen.«

Er stand umständlich auf, folgte ihr aber gehorsam.

»Ich will es auch sehen«, maulte Barbara.

Von Julio hörte Lene nichts. Zumindest kam das Weib ihnen nicht tatsächlich hinterdrein.

Lene ging voraus in den hinteren Teil der Werkstatt, wo sie abends ihre Betten aufschlugen.

Dort fand sie zunächst vor Wut keine Worte.

»Ich komm heim«, begann sie dann, »und seh dich schon am frühen Morgen saufen. Die Frau sitzt dir beinah auf dem Schoß, und es wundert mich, dass sie dir noch nicht in die Hose gefasst hat!«

»Aber Lenchen …«

»Oder hat sie das etwa schon?«

»Hat sie was?«

»Hat sie dir schon in die Hose gefasst? Was war mit ihr, als du bei den Soldaten warst? War sie deine Hur dort?«

Er sah sie einige Augenblicke lang an, als müsse er nachdenken.

»Aber Lene, was du so denkst!«, war das Einzige, was er hervorbrachte.

Lene drehte sich um und rannte aus der Werkstatt.

Draußen versuchte sie, sich mit tiefen Atemzügen zu beruhigen und ihre Schritte zu verlangsamen. Wenn sie die Straße entlanglief, als sei ein Schwarm Wespen hinter ihr her, würden spätestens morgen die Nachbarn fragen, was in aller Welt denn vorgefallen sei.

Velten stand allein in der Werkstatt. Hinter ihm hingen große Papierbögen auf Leinen, die quer durch den Raum gespannt waren. Aus einem Kessel mit Kohlenglut nahm er eben einen Stempel heraus und ließ einen Tropfen Wasser darauffallen, um die Temperatur zu prüfen.

»Komm mal her, Lenchen«, sagte er eifrig, kaum dass er sie gesehen hatte. »Ich probier grad was ganz Neues aus, und du musst mir sagen, wie es dir gefällt.«

Er legte den Stempel zurück in die Glut, nahm Lene beim Handgelenk und führte sie zum Tisch, auf dem ein Stück rotes Leder ausgebreitet lag, kaum größer als ihr Handteller. Die Fläche war in Felder aufgeteilt, von denen die meisten schon ganz und gar mit feinen, filigranen Ranken bedeckt waren.

»Schön«, sagte Lene, kurz angebunden.

»Schau doch mal genauer hin!«

Widerwillig beugte Lene sich über das Leder. So sehr sie sich sonst für jedes neue Muster interessierte, das Velten hervorbrachte, so wenig war ihr heute danach, seine Kunst zu würdigen.

»Das sind Punkte«, sagte sie.

Musste er sich so dicht neben sie stellen? Beinahe meinte sie die Wärme seines Körpers durch ihre Kleidung hindurch zu spüren. Nein, das war gewiss nur das Kohlenfeuer. Dennoch hätte sie Velten am liebsten einen Stoß mit dem Ellbogen gegeben.

»Genau«, strahlte er und trat endlich einen Schritt zurück. »Das ist alles aus Punkten zusammengesetzt. Aus Frankreich kommt das. Siehst du, dass die Linien dadurch viel lebendiger wirken, fast, als würden sie atmen?«

Lene konnte nur nicken.

Manchmal war es wirklich kaum auszuhalten mit den Ecksteins. Hatten die denn nie Sorgen wie andere Leute?

»Ist die Clara da?«, fragte sie knapp.

»Natürlich.« Velten schien ein wenig enttäuscht, dass sie seine Begeisterung nicht teilte. »Geh nur hinauf, sie freut sich bestimmt.«

»Tante Lene!« Juliane kam auf sie zugerannt und umschlang ihre Beine mit den runden Ärmchen.

Lene beugte sich hinab, um ihre Nichte hochzuheben, setzte sie aber gleich wieder ab.

»Julchen, du wirst wirklich größer mit jedem Tag, ich schwör's. Deine Tante kann dich bald gar nicht mehr hochheben, wenn das so weitergeht.«

Clara kam ihrer Tochter hinterdrein, den kleinen Ewald auf dem Arm.

»Ach wie schön, Lenchen. Komm, wir setzen uns ein bisschen hin. Grad haben wir Ruh, der Sebastian ist ja in der Schul.«

Während Lene ihr in die Stube folgte, versuchte sie, die Welt durch die Augen ihrer Schwester zu sehen. Gab es irgendetwas, das Clara sich noch hätte wünschen können? Sie lebte in diesem wunderschönen Haus, hatte drei prächtige, gesunde Kinder. Und Velten, dessen liebevoller Blick und dessen Küsse stets nur ein paar Schritte entfernt waren.

Offenbar war Claras Schwiegermutter mit ihrem Mann

außer Haus, denn sie war nirgends zu sehen. Lene war es nur recht, allein mit ihrer Schwester zu sein.

»Du guckst so bös«, sagte Clara, kaum dass sie sich gesetzt hatten. »Der Contz hat dich doch nicht etwa geärgert?«

Juliane hatte ebenfalls einen Stuhl erklettert und war sichtlich stolz, bei den Erwachsenen sitzen zu dürfen.

»Doch«, erwiderte Lene. »Nein. Ach, ich weiß nicht.«

Dann erzählte sie alles, was sich zugetragen hatte, zuerst von ihrem morgendlichen Gang zum Holleborn.

Clara nickte, als Lene diesen Teil ihres Berichtes beendet hatte. »Ja, da hast du recht dran getan. Aber du hättst mich doch fragen können. Ich wär gern mit dir gegangen.«

»Ich hab nicht dran gedacht.«

Lene hatte sehr wohl daran gedacht. Aber wenn Clara mit ihr gekommen wäre, hätte Velten es erfahren, und vielleicht sogar seine Eltern. Nein, das heute Morgen war eine Sache ganz und gar zwischen ihr und Frau Holle gewesen. Das ging sonst keinen etwas an. Und ob und wie der Contz ihr ein Kind machte, das ging Velten schon gleich gar nichts an.

»Und als ich heimkam, saß der Contz besoffen da mit zweien, die er im Krieg kennengelernt hat«, sagte sie empört.

Clara schwieg. Lene merkte ihr an, dass sie nachdachte.

»Aber das kann doch mal passieren.« Offenbar bemühte Clara sich, gerecht gegenüber ihrem Schwager zu sein. »Morgen sind die Kerle wieder fort, und dann setzt du dem Contz den Kopf zurecht. Er war doch ganz gescheit in der letzten Zeit.«

»Das sind keine Kerle«, erwiderte Lene verbittert. »Das heißt, einer ist ein Kerl. Er sieht aus wie ein Engel, aber er ist der Teufel persönlich, ich sag's dir. Aber das andere ist ein Weib, das den Contz so betatscht und bemacht, als hätt er die ganzen Jahre, die er fort war, unter ihren Röcken verbracht.«

»Na, dem würde ich wohl den Kompass verrücken!«, meinte Clara heftig.

Juliane quietschte begeistert und wippte auf ihrem Stuhl auf und ab.

»Was sind das denn für Leut?«, fragte Clara. »Die sind nicht von hier, oder? Bestimmt nicht!«

Lene schüttelte den Kopf.

»Erzähl doch mal, wie die aussehn!«, forderte Clara sie auf. »Vielleicht kennt die ja einer!«

Widerwillig beschrieb Lene das Paar. »Aber dass du keinem von der Sach erzählst, versprich mir das!«

Ihr war schon leichter. Es war so schön, dass sie ihrer Schwester nach wie vor das Herz ausschütten konnte. Clara hatte alles ins richtige Licht gerückt. Morgen würden die beiden wieder fort sein.

Kaum hörte sie noch, wie Clara versprach, niemandem von dem ungebetenen Besuch des Paares zu erzählen, und sie bat, sich das Ganze nicht so sehr zu Herzen zu nehmen. Plötzlich konnte sie es kaum noch erwarten, wieder zurückzugehen. Bestimmt war es besser, auf den Contz aufzupassen, dass der nicht doch noch Dummheiten machte.

Kaum war Lene auf der Straße, wich das Gefühl der Leichtigkeit von ihr. Plötzlich fühlte es sich eigenartig an, wieder nach Hause zu gehen. War es überhaupt noch ihr Zuhause? Schließlich war es heute von Menschen eingenommen worden, die im Krieg gelernt hatten, sich zu nehmen, was ihnen gefiel. Und ihr Mann war zu schwach, sie zu beschützen, oder zu dumm, zu begreifen, wann sie seines Schutzes bedurfte.

Als sie vorsichtig die Tür öffnete, hörte sie nichts. Vielleicht waren die Fremden ja inzwischen gegangen, und Contz schlief bereits seinen Rausch aus. Oder sie saßen alle zusammen in der Wirtschaft, um sich dort weiter zu besaufen.

Sie zwang sich, zuerst in der Küche nachzusehen.

Contz saß auf seinem Platz wie zuvor. Barbaras Kopf lag auf seinem Schenkel. Obwohl die schwarze Haarflut der Frau ins Gesicht fiel, konnte Lene sehen, dass sie schlief.

Contz sprang so schnell auf, dass Barbaras Kopf hörbar auf dem Holz aufschlug. Sie schimpfte, schlief aber weiter. Hastig wandte Contz Lene den Rücken zu. Den Bewegungen seiner Arme nach versuchte er, in seiner Hose zu verstauen, was hineingehörte.

Lene warf Julio einen bitterbösen Blick zu, als trage er mehr Schuld an dem, was hier geschah, als ihr Mann. Und vielleicht war es ja auch so. Er stand ebenfalls auf, mit erheblich mehr Eleganz als Contz, und lehnte sich an den Tisch, beide Hände hinter sich auf die Platte gestützt. Seine Haltung drückte aus, er sei gespannter Zuschauer dessen, was sich nun zwischen Contz und Lene abspielen würde.

In diesem Augenblick wurde Lene ruhig. Plötzlich konnte sie nicht mehr verstehen, warum sie sich davor gefürchtet hatte, hierher zurückzukommen. Es war doch ganz einfach. Nichts von dem war verloren, was sie an diesem Morgen gewonnen geglaubt hatte. Sie würde Julio und Barbara hinauswerfen, Contz zu Bett schicken und ihm, sobald er wieder nüchtern war, ins Gewissen reden.

Gerade wollte sie Julio mit knappen Worten bitten, sich mitsamt seiner Hure auf die Straße zu verfügen. Da fühlte sie, wie Contz sich hinterrücks an sie drängte. Sie musste einen Schritt nach vorn machen, sonst hätte er sie umgeworfen.

Fast mit seinem ganzen Gewicht lehnte er sich an sie und lallte ihr ins Ohr: »Ach, Lenchen.«

Sie wollte sich losreißen, mit einer einzigen, ungeduldigen Bewegung. Doch es gab keinen Platz zum Ausweichen. Dicht vor ihr stand Julio. Und Contz hielt sie weiter fest, mit einer Kraft, die sie bei ihm in diesem Zustand nicht vermutet hätte.

Julio rührte keinen Muskel.

Contz nahm ihre Hand, legte sie auf Julios Geschlecht und hielt sie dort fest. Warm fühlte es sich an durch den Stoff der schwarzen Hose, beinahe wie ein Tier. Lene bewegte sich nicht. Das Tier begann, sich unter ihren Fingern zu regen.

*Es ist ja nichts passiert*, dachte Lene. *Aber sobald der Kerl auch nur einen Finger nach mir ausstreckt, fang ich an zu schreien, dass sämtliche Nachbarn zusammenlaufen. Und die Alt von oben runterkommt.*

Lene starrte in Julios Augen. Einen langen Augenblick verharrten sie so, unbeweglich wie etwas, das in einem Glasfluss eingeschmolzen ist. Eigenartigerweise verspürte Lene keine Angst. Fast war es, als teilten sie und Julio einen Scherz. Beinahe hätte sie aufgelacht.

Dann nahm Julio ihre Hände, ihre und die Contzens, und schob sie beiseite.

»Ach Contz«, sagte er und schüttelte den Kopf. »Der gute, alte Contz. Der will und nicht kann.«

Er ging an ihnen vorbei, hinüber zur Bank, auf der Barbara saß. Er richtete sie auf, zog sie hoch und legte ihren Arm um seinen Hals.

»Komm, meine Liebe«, sagte er. »Wir lassen das Ehepaar Schunk jetzt besser allein.«

Barbaras Füße schleiften über den Boden. Er legte beide Arme um ihre Schenkel und warf sie sich über die Schulter. Ohne zurückzublicken ging er hinaus.

# 19

In den folgenden Tagen beobachtete Lene ihren Mann sehr genau.

Er hatte sich ohne ein weiteres Wort ins Bett begeben, kaum, dass Julio mit Barbara die Werkstatt verlassen hatte. Bis zum nächsten Morgen schlief er, dann stand er frühzeitig auf und machte sich an seine Arbeit. Über das, was tags zuvor geschehen war, sprach er nicht. Hätte er es nur mit einem Wort erwähnt, sie hätte ihm die Leviten lesen können, wie sie es sich vorgenommen hatte. Aber da er schwieg, gelang es auch ihr nicht, Worte zu finden, und sie redete sich ein, Clara habe recht gehabt. Solche Dinge passierten, und solange Julio und Barbara fortblieben, würden sie sich bestimmt niemals wiederholen.

Aber etwas hatte sich verändert.

Contz war einigermaßen freundlich, aber einsilbig. Er schien wieder zu grübeln, wie damals, bevor er zu den Soldaten gegangen war. Jeden Abend betete Lene, das, was einst geschehen war, möge sich nicht wiederholen.

Nachts lag er stumm neben ihr. Hätte er sie nur einmal berührt, sie hätte ihm erzählen können, dass sie zum Holleborn gegangen war, wenn sie auch wusste, wie wenig er von »derlei heidnischem Zeug« hielt. Aber er rührte sie nicht an.

Lene war nur kurz zum Sandborn gegangen, um Wasser zu holen.

Der Brunnen stand dort, wo die Obergasse auf den kleinen Platz mündete, der »Auf dem Sand« genannt wurde. Wenn es regnete, wurde die gelbe Erde aus den Weinbergen gelöst und blieb als feine Schicht hier liegen. Die Büdinger kehrten den Sand gern auf und verwendeten ihn für ihre Maurerarbeiten.

Gut, Lene hatte ein paar Nachbarinnen getroffen und einen kleinen Schwatz gehalten. Trotzdem war sie nicht länger als eine halbe Stunde fort gewesen.

Als sie zurückkam, stand Contz mitten in der Werkstatt. Er hielt die Fäuste geballt und war weiß wie ein Leintuch.

»Du!«, schrie er, sobald sie die Tür hinter sich geschlossen hatte.

Noch bevor Lene die Wassereimer hätte abstellen oder auch nur den Mund aufmachen können, war Contz mit einem Satz beim Tisch. Wahllos griff er nach Ahlen und Stechorten und warf damit nach ihr.

Die schwankenden Eimer hinterließen Wasserpfützen auf dem Boden. Eilends stellte Lene sie ab und hob die Arme vors Gesicht.

»Contz! Um Himmels willen, Contz!«

»Du verdammtes Weib, du Bluthex, du Gewitteraas!«

Ein Schuh traf sie hart an der Schulter.

Als sie den Knieriemen in Contz' Hand sah, drehte sie sich um und wollte hinauslaufen.

Doch er war schon bei ihr und hielt sie fest.

»Du läufst mir nicht fort, du verdammtes Weibsstück!«

»Contz!«, schrie sie aus Leibeskräften. »Was ist denn passiert? Was hab ich dir denn getan?«

»Nichts«, schrie er zurück. »Gar nichts hast du mir getan. Aber der Barbara, du verdammtes Stück Missgunst!«

»Was soll ich der Barbara denn getan haben?«, rief Lene verzweifelt.

»Umbringen willst du sie, weil du neidisch auf sie bist und eifersüchtig!«

»Aber sag doch endlich – was soll ich getan haben?«

»Grad war einer da, und der hat gesagt, man hat die Barbara geholt, weil sie eine Hex sein soll. – Wer soll das denn behaupten, wenn nicht du?«

Contz hielt den Riemen in seiner Hand und klopfte sich damit gegen das Bein. Er schrie noch immer, hörte gar nicht auf, sie zu beschimpfen.

Je lauter er tobte, desto ruhiger wurde Lene. Zunächst suchte sie in sich nach Mitleid mit Barbara. Sie fand keines und schämte sich dafür.

*Ich wusst, dass die zwei Unheil bringen*, dachte sie. *Und jetzt ist es passiert.*

»Contz«, sagte sie leise. »Wenn du denkst, dass ich so was tun kann, dann können wir nicht mehr Mann und Frau sein.«

Er sah sie misstrauisch an. »Aber wer soll es denn sonst getan haben? Die zwei sind doch nicht von hier, keiner kennt sie.«

»Und deshalb denkst du, ich war's?«

»Wer denn sonst? Weißt du, was sie gesagt haben, warum sie eine Hex sein soll?«

Er stellte sich dicht vor sie. Er war nicht sehr groß. Dennoch musste Lene zu ihm aufblicken.

Sie schüttelte den Kopf.

»Sie soll mich verhext haben! Dass ich nur noch sie anguck und nicht mehr mein Weib! Kannst du dir das vorstellen?«

*Ja, das kann ich mir vorstellen*, dachte Lene. Natürlich sprach sie es nicht aus.

»Als ob die es nötig hätt, einen Mann zu verhexen. So wie die aussieht und so lieb wie die ist.«

*Das ist es also. Lieb ist die. Hat sie dir gesagt, was ich nicht sagen konnt? Hat sie dir erzählt, was für ein feiner Kerl du bist?*

»Also, dann sag mir – wer außer dir kann so ein widerliches Zeug in die Welt gesetzt haben?«

»Ich weiß es doch nicht, Contz.«

Er ließ den Riemen fallen und schlug die Hände vors Gesicht.

»Sie werden sie umbringen. Allmächtiger, sie werden sie umbringen.«

Wie hatte Sebastian Eckstein einst gesagt? *Wer heut in einen Prozess gerät, in dem es um Hexerei geht, kann nicht hoffen, mit dem Leben davonzukommen.*

Lene sah ihren Mann an wie einen Fremden. Sein Schmerz durchdrang die Stille, mit der sie sich umgeben hatte. Plötzlich schauderte ihr.

Was war vorgefallen in den Jahren, die Contz fort gewesen war? Warum genügte ihm allein die Nachricht, Barbara sei in Gefahr, um seine Ehe in den Schweinetrog zu werfen?

»Ich war es nicht«, sagte sie müde. »Ich hätt es nicht mal getan, wenn ich gewusst hätt, wie du heut zu mir bist. Du wirfst mir was Böses vor, ohne mich auch nur zu fragen. Du tust mir weh, du schlägst mich beinah. – Was hat die Barbara bloß aus dir gemacht?«

Er verbarg sein Gesicht weiter in den Händen. Als sie hörte, dass er zu schluchzen begann, nahm sie die Eimer und ging in die Küche. Dort setzte sie sich hin, legte die Arme auf die Tischplatte und lauschte auf ihre Atemzüge.

Irgendwann kochte sie Suppe, weil es die Zeit dafür war. Sie rief nach Contz, der auf seinem Schemel saß und vor sich hin starrte. Er kam, und sie aßen schweigend zusammen. Lene konnte sich nicht mehr daran erinnern, was sie in die Suppe getan hatte und was nicht, und wunderte sich, dass sie so schmeckte wie immer. Danach ging Contz hinaus und starrte weiter vor sich hin. Wenn Kunden kamen, stellte Lene sich in die Tür und lauschte. Contz war einsilbig, benahm sich ansonsten aber nicht viel anders als sonst.

*Ich geh zur Clara,* wollte Lene nicht sagen, warum, wusste sie selbst nicht. So nahm sie den Korb und sagte: »Ich geh in den Garten.«

Dieses Mal war Velten in die Arbeit vertieft, ebenso wie sein Vater. Beide blickten nur kurz auf und grüßten, während sie sofort nach oben lief.

Clara war gerade dabei, Wäschestücke zusammenzufalten und in eine Truhe zu legen, während ihre Schwiegermutter Juliane fütterte.

Lene half ihrer Schwester, und als die Gelegenheit günstig war, weil Juliane gerade laut plapperte, fragte sie leise: »Können wir uns allein unterhalten?«

Clara nickte.

»Juliane, du bleibst bei der Großmutter«, sagte sie nur.

Sie ging voraus in ihre Schlafkammer.

»Ich wünscht, ich hätt auch mal was Schönes zu erzählen, wenn ich dich besuch«, begann Lene, als sie nebeneinander auf dem Bett saßen. »Ich komm mir schon ganz dumm vor, dass ich dir immer nur von Sorgen erzähl.«

»Ach, Lenchen, das wünscht ich mir doch auch.« Clara nahm Lenes Hände, küsste sie und legte sie an ihre Wangen. »Weißt du, ich denk oft ...« Sie stockte. »Oft komm ich mir vor wie – wie das Mädchen, das du gekriegt hast. Das schöne, mein ich.« Ihre Augen flehten. »Die Burckhardt hat gesagt, das wär, als hätt es dem anderen die Kraft ausgesaugt, damit es leben kann. So komm ich mir oft vor. Mein Leben könnt besser nicht sein. Und deins – ach Lene, ich weiß doch.«

»Aber du nimmst mir doch nichts weg, Clara.« Das war gelogen, und doch auch wahr.

»Aber es heißt ja immer, Zwillinge haben nur eine Seele.

Und wenn ich all das Gute hab – dann bleibt vielleicht für dich nichts mehr übrig.«

»Und ich denk manchmal, dass halt doch das stimmt, was der Herr Pfarrer sagt«, sagte Lene trübsinnig. »Dass der Herrgott von Anfang an festgelegt hat, wer in den Himmel kommt und wer in die Höll. Und bei mir sieht es nicht so aus, als hätt er für mich was Gutes im Sinn.«

»Aber Lene, das darfst du doch nicht denken!«

»Was soll ich denn sonst denken?«

Sie beschloss, Clara nichts von dem zu sagen, was heute Morgen vorgefallen war. Was sollte sie ihr das Herz damit schwermachen. Stattdessen stellte sie die Frage, deretwegen sie gekommen war.

»Ich hab dich doch gebeten, niemand zu erzählen von den zweien, die bei uns warn. – Hast du vielleicht doch jemand was gesagt?«

Ganz kurz wurden Claras Augen groß, bevor sie sie niederschlug. Eine winzige Röte breitete sich auf ihrem Gesicht aus.

»Nein«, sagte sie zögernd. Dann fester: »Nein. Ich hab keinem was davon gesagt.«

»Die haben die Barbara nämlich verhaftet, und sie soll als Hex angeklagt werden. Der Contz hat gemeint, ich wär's gewesen, die sie angezeigt hat. Es könnt doch sonst keiner gewesen sein. Es heißt, die hätt den Contz verhext. Er meint, es hätt doch sonst keiner gewusst, dass sie was von ihm gewollt hat.«

»Ich hab bestimmt nichts gesagt!«, rief Clara.

*Warum lügt sie?*, überlegte Lene. *Wir haben uns doch sonst nie angelogen. Nein, das stimmt nicht. Mit dem Velten, damals, da hat sie auch gelogen.*

Clara hatte die Schultern hochgezogen und die Lippen zusammengekniffen. Ihre Augen sahen aus wie die von einem, der Schmerzen hat und es nicht zeigen will.

Es hatte keinen Sinn, sie noch weiter auszufragen. Manchmal konnte ein Lügner nicht mehr zurück aus seiner Lüge, weil er sich so sehr für das schämte, was er getan hatte.

Contz sprach nicht mehr. Oder zumindest nur, wenn es unbedingt nötig war. Er arbeitete. Er arbeitete sogar ununterbrochen, verbissen, von Sonnenaufgang bis Sonnenuntergang. Danach ging er in die Wirtschaft, kam aber selten richtig betrunken nach Hause. Lene hatte den Eindruck, er wolle einfach nur vermeiden, mit ihr unter einem Dach zu sein.

Ein einziges Mal seit Barbaras Verhaftung waren sie nachts als Mann und Frau zusammen gewesen. Aber kaum hatte Contz sich hinterher zur Seite gedreht, da hörte Lene ihn weinen.

Sie erfuhr es von der alten Frau Brodt, der »Zeitung für alle, die zu geizig sind, sich eine zu kaufen«, wie Velten immer sagte. Maria Brodt suchte nicht einmal nach einer Ausrede, um in die Häuser und Läden zu gehen und alles zu erzählen, was sie in der Stadt erfahren hatte. Sie ging davon aus, jeder müsse sich für das interessieren, was sie zu klatschen hatte. »Die sieht es gern, wenn jemand sich aufregt oder ängstigt«, hatte Velten einmal gesagt. »Die säuft die Angst und das Leid wie andre Leut den Wein.«

An diesem Tag kam sie, als Lene gerade einem Kunden seine Schuhe gab, die geflickt worden waren. Kaum hatte er die Werkstatt verlassen, hielt Maria Brodt sie auch schon am Arm fest.

»Ihr werd jetzt bestimmt mehr zu tun haben, gell?«

»Warum sollen wir mehr zu tun haben?«

Lene stand mit dem Rücken zu Contz. Aber ihr war, als habe er seine Arbeit niedergelegt und höre ihnen zu.

»Ei, wegen dem Löhr! Ihr habt es doch schon gehört?«

Wenn die Alte wenigstens gleich sagen würde, was sie loswerden wollte, und dann wieder ginge. Aber nein, sie musste partout immer ein aufregendes Stück daraus machen, bei dem man alles aus ihr herausfragen musste. Lene hatte auch schon versucht, das Nachfragen zu verweigern. Das führte aber bloß dazu, dass es noch länger dauerte, die Brodt wieder loszuwerden.

»Was haben wir schon gehört?«

»Der Löhr, der schafft doch nichts zurzeit. Der läuft doch nur durch die Stadt und räsoniert.«

»Warum?«

»Ei, wegen seinem Weib!«

»Was ist mit seinem Weib?«

»Wann ihr's nicht wisst – wer soll es denn dann wissen? – Man hat sie doch verhaft, das Weib vom Löhr! Wegen euch!«

»Wegen uns?«

»Wegen dir, Lene. Sie soll dich doch verhext haben.«

Lene sah die Alte verdutzt an, dann begann sie schallend zu lachen. Ein wenig Schadenfreude war dabei, dass Maria Brodt endlich einmal einem Gerücht aufgesessen war.

»Da irrst du dich aber. Es stimmt, dass man eine verhaft hat. Aber das ist nicht die vom Löhr. Das war eine Fremde.«

Lene hörte keinen Laut hinter sich. Nun *wusste* sie, dass Contz ihr angespannt zuhörte.

»Aber das sind doch uralte Geschichten! Nein, das mit dem Weib vom Löhr, das ist ja grad erst passiert, gestern erst hat man sie abgeholt. – Aber dass ihr das nicht wisst! Ich hätt doch gemeint, *ihr* habt sie angezeigt! Weil sie dir doch das Kind im Bauch verhext hat!«

»Was hat sie?« Lene stockte der Atem.

Plötzlich hatte Maria Brodt es sehr eilig.

»Ich muss weiter«, sagte sie.

*Ja*. Lene dachte an das, was Velten über die Alte gesagt hatte. *Du hast gekriegt, was du wolltest. Du hast mein Erstau-*

*nen gesehen und meinen Schrecken und hast dich dran besoffen. Hier ist nichts mehr zu holen für dich.*

Maria würde weiterziehen, ins nächste Haus, in die nächste Werkstatt. Und die Geschichte, die sie dort erzählte, würde ein neues Kapitel haben. *Könnt ihr euch das vorstellen? Die Schunks haben doch wahrhaftig so getan, als wüssten sie von nichts!*

»Contz«, sagte Lene, kaum dass die Tür sich hinter der Alten geschlossen hatte. »Was weißt du davon?«

Er kniff die Lippen zusammen und arbeitete schweigend weiter.

»Contz?«

»Wovon?«

»Du weißt ganz genau, was ich mein. Das, was die alt Brodt grad erzählt hat. Dass die das Weib vom Löhr abgeholt haben, weil sie mir angeblich das Kind im Bauch verhext hat.«

Den Klopfstock auf dem Knie, schlug Contz immer wieder mit dem Hammer auf das Lederstück, das vor ihm lag. Er murmelte etwas, das in den Hammerschlägen unterging.

»Was hast du gesagt?«, wollte Lene wissen.

Endlich hielt er inne und hob den Kopf. Trotzig sah er aus, wie ein kleiner Bub, der weiß, dass er etwas angestellt hat. In diesem Moment, nur für die Länge eines Wimpernschlages, dachte sie: *Vielleicht hätt ich ihn liebhaben können. Wenn alles anders gekommen wär.*

»Wenn's doch wahr ist«, sagte Contz. Laut und deutlich.

»Wenn was wahr ist?« Der Augenblick war vorbei.

»Sie hat's doch gemacht.«

Sofort war sie bei ihm, sank zu Boden vor ihm und legte ihre Hand auf das Lederstück, das auf seinen Knien lag.

»Um Himmels willen, Contz, wie kommst du denn darauf?«

»Ich war doch selber dabei«, beharrte er, wie einer, der sich selbst überzeugen muss. »Als du die Bänder vom Eckstein auf unsre Schuh geklebt hast. Und ich dich deshalb gefragt hab. Da ist sie vorbeigegangen. Weißt du das nicht mehr?«

Lene schüttelte fassungslos den Kopf.

»Die ist an dir vorbei. Und da hat sie dir ins Gesicht geblasen. Ich hab's genau gesehn. Und jeder weiß doch, dass Hexen damit die Kinder im Leib verderben können.«

Lene stand langsam auf. Das war so mühsam, als habe die Luft um sie herum sich in Brei verwandelt.

»Du hast sie angezeigt?«

Er nickte stumm und begann wieder zu hämmern.

»Sie werden sie verbrennen, das weißt du?«

Er zog bloß die Achseln hoch, senkte sie jedoch nicht wieder, beinahe so, als sei sie sein Vater und halte den Riemen bereits in der Hand.

»Du schickst eine Frau ins Feuer, die du gar nicht kennst, nur weil ihr Mann dir ein paar Kunden weggeschnappt hat?«

*Die du vielleicht hättst behalten können, wenn du auf mich gehört hättst.*

Er sprang auf. Scheppernd fielen der Klopfstock und der Hammer auf den Boden.

Lene erschrak.

»Die war das. Die hat das gemacht. Wer sollt es denn sonst gewesen sein? Denkst du, die wollten uns nicht forthaben? Und als sie gesehn hat, dass du ein Kind kriegst, da hat sie es verflucht. Ich hab mir immer schon überlegt, wie das zugehn konnt mit dem Kind. Und du kannst noch froh sein, dass ich gesehn hab, dass sie das war. Sonst hätt man am End noch irgendwann gemeint, du selbst wärst es gewesen. Ich hab da schon lang Angst gehabt, dass das mal einer sagt.«

*Der glaubt das wirklich*, stellte Lene erschüttert fest. *Der glaubt sich das wirklich selbst, was er da erzählt. Dabei denkt er sich das grad erst aus.*

Und wahrhaftig fuhr er fort: »Überleg doch mal, Lene. Irgendwann wär einer gekommen und hätt gefragt, wie es sein kann, dass du was auf die Welt bringst, was mehr wie ein böser Geist aus der Höll aussieht als wie ein Mensch. Und das, wo die Els bei euch im Haus gelebt hat. Man könnt doch sagen, die hätt dir allerhand beigebracht, wie man ...«

»Hör auf!«

Aber Contz fuhr fort: »Und dem Löhr geschieht es auch recht.«

Sein Gesicht verfinsterte sich. »Der war das nämlich mit der Barbara.«

»Was?«, rief Lene.

»Der hat die Barbara angezeigt.«

»Vor ein paar Tagen sollt ich es noch gewesen sein! Und jetzt ist es der Löhr! Merkst du denn nicht selbst, was du da ...«

»So passt das alles zusammen. Der hat mich gesehen, neulich, als ich mit der Barbara und dem Julio über die Gass gegangen bin, und er hat gesehen, wie wir miteinander reden. Und da hat er gemerkt, womit er mir wehtun kann.«

»Das ist doch alles nur närrisches Zeug, was du dir da ausdenkst«, sagte Lene verzweifelt. »Und du begreifst nicht mal, was du da tust! Jemanden zu besagen, das ist, als ob man mit Steinen nach einem schlafenden Bären schmeißt! Wenn der erst mal aufgewacht ist, ist keiner mehr sicher vor ihm.«

»Wer sagt denn so was? Hast du das vom Eckstein?«, fragte Contz misstrauisch.

Störrisch fuhr er fort: »Und dafür muss die Barbara sterben, nur weil der Löhr mich hier forthaben will.«

Er sank auf seinen Schemel und begann wieder zu schluchzen. »Die Barbara!«, hörte Lene nur immer wieder. »Die Barbara!«

Sie blieb stehen, steif wie ein Stockfisch, und hörte zu, wie ihr Mann wegen einer anderen bittere Tränen vergoss.

Nach einiger Zeit sah Contz sie über seine Finger hinweg an. »Sie hat ein Kind gehabt, weißt du. Von mir. Es hat nicht lang gelebt, nur ein paar Tag. Das ist so im Krieg, da machen es die Kleinen meist nicht lang. Ein Bub ist es gewesen. Peter hat er geheißen.«

*Natürlich*, dachte Lene. *Wie auch sonst.*

*Er hat sie lieb. Er hat sie wirklich lieb. So wie ich den Velten liebhab. Und jetzt muss einer büßen dafür, dass er sie verliert. Und weil er so voller Hass und Missgunst ist, meint er, der Löhr wär genauso.*

»Ach, Contz«, sagte sie nur.

Sie stellte sich vor, wie sie seinen Kopf an ihre Brust zog und ihn tröstete. Aber sie brachte es nicht über sich, zu ihm zu gehen.

Die Luft war noch immer zu schwer.

»Und das ist genau der Fehler«, hörte Lene Heinrich Merz sagen. »Mittlerweile liest jeder unreife Trauben, vor lauter Angst, dass sie verfaulen. Und dann beschweren die Leut sich über sauren Wein.«

Lene warf ihrer Schwester einen raschen Blick zu, bevor sie das gekrümmte Rebmesser ansetzte, um die nächste Traube abzuschneiden. Die altvertrauten Streitereien hatten etwas Beruhigendes, als habe es sie seit Anbeginn der Zeiten gegeben und als würden sie nie enden, so zuverlässig, wie die Sonne auf- und unterging.

Aber konnte Heinrich denn nicht auch mal den Mund halten? Schließlich wusste jeder, wie angespannt der Vater in diesen Tagen war. Der Sommer des vergangenen Jahres war heiß gewesen, und es hatte einen guten Wein gegeben. In diesem Jahr hatte es den ganzen Sommer über geregnet, und auch jetzt zogen dunkle Wolken über den Himmel.

Heute schien ihr Vater jedoch gefestigter Stimmung zu

sein, denn nach einiger Zeit meinte er: »Besser, die Trauben kommen jetzt rein und bleiben vor dem Keltern ein paar Tag stehn. Wer weiß, wie das Wetter noch wird. Die können auch im Bottich reifen.«

»Das machen nur die geizigen Leut«, gab Heinrich augenblicklich zurück. »Wenn's draufregnet, werden die Trauben nass, und man hat mehr Wein. Dafür bekommt er aber von den Kernen einen schlechten Geschmack.«

Ewald stapfte ohne Antwort davon.

Clara unterdrückte, nur für Lene hörbar, ein Lachen.

»Wie früher«, meinte sie leise. »Es ist alles wie früher.«

Lene fiel es schwer, Claras Lächeln zu erwidern.

*Nichts ist wie früher.*

Offenbar musste sich der Gedanke auf ihrem Gesicht gezeigt haben. Sofort kam Clara zu ihr und nahm sie in die Arme.

»Es tut mir so leid«, flüsterte sie. »Ich tät dir so gern was abgeben von meinem Glück.«

»Das behältst du schön selber!«, knurrte Lene nur, schnitt energisch die nächste Traube ab und warf sie in den Korb.

Sie begegnete ihm am helllichten Tag, mitten in der Stadt, nach einem ihrer beinahe täglichen Besuche bei Clara. Eben hatte sie die Ladentür hinter sich zugezogen und wollte sich auf den Heimweg machen, als Julio mit einem Mal vor ihr stand.

»Komm mit«, sagte er nur.

Er zog sie hinter sich her, in die Rathausgasse, wo es dunkel war. Hier standen die Häuser so dicht, dass man seinem Nachbarn durchs offene Fenster in die Suppenschüssel spucken konnte. Wenige Schritte entfernt gingen Menschen vorbei, schwatzten und lachten.

*Er kann mir hier nichts tun,* dachte Lene.

Offensichtlich hatte Julio sich seit Tagen nicht mehr den

Bart geschoren. Dennoch erkannte sie Linien neben seinem Mund, die ihn aussehen ließen, als habe er schon ewig kein Auge mehr zugetan. Es war geradezu unheimlich, dass sie ihn an diesem Ort traf, direkt neben dem Rathaus. Ob er oft hier war? Hier, in Barbaras Nähe? Seine Haare hingen zerzaust bis auf das schwarze Wams. Im Schatten leuchteten seine Augen und seine Zähne heller als je zuvor.

»Warst du es?«, fragte er.

Sie wusste sofort, wovon er sprach.

»Der Contz hat es geglaubt«, erwiderte sie bitter. »Die halbe Werkstatt hat er nach mir geschmissen, bevor er mich auch nur gefragt hat. Warum also solltest du es nicht auch glauben?«

»Ob du die Barbara besagt hast, will ich wissen.«

»Es tut mir leid um dein Weib, das musst du mir glauben«, sagte sie aufrichtig. »Aber hättst du nicht besser auf sie aufpassen können, als es noch ging?«

Sie stand bereits mit dem Rücken an der Hauswand, sonst wäre sie zurückgewichen unter seinem Blick. Für einen Moment fürchtete sie, er werde sie schlagen.

»Was weißt denn du«, sagte er rau. »Immer habe ich auf sie aufgepasst, immer. Nein, nicht immer, das stimmt nicht. Aber immer, wenn es ging. Sie ist nicht mein Weib, die Barbara, was glaubst du denn. Meine Schwester ist sie.«

Er ließ sich neben ihr mit dem Rücken gegen die Wand fallen. Sein Atem ging so schwer wie nach einem schnellen Lauf. »Wie ein Tierchen ist sie, die Barbara, das immer dahin kriecht, wo's warm ist. Und beim Contz war's warm. Nie hätt ich das zulassen dürfen, das mit ihm, und mit dem Kind, und als sie dann noch hierherwollt. Niemals.«

»Aber …« Er unterbrach sich. »Warst du es, Lene? Weil – ich hab mir geschworen, ich bring den um, der's war. Und jeden, der ihr ein Leid tut.«

»Dann würd ich es ja kaum sagen, wenn ich es gewesen wär«, erwiderte Lene.

Bilder wirbelten durcheinander in ihrem Geist, Clara, die nicht lügen konnte, ohne sich zu verraten, und die beteuert hatte: *Ich hab keinem was davon gesagt.* Und die kleine Clara, die sagte, an dem Tag, als die Kannegießers starben: *Ich bin doch schuld. Nur wegen mir sind sie jetzt alle tot.*

Wenn ihre Schwester wahrhaftig etwas mit der Sache zu tun, wenn sie gar selbst die Barbara besagt hatte, so durfte Julio niemals davon erfahren.

»Aber nein, ich war's nicht«, sagte sie. »Und ich wünscht euch grad die Pest an den Hals dafür, dass ihr so was denkt von mir, dir und dem Contz.«

Damit ließ sie ihn stehen und lief davon.

## 20

Auch dieses Mal hatte Velten keinen Stand aufgebaut. Doch aus Ortenberg war ein Buchbinder gekommen, der auf einem kleinen Tisch Bibeln, Gesangbücher und einzelne Blätter mit Predigten feilbot.

Und nicht nur für das geistliche Wohl der Büdinger war gesorgt. An verschiedenen Ständen wurden Brot mit Wurst sowie Äpfel oder heißer Wein verkauft. Die Stimmung war so ausgelassen wie bei einem Jahrmarkt.

Als wolle der Herrgott persönlich diesen Tag segnen, schien die Sonne strahlend von einem tiefblauen Novemberhimmel. Trat man zwischendurch von einem Fuß auf den anderen oder rieb sich in seinen Atemwölkchen die Hände, wurde einem sogar beinahe warm. Dabei hatte es vor einer Woche zum ersten Mal in diesem Jahr geschneit.

Diese Prozesse hatten nicht lange gedauert. Häufig hatten die Ankläger in der Vergangenheit juristische Gutachten der Marburger Universität eingeholt. Hier wurde darauf verzichtet. Offenbar hatte man weniger Hemmungen, Frauen hinzurichten, die noch nicht lange in dieser Stadt lebten und nichts einbrachten, sondern nur kosteten.

Bei einer Hinrichtung nicht zu erscheinen, war überaus verdächtig, und so gab es kaum einen Büdinger, alt oder jung, stark oder hinfällig, der heute nicht gekommen war. Man durfte keinen Fehler machen in diesen Zeiten. Jemandem nicht in die Augen zu sehen, machte einen schon verdächtig. Nicht in die Kirche zu gehen, war sehr verdächtig. Man hatte aber auch schon Frauen beschuldigt, zu oft in die Kirche zu gehen, um damit von ihren Untaten abzulenken.

Kurz hatte Lene sich aus dem Getümmel heraushalten und sich in die Nähe des Kreuztors stellen wollen. Aber dort stände sie allein. Es wäre auch feige, Clara im Stich zu lassen und die Kinder.

»Ich will hoch, ich will hoch«, rief Juliane und zerrte ihren Vater am Hosenbein.

Der bückte sich und nahm sie auf die Schultern. Er warf Clara einen Blick zu, der zu sagen schien: *Was soll ich machen?*

»Aber nur jetzt«, hörte Lene ihre Schwester leise sagen. »Nachher setzt du sie runter.«

Hätten die Kinder nicht geplappert, wäre um Lene nichts als Schweigen gewesen. Keiner sah den anderen an, nur Peter und Ursel wechselten mitunter ein paar leise Worte. Das Gesicht der Mutter wirkte abweisend wie die Mauern einer Festung, die einen Angriff erwartet. Die Großmutter warf ihr immer wieder streitlustige Blicke zu, als warte sie nur darauf, dass ihre Schwiegertochter den Mund auftat.

Lene stellte sich neben ihren Vater und schob ihre Hand in seine. Er drückte sie, ohne Lene anzusehen, so fest, dass es schmerzte.

Sebastian Eckstein kniff den Mund zusammen, als wolle er verhindern, dass ihm unbedacht eine Bemerkung entschlüpfte. Immer wieder musterte seine Frau ihn besorgt. Clara sah elend aus. Es gelang ihr nicht einmal dann zu lächeln, wenn Velten sie in die Arme nahm und beruhigende Worte in ihr Ohr raunte.

Wo Contz steckte, wusste Lene nicht. Er war heute Nacht nicht nach Hause gekommen. Hoffentlich machte er keine Dummheiten.

Ein Duft streifte Lenes Nase und machte ihr wider ihren Willen den Mund wässrig. Durch die Menge drängte sich ein Mann, der einen großen Korb in beiden Händen trug.

»Weck mit frisch gebratenem Hexenfleisch!«, rief er. »Weck mit frischem Hexenfleisch!«

Viele lachten. Manche kauften.

Lene ließ die Hand ihres Vaters los.

»Ich könnt kotzen«, murmelte sie.

Ihr Vater nickte nur und starrte weiter geradeaus.

Lene versuchte ebenfalls, Augen und Ohren zu verschließen. *Nicht denken, nicht fühlen. Einfach nur aushalten.*

Und dann begann es.

Lene hatte gehofft, der Zug mit den Verurteilten werde nicht gerade in ihrer Nähe vorbeiführen. Als sie die Stadtknechte sah, die eine Gasse durch die Menge bahnten, war es bereits zu spät. Sie konnte nicht zurückweichen; die Neugierigen hinter ihr standen dicht an dicht, schoben sie eher noch weiter nach vorn.

Man hatte die Frauen nicht einmal auf einen Karren gehoben für den kurzen Weg vom Rathaus hierher. Auf Stühlen festgebunden, wurden sie von je vier Männern getragen. Amtmann und Bürgermeister, die Schöffen und der Scharfrichter bildeten wie immer die Begleitung, und die fünf Pfarrer der Grafschaft sprachen Gebete. Lediglich zwei Schulterpaare trennten Lene von der vorbeiziehenden Gruppe.

Ihr stockte der Atem. Unter den einfachen grauen Hemden Barbaras und der Löhr schauten Beine hervor, die zerschmettert waren und schwarz von Blutergüssen. Auf den Köpfen der Frauen wuchs zarter Flaum, wie bei Neugeborenen.

*Sie war eine schöne Frau, die Barbara,* dachte Lene. *Wie die Kannegießers Marina.*

Barbaras Mund stand offen, und sie hatte die glasigen Augen einer Betrunkenen. Zumindest schien man den Verurteilten so viel Wein gegeben zu haben, dass sie wohl kaum noch begriffen, was ihnen bevorstand.

*Sie lebt noch, sie atmet noch, und gleich wird sie tot sein, und keiner kann was dran ändern.*

»Guck mal, die haben keine Schuh an, wo es doch Winter ist!«, rief ein helles Stimmchen hinter Lene.

»Die kriegen gleich warme Füß, mach dir keine Gedanken«, lautete die Antwort.

Lene kämpfte mit dem Wunsch, sich umzudrehen und dem Mann eine scharfe Antwort zu geben. Doch wer auch nur in den Ruch kam, eine Hexe verteidigen zu wollen, konnte leicht als Nächste im Feuer landen. Und vergebens zu versuchen, einem dummen Kerl die Dummheit austreiben zu wollen, war das Leben nicht wert.

Drei Kreuze bezeichneten die Richtstätte. In ihrer Nähe hatte man wieder Pfähle mit Ketten errichtet und sie mit kunstvoll aufgeschichteten Holzstößen umgeben. Lene hatte erwartet, man werde die Verurteilten jetzt von den Stühlen heben und sie anbinden.

Doch vielleicht fürchtete man, der Anblick von Frauen, die sich nicht mehr auf ihren zerschmetterten Beinen halten konnten, könne Mitleid erregen. Kurzerhand hob man die Frauen mitsamt den Stühlen auf die Holzstöße und kettete sie fest.

Immer wieder musste Lene sich selbst daran erinnern, weiterzuatmen.

Die Stimme des Amtmanns erhob sich. Überall wurde gezischt, um Ruhe zu schaffen, damit jeder sie hören konnte. Zunächst wurden die Anklagepunkte verlesen, danach die Urgichten. Natürlich hatten die Frauen zahllose Verfehlungen zugegeben, und jede hatte die lange Liste selbst unterzeichnet.

Barbara Kaufmann hatte den Schuster Contz Schunk sowie weitere dreiundzwanzig Männer mit Hexenkünsten betört. Elf Männern hatte sie die Manneskraft genommen, indem sie ihnen heimlich Tropfen ihrer Weiberzeit in den Wein getan hatte.

Käthe Löhr hatte dem Weib des Schusters Schunk ins Gesicht geblasen, um das Kind in ihrem Leib zu verderben. Die Macht, dies zu tun, hatte der Löhr ihr heimlicher Buhle, der Satan, gegeben. Sie hatte gestanden, sich immer wieder mit ihm und anderen Zauberinnen am Wildenstein getroffen zu haben, wohin sie nachts in Gestalt einer schwarzen Katze geschlichen sei, während ihr Körper scheinbar neben ihrem Mann im Bett lag. Auch in Langenselbold, wo sie früher gewohnt hatte, hatte sie Zauberei betrieben. Sie hatte zugegeben, mit ihrem Mann hierhergekommen zu sein, um einer drohenden Anklage wegen Hexerei zu entgehen.

Danach wurde kundgetan, die Beklagten hätten wider die heiligen zehn Gebote gesündigt und würden deshalb, vermöge Kaiser Karls des Fünften und des Heiligen Reiches Peinlicher Halsgerichtsordnung, anderen zum abscheulichen Exempel, ihnen selbst aber zu wohlverdienter Strafe, mit dem Feuer vom Leben zum Tode gebracht.

Lene hörte das Gebet, das der Pfarrer sprach, und die Pausen, die er dazwischen ließ, doch die Stimmen der Frauen waren nicht zu vernehmen. Entweder sie bewegten lediglich stumm die Lippen, oder sie waren nicht einmal mehr dazu imstande.

Lene faltete die Hände und schloss die Augen.

*Bitte, lieber Gott, mach, dass sie noch nicht wissen, was mit ihnen geschieht, und dass es dann schnell geht.*

Auch dieses Mal wurde das Entzünden der Scheiterhaufen von Triumphgeschrei begleitet. Einige setzten wahrhaftig ihre Kinder auf die Schultern, damit sie zuschauen konnten, wie Flämmchen zu Flammen wurden, wie kleine flackernde

Herde sich vereinigten, wie das Feuer sich voranfraß, wie es keinen Unterschied machte zwischen Hölzern, Stoff und Fleisch.

Der Lärm war ohrenbetäubend. Viele mochten wahrhaftig glauben, dass hier und heute zu Gottes Ehren jene vernichtet wurden, die sich von ihm losgesagt hatten. Sie übertönten die Schreie der gepeinigten Frauen. Andere wurden stumm und entsetzt Zeugen, wie man unschuldige Frauen zu Tode brachte, nachdem man sie über alles Begreifen hinaus gequält hatte.

Lene ward übel, nur von dem, was sie in den Mienen der Umstehenden las. Neben sich hörte sie Clara nach Luft schnappen, wieder und wieder, als gelänge es ihr nicht, den Atem in ihren Brustkorb zu bekommen. Sie nahm Claras Hand, die eiskalt und verkrampft war, bis Velten sie ihr abnahm und sie zum Wärmen unter seinen Mantel steckte.

Der Wind trieb dichte, schwarze Rauchschwaden über die Menge. Lene musste würgen, als der unverkennbare, widerlich süße Geruch ihr in die Nase schlug. Sie ging in die Knie, um ihm zu entgehen, begegnete den großen, erschreckten Augen des kleinen Sebastian, der seine Hände in die Röcke seiner Großmutter krampfte, und zog ihre Nichte an sich, die zu weinen begann.

»Will heim, will heim!«, sagte Juliane.

Über dem Raunen, Höhnen, Lachen der Menschen ertönte ein einzelner, entsetzlicher Schrei.

*Die haben ja vielleicht gekrischen!*, hörte Lene eine Knabenstimme in ihrem Inneren, eine Erinnerung daran, wie sie als Kind hier gestanden hatte.

Dies war nicht der Schrei einer der Gemarterten gewesen. Es war der eines Mannes, in allerhöchster Quäl, ganz in Lenes Nähe. Sie sprang auf und wandte den Kopf, unwiderstehlich angezogen von solcher Not. Erst als die Menschen vor ihr zurückwichen, merkte Lene, dass sie lief. Um sie herum mischte Fluchen sich mit höhnischem Lachen.

Lene konnte den Mann nun sehen, wie er dastand, immer noch schreiend, hoffnungslos verzweifelt, wie sonst nur ein Kind schreien kann. Stadtknechte hielten ihn fest. Julio wehrte sich mit aller Kraft, doch sein Blick klammerte sich an den Anblick seiner sterbenden Schwester.

Während er sich noch immer im Griff der Männer wand, schaute er mit einem Mal wild um sich, als suche er nach Hilfe, wo es keine geben konnte.

*Bet doch, bet doch für dich und die Barbara,* dachte Lene verzweifelt, *jetzt kann euch keiner mehr helfen außer der Herrgott.*

Sein Blick ging nicht zum Himmel, kam nicht dort zur Ruhe, sondern bei ihr.

Lene lief die letzten Schritte, angezogen von seiner Qual wie ein Tier von den Hilferufen seines Jungen. Sie vermochte, was vier Männer nicht vermocht hatten. Er hörte auf, sich zu wehren. Die Knechte traten beiseite, als sie kam. Julio stürzte auf sie zu und klammerte sich an sie, dass sie beinahe strauchelte.

»Siehst du, was sie tun?«, fragte er, mit einer Stimme, die wie zerstört war von seinen Schreien.

»Ja, ich seh es«, sagte sie und strich ihm übers Haar.

Es war gleichgültig, dass er es war. Jeder hätte sie zu sich ziehen können mit solchem Schmerz.

Neben Julio stand Contz – *wie das Kind beim Dreck,* würde die Großmutter sagen – und drehte seinen Hut in den Händen. Nichts hätte richtig sein können in dieser Stunde, in der die Frau starb, die ihm seinen ersten Sohn geboren hatte. Und doch brachte er es wieder einmal fertig, das Falsche zu tun.

Lene hörte das Murmeln um sich, wusste nicht, was sie anrichten mochte in diesem Moment, für sich selbst, für andere, indem sie ihm beistand. Sie wusste nur, dass sie es hatte tun müssen, wie atmen oder essen.

Sie hielt ihn, mit geschlossenen Augen, bis wieder Unruhe in die Menge kam und die Ersten gingen. Sie hielt ihn, weil keiner sonst es tat und weil er sie erwählt hatte, es zu tun.

# 21

Die alte Brodt stand noch im Laden, als der Stadtknecht kam, Lene zu holen.

»Mach dir keine Sorgen, sie ist gleich wieder da«, sagte er zu Contz, als sei sein Weib nichts als ein Topf, den man sich kurz ausleiht.

Gerade erst hatte Lene von der Alten erfahren, dass man Sybilla Burckhardt verhaftet hatte.

»Ich hab gedacht, das ist jetzt alles vorbei, nach dem Tod von der Löhr«, sagte Lene, während sie neben dem Mann den kurzen Weg zum Rathaus ging. Ihre Knie waren weich wie Grützbrei, und ihre Stimme verriet bestimmt die Angst, die sie verbergen wollte.

»Ja, aber es geht um was, was die Löhr gestanden hat«, erklärte er. »Ich weiß gar nicht, ob ich dir das sagen darf. Sie hat dir ja das Kind im Leib verdorben, aber sie hat erzählt, die Burckhardt hat ihr Geld gegeben dafür.«

Lene stöhnte leise auf. Der Abschluss des Prozesses hatte sie zumindest hoffen lassen, man werde jetzt endlich alles vergessen, was mit der Geburt ihrer Kinder zusammenhing.

»Warum soll sie das denn getan haben?«, fragte sie schwach.

»Der Leibhaftige hat es nun mal besonders auf die ungetauften Seelen abgesehen. Und wie sollt er besser an sie kommen als über die, die am meisten mit ihnen zu tun haben? Und grad die Hebammen, die sich sowieso oft nicht um das scheren, was in der Bibel steht!«

»Was meinst du damit?«

»Unter Schmerzen sollst du gebären, steht da. Und sie tun alles dafür, dass es nicht so ist.«

»Du hast wohl noch nicht allzu oft im Kindbett gelegen?«

*Du und dein loses Mundwerk,* dachte Lene. *Du redest dich noch um Kopf und Kragen.*

»Es ist halt so, wie's immer ist«, fuhr der Mann fort, als habe er sie nicht gehört. »Der Schwarze verspricht den Hebammen sonst was für die ungetauften Seelen, und wenn sie die Kinder nicht umbringen, um Hexensalbe draus zu machen, dann tun sie so, als würden sie sie nur kurz raustragen, dabei halten sie sie aber in die Luft und weihen sie Dämonen.«

Offenbar war er bei dem Prozess gegen Käthe Löhr anwesend gewesen, vielleicht auch, als man die Anklage gegen die Burckhardt vorbereitet hatte. Irgendwoher musste er den ganzen Unsinn ja haben.

Lene antwortete nicht. Ihn dem Mann ausreden zu wollen, war, als wolle man mit dem Wind disputieren.

Sie versuchte, sich selbst gut zuzureden. *Mach dir keine Sorgen,* hatte er gesagt. *Sie ist gleich wieder da.*

Schließlich war sie oft im Rathaus gewesen, bei ihrer Hochzeit, bei der Claras, bei allen möglichen Festen. Und doch überlief es sie kalt, kaum, dass sie hinter dem Mann durch die Spitzbogentür getreten war. Die Els hatte man hierhergebracht, die Barbara, die Löhr. Alle hatte man gequält, und keine war dem Tod entgangen. Papisten bekreuzigten sich, wenn ihnen solche Gedanken kamen. Ihr blieb nur ein stummes Stoßgebet.

*Herr, verschone mich und die Meinen.*

Durch die Kaufhalle im unteren Stock mit der schweren Holzdecke, die von vier Stützpfeilern getragen wurde, ging es zu der steinernen Wendeltreppe, die nach oben führte. Eine ganze fröhliche Gesellschaft hatte es hier hinaufgeschafft, aber als ihnen nun ein Mann auf der Treppe entgegenkam, musste Lene sich flach gegen die Wand drücken, um ihn vorbeizulassen. Plötzlich erschien die Treppe ihr so eng, dass ihr Angst wurde.

Im zweiten Stock öffnete der Soldat die Tür zum Gerichtszimmer.

Lene trat ein, mit so schmalen Schultern, als wolle sie sich unsichtbar machen. Hinter einem langen Tisch, der Tür zugewandt, saßen Männer in dunklen Gewändern, mit steifen weißen Kragen. Der Bürgermeister, die Schöffen, der Pfarrer.

In der Mitte erkannte sie den Amtmann Johann Joachim Hartlieb von Walsporn, einen unscheinbaren Mann mit breiter Nase und kleinen Augen. Im vergangenen Jahr war seine Tochter gestorben, noch kein Vierteljahr alt. Er war der festen Überzeugung, man habe sie verhext. Dies hatte ihn in seiner Lebensaufgabe noch bestärkt, das »Hexengeschmeiß« in dieser Stadt auszurotten.

Der Stadtschreiber, auf einem hochbeinigen Schemel im Hintergrund, warf Lene ein kleines, ermutigendes Lächeln zu. Es gelang ihr nicht, es zu erwidern.

Ohne Gruß und ohne eine Miene zu verziehen, wies der Amtmann den Stadtknecht, der Lene hierhergebracht hatte, an, Sybilla Burckhardt zu holen. Während alle warteten, fühlte Lene sich unablässig von Walsporn angestarrt. Ihr Magen krampfte sich zusammen. Sie heftete den Blick auf den Boden und befahl sich, die ineinander verschlungenen Hände still zu halten.

*Bei der Els war ich ein bisschen schuld. Bei der Barbara nicht. Glaub ich. Aber bei der Burckhardt – da bin ich schuld, dass sie hier ist. Auch wenn ich es nicht gewollt hab.*

Die Hebamme wurde in Ketten hereingeführt. Man hatte ihr noch nicht die Haare geschoren, um sie auf Hexenzeichen zu untersuchen, und sie trug ihre eigene Kleidung, nicht das Büßerhemd. Nur die großen Augen in einem Gesicht, das bleich wie Teig war, verrieten, dass sie um ihr unentrinnbares Schicksal wusste.

Zunächst wurde der Schreiber angewiesen, die Namen beider Frauen niederzulegen, die dann befragt wurden, ob sie einander kannten.

»Gewiss kenn ich die Lene«, sagte Sybilla Burckhardt. »Ich selbst hab ihr und der Clara ja geholfen, in die Welt zu krabbeln, und ich hab ihr geholfen, als sie in Kindsnöten …«

»Und genau darum geht es«, unterbrach der Amtmann sie. »Das Weib vom Löhr hat ausgesagt, du hast ihr Geld gegeben, dass sie das Kind von der Lene Kalkhof im Mutterleib verdirbt.«

Sybilla schüttelte energisch den Kopf. »Das hab ich gewisslich nicht getan, das müsst Ihr mir glauben.«

»Es ist ja nicht das erste Mal, dass du in übles Geschrei kommst. Es gab schon einige Fälle, wo Kindbetterin oder Kind gestorben sind und keiner wusste, warum.«

Lenes Kopf fuhr hoch. So warf man Sybilla also nicht nur vor, *ihren* Kindern etwas angetan zu haben.

»Ei, Herr Amtmann«, erwiderte die Hebamme. »Das ist nun halt mal so, wo Kinder auf die Welt kommen. Überall ist das ein schweres Geschäft, und manches Weib und manches Kleine überlebt das nicht.«

»Weil ihr dem Herrgott ins Handwerk pfuscht, du und deinesgleichen!« Lene schrak zusammen unter dem Donner der Stimme. »Weil ihr nicht dem Allerhöchsten überlasst, zu bestimmen, wer leben und wer sterben soll. Weil ihr euch anmaßt, den Weibern helfen zu wollen, wenn er ihnen kein Kind schenkt, und – ärger noch – ihnen Kräuter gebt, damit sie nicht empfangen, wenn sie verderbter Wollust frönen, und …« Er stand auf, blieb jedoch hinter dem Tisch stehen und begann, mit dem Zeigefinger herumzufuchteln. »Am allerärgsten – ihr helft den Frauen sogar, die Leibesfrucht loszuwerden!«

»Nie hab ich das getan!«, rief Sybilla.

Ihr Protest bezog sich wohl vor allem auf den letzten Anklagepunkt. Denn dass sie durchaus manches Kräutlein wusste, das die Männer stark und die Frauen willig machte, und dass sie denen, die nicht wussten, wie sie ein weiteres Kind durchbringen sollten, helfen konnte, gar nicht erst zu empfangen, war zumindest unter den Frauen kein Geheimnis.

»Dazu kommen wir später.« Walsporn warf Sybilla einen Blick zu, der Pein verhieß. »Bleiben wir erst einmal bei dem einen Verbrechen. – Lene Kalkhof!«

Lene schrak zusammen.

»Ist es wahr, dass du im Juni des Jahres unseres Herrn 1627 ein totes Kind auf die Welt gebracht hast sowie eines, das nicht von menschlicher Gestalt war?«

»Ich weiß nur, was man mir erzählt hat«, antwortete Lene vorsichtig. »Die Niederkunft war schwer. Ich wurd ohnmächtig und lag tagelang, bis ich durch die Gnade unseres Herrn wieder aufgewacht bin.«

»Wie erklärst du selbst es dir, dass du ein Kind im Leib trugst, das kein Mensch war, sondern ein Dämon?«

Lene fühlte sich wie ein Wild, das die Treiber kommen sieht und ahnt, dass jede Richtung, in die es zu flüchten versucht, Verderben bedeutet.

Ihre Gedanken rasten. Hatte Contz nicht gesagt, er habe schon immer befürchtet, man werde ihr, Lene, einmal anhängen, dass sie ein solches Wesen geboren hatte?

Wie einfach wäre es doch, alle Zweifel abzustreifen und so zu denken wie die meisten anderen Menschen auch. Nein, eigentlich alle Menschen. Mit wenigen Ausnahmen.

Sybilla war sowieso verloren. Jeder war verloren, der unter dieser Anklage stand. Selbst diejenigen, die man für unschuldig befand, blieben elend und verkrüppelt bis ans Ende ihrer Tage. Und manch anderer, dessen Unschuld erwiesen worden war, saß dennoch für weitere Jahre im Kerker, weil er das Geld nicht aufbringen konnte, das seine Haft gekostet hatte.

Warum konnte sie nicht aussprechen, was doch das Einfachste, das Vernünftigste gewesen wäre?

*Hoher Herr, ich bin mir sicher, dass das Weib vom Löhr mir die Kinder im Leib verhext hat, als sie an mir vorbeigegangen ist, und dass die Burckhardt sie das geheißen hat.*

Für einen winzigen Augenblick versprach diese Vorstellung Erleichterung und Sicherheit.

Dann erstand Veltens Bild in ihrem Geist, ganz deutlich, wie er und sein Vater gesprochen hatten von all den klugen Männern, die nicht an Hexen glaubten oder die zumindest meinten, es seien Irregeführte und es sei unrecht, sie zu quälen.

»Ich weiß es nicht, hoher Herr«, sagte sie leise. »Ich kann es mir nicht erklären.«

Seine Augenbrauen zogen sich zusammen. Er musterte sie schweigend, und dieses Mal ertrug sie seinen Blick. Nicht frech, nicht stolz, sondern beinahe ruhig. Eigentlich war es ganz einfach. Man durfte sich nur nicht die Wahrheit nehmen lassen.

Das Gefühl der Stärke währte nur wenige Augenblicke. So lange, bis Walsporn zu dem Soldaten sagte: »Bringt die Zeugin hinaus. Wir werden aus der Burckhardt die Wahrheit schon noch herausbekommen.«

Draußen war es noch immer kalt und der Himmel verhangen wie seit Tagen. Und doch schien es Lene, als sei es heller geworden und die Welt ein wenig farbiger. Sie ahnte, dass dieses Gefühl rasch den Gedanken weichen würde, was man wohl in ebendiesem Augenblick der Burckhardt tat und ob sie etwas hätte sagen können, um sie zu retten, ohne ihr eigenes Leben zu riskieren.

In diesem Augenblick zählte nur eins. *Ich bin wieder draußen. Ich bin frei. Ich atme noch.*

Sie kam eben an der ›Krone‹ vorbei, als dort die Tür aufgerissen wurde. Lärm und Schimpfen brachen heraus, als zwei Männer erschienen, die einen dritten zwischen sich führten. Mit Schwung beförderten sie ihn in den Schneematsch. Er landete direkt vor Lenes Füßen.

Hastig sprang sie einige Schritte zurück.

In der Tür erschien der Wirt.

»Und ich sag es dir zum letzten Mal«, rief er. »Du hast hier nichts zu suchen! Hör auf, meine Gäste zu vergraulen! Und Geld hast du sowieso keins, also sieh zu, dass du mir fortbleibst!«

Erst, als der so Angesprochene sich erhob, erkannte Lene ihn. Meister Löhr hatte die Stadt verlassen, und Lene hätte sich gewünscht, Julio hätte das Gleiche getan. Doch Contz hatte ihr erzählt, er sei beim stummen Jakob untergekommen.

Julio klopfte sich den Schmutz von der Kleidung, aber Lene hatte das Gefühl, als merke er gar nicht, was er da tat. Inzwischen waren weitere Büdinger stehengeblieben. Er blickte um sich, sah jeden Einzelnen finster und mit schmalen Augen an.

»Ihr habt meine Schwester verbrannt«, sagte er mit klarer Stimme. »Und ich versprech euch eins. Ich bring euch um. Ich bring euch alle um.«

»Du kommst mit«, sagte Contz überraschend an diesem kalten, sonnigen Dezembertag.

Während er mit hochgezogenen Schultern voranlief, folgte Lene ihm wie ein gehorsames Kind.

Unmittelbar vor dem Kreuztor hatte sich ein kleines Grüppchen von Gaffern versammelt. Ein wenig abseits, im Schatten der riesigen Gerichtslinde, stand eine Gruppe von Männern im Gespräch, recht entspannt, wie es schien. Mitunter hörte man einen von ihnen lachen.

»Was passiert denn jetzt?«, fragte Lene leise.

»Ich weiß es doch auch nicht«, erwiderte Contz und kaute auf seiner Unterlippe herum. »Das kommt drauf an, ob er Glück hat oder nicht.«

Offenbar war er nicht bereit, mehr zu sagen. Sie mussten nicht lange warten. Das Johlen einiger Kinder kündigte die kleine Prozession an.

Angeführt wurde sie von einem Mann, der einen Esel hinter sich herführte. Links und rechts des Tieres liefen einige Stadtknechte mit gezogenen Degen. Es folgte das übliche Trüppchen der wichtigsten Vertreter der Stadt, der Amtmann, der Bürgermeister, der Pfarrer. Und der Scharfrichter.

Eine Menschenmenge begleitete den Esel, die Verwünschungen und Schmährufe ausstieß und den Mann, der verkehrtherum auf dem Tier saß, mit Dreck und faulem Obst bewarf. Die Stadtknechte ließen die Leute gewähren, tauschten sogar Scherzworte mit ihnen und murrten nur, wenn ein Apfel sie anstatt des Malefikanten traf.

Blut sickerte auf dem Rücken des Mannes durch das weiße Leinen.

»Das ist ein gutes Zeichen«, sagte Contz halblaut.

»Was ist ein gutes Zeichen?«

»Dass sie ihn nicht hier mit Ruten gestrichen haben, vor allen Leuten.«

Erst als der Esel an ihnen vorüber war, erkannte Lene, wen man da aus der Stadt trieb. Man hatte Julio das Hemd gelassen, die Hose und die Stiefel. Sonst nichts.

*Musste es ausgerechnet hier sein?*, fragte sie sich. *Hier, wo sie die Barbara umgebracht haben? Hätte man nicht eines der anderen Tore nehmen können?*

Immer wieder hatte man ihn verwarnt, immer wieder hatte man ihn eingesperrt.

»Der tut doch keinem was«, hatte Contz gesagt, wenn die Rede darauf kam.

»Er hat gesagt, er bringt uns alle um«, wagte Lene nur einmal einzuwenden.

»Was tätst du denn an seiner Stell?«, erwiderte Contz knapp. »Was tätst du, wenn man deine Schwester verbrannt hätt?«

Jedenfalls hatte die Obrigkeit nicht länger hinnehmen können, dass Julio Unfrieden stiftete, indem er bald jeden auf der Straße anhielt und ihn fragte, ob er wisse, wer es denn gewesen sei, der seine Schwester auf dem Gewissen habe.

Manch eine Beschwerde ging ein, man könne nicht mehr in Ruhe seinen Schoppen trinken, weil »der Fremde, der Bruder von der Hex« immer in der Ecke sitze und einen finster anstarre. Man wisse schließlich nicht, was der im Sinn habe. So einer konnte die Brunnen vergiften oder sonst was tun. Jedenfalls konnte man sich nicht mehr sicher fühlen, solange so einer in der Stadt war.

In der Nähe der Linde machte die Prozession halt, und die Stadtknechte wiesen Julio an, vom Esel herabzusteigen. Weiterhin flog faules Obst, bis der Stadtkapitän dem übermütigen Treiben mit lauter Stimme Einhalt gebot.

Selbst als der Amtmann vor Julio trat, musste der mehrfach ermahnt werden, ihn anzusehen und nicht die drei Kreuze. Walsporn entrollte ein Pergament und begann vorzulesen. Er hielt Julio vor, durch »bösliches Auftreten« in der Stadt viele Bürger »wider Recht und Billigkeit« bedroht zu haben. Einem solchen Unruhestifter könne die Freiheit nur unter der Bedingung gewährt werden, dass er Urfehde schwöre. Er rollte das Pergament wieder zusammen, der Pfarrer trat an seine Seite und streckte Julio die Bibel entgegen. Ohne zu zögern legte Julio seine Hand auf das Buch. Sein Blick ging über die Menge hinweg und richtete sich auf Lene.

Wie einsam er aussah. Ob er einen Ort finden würde, der ihm Zuflucht bot? Sie hatte ihn in ihren Armen gehalten; von allen Menschen hatte er ihr vertraut in seinem größten Schmerz. Und einst hatte er sie geküsst, wie Contz es im Leben nicht vermocht hatte.

Lene erschrak. Sie befahl ihren Füßen, stehenzubleiben. Schon einmal hatte sie geglaubt, Julio müsse wohl des Teufels sein, um in ihr wecken zu können, was bei Contz stets schlief.

Mit lauter Stimme rief Julio: »Im Namen Gottes, des Allmächtigen, schwöre ich Urfehde!«

»Schwörst du, diese Stadt nicht wieder zu betreten«, fragte der Amtmann, »um Rache zu üben für den wohlverdienten Tod deiner Schwester noch für eigene Kerkerhaft, anderenfalls dir dieselbige Hand abgeschlagen werden soll, mit der du nun das Heilige Buch berührst?«

»Ich schwöre es beim Allmächtigen, so wahr mein Name Julio Kaufmann ist.«

Er wartete die Antwort des Amtmanns nicht ab, sondern ging an ihm vorbei, so dicht, dass Walsporn einen Schritt beiseitetreten musste. Mit offenem Mund hielt der Pfarrer noch immer die Bibel hoch.

Lene schloss die Augen und atmete erleichtert auf. Ein letztes Mal wandte Julio den Kopf zum Richtplatz. Begleitet von jungen Leuten, die lachten und ihn schmähten, verließ er die Stadt.

»Ich war ihr Unglück«, flüsterte Contz. »Wenn ich nicht gewesen wär, wären die zwei nie hierhergekommen.«

Lene sah dem Mann hinterdrein, der aufrecht ging inmitten derer, die ihn umtanzten und verhöhnten. Sie war erleichtert, dass er ihr Leben verließ. Und gleichzeitig froh, zu Mitleid noch fähig zu sein.

## 22

In dieser Zeit wünschte Lene sich Jobst zurück. Manchmal stellte sie sich vor, sie hätte sich scheiden lassen, damals, und ihn geheiratet. Irgendwann hätten die Büdinger sich schon daran gewöhnt. *Lieber einen, der nichts mit mir redet und in der Werkstatt schläft, als einen, der nichts mit mir redet und neben mir im Bett liegt.*

*Wär der Contz doch mit dem Julio fort,* dachte sie manchmal und schämte sich dafür.

Clara war seit Barbaras Tod immer stiller und blasser geworden. Wenn sie lächelte, war es ein knappes Lächeln, das rasch wieder verschwand, als habe es Mühe gekostet. Nach wie vor erzählte sie von den Kindern. Doch alles, was sie sagte, klang wie eine Lüge, wie ein dünnes Tuch, das rasch über etwas gezogen wird und unter dem die Formen des Versteckten sich verräterisch abzeichnen.

Man durfte Clara nicht fragen, was sie quälte. Ein einziges Mal hatte Lene es versucht. Vergebens. Man hatte nie mehr mit ihr über Lenhard sprechen dürfen. Nun durfte man nicht über Barbara sprechen.

Eine eigenartige, schwere Zeit war das. Gern hätte Lene sich mit ihrer Schwester zumindest über Contz unterhalten, sich beschwert – nein, sich erleichtert –, dass mit ihm nicht mehr auszukommen war. Tagein, tagaus saß er in der Werkstatt und tat stumm seine Arbeit. Man wusste nicht, was dabei in ihm vorging und welche Gedanken sein Hirn ausbrütete. Aber da Clara nicht sagen konnte, womit sie sich quälte, war sie Lene fremd geworden, und es schien ihr nicht recht, diese fremde Clara mit dem zu belasten, was sie bedrückte.

Als Lene an diesem Morgen aus der Küche kam, war Contz fort, und mit ihm die Schuhe, die er in letzter Zeit geflickt hatte. Nur die neugefertigten waren noch da. Er war also bereits unterwegs, um sie den Kunden zurückzubringen. Lange hatte er sich gesträubt gegen die Sitte, die Lene und Jobst eingeführt hatten. Erst in letzter Zeit hatte er sie übernommen. Überhaupt war er so fügsam, dass es beinahe unheimlich war. Als sei ihm sein Weib mittlerweile so gleichgültig, dass sie ihm nicht einmal mehr einen Streit wert war.

Lene streute eine kleine Handvoll Körner in den Käfig, dann setzte sie sich auf ihren Schemel und überlegte, welche Arbeiten heute zu erledigen wären. Sie hatte keinen Vogel mehr haben wollen. Aber Contz hatte ihr erklärt, ein Vogelkäfig gehöre nun mal in jede Schusterwerkstatt.

Als die Tür sich öffnete, sprang Lene sofort auf.

»Clara!« Sie lief der Schwester entgegen und umarmte sie. »Wie geht's daheim? Was machen die Kinder?«

»Gut, gut. Guck mal, ich bring hier Kinderschuhchen, die der Ewald bald kriegen soll. Die haben schon der Sebastian und die Juliane angehabt, und man müsst sie flicken. Für neue haben wir kein Geld«, seufzte sie. »Das geht bei uns nicht anders als bei den meisten.«

Lene besah sich die Schuhe von allen Seiten.

»Ach, das ist schnell gemacht, nur ein bisschen Näherei. Wenn du willst, mach ich es dir gleich jetzt, dann kannst du sie sofort wieder mitnehmen. Komm, setz dich bei mich.«

Sie deutete auf den zweiten Schemel.

Lene hatte gehofft, das Beieinandersitzen würde Clara dazu bringen, ein wenig mehr zu reden als sonst in der letzten Zeit. Doch Clara blieb schweigsam, beinahe höflich. So begann Lene, draufloszuschwatzen, über das, worüber alle redeten, nämlich dass der Tilly von den Schweden ins Bein geschossen worden und fünf Tage später gestorben war.

Sie bemühte sich aber auch, jeden Klatsch zu erzählen, den die Kunden mitgebracht hatten, jedes »Weißt du schon« und jedes »Hast du schon gehört«, über die Männer, die in der Walpurgisnacht ausgezogen waren, um über die Äcker zu schießen und die Bäume zu schütteln, damit die Hexen vertrieben wurden. Vor allem aber berichtete sie Clara, was man über das große Feuer erzählte, das vor einigen Tagen beinahe das gesamte Dorf Orleshausen unweit von Büdingen zerstört hatte.

Sie war fast fertig mit ihrer Näharbeit, als die Tür sich erneut öffnete. Wieder sprang sie auf, nahm an, es sei Contz.

Aber es war nur der Jakob, sein stummer Trinkkumpan. Er blieb unter der Tür stehen, heftig mit den Armen wedelnd.

»Ei, was ist denn, Jakob?«

Sein Wedeln wurde heftiger, und er deutete hinaus.

»Ist draußen was? Soll ich gucken kommen?«

Er hielt inne, schüttelte den Kopf, kam zu ihr und nahm sie am Arm.

»Soll ich mit dir kommen?«

Er nickte.

»Ist vielleicht was mit dem Contz?«, fragte sie erschrocken.

Er nickte heftiger.

»Ist ihm was zugestoßen?«

Jakob schien nachzudenken, dann nickte er wieder.

Lene sah ihre Schwester hilflos an. »Ich kann doch die Werkstatt nicht alleinlassen!«

Clara stand auf. »Weißt du was – ich bleib hier, und du gehst mit dem Jakob. Gib mir grad deine Schürz, dann kann ich in der Küch was machen, wenn mir die Zeit lang wird.

Keine Angst, hier in der Werkstatt mach ich gar nichts, ich sag den Leuten nur, dass sie nachher wiederkommen sollen. Bis zum Mittag wirst du ja wohl zurück sein.«

»Aber längst!«, sagte Lene erleichtert, zog die Schürze aus und gab sie ihrer Schwester.

Dann lief sie hinter dem Jakob her nach draußen.

Er führte sie geradewegs in Richtung der ›Krone‹.

Lene seufzte. Ging das wieder los? Saß Contz, anstatt Schuhe auszutragen, bereits am frühen Morgen in der Wirtschaft? Zu betrunken, um den Weg nach Hause zu finden?

Unterwegs wollte sie schon an Jakob vorbei. Aber er hielt sie am Arm fest, schüttelte den Kopf und bog in die Erbsengasse ein.

Ein paar Häuser weiter zog er sie in einen Hof. Kein Mensch war zu sehen. Lediglich ein alter Gaul stand da, vor einem einfachen Karren eingeschirrt. Mit heftigen Kopfbewegungen bedeutete Jakob ihr, sie solle mit ihm auf den Kutschbock steigen.

»Ist der Contz denn nicht hier?«

Jakob schüttelte den Kopf.

»Und du willst mich jetzt zu ihm bringen?«

Er nickte und versuchte, sie in Richtung des Karrens zu schieben.

Lene blieb stehen wie ein unwilliger Maulesel. Irgendwie mochte sich das alles nicht zusammenreimen. Unter den Kunden, deren Schuhe Contz heute Morgen im Sack gehabt hatte, war keiner, der so weit außerhalb wohnte, dass man ihn nicht zu Fuß erreicht hätte. Und wenn Contz etwas zugestoßen war, so wäre es doch vernünftiger, ihn in die Stadt und nicht sein Weib zu ihm zu bringen.

»Du bringst mich doch zum Contz, oder?«, fragte sie misstrauisch.

Jakob nickte wiederum.

Lene stand unschlüssig bei ihm. Das Ganze wollte ihr nicht schmecken. Mit einem Mal war ihr unheimlich zumute bei dem Gedanken, mit dem Stummen eine Landpartie zu unternehmen. Andererseits – was, wenn Contz wirklich ihre Hilfe brauchte? Sie konnte doch nicht einfach wieder nach Hause gehen, nur, weil sie einem eigenartigen Gefühl nachgegeben hatte?

Plötzlich erhellte sich Jakobs Miene. Er ging in Richtung des Stalls und deutete ihr eifrig an, sie möge ihm folgen.

»Willst du mir was zeigen? Kann ich dann besser verstehen, was passiert ist?«

Nun strahlte Jakob. Er hielt die Tür auf, und nach einem kleinen Zögern ging Lene an ihm vorbei.

In keinem der Verschläge stand ein Tier, kein anderer Geruch lag in der Luft als der des Heus auf dem Heuboden. Plötzlich presste Angst Lene den Magen zusammen.

Sie fuhr herum.

Jakob stand hinter ihr, mit erhobenen Armen, einen hölzernen Stecken in Händen.

Lene spürte einen harten Schlag an der Schläfe.

Dann wurde es dunkel.

Der Duft von Heu begleitete sie, als sie aus einem Dunkel ins andere glitt.

Lene riss die Augen auf. Doch sie sah nichts.

Sie fuhr sich mit dem Arm über die Augen. Das Dunkel wollte nicht weichen. Es war, als habe man ihr das Augenlicht genommen.

Lene stieß ein erschrecktes Stöhnen aus.

*Er hat mich im Stall eingesperrt. Der verfluchte Hund hat mich im Stall eingesperrt, grad mal ein paar Schritte von daheim.*

Sie richtete sich auf. Ihr Kopf dröhnte, als sie sich langsam auf die Seite wälzte. Irgendwie schaffte sie es, auf die Knie zu kommen. Langsam, immer wieder mit den Händen tastend, begann sie, auf dem strohbedeckten Boden vorwärtszukriechen. Sie stieß einen kleinen Schrei aus, als sie plötzlich am Knöchel gepackt und festgehalten wurde.

*Das ist närrisch*, dachte Lene ungläubig. *Ich bin doch mitten in der Stadt.*

»Zu Hilfe!«, begann sie gellend zu rufen. »Zu Hilfe!«

Beinahe augenblicklich antworteten eilige Schritte, dann ein misstönendes Knarzen. Ein Lichtstreifen erschien. Kein helles Tageslicht, gedämpft, wie in der Dämmerung. Er wurde von einer dunklen Silhouette verdeckt und war sofort wieder verschwunden. Nur ein warmes, flackerndes Leuchten blieb. Es bewegte sich auf sie zu und erhellte eine Hand, die Heu und Stroh auf dem Boden beiseitewischte und ein Talglicht niederstellte.

Lene warf einen raschen Blick hinter sich, um zu sehen, wer sie da festhielt. Niemand war hinter ihr. Eisen schnitt in ihren Knöchel, als sie versuchte, sich zu bewegen. Eine Kette verband den Reifen, der um ihren Fuß lag, mit der Wand.

Der Mann hatte sich hingesetzt, außerhalb ihrer Reichweite, mit dem Rücken gegen die hölzerne Wand gelehnt. Flackernd beschien das Licht ihn von unten. Lene brauchte eine Zeitlang, um in den tanzenden goldenen und schwarzen Flächen seines Gesichts vertraute Linien zu finden. Als es ihr schließlich gelungen war, setzte ihr Herz einen Schlag lang aus.

»Sollte der Richter aller Welt nicht gerecht richten?«, murmelte der Mann.

Lenes Mund wurde trocken.

»Gibt es in der Stadt zehn Gerechte?«, fuhr er fort. »Bist du eine Gerechte?«

# 23

Der Schrecken lief prickelnd über ihre Kopfhaut. *Ich sag nichts. Ich sag am besten gar nichts.*

»Du musst nicht schreien«, sagte Julio. Es klang beinahe mitfühlend. »Es nützt doch nichts. Hier ist keiner mehr.«

*Bin ich denn nicht mehr in Büdingen?*, fragte Lene sich entsetzt. Ihr Atem stockte, als liege ein schwerer Stein auf ihrer Brust.

»Früher, da haben hier Menschen gelebt«, fuhr Julio fort. »Böse und gute. Aber die Bösen sind tot. Und die Guten auch. Die Bösen sind in ihrem Bett gestorben, einfach so. Und die Guten sind ...« Er stöhnte auf. »Und die Guten hat man erbärmlich geschunden. Man hat sie geschlagen und sie gezwungen ... Sie war doch noch so klein ...«

Ob er von der Barbara redete?

»Ich dacht, er hat uns meinetwegen geholt, aber er hat uns auch wegen ihr geholt. Ich hätt das wissen müssen, und ich hätt ihn erschlagen müssen, dann wär ich jetzt hin, und sie wär noch da. Aber ich konnt ihr nicht helfen, und deshalb bin ich fortgegangen mit ihr, zu den Soldaten.«

Lene saß wie erstarrt. Sie hörte ihm kaum zu, suchte nur zu ergründen, ob sie hoffen konnte, seine Rache zu überleben.

»Aber ich hab sie ins Unheil geführt, zu dem Contz, und in diese verfluchte Stadt, in der es keinen Gerechten gibt. Sonst hätt der Herrgott sie doch retten müssen.«

Er redete wie zu sich selbst. Wenn er zwischendurch aufblickte, schien es Lene, als sehe er sie gar nicht. Wenn er *sie* hatte haben wollen, gerade sie, aus welchem Grund auch immer, so konnte man ihm das vielleicht ausreden, ihm klarmachen, dass sie nichts zu tun hatte mit dem Tod seiner Schwester. Wenn er aber nur irgendeinen hatte fangen wollen, einen ganz beliebigen, nur um irgendeinen zu bestrafen – dann stand es schlecht um sie. Wem sein eigenes Leben nichts mehr wert war, der begriff auch nicht, was er anderen antat. So einer hatte sich eingemauert in seinem eigenen Leid.

»Ich versteh das nicht«, fuhr er heiser fort. »Wie kann der Herrgott es zulassen, dass die Schlechten in ihren Betten sterben und die Guten zu Tod gequält werden?«

»Aber du quälst mich doch auch«, musste Lene sagen.

Er schwieg, bis er schließlich sagte: »Ja, ich weiß. Ich hab auch lang überlegt. Aber es muss sein, glaub mir.«

Damit stand er auf und ging hinaus.

Als am nächsten Tag, nach einer kalten Nacht, die Tür aufging, war es Jakob, der erschien.

Lene sprang auf. Ließ Julio sie nun wieder gehen? Ihre Hoffnung sank, als sie den Krug in Jakobs Hand sah und ein Tuch, in dem er wohl etwas zu essen brachte.

Hastig und ohne sie anzuschauen stellte er den Krug und das Tuch ab, gerade so, dass sie Wasser und Brot erreichen konnte, wenn sie sich streckte.

»Jakob«, rief Lene. »Warum haltet ihr mich hier denn gefangen? Hab ich dir je was getan?«

Er schloss die Tür hinter sich, als habe er sie nicht gehört.

Julio war nicht wiedergekommen. Ohne zu wissen warum, war Lene davon überzeugt, dass er sich auch nicht in der Nähe aufhielt. War sie noch immer in Büdingen? Dann tat er gut daran, sich hier nicht blicken zu lassen. Schließlich würde es ihn seine rechte Hand kosten, wenn man ihn erwischte.

Auch bei Jakob hatte sie den Verdacht, dass er sich mitunter entfernte. Wenn er hereinkam mit seinem Licht, sah sie sich rasch um, wollte ergründen, wo sie sich befand. Es war offenbar ein Stall, doch schienen hier seit Ewigkeiten keine Tiere mehr gestanden zu haben. Man hatte ihr nichts gegeben außer ein paar rauen Decken. An der Stelle, wo sie ihre Notdurft verrichtete, wurde das Stroh regelmäßig erneuert. Wenn Jakob kam mit seinem Eimer und seinem Rechen, fühlte sie sich jedes Mal wie ein Tier.

Natürlich hatte sie überlegt, ihm eins über den Kopf zu geben, vielleicht mit dem Wasserkrug. Aber was hätte es ihr genützt? Was, wenn gar nicht er den Schlüssel zu ihrem Eisen besaß, sondern Julio? Der konnte weiß Gott wo sein.

Meist brachte Jakob Wasser, gutes, klares Wasser, selten Wein, einen Kanten Brot, manchmal Käse, kaum jemals ein Stück Wurst oder Speck, nur einmal ein Hühnerbein. Jeden Abend betete Lene, dass ihm nichts zustoßen möge. Was war, wenn er krank wurde, einen Unfall erlitt oder starb? Sie würde dann elendig zugrunde gehen, ohne auch nur zu wissen, an welchem Ort sie ihr letztes Gebet gesprochen hatte. So musste sie auch noch dankbar sein, wenn ihr Kerkermeister kam. Nein, nicht *er* war der Kerkermeister. Er war nur dessen Gehilfe.

Durch einen winzigen Spalt im Dach konnte Lene ein wenig Licht erahnen. Sie versuchte festzustellen, wie lange sie sich schon hier aufhielt. Aber sie geriet durcheinander bei dem Versuch, die Tage und Nächte zu zählen. Lene versuchte herauszufinden, ob Jakob zu bestimmten Zeiten kam. Einmal war sie beinahe sicher, dass er seit zwei Tagen nicht mehr da gewesen war.

Manchmal versuchte sie, ihn zum Bleiben zu bewegen,

flehte ihn an, drohte ihm mit den Strafen, die ihn erwarteten für das, was er ihr antat, versuchte herauszukriegen, warum man sie hier festhielt, bat, ihr doch wenigstens zu sagen, wie es denen daheim gehe. Jakob tat, als sei er nicht nur stumm, sondern auch taub geworden.

Nur als sie fragte, ob er wisse, ob es Clara und den Kindern gutgehe, sah er sie an, als habe sie etwas Unverzeihliches gesagt oder den fürchterlichsten aller Flüche ausgestoßen.

Als Julio das nächste Mal kam, litt sie Hunger und Durst. Es schien Tage her zu sein, dass Jakob hier gewesen war. Lenes Gedanken rasten zwischen der Hoffnung, das hässliche Gesicht des Stummen zu sehen, und der Überzeugung, er werde nicht mehr kommen, hin und her. Wollte Julio ihr das zeigen? Dass er bestimmte, ob sie lebte oder verhungerte? Sollte sie gefangen sein, weil man Barbara eingesperrt hatte?

*Was für eine Art zu sterben und nicht zu wissen warum*, dachte sie gerade, als die Tür sich endlich öffnete.

Er sah nicht viel besser aus als der ärgste Landstreicher. Es gab ihr kein Gefühl der Genugtuung, dass das Schicksal des Mannes, der einst so prächtig gekleidet gewesen war, sich so gewendet hatte. Ob auch er Hunger litt? Lene vermochte es nicht zu glauben, sah im Geist noch immer den allamodischen Monsieur in seinen neuen, schwarzweißen Gewändern. Aber der Monsieur war schmal geworden, und zu einem Bettler fehlte ihm nicht viel.

Sie sah ihn scharf an und bemerkte, dass er ihren Blick mied wie Jakob.

»Da«, sagte er und stellte ihr den Krug hin.

Das Tuch breitete er aus, im Gegensatz zu seinem stummen Gehilfen, der dies stets ihr überließ. Darauf lagen ein Kanten dunkles Brot, dem man schon ansah, dass es hart war, und eine Handvoll Brombeeren.

»Es gibt nichts anderes. Hier wächst doch nichts mehr außer Unkraut.« Plötzlich sah er erschrocken aus, als habe er sich verraten. »Aber sei froh, dass du überhaupt lebst.«

Sie hatte recht gehabt. Er wollte ihr zeigen, dass er Herr über ihr Leben und ihren Tod war.

Dennoch fragte sie: »Warum hältst du mich hier fest? Was hast du vor mit mir?«

»Ich weiß es nicht. Ich muss mir noch was überlegen.«

»Ich bitt dich – lass mich doch gehn. Ich hab dir doch nichts getan.«

*Ich bring euch alle um*, hatte er gesagt. Machte er überhaupt noch einen Unterschied zwischen Schuldigen und Unschuldigen?

Einen Augenblick lang schien es, als denke er tatsächlich nach über das, was sie gesagt hatte.

»Ich kann dich nicht gehn lassen«, sagte er langsam. »Du rennst doch sofort nach Büdingen.«

Er ging und kam für lange Zeit nicht wieder.

Wenn man wenigstens mit dem Jakob hätte reden können. Es war so still hier. Manchmal hörte Lene Vögel, einmal das Quaken eines Frosches. Aber keine Menschenstimmen, auch kein Muh, kein Mäh.

Seit längerem schon redete sie mit sich selbst. Sie sprach alles aus, was ihr in den Sinn kam, dachte laut nach über Krummmesser und Putzhölzer, über Schösslinge und Rebenstecher, und sie sang Choräle.

Wie sehr musste Julio sie hassen, dass er ihr das antat? Tagein, tagaus ohne einen Menschen, ohne ein Wort, gefangen in einer Ewigkeit, die nicht verging. Sie konnte aufstehen in ihrem Kerker, sie konnte gehen, drei Schritte, mehr nicht, bei denen sie eine Decke hinter sich herzog. Ihr Ende hatte sie in den Fußreifen gesteckt, damit ihre Knöchel nicht wund wurden.

Es war wichtig, herauszubekommen, wie weit man gehen durfte mit dem Jakob. Es hatte keinen Sinn, nichts zu wagen, wenn ein Wagnis sie befreien konnte. Schließlich hatte der Jakob ihr nichts getan, außer sie hierherzubringen. Es schien auch nicht so, als habe er einen Hass auf sie. Manchmal hatte sie sogar eher den Eindruck, er habe Angst.

Immer wieder fragte sie ihn, wie viel Zeit vergangen war.

*Wie viele Tage?*, fragte sie erst und gab ihm Antworten mit den Fingern vor, die nicht beantwortet wurden.

*Wie viele Wochen?*, fragte sie nach einiger Zeit. Er antwortete nicht.

Irgendwann fragte sie: *Wie viele Monate?*

Er sah sie mitleidig an, antwortete aber nicht.

Es mussten Monate sein. So sehr konnte die Zeit sich gar nicht dehnen, selbst wenn man nichts zu tun hatte.

Nachts war es kalt. Regen fiel, ein stetiges Rauschen, das an- und abschwoll, über Tage anzuhalten schien und viel zu oft kam. War das der Sommer? Julio hatte ihr Brombeeren gebracht. Falls dem so war, würde der Vater sich Sorgen machen. Es war viel zu nass, um ein gutes Weinjahr zu werden.

Dann wurden die Nächte immer kälter, obwohl es nicht mehr so häufig regnete. War es am Ende schon Herbst?

Sie begann sich zu wünschen, Julio käme. Gleichzeitig ärgerte sie sich darüber. War es das, was er erreichen wollte? Sie dachte daran, wie sie in der Küche gestanden hatten. Sein Geschlecht hatte sich unter ihrer Hand vertrauter angefühlt als das ihres Ehemannes. Er musste wahrhaftig der Teufel sein, dass sie so empfand.

Und was hatte Contz sich nur dabei gedacht? *Gibst du mir die Barbara, geb ich dir die Lene*. Ging es so zu, draußen in der Welt? War ein Weib dort nicht mehr wert als ein Handmesser, das man mit seinem Kameraden tauschte?

Julio schien so wenig Interesse an ihr zu haben wie damals.

Nun, sein Körper hatte ihn verraten, das erwachende Tier unter ihren Fingern. Aber er hatte nur verächtlich gelacht, als Contz sie ihm auf diese Weise angeboten hatte. *Der Contz, der will und nicht kann.* Gott sei Dank. Neben seinem Schmerz hatte jetzt sowieso nichts anderes mehr Platz in ihm. Gottseidank.

Als Julio das nächste Mal kam, saß er lange schweigend vor ihr. Immer wieder hub er zum Sprechen an, seufzte und verstummte wieder.

»Ich komm nicht mehr zurecht mit der Welt«, sagte er schließlich. »Früher einmal hab ich geglaubt, das Gute ist Gottes und das Böse des Teufels. Aber jetzt ist alles durcheinandergeraten.« Er sah sie an, quälte sich mit seiner Suche nach Worten. »Stell dir vor, du bist ein abgrundböses Wesen, das nichts kennt als Hass. Und da ist einer, der genauso bös ist, der dir alles nimmt, was dir je etwas bedeutet hat, und der noch lacht über dich obendrein. Und den bekommst du in deine Gewalt.«

Was redete er nur?

»Und du musst keine Strafe befürchten, du kannst tun mit ihm, was dir beliebt, weil es in der Welt kein Recht gibt und kein Gesetz. Was so einer seinem schlimmsten Feind antun würd, das tun sie. Sie nennen es Befragung, aber ich nenn es die Lust am Quälen, die Lust, die nur des Teufels sein kann.«

»Du meinst das, was sie mit der Barbara gemacht haben?«, fragte Lene vorsichtig.

»Nicht nur mit der Barbara!«, erwiderte er heftig. »Es hat doch kein End, es wird immer schlimmer. Sie tun es jetzt, in diesem Augenblick. Ich muss es dir erzählen. Denn irgendwann wirst du wissen wollen, was sie tun. Du wirst wissen wollen, wie es ist, wenn dein Fleisch zermalmt wird, gestochen und verbrannt.«

*Nein, ich will es nicht wissen.*

Lene hielt sich die Ohren zu, in der Hoffnung, er werde die Geste im Dunkeln nicht bemerken.

Sofort war er bei ihr. Er nahm ihre Hände herunter und drückte Lene so fest an sich, dass sie sich nicht rühren konnte.

»Ich sag es dir, weil es dir sonst keiner sagen wird.

Sie ziehen sie aus, sie scheren ihnen die Haare, sie stechen sie mit Nadeln. Das ist der Anfang. Sie schänden sie, und sagen, es ist der Satan gewesen, der nachts zu ihnen gekommen ist. Sie zerreißen ihnen die Glieder, dass sie ihr Lebtag nicht mehr laufen könnten, würden sie die Tortur denn überleben. Sie zerquetschen ihnen die Beine und die Hände, sie stecken sie in den Leib einer toten Kuh und legen sie ins Feuer. Hast du je gehört, dass selbst der Teufel in seinem schwarzen Geist sich Ärgeres ersonnen hat für die, die Höllenqualen leiden müssen? Selbst dann noch, wenn sie sie zum Richtplatz schleifen, reißen sie ihnen mit Zangen …«

»Hör auf, hör auf!«, rief Lene und wand sich in seinen Armen.

»Doch, du musst das wissen! Wie können wir sie es erdulden lassen und nicht mal ertragen, davon zu hörn!«

*Velten,* flehte Lene stumm, *Velten, hilf mir.* Potz Velten, sagten die kaiserlichen Soldaten, wenn sie zum heiligen Valentin beteten. Das hatte der Contz gesagt. Potz Velten.

*Bitte, Velten, hilf mir, das zu ertragen.* Er kannte die Welt, wusste alles über sie aus seinen Büchern, und ertrug sie dennoch. Bitte komm und erklär mir, wie Menschen so was tun können. Du kannst doch alles erklärn.

Julio brauchte das, erkannte sie. Er ertrug es nicht, dass er seine Schwester nicht hatte retten können. Und so betete er sich ihre Qualen vor, um sich damit zu bestrafen. *Aber ich ertrag das nicht. Muss ich mir die Els vorstellen, das, was sie mit ihr getan haben, nur weil ich ihr damals nicht zugehört hab? Nein, ich ertrag das nicht.*

Er redete noch immer, während er sie festhielt, während sie sich wehrte unter seinen Händen, mit drängender, gleichbleibender Stimme.

»Ja, das tut weh«, sagte er, »das tut weh, ich weiß, aber du wirst es wissen wollen, und keiner wird es dir sagen, nur ich weiß, wie es ist ...«

Er redete, bis er heiser war und erschöpft und er sie nur noch hielt, nicht mehr festhielt. Lene sträubte sich nicht länger, was nutzte es nun noch, sich zu wehren. Es war geschehen.

»Ich muss fort«, sagte er plötzlich. »Und ich komm auch nicht wieder. Nie mehr.«

Er sprang rasch auf.

»Leb wohl.«

›Lenchen‹ hatte er nicht mehr gesagt, seit er sie hier gefangenhielt. Gott sei Dank. Kein einziges Mal hatte er ihren Namen ausgesprochen. Er war schon an der Tür, hatte sie schon hinter sich geschlossen, als ihr der ungeheuerliche Gedanke kam.

»Julio!«, schrie sie aus Leibeskräften.

Tränen rannen ihr über die Wangen, Feuchtigkeit lief ihr aus der Nase.

Sofort kam er wieder zurück, kniete sich vor sie, nahm sie in die Arme, schmiegte sich an sie und küsste sie auf den Hals, als sei sie seine Liebste.

»Willst du mit mir?«, fragte er. »Willst du mit mir kommen? Nein, das geht ja nicht, obwohl – ein Tod ist so gut wie der andere.«

Allmächtiger, dachte er wahrhaftig, sie habe ihn deshalb zurückgerufen?

»Nein«, sagte sie, aufgeregt, weil alles sich plötzlich zusammenfügte. »Sag mir nur eins: Glaubst du, ich bin die Clara?«

Er sah sie bestürzt an, als habe sie ein Geheimnis erraten, das er bewahren wollte. Eine tiefe Falte erschien zwischen seinen Augenbrauen.

Ja. Das musste es sein. Was auch immer Clara mit Barbaras Tod zu tun hatte, er musste es erfahren haben. Er hatte Jakob geheißen, Clara zu verschleppen, sie hier einzusperren und sie so zu bestrafen.

»Glaubst du wirklich, ich könnt euch nicht …?« Er unterbrach sich.

Lange sah er sie an, schien etwas zu überlegen. Dann fuhr er ihr mit dem Finger über die Wange und sagte:

»Ja. Du bist die Clara. Vergiss nie, dass du die Clara bist.«

Er stand auf und ging hinaus.

# 24

Etwas war mit dem Jakob.

Lene spürte es seit Tagen. Etwas Zögerndes war in seinen Bewegungen, als zweifle er, ob das richtig war, was er hier tat.

Vielleicht hatte Julio befohlen, sie sterben zu lassen. Wenn er tatsächlich, nie mehr wiederkommen wollte – warum sollte er sie dann noch am Leben lassen? Oder ging es ihm darum, dass sie so lange wie möglich litt? Und nun überlegte Jakob wohl, ob er an die Anweisungen eines Mannes noch gebunden sei, den er nie mehr sehen würde.

Es gab nichts zu verlieren.

»Jakob«, sprach sie ihn an, als er an diesem Tag kam, an dem der Regen wieder einmal draußen die Wände herunterrann. Regen, den sie seit Ewigkeiten nicht mehr auf der Haut gespürt hatte. »Jakob, hast du den Schlüssel?«

Sie deutete auf ihre Beinfessel.

Er sah sie verblüfft an, als sei dies ein Spiel und als habe sie einen völlig neuen Zug gewagt. Als er dann den Kopf schüttelte, hatte sein Zögern ihn bereits verraten.

Danach hatte er es eilig, zu gehen.

Am nächsten Tag fragte Lene: »Jakob, was soll das alles noch? Der Julio ist fort, soll ich denn bis ans Ende aller Tage hierbleiben müssen? Ich hab doch nichts getan, weder dir noch ihm. Lass mich doch gehen, der braucht es nicht zu erfahren, der kommt doch nicht mehr.«

Jakobs Blick flatterte, und wieder ging er hastig davon.

Der Tag konnte noch nicht vergangen sein, als die Tür sich ein zweites Mal öffnete. Sofort war Lene sich sicher, es sei Julio – Jakob habe ihm eine Nachricht geschickt oder ihn geholt, habe ihm ihr Ansinnen mitgeteilt, und er komme jetzt, um ein Ende zu machen.

Nur einen Atemstoß lang dauerte die Angst.

Es war der Jakob.

In der Hand hielt er den Schlüssel.

Er kniete sich nieder. Aber sie hatte ihm den Schlüssel bereits aus der Hand genommen, wollte für ihn tun, was ihm wohl als ein Akt des Verrats erschien. Sie sah sich schon vergeblich stochern und versuchen, sah ihn schon alles bereuen und ihr den Schlüssel wieder wegnehmen. Doch der Schlüssel glitt leicht ins Schloss. Nach einer mühelosen Drehung fiel die Fessel auseinander und beinahe geräuschlos ins Stroh.

Lene sprang auf. Sie wollte am Jakob vorbeirennen und die Tür aufreißen. Aber nach wenigen Schritten schon gaben die Beine unter ihr nach. Sie torkelte und konnte sich gerade noch an der Wand abstützen. Ein Blick nach hinten verriet ihr, dass der Jakob ihr hinterdrein kam, wenn auch zögernd. Sie tastete sich zur Tür und öffnete sie.

Der Raum dahinter war beinahe ebenso dunkel wie ihr Gefängnis. Nein, da fiel ein wenig Licht herein, durch einen senkrechten Spalt. Türhoch. Lene stolperte hin, schluchzte dabei, fühlte in ihrem Geist schon Jakobs Arm um ihre Mitte, der bereute, ihr geholfen zu haben, und sie wieder zurückschleppte. Auch zu dieser Tür schaffte sie es, und es gelang ihr, sie aufzustoßen. Mit einem flüchtigen Blick hinter sich sah sie nichts, was sich zu einem Eindruck fügen mochte, nichts, das sie verstehen ließ, wo sie sich befunden hatte.

Dann stand sie draußen.

Der Regen hatte aufgehört. Was noch plätscherte, war ein Brunnen zu ihrer Rechten, dessen Wasser sich in einen steinernen Trog ergoss. Etwas, das einmal Häuser gewesen sein mussten, Scheunen und Ställe, jetzt aber nur noch schwarz und verkohlt war, umgab einen Hof. Zwischen Pfützen wucherte das Unkraut.

Lene wollte stehenbleiben, wollte begreifen. Aber sie stolperte weiter, auf Füßen, die das Gehen verlernt hatten. Dorthin, wo Menschen waren, die ihr Auskunft geben konnten, wo sie sich befand. Jederzeit konnte Jakob hinter ihr herkommen, um sie wieder einzufangen. Zwischen verkohlten Ruinen schleppte sie sich hindurch, traf dahinter auf weitere. Sie bog um eine Ecke, mit nichts als dem eigenen lauten Atem in den Ohren.

Und stieß gegen den Mann, der ihr entgegenkam.

Über die Schulter zurückschauend sah sie ihn am Boden liegen. Ein alter Mann mit weißem Haar, zierlich beinahe. Hart hatte sie ihn getroffen. Er erhob sich ächzend und griff nach dem dicken Buch, das neben ihm in den Dreck gefallen war.

Wider ihre Angst blieb Lene stehen.

Der Alte lächelte scheu und entschuldigend, als sei er es gewesen, der sie zu Fall gebracht hatte, und nicht umgekehrt.

»Verzeiht mir«, sagte sie zu ihm, zwischen Furcht und Hoffnung. »Ich hoff, Euch ist nichts passiert?«

»Nein.« Er lächelte noch immer. »Jeder meiner alten Knochen ist noch an seinem Platz. Und meine arme Bibel wird ihr Bad hoffentlich auch überstehen.«

Er bewegte sich nicht wie ein Fremder, der zum ersten Mal an einen Ort kommt. Wenn er sich hier auskannte, müsste er dann nicht überrascht sein, eine Fremde zu sehen? Zudem eine völlig abgerissene, verschmutzte Frau mit ungekämmtem Haar?

»Kennt Ihr Euch hier aus?«, fragte Lene aufs Geratewohl.

»Ei freilich. Ich bin hier geboren, und ich hoff, hier zu sterben. Auch wenn seit dem Brand nicht mehr viele von meinen Schäfchen übriggeblieben sind.«

Seit dem Brand?

»Ist das hier vielleicht Orleshausen?«, fragte Lene. »Und Ihr seid der Pfarrer hier?«

Er nickte.

Lenes Herz schlug hart. In weniger als einer halben Stunde könnte sie wieder zu Hause sein.

»Ich war hier eingesperrt«, sagte sie zögernd. »Seit –.« Sie hob den Blick. Baumwipfel überragten geschwärzte Mauern und verkohlte Bretter. Ihr Laub hatte sich gelb und rot gefärbt. »Seit langem.«

Er sah sie nur an und nickte.

Lene wurde es kalt.

»Habt Ihr – gewusst, dass man mich gefangen hält?«

Er seufzte. »Ach, mein Kind …«

*Er ist einer von denen.*

Als der Gedanke aufstieg, lief Lene auch schon los, verfluchte ihre Beine, die sie im Stich ließen, als trage sie noch immer eine Fessel.

»Halt, bleib hier«, rief der Alte ihr nach. »Die Pest war in der Stadt, und – ich muss dir was sagen, bleib doch stehen …«

Lene blieb nicht stehen.

Der Weg nach Hanau war beinahe mühelos gewesen, verglichen mit diesem, der nicht einmal die Hälfte einer Meile lang war. Zum Glück konnte Lene in der Ferne schon die Höhe des Pfaffenwalds erkennen. Sie erahnte die Stelle, wo sie dem Vogel eine Freiheit gegeben hatte, wie sie auch ihr wiedergegeben worden war, eine Freiheit, die vielleicht direkt in den Tod führte und die doch besser war, als gefangen zu sein. Sie richtete ihren Blick fest dorthin, wo sie den Weinberg ihres Vaters wusste, und stellte sich vor, sie habe einen Pfeil mit einem Seil dorthingeschossen. Mühselig zog sie sich daran zurück in ihr Leben.

Als sie endlich die Stadtmauer sah, sank sie erschöpft ins Gras neben dem Weg. Sie war scheu geworden. Man musste sich wohl erst wieder an Menschen gewöhnen, wenn man monatelang keinen gesehen hatte außer einem Stummen und einem Wahnsinnigen. Obwohl das Gehen unendlich mühsam war, beschloss sie, den längeren Weg zu nehmen, über das Gebück, unterhalb der Weinberge. Schließlich musste ja nicht die halbe Stadt sie sehen. Wie musste sie denen erscheinen, die ihr begegneten, ungewaschen, ungekämmt wie sie war, seit – seit einer Ewigkeit.

Wie ein Gespenst kam sie sich vor, das sich hinter Sträucher kauerte, sobald einer vorüberging. Wie immer, wenn sie am Folterturm vorbeikam, überlief sie ein kalter Schauder. Flüchtig streifte ihr Blick den Stein oberhalb einer Schießscharte. »Gott gnad der Seel« stand da zu lesen.

Der Wächter am Obertor sah sie wahrhaftig an, als sei sie ein Geist. Er war ein älterer Mann, und als seine Hand nach oben fuhr, hatte sie den Eindruck, als habe er sich bekreuzigen wollen und erst im letzten Augenblick bemerkt, was er da beinahe getan hatte. Er wandte sich ab, als weigere er sich zu glauben, was er sah. Sie schlüpfte durch den geöffneten Schlagbaum hindurch, fühlte sich fast unsichtbar wie der Wind. Nur ein paar Schritte waren es nun noch. Aber hier, in der Stadt, konnte sie sich nicht mehr verstecken. Sie schlug die Augen nieder, um nicht zu sehen, wie man sie musterte.

Das würde ein schönes Gerede geben.

Noch nie hatte sie sich so gefreut, das schäbige kleine Haus zu sehen. Sie würde sich waschen, sie würde ihre Kleider wechseln, sie würde Vertrautes essen. Sie würde sich an den kleinen Freiheiten freuen, die darin bestanden, sich für Linsen- oder Erbsensuppe zu entscheiden, dafür, zuerst Wasser zu holen oder in den Garten zu gehen.

Wenn sie durch die Tür ging, würde alles, woraus man sie gerissen hatte, aufs Neue beginnen.

Sie trat ein.

Die Werkstatt war leer.

Ein schwaches Hämmern kam durch die offene Hintertür. Im Hof sah Lene Contz sitzen, ein Stück Leder auf den Knien. Sein Anblick machte sie beinahe lachen vor Freude. Am liebsten wäre sie sofort hinausgestürzt, hätte ihn umarmt und wäre so lange mit ihm herumgetanzt, bis er begriff, dass sie wieder da war.

Sie blieb stehen.

Sollte sie sich nicht wenigstens kämmen und etwas anderes anziehen, bevor sie zu ihm ging? Was hatte er überhaupt gedacht, wohin sie verschwunden war? Hatte man sie vielleicht gar für tot gehalten? Bestimmt bekam er einen riesigen Schrecken, wenn sie plötzlich vor ihm stand. Da musste sie nicht auch noch abgerissen und zerzaust sein obendrein.

Aber würde er nicht noch mehr erschrecken, wenn er jetzt aufstand, hereinkam und sie entdeckte? Lene strich sich mit den Händen übers Haar und ging zur Hintertür.

Contz saß halb abgewandt, so, dass das Licht am besten auf seine Arbeit fiel. Zu seinen Füßen pickten Hühner. Alles war so, wie es vorher gewesen war. Lene brauchte nur wieder in ihr Leben zu schlüpfen, und es würde weitergehen.

*Du musst laut rufen*, sagte sie sich, *damit er dich hört über dem Hämmern.*

Sie trat einen Schritt vor.

»Contz«, rief sie leise.

Er fuhr herum. Wie aus Sandstein gemeißelt verharrte er, mit schreckgeweiteten Augen und offenem Mund.

Sie sagte: »Erschrick nicht«, und was man sonst so sagt, wenn man einem den Schrecken nehmen will.

Erst langsam kam wieder Leben in ihn. Er legte das Leder auf den Tisch und stand auf, umständlich wie ein alter Mann.

*Der Julio hatt mich gefangen die ganze Zeit,* wollte sie sagen. Aber zuerst musste er begreifen, dass sie wieder da war. Sie war sich nicht sicher, ob er das tat.

»Ich bin wieder da«, sagte sie deshalb erst einmal.

»Wasch dich und kämm dich«, sagte er. »Und zieh dir was anderes an.«

Er musste ja erst noch verstehen. Er brauchte Zeit.

In der Küche war noch ein wenig Wasser im Eimer. Lene goss etwas davon in die Waschschüssel, wusch sich Gesicht, Arme und Beine und trocknete sich ab mit dem, was sie am Leib trug. Contz stand in der Küchentür und beobachtete sie. Dann verschwand er. Als sie gehen wollte, sich etwas Sauberes zum Anziehen zu holen, stand er schon vor ihr, den Arm voller Kleider. Offenbar hatte er alles aus ihrer Truhe geholt, was darin lag.

»Nimm dir, was du brauchst«, sagte er knapp.

»Ich bräucht noch den Kamm.«

Er nickte und mied ihren Blick. Als sie Hemd, Rock und Mieder angezogen hatte, ging sie ihm entgegen in die Werkstatt. Während sie sich kämmte, blieb er neben ihr stehen, als sei sie eine Fremde, die man nicht allein lässt in seinem Haus. Als sie die Haube auf ihrem Haar befestigt hatte, wollte sie wieder in die Küche gehen, weil das der Ort war, der am ehesten ihr gehörte.

»Wo willst du hin?«, fragte er mit scharfer Stimme.

»In die Küch«, entgegnete sie erstaunt.

»Nicht in meine Küch.«

Während sie noch versuchte zu verstehen, fuhr er rasch fort: »Wenn du in die Küch willst, dann geh in die in der

Schlossgass, oder in die von den Ecksteins. Aber nicht in meine.«

»Du schickst mich fort?«

»Du gehörst nicht hierher.«

»Contz, was soll das denn heißen? Denkst du vielleicht …« Sie lachte verzweifelt auf. »Denkst du am End, ich wär bei einem andern gewesen? Der Julio, der hat mich fortbringen lassen, nach Orleshausen, und dort hat er mich eingesperrt, die ganze Zeit lang!«

Nur kurz flackerte sein Blick, dann wurde er wieder fest. »Das kümmert mich alles nicht. Ich geb dir nur einen Rat: Erzähl das bloß keinem. Schick dich in das, wie's ist. Das ist das Beste für uns alle.«

»Aber Contz, was schwätzt du denn da?«

»Dass du dich fortscheren sollst. Du hast doch hier gar nichts zu suchen, in meiner Werkstatt. Also mach, dass du fortkommst, geh zu den Ecksteins, oder meinetwegen in die Schlossgass. Aber lass mich in Ruh und komm nicht mehr her. Ich hab nichts zu schaffen mit dir.«

Mit ihm war noch nie gut zu reden gewesen. Dazu begriff er zu wenig von dem, was in anderen Köpfen als dem eigenen vor sich ging. Sie würde ihr Leben mit ihm liegen lassen wie ein Knäuel Wolle, das sich verheddert hatte. Später würde sie zurückkommen, um es zu entwirren.

*Wohin geh ich jetzt?*

Das Haus der Ecksteins lag näher, aber da waren auch Velten und sein kluger Vater. Beide hatten die beunruhigende Eigenschaft, allen Dingen auf den Grund gehen zu wollen. Lene wollte nicht ausgefragt werden, sie wollte wissen, was geschehen war, während sie fort war, und was man dachte über ihre Abwesenheit. Nein, in einem solchen Fall ging man am besten zur Großmutter. Die beschönigte nichts, die machte nicht viele Worte, die sagte hart und klar, was los war. Man musste sich nur taub stellen für das Gejammer der Mutter.

Lene hatte den Eindruck, manchen Seitenblick zu ernten auf ihrem Weg. Keiner sah sie direkt an, und so grüßte sie auch keinen. Seltsam war das. Umso wichtiger war es, endlich zu erfahren, was man in der Stadt dachte über sie.

Sie unterdrückte ein Schluchzen der Erleichterung, als sie in die Schlossgasse einbog und das elterliche Haus sah. Nachdem sie die steinernen Stufen hinaufgelaufen war und die Tür geöffnet hatte, blieb sie erst einmal im Gang stehen. Sie atmete den vertrauten Geruch ein, die zu Unbenennbarem geronnene Mischung von Gekochtem, Geatmetem, Leblosem und Gelebtem.

Gerade wollte sie die Tür zur Küche öffnen, als diese aufging und die Großmutter herauskam. Sie sah Lene an, ernst und gefasst, als sei sie erwartetes Unheil.

»Sie ist wieder da«, rief sie in die Küche.

Ruhig war die Großmutter. Nicht aufgeregt. *Sie ist wieder da*, hatte sie gesagt. Nicht: *Ihr werdet es nicht glauben! Unser Lenchen ist wieder da!*

Die Großmutter trat beiseite. In der Küche saßen alle versammelt, wie sonst nur bei den Mahlzeiten. Vater, Mutter, Peter.

Der Vater stand wortlos auf, kam auf sie zu und nahm sie in die Arme. Sie wollte sich an ihn lehnen, wollte ruhig werden, heimkommen. Aber er klammerte sich an ihr fest wie an einem Baumstamm, wenn ein Sturmwind droht, einen von den Füßen zu reißen. Zuerst begriff sie nicht die fremden Geräusche an ihrem Ohr, nicht das Beben seines Leibs in ihren Armen. Er schluchzte. Das konnte sie verstehen. Aber an seiner Schulter vorbei konnte sie die Mutter sehen und den Peter, die auf die Tischplatte starrten.

Sie erwartete, ihr Vater werde sich nun von ihr lösen und

erklären, was geschehen war. Doch er hielt sie weiter fest, in dieser erschreckenden Weise.

Sie standen so, bis die Großmutter kam und leise sagte: »Jetzt lass sie.«

Sie nahm Lene bei der Hand und führte sie zum Tisch. Dort setzten sie sich zusammen nieder. Immer wieder strich die Großmutter mit ihren rauen Fingerspitzen über Lenes Hand, dass Lene nicht mehr denken konnte. Sie spürte nur noch das Streicheln, das unangenehm war und aus dem sie sich dennoch nicht lösen konnte.

»Wo ist denn die Ursel?«, fragte sie.

»Die Ursel ist nicht mehr«, sagte die Großmutter und streichelte weiter.

Lene sah zuerst Peter an, dann die Mutter, die starrten und dasaßen wie seit Wochen versteinert, dann zu ihrem Vater, der sich schneuzte und die Augen mit dem Ärmel wischte.

Keine Erklärung. Nur: *Die Ursel ist nicht mehr.* Es musste gerade erst geschehen sein, so erschüttert wie selbst der Vater war. Sie wollte gern fragen, aber etwas lähmte ihre Zunge.

»Wo warst du denn?«, fragte der Vater.

Die Großmutter sah ihn drohend an, als habe er ein Verbot übertreten mit einer Frage, die doch so selbstverständlich war wie keine andere.

»Sie war unter der Erd«, brummte sie.

Was sollte das denn heißen? Hatte man sie für tot gehalten?

»Ich war in Orleshausen«, sagte Lene. »Da hatt mich einer eingesperrt, seit dem 14. Mai, der Woch vor Christi Himmelfahrt.«

Sie bemerkte, wie alle sich erschrocken ansahen, alle bis auf die Mutter, die weiter schwieg und starrte.

»Ich bin heut erst rausgekommen«, sagte sie. »Ich bin zum Contz, aber der hat mich fortgeschickt. Bestimmt hat der geglaubt, ich komm nicht mehr, und hat sich eine andere genommen.«

»Sie kann hier nicht bleiben«, bestimmte die Großmutter und warf einen beinahe beschwörenden Blick in die Runde. »Sonst war ja alles umsonst. Sie muss zu den Ecksteins. Ewald, bring sie hin.«

Der Vater nickte.

»Du kommst jetzt erst mal mit mir«, sagte die Großmutter zu Lene.

Sie ging mit ihr in die Stube, schloss die Tür und zog sie neben sich auf die Bank.

»So, du hörst dir jetzt an, was ich zu sagen hab. Du fragst nichts, du hörst einfach zu und gehorchst.«

Ihr Blick war so streng, wie Lene es noch nie bei ihr erlebt hatte. Lene blieb gar nichts anderes übrig, als zu nicken.

»Es ist was Schlimmes passiert, während du fort warst. Es ist nicht nur so, dass die Ursel tot ist.«

Sie sah Lene drohend an.

»Unser Lenchen ist auch tot.«

Lene japste nach Luft.

»Großmutter, was sagst du denn da? Ich bin doch da, ich bin nicht tot!«

Im nächsten Augenblick klatschte eine heftige Ohrfeige auf ihre Wange.

»Ich hab gesagt, du hörst zu!«, zischte die Großmutter.

»Aber nein!« Lene sprang auf, hob ihren Rock hoch und entblößte das rote Mal auf ihrem rechten Oberschenkel. »Guck hier, ich bin doch die Lene!«

Im Nu stand die Großmutter vor ihr und schlug sie erneut, kräftiger noch als beim ersten Mal. Lene stürzte das Wasser in die Augen.

»Ich schlag dich selber tot, wenn du noch einmal den Rock

hebst, und wenn du noch einmal sagst, dass du die Lene bist!«, fauchte die Großmutter. »Am besten sagst du gar nichts mehr! Und jetzt gehst du mit dem Vater!«

Sie öffnete die Tür und ging hinaus, ohne noch einmal zurückzuschauen. Draußen im Gang stand der Vater, mit gesenktem Kopf.

»Komm, wir gehen«, sagte er nur.

Die Haustür hatte sich eben hinter ihnen geschlossen.

»Ich kann nicht«, sagte Lene.

Ihr Vater blickte sich unruhig auf der Gasse um. »Was kannst du nicht?«, fragte er leise.

»Ich weiß nicht, was ich nicht kann! Ich weiß doch gar nicht, was los ist mit euch allen!«

»Du musst schwimmen. Es bleibt dir gar nichts anderes übrig.«

»Was muss ich?«

»Du bist ins Wasser geschmissen worden, und jetzt musst du schwimmen. Sonst gehst du unter. Ich kann dir nicht zeigen, wie das geht. Du musst es einfach lernen.«

»Ich kann nicht.« Lenes Zähne klapperten, als sei bereits der Winter über das Land gekommen.

»Komm mit«, sagte der Vater und ging durch das Tor zurück, über den Hof, in den Stall.

Statt einer Erklärung begann er dort sofort wieder zu weinen, so laut und verzweifelt, dass es Lene angst wurde.

»Es war doch grad erst!«, rief er ihr unter Tränen zu. »Es war doch grad erst letzt Woch!«

»Vater, ich bitt dich, sag mir doch endlich, was passiert ist!« Lene rang die Hände.

Er brauchte noch einige Augenblicke, um wieder sprechen zu können. Dann sagte er: »Wir machen es so, wie meine Mutter gesagt hat. Wir schmeißen dich ins Wasser, und du musst schwimmen. Also: Das Lenchen ist nicht mehr. Das musst du begreifen. Das musst du *jetzt* begreifen. Und wenn dich einer fragt, sagst du, du warst unter der Erd gefangen, die ganz Zeit. Merk dir das.«

Sie durfte nicht versuchen zu verstehen, was er da sagte. Nur schwimmen. Schwimmen.

»Was war denn mit dem Lenchen?«, fragte sie langsam.

»Die Lene haben sie umgebracht. Letzt Woch haben sie meine Tochter umgebracht.«

Sie spürte, dass er alle Kraft dafür verbrauchte, das für sie auszusprechen.

»Wer denn?«, presste Lene hervor.

»Ach, Le …« Er unterbrach sich. »Du weißt ja nicht, was los ist in der Stadt. Die sind alle närrisch geworden hier. Die Löhr hatt doch gesagt, die Burckhardt wär's gewesen mit dei … mit den Kindern von der Lene. Und die Burckhardt hat gesagt, die Lene war's, die hat ihre eignen ungebornen Kinder dem Teufel versprochen.«

Er war kein guter Lügner. Er sprach ihren Namen aus, als verkaufe er einem Kunden ein Fass voll Frankenwein, in dem in Wahrheit sein eigener war. Und er sprach ihn nur aus, wenn es unumgänglich war.

»Und deshalb sind die gekommen am 14. Mai und haben mein Kind abgeholt.«

*Das ist nicht wirklich. Das kann nicht wirklich sein. Ich lieg in Orleshausen im Stroh und träum das.*

»Wo haben sie sie abgeholt?«, fragte der Teil von ihr, der hier im Stall stand.

»In der Werkstatt von Contz.«

»Und dann?« Sie konnte kaum ihre eigene Stimme hören.

»Dann haben sie sie eingesperrt, wie damals die Els.«

*Und gequält wie die Els,* dachte Lene. Splitter von Bildern erschienen, die Julio in ihre Erinnerung gepflanzt hatte.

Das Begreifen schlich um sie herum. Es wartete darauf, sie an der Kehle zu packen und zu töten. *Um Himmels willen. Um Himmels willen.* Es konnte nicht sein, es war nicht wirklich. *Herrgott, erbarme dich.*

»Hat sie – denn nichts gesagt? Dass sie …?« Lene flüsterte, hatte sich das neue Verbot schon zu eigen gemacht. »Dass sie nicht die Lene ist?«

Er schüttelte nur den Kopf, kraftlos, müde.

»Und sonst – hat keiner was gesagt? Dass – dass sie nicht …«

»Nein. Keiner hat was gesagt.«

Es hätte ein Moment der Ruhe sein können, bevor die Flut kam und sie mit sich riss. Sie hätte fragen können. Sie hätte weinen können. Sie hätte schreien können. Sie hätte ruhig bleiben können und später in einem unbeobachteten Augenblick mit einem Strick wieder in den Stall gehen. Sie tat all das nicht. Das Begreifen hatte sich wieder zurückgezogen. Lene stand da, sah hölzerne Wände, Strohhalme auf dem Boden, teils verschmutzt und verknickt, und atmete die Wärme von Ziegen ein.

Sie fragte nur noch nach der Ursel und erfuhr, die Pest sei in der Stadt gewesen und Ursel unter den ersten der dreiundzwanzig, die daran gestorben waren. Sie konnte nur den Kopf schütteln. Es war, als sei sie durch eine verkehrte Tür hierher und in eine falsche Welt geraten. Vielleicht in die Hölle.

»Komm«, sagte ihr Vater irgendwann, und sie stand auf und ging mit ihm.

Als sie vor dem Haus der Ecksteins standen, zögerte sie, ihrem Vater zu folgen. Nur einen Augenblick lang, dann ging sie ihm nach. Sie würde alles erdulden, was jetzt geschah. Es war ihre Strafe. Dafür, dass sie mit dem Jakob gegangen war. Dass sie Clara ihre Schürze gegeben hatte. Dass sie nicht da gewesen war, als sie kamen, sie zu holen.

*Dann wär es jetzt vorbei.*

Sie wollte keinen der Ecksteins sehen. Am wenigsten die Kinder. Ich bin schuld daran, dass sie nie mehr …

»Sie ist wieder da!«, rief der Vater, genauso, wie die Großmutter es gerufen hatte.

Velten und Sebastian Eckstein saßen in der Werkstatt. Keine lauten Hammerschläge. Sie taten kleine, stille Arbeiten, mit langsamen Bewegungen. Sie wandten lediglich die Köpfe.

»Einer hat sie eingesperrt gehabt die ganze Zeit, und sie ist jetzt erst rausgekommen«, erklärte der Vater.

*Wer soll das denn glauben?*, dachte Lene verzweifelt. *Die müssen doch denken, ich hätt gewusst, dass die kommen, und hätt der Clara die Schürz absichtlich gegeben.*

Von den Ecksteins rührte sich keiner. Lene sah, dass Velten ein Lineal so fest umklammert hielt, dass es in seine Haut schneiden musste. Seine Hände zitterten dennoch. Sie wagte es, in seine Augen zu sehen. Sofort wandte er sich ab. Ihr schien, als schaudere ihm vor ihr.

Lene hatte erwartet, ihr Vater werde sie hinaufbegleiten.

Aber er blieb stehen und sagte nur: »Ich kann dir nicht helfen. Geh.«

Wie hatte sie erwarten können, er besitze Kraft genug, ihr zu helfen? Nichts waren die vergangenen Monate, die sie hinter sich hatte, im Vergleich mit dem, was er, was alle hier erlebt hatten. Im Vergleich mit dem, was Clara …

Eins musste Lene noch tun, mochten die anderen von ihr denken, was sie wollten. Sie ging hinüber, dorthin, wo die Zeitungen lagen, und nahm die »Unvergreiffliche continuierende Post Zeittungen« in die Hand.

Sie war ein paar Tage alt, natürlich.

Das Datum stand zweimal darauf, einmal nach der papistischen Gregorianischen Kalenderrechnung, einmal nach der Julianischen der Protestanten. Beide besagten dasselbe, mit nur einer Woche Unterschied. Es war der Oktober des Jahres 1632.

*Ich war fünf Monat fort. Und die ganz Zeit haben sie die Clara …*

Sie schluckte hinunter, was sich wie mit Nägeln gespickt in ihrer Kehle ballte. Irgendwann würde sie weinen, irgendwann würde sie schreien. Vielleicht mit einem Strick in den Stall gehen. Aber nicht unter den Augen derer, die unendlich mehr gelitten hatten als sie.

Sie nickte ihrem Vater zu und stieg die Treppe hinauf.

FÜNFTER TEIL

# Mennes

Oktober 1632 – September 1634

## 25

Sie standen morgens auf.
Sie taten ihre Arbeit.
Sie sprachen. Wenn es unumgänglich war.
Sie aßen. Weil die Kinder essen mussten.
Sie schliefen und vergaßen und wachten auf und erinnerten sich.

*Ich bin schuld.* Der Gedanke begleitete Lene Tag und Nacht. *Ich hab ihr immer vorgejammert von meinem Leben, und sie hat gesagt: Ich tät dir so gern was abgeben von meinem Glück.*

Vielleicht hatte Julio sie ja verhext. Vielleicht hatte er sie verhext, als er gesagt hatte: *Du bist die Clara.* Vielleicht war sie in diesem Augenblick wahrhaftig zu Clara geworden. Nein, man musste doch wenigstens noch wissen, wer man war. Aber das war schwer, wenn man seinen Namen verloren hatte. Wenn keiner einen mehr als die ansprach, die man war, und auch sonst vermied, einem einen Namen zu geben.

Was tat man mit einer halben Seele? Lene stellte sich einen Menschen vor, den man der Länge nach gespalten hatte. Das hatte man ihr getan. – Nein, ihr hatte man gar nichts getan. Sie hatte ein Geschenk erhalten. Ungefragt. Niemals würde sie es annehmen können. Weil es etwas Gestohlenes war. Nicht nur *ihr* hatte sie es gestohlen.

Velten.

Und vor allem den Kindern.

Der kleine Sebastian und die kleine Juliane schauten sie scheu von der Seite an, großäugig und stumm. Von den Erwachsenen sah keiner sie an.

Ewald plapperte und plauderte, zupfte an Röcken und Hosenbeinen. Ihn hochzuheben, ihn auf den Schoß zu setzen, ihn an sich zu schmiegen und ihm leise Worte zuzuraunen, war, als stehle man sich ein wenig Trost. Das durfte es nicht geben. Trost war, als würde man weitergehen. Nur wenn man verharrte, sich einfror, konnte man bei *ihr* bleiben.

Alle taten das.

Bis auf Ewald. Irgendwann würde er sich nicht mehr an seine Mutter erinnern. Es war schwer, ihm dies nicht übelzunehmen.

Die anderen wehrten sich dagegen, dass das Leben sie weitertrug, wie ein Fluss einen toten Ast. Lene raunte Ewald Worte der geheimen Sprache zu.

Ab und zu, wenn sie es gar nicht mehr ertrug, ging sie in die Schlossgasse. Dann setzte sie sich zur Großmutter, ließ sich mit rauen Fingern über die Hand streichen und versuchte, nicht zur Mutter hinüberzuschauen, die früher Stille nicht ertragen hatte und die nun kein Wort mehr sprach.

Lene wandte den Kopf zur Seite, sobald sie in die Nähe einer Schüssel kam, in der sich Wasser befand. Wenn sie Löffel und kupferne Kessel polierte, sah sie dabei in die Ferne. Mitunter geschah es aber doch, dass sie ihr Spiegelbild flüchtig erblickte. Dann erschrak sie beinahe zu Tode.

In den Kindern dagegen suchte sie fast fieberhaft die Ähnlichkeit. Bei Sebastian war sie kaum erkennbar, mit seinen braunen Haaren glich er viel eher seinem Vater. *Das Julchen sieht genauso aus wie ihr zwei in dem Alter.* Das hatte die Großmutter vor einem Jahr gesagt. *Und der Ewald wird genauso einer.*

Dauernd stellte Lene sich den Moment vor, als die Büttel

kamen. *Was hätt ich getan? Was hätt ich getan, wenn ich begriffen hätt, die irren sich? Und wenn ich das sag, muss meine Schwester sterben?*

Noch öfter dachte sie: *Warum durfte sie entscheiden? Warum nicht ich?*

Und warum gab auch sonst keiner zu, dass sie Lene war?

Bei ihrer Familie konnte sie es verstehen. Man hatte Lene der Hexerei für schuldig befunden. Sie musste tot sein. Sonst wäre das Opfer umsonst gewesen. Man hatte ihr die Wahl nicht gelassen, dieses andere, dieses gestohlene Leben anzunehmen. Hätte man sie zu überreden versucht, sie hätte es nicht gekonnt. Unvorbereitet war sie hineingestoßen worden. Weil man ahnte, wie sie gewählt hätte.

Und Contz? Er war nicht mehr ihr Mann gewesen, seit er wusste, dass sie ihm keinen Sohn würde schenken können. Noch einmal hatte er es versucht, als der Krieg ihn nach Hause geschickt hatte wie ein verschrecktes Kind. Dann war Barbara gekommen, und das lose Gewebe, das gesponnen worden war, zerriss endgültig. Als Clara starb, war Lene für ihn gestorben. Nun fühlte er sich frei und ledig. Er konnte sich ein anderes Weib nehmen, das ihm einen Sohn schenkte, den er Peter nennen würde.

Doch warum hatte Velten den Irrtum nicht aufgeklärt? Warum hatte er Clara in den Tod gehen lassen?

*Lieber läg ich in Orleshausen, angekettet wie ein Stück Vieh im Stall, als hier neben ihm.*

Die Stunden mit Velten allein in der Kammer waren die schlimmsten. Nie fühlte Lene sich mehr als Diebin. Dennoch hatte keiner der Ecksteins ihr vorgeschlagen, die Nächte bei den Kindern zu verbringen. Nur im Schlaf konnte Lene vergessen, dass ein Mann neben ihr lag, dem durch ihre Schuld beinahe alles genommen worden war. Dennoch, sie musste es wagen, dieses eine Mal. Es war schon wieder Frühjahr, als sie sich endlich traute.

»Warum?«, flüsterte sie an diesem Abend, als das Licht gelöscht war und seine Atemzüge verrieten, dass er noch nicht schlief. »Warum hast du nichts gesagt?«

Er schwieg.

»Bitte – nur dieses eine Mal. Ich werd niemals mehr fragen, werd für alle niemals mehr die Lene sein. Nur dieses einzige Mal: Warum hast du nichts gesagt?«

Er räusperte sich. »Es war, bevor der Sebastian auf die Welt kam. Da hat sie mich gebeten, wenn ihr was zustoßen sollt, im Kindbett oder irgendwann – ich musst versprechen, ich lass nicht zu, dass dir was geschieht, wenn sie mal nicht mehr sein sollt.«

»Aber du kannst mir doch nicht erzählen, dass du es fertiggebracht hast, ruhig hier zu sitzen und zu wissen, was sie ihr antun?«

Er lachte, auf eine Weise, wie sie es nie wieder von ihm hören wollte. »Was glaubst du denn? Ich bin hin, ich wollt für sie sprechen, ich wollt ihnen alles vor die Füße werfen, was Prätorius und all die andern je gesagt haben, Weyer, Schulze, Spee, Witekind und wie sie alle heißen, und ich dacht, dann müssen sie doch begreifen, was sie tun.«

Lene hörte ihm atemlos zu.

»Natürlich bin ich hingegangen«, sagte er, so heftig, als habe sie es angezweifelt. »Sie wollt sich nicht retten lassen. Du weißt, was denen geschieht, die versuchen, Hexen vor Gericht zu verteidigen?«

»Man sagt, sie sind selber Hexenmeister.«

»Sie muss es sich genau zurechtgelegt haben, in ihrem Kerker, wie sie nicht nur ihre Schwester, sondern auch ihren Mann retten kann, ob er will oder nicht. Sie hat gesagt, sie habe mich verhext, dass ich sie mit meinem Weib verwechseln und sie für unschuldig halten sollt. Und dass sie schon immer neidisch auf ihre Schwester gewesen sei. Sie habe sie mit Satans Hilfe an einen Ort unter der Erde verbannt, von wo sie nicht fliehen könne, damit sie nicht gegen sie aussagen solle. Und als du wiederkamst, gerade eine Woche nach …« Er stockte. »Da haben die Leut natürlich gedacht, der Bann ist jetzt gebrochen, und darum ist – mein Weib zurück.«

»Sie hat an alles gedacht.« Lene konnte kaum ihre eigene Stimme hören.

»Ja, und ich musst mir vorwerfen, zu oft mit ihr über all das gesprochen zu haben. Nur dadurch konnt sie wissen, wie die denken und was sie sagen muss, damit ihre verdrehten Geister es glauben. – Nur eins haben wir noch für sie tun können.«

Lene hatte bemerkt, dass einiges fehlte im Haushalt der Ecksteins, Bilder, Zinnteller, die polnische Uhr. Als sie danach fragte, erfuhr sie, man habe die Dinge verkauft, wie auch ihre Eltern vieles verkauft hätten. Das Geld hatte eben gereicht. Für Schwert statt Feuer.

»Von Anfang an hat sie alles gestanden, dessen sie beschuldigt wurde«, fuhr Velten fort, mit vielen Pausen. »Man hielt ihr vor, Clara sei verschwunden, und hat sie gefragt, ob sie wohl geflohen sei, weil sie ebenfalls zur Hexenverschwörung gehört habe. Sie wusst ja nicht, wo du bist, ob du noch lebst oder ob dir was zugestoßen ist. Sie muss gefürchtet haben, du kämst zurück und würdest dich zu erkennen geben. Es konnt ihr gar nicht schnell genug gehen, verurteilt zu werden.«

Er stieß hervor: »Als ich erfahren hab, die Lene ist verhaftet, war ich entsetzt. Aber als – meine Liebste nicht nach Hause kam und verschwunden blieb, wurd ich beinahe wahnsinnig vor Sorge. Erst nach Tagen kam mir der ungeheuerliche Gedanke, wie es gewesen sein könnt. Ich bin zu ihr. Natürlich konnten wir nur miteinander sprechen, während einer der Wächter dabeistand. Bis zu diesem Augenblick hatt ich noch gehofft.«

Der Gedanke, dass Velten sich gewünscht hätte, sie erleide den Tod, wenn nur seine Clara gerettet wäre, bereitete Lene nur einen kleinen Schmerz. Wie hätte es auch anders sein sollen?

»Ich wusst, dass sie nicht mehr zu retten sein würd. Und erst recht nicht, nachdem sie bereits gütlich bekannt hatt. Ich hatt gehofft, sie ersparn ihr wenigstens die peinliche Befragung.« Jedes Wort musste eine Qual für ihn sein. »Aber natürlich haben sie das nicht getan. Sie mussten doch von ihr wissen, welche andern Zauberinnen sie kennt und wen sie bei den Hexentänzen gesehn hat. Ihren eigenen Namen sprach sie kein einziges Mal aus, sie hat nur Frauen besagt, die bereits gestorben waren, die Els und andere. Sie meinte, ihre Schwester hätte stets eine solche Abscheu vor der Hexerei gezeigt, dass man sie nicht eingeweiht habe.«

»Du musst mich doch hassen«, hauchte Lene. »Du musst doch denken, sie hat dich nicht liebgehabt, oder sie hat die Kinder nicht liebgehabt. Und dass sie mich mehr liebgehabt hat als euch alle.«

Es tat weh, das auszusprechen, als schneide sie mit einem Messer in ihr eigenes Fleisch.

Er schwieg.

»Und trotz alledem: Bitte sag es, nur ein einziges Mal, sag meinen Namen. Nur damit ich noch weiß, wer ich bin. Sag einmal Lene zu mir.«

Er schwieg.

# 26

Im vergangenen Jahr war der alte Graf gestorben. Er hatte es vermocht, sich die Achtung eines Kaisers zu bewahren, dessen erklärtes Ziel die Ausrottung der Protestanten war. Dieses Kunststück würde keiner seiner Söhne fertigbringen, da war man sich sicher. Schon vor zwei Jahren hatten sie sich offiziell für die schwedische Seite ausgesprochen. Die Jahre, in denen die Grafschaft neutral blieb, waren vorbei.

Wenn Lene Contz auf der Gasse traf, wechselte er die Seite.

Oft tat er ihr leid. Allein schon deshalb, weil er nun alle Arbeit allein tun musste und auf keinen grünen Zweig kam. Meist jedoch krampfte ihr Magen sich zusammen, wenn sie ihn sah. Er brauchte nur aufs Rathaus zu gehen und zu erzählen, wer sie war. Sie habe ihn verzaubert, dass er das nicht früher habe erkennen können, bräuchte er nur zu sagen, und käme ungeschoren davon. Ungeschoren.

Ob er dazu imstande war?

Einmal stand Lene gerade am Brunnen und hörte einer älteren Nachbarin, der Frickels Thea, zu, die sich darüber beschwerte, in welchem Zustand der Brunnen sei, seit die Leute kein Geld mehr hatten und deshalb kein Borngeld mehr eingesammelt wurde.

»Und der Bornmeister hat ihn schon ewig nicht mehr saubergemacht, weil er Angst hat, dass er über ihm zusammenstürzt, so baufällig, wie der ist.« Halblaut sagte Thea: »Das hätt es bei dem Kannegießer nicht gegeben, so was.«

Als sie kurz darauf ihren Kopf in Richtung der Obergasse wandte, folgte Lene unwillkürlich ihrem Blick. In ebendiesem Moment kam Contz aus seiner Werkstatt. Als er sie sah, machte er kehrt und verschwand wieder im Haus.

Thea legte ihre Hand leicht auf Lenes Schulter. »Nimm es dir nicht zu Herzen. Es tut ihm halt weh, wenn er dich sieht und sich an die Lene erinnern muss.«

Nicht jeder war so freundlich.

Der Brodt konnte man nicht entgehen. Natürlich kam sie auch in die Werkstatt der Ecksteins.

»Ich kann mir das gar nicht vorstellen«, sagte sie scheinheilig. »Dass man das gar nicht merkt, wenn man mit einer Hex zusammen ist. Hast du denn nie gemerkt, wenn die Els nachts fort ist? Und bei deiner Schwester, auch gar nichts?«

Lene warf ihr einen Blick zu, von dem sie hoffte, er werde sie verstummen lassen, ohne Abscheu zu verraten. Man musste vorsichtig sein. Vor dem Tod hatte Lene keine Angst. Warum auch. Sie hatte ihren eigenen Tod überlebt, und jeder geschenkte Tag war eine Qual. Aber man musste leben. Für die Kinder.

Letzte Woche erst hatte man die Frau des Glasers verbrannt. Ihre Schwiegermutter hatte sie schon lange im Verdacht gehabt, eine Hexe zu sein, hatte ihr aber nichts beweisen können. So hatte sie letztes Jahr zu Jakobi Liebstöckeltee getrunken und schwor dem Gericht, sie habe daraufhin gesehen, dass ihre Schwiegertochter eine Milchkanne auf dem Kopf getragen hätte, woran man, wie jeder wusste, die Hexen erkennen konnte.

Es gab späte Fröste in diesem Jahr. Der alte Sebastian Eckstein lag lange krank. Lene versuchte es abwechselnd mit Kümmel und mit Rosinen, die sie in Wein kochte, doch nichts half. Auch Wochen danach plagte ihn trockener Husten.

Nur selten noch ging er in die Werkstatt. Velten hoffte, die Arbeit werde seinem Vater guttun und ihn wieder auf die Beine bringen. Häufig tat er, als brauche er seine Hilfe, lockte ihn hinunter, indem er ihn fragte, ob er sich dies oder jenes anschauen könne, denn er brauche seinen Rat. Meist sah Lene ihren Schwiegervater nur wenig später wieder heraufkommen, kurzatmig, als sei er bis zum Pfaffenwald hinaufgestiegen, und mit schweißbedeckter Stirn. Kopfschüttelnd ließ er sich dann auf einen der Stühle in der Stube fallen und meinte: »Es ist doch nichts mehr los mit einem.«

Die Kundschaft blieb fort. War die Familie nach dem Prozess vielleicht in übles Geschrei gekommen?

Vor ein paar Tagen waren sie wieder bei einer Hinrichtung gewesen. Man hatte einen Mann angeklagt, einen Nagel aus einer Totenbahre gezogen und ihn dort in die Erde gesteckt zu haben, wo sein Nachbar das Wasser abschlug. Der sei daraufhin krank geworden.

Lene hatte sich bemüht, die Kinder abzulenken von dem, was sie doch hören, sehen, riechen mussten.

Hinter ihr hatte einer gezischt: »Das ist sie, die Hexenschwester.«

Sie hatte sich nicht umgedreht. Schon öfter hatte sie auf der Straße ein dreifach gemurmeltes »Amen« oder »Gott walt's« gehört, wenn sie vorübergegangen war.

Aber nein, daran lag es wohl nicht, dass die Kunden fortblieben. Die meisten grüßten sie freundlich wie eh und je, wenn sie auch nicht wissen konnten, wen sie da grüßten. Von den Frauen, die sie am Brunnen oder in den Gärten traf, hörte sie, dass auch die Geschäfte ihrer Männer nicht gut liefen. Die Ernten waren schlecht, und immer mehr Bettler und Flüchtlinge kamen in die Stadt. Steigende Abgaben sollten durchziehende Truppen beschwichtigen und sie davon abhalten, plündernd in die Stadt einzufallen. Sie sorgten dafür, dass kaum noch einer Geld im Beutel hatte und mancher hungerte. Wer hatte da noch einen Albus übrig, um zerlesene Bücher binden zu lassen oder gar sich neue anzuschaffen?

Nur die Zeitungen wurden noch gekauft, als seien es Orakel, die Auskunft darüber geben konnten, ob das Unheil noch auf dem Weg war oder bereits vor den Toren stand. Wer sich auch keine Zeitung mehr leisten konnte oder wollte, traf sich montagabends unten in der Werkstatt.

Dies war die einzige Gelegenheit, zu der Velten noch vorlas.

Wenn Lene sich sicher war, dass niemand es bemerkte, schlich sie nach unten, vorsichtig, damit kein Knarzen einer Stufe sie verriet. Im Halbdunkeln setzte sie sich auf die Treppe, gerade so, dass sie Velten sehen konnte. *Ich will ja nur hören, was in der Zeitung steht.* Sie wollte nicht erinnert werden an freundliche Abende einer Zeit, von der man sie mit dem Schwert getrennt hatte.

Manchmal, wenn es noch hell war und keiner mehr in der Werkstatt, ging sie nach unten und strich mit dem Finger über die Buchrücken im Regal.

Allein schon die Titel klangen wie eine Einladung. »Aurora oder Morgenröte im Aufgang«, »Das vierhörnig Jesuiterbüchlein« oder »Das Kriegsbüchlein des Friedens wider den Krieg«. Ab und zu nahm sie eines davon heraus, um einige Zeilen zu lesen.

Als sie eines Abends davorstand und im Licht der letzten Abendsonne versuchte, die goldenen Büchertitel zu entziffern, überkam sie mit einem Mal das Gefühl, beobachtet zu werden. Sie wandte den Kopf und sah, dass Velten dasaß, auf seinem Schemel in der Werkstatt, halb verdeckt vom hohen Bindtisch.

Er sah sie völlig unbewegt an.

»Was machst du da?«, fragte sie, um seiner Frage zuvorzukommen.

»Ich hab gelesen.«

»Aber jetzt siehst du doch gar nichts mehr.«

»Ich wollt meine Ruh haben.«

Ruhe gab es mehr als genug im Haus, sobald die Kinder im Bett waren. Seit die Männer nicht mehr vorlasen, waren die Abende still.

*Er geht nicht her, um zu lesen*, dachte Lene. *Das könnt er droben besser, wo Licht ist.*

Er kam wohl hierher, wenn er es nicht mehr ertrug, zu sehen, wie das Leben einfach weiterging.

Lene drehte sich abrupt um und stieg die Treppe hinauf.

Immer mehr Frauen wurden angeklagt und verbrannt. Vielen galt dies als Zeichen dafür, wie sehr das Zaubererunwesen zugenommen hatte. Jeder war nun wachsam. Man besann sich auf alte Mittel, die Hexen zu erkennen, und raunte sich neue zu.

Mehrere Frauen hatten im vergangenen Jahr gesehen, dass Elsbeth, die Frau des Selzers, in der Walpurgisnacht einen Kranz von Gundelrebe auf dem Kopf getragen haben sollte. Sie hatten sie deshalb angezeigt. Der Selzer erzählte überall, er wolle, dass seine Frau endlich gestehe. Der Prozess habe ihn schon so viel gekostet, dass er sich leicht zehn trächtige Kühe hätte kaufen können. Else gestand und wurde verbrannt.

Magda, die Frau des Glöckners, war mit einem Ei, das ihre

Hühner am Karfreitag gelegt hatten, in die Kirche gegangen und hatte auf diese Weise gleich mehrere Zauberinnen erkannt. Man hatte die Frauen eingesperrt und verhörte sie. Niemand zweifelte daran, dass man sie hinrichten würde, denn manch einem fiel ein, wie Mensch oder Tier zu Schaden gekommen waren, kurz nachdem man eine von ihnen gesehen hatte.

Lene ging nun öfter in die Werkstatt, mehrmals am Tage, um nachzusehen, was Velten gerade tat. Wenn sie auf der Treppe kein Klopfen oder Hämmern hörte, schlich sie hinunter und spähte um die Ecke. Hatte sie den Eindruck, er war müßig, so wie heute, ging sie zu ihm.

Er legte das Buch beiseite, in dem er las und sah sie mit einem Ausdruck an, der müde wirkte und so, als sei ihm alles gleichgültig, was außerhalb seiner ledergebundenen Welten geschah.

»Was tust du da?«, fragte sie scharf. »Erzähl mir nicht, du guckst, ob noch alle Buchstaben da sind.«

»Ich les, das siehst du doch.«

»Und warum arbeitst du nicht?«

»Für wen soll ich denn arbeiten? Du weißt doch selbst, dass kaum noch einer kommt und was kauft.«

Lene stieß einen empörten Laut aus. »Für wen du arbeiten sollst? Ich verlang nicht viel, nicht mehr als eine Magd. Weniger sogar. Aber hast du vergessen, dass du drei Kinder zu ernähren hast, eine Mutter und einen kranken Vater? Wenn keiner kommt, der was kauft, dann mach halt was, was die Leute brauchen!«

Er sah sie nur weiter schweigend an, was ihre Wut noch befeuerte. »So einen kann ich nicht gebrauchen, so einen hatt ich schon mal. Der Contz hat auch nur geschafft, solang sein Vater ihm auf die Finger geguckt hat und ich ihm in den Hintern getreten hab. So einen Mann brauch ich nicht noch mal!«

»Ich bin nicht dein Mann«, sagte Velten. Ganz ruhig.

»Das weiß ich, weiß Gott, das weiß ich!«

Lene ging zu dem Regal, in dem die Bücher standen, nahm mit beiden Händen so viele heraus, wie sie fassen konnte und warf sie ihm vor die Füße.

Er sprang auf.

»Was tust du da?«, rief er fassungslos.

»Ach, jetzt wirst du wach! Sind dir die Bücher schon wichtiger als deine Kinder? Das Einzige, was von *ihr* geblieben ist?«

»Wie kannst du es wagen?«

Sie erschrak vor der Wut, die plötzlich in seine Augen sprang. Im gleichen Moment begriff sie, dass sie nicht ihr galt. Er konnte Clara nicht verzeihen, dass sie ihn und die Kinder verlassen hatte.

»Dann kümmer dich drum, dass deine Kinder auch weiter zu essen haben!«, rief sie aus. »Das hier ist doch nichts als lebloses Papier!«

»Für dich vielleicht!«, entgegnete er heftig. »Weil du zufrieden bist mit dem, was du siehst und hörst und riechst und schmeckst. Ich will *begreifen!*«

Lene atmete tief durch.

Als sie antwortete, war ihre Stimme beinahe sanft. »Und – tust du es? Begreifst du?«

Er schüttelte den Kopf.

Mit einem Mal, und völlig unerwartet, war ein Gefühl wieder da, das Lene gestorben und verbrannt geglaubt hatte. Ihr Wunsch, zu ihm zu gehen, die Arme um ihn zu legen und seinen Kopf an ihren Leib zu ziehen, wurde beinahe übermächtig.

»Velten, du hast unrecht«, sagte sie schließlich. »Wie könnt ich zufrieden sein? Wie kannst du das überhaupt nur glauben? Ich hab mehr Jahr jede Nacht neben der Clara gelegen als du.«

*Und es werden immer mehr bleiben,* fügte sie für sich hinzu, nicht mit Stolz, sondern mit Bedauern. Zum ersten Mal hatte sie den Namen ihrer Schwester wieder ausgesprochen. Es fiel ihr erst in dem Moment auf, als Velten den Kopf hob.

»Und mir reicht ganz gewiss auch nicht, was ich seh und hör und riech und schmeck«, fügte sie hinzu. »Denkst du, nur weil ich die Arbeit einer Magd tu, bin ich jemand, der nicht mehr will vom Leben? Hast du das auch von der Clara gedacht, dass sie nicht mehr will?«

Seine Augen wurden groß. »Natürlich nicht!«

*Er leugnet alles, was mich der Clara ähnlich macht,* erkannte sie. *Er muss sich einreden, wir seien ganz und gar unterschiedlich, damit er es ertragen kann. Damit er* mich *ertragen kann.*

Lene kniete nieder, hob die Bücher auf und betrachtete sie von allen Seiten, bevor sie sie zurück ins Regal stellte.

»Velten, ich will doch auch begreifen.« Nur selten gönnte sie es sich, seinen Namen auszusprechen. »Du hast mal gesagt: *Ich will wissen, wie die Welt so geht.* Ich hab immer gedacht, ich wüsst es. Aber nun weiß ich gar nichts mehr. – Ich bitt dich: Lies uns doch wieder vor. Damit wir versuchen können, zu begreifen. Alle miteinander.«

Von diesem Tag an sickerte das Leben wieder ins Haus. Aufzuhalten war es schon vorher nicht gewesen. Wenn Sebastian aus der Schule kam und erzählte, wenn Juliane sich über die neue Puppe freute, die ihr Vater mitgebracht hatte, oder wenn Ewald plapperte, kostete es mehr und mehr Anstrengung, sich der Einladung zu versagen, die hieß: Komm mit und lebe.

Sie begannen miteinander zu reden, wenn auch nur abends, in ihrer Kammer, und nur im Dunkeln.

»Ich weiß nicht, wie irgendeiner euch je verwechseln konnt«, sagte Velten einmal. »Für mich wart ihr immer so unterschiedlich wie Tag und Nacht.«

»Wie meinst du das?«

»Du warst so unzerstörbar, so unzerbrechlich. Manchmal hast du ein böses Mundwerk gehabt, manchmal warst du mürrisch.«

*Natürlich war ich mürrisch. Ich musst doch verstecken, wie lieb ich dich gehabt hab. Wahrscheinlich hab ich dich noch immer lieb.*

Lange Zeit hatte sie es nicht mehr gewusst. Der kleine Schmerz, den sie stets empfunden hatte, wenn sie ihn sah, war untergegangen im größeren, wie ein Rinnsal in einem Fluss.

»Und trotzdem hat man sich nie Sorgen machen müssen um dich«, fuhr Velten fort. »Bei der Clara …«

Auch er konnte wieder ihren Namen aussprechen. Er tat es nur hier. Sonst tat er es nirgends, und sonst tat es keiner.

»Über der Clara war immer ein Schatten. Hast du den auch gespürt?«

Lene bejahte.

»Ich hätt ihr gern jeden Schmerz genommen. Aber sie wollt ihn nicht mit mir teilen. Fast war es, als wollt sie sich damit bestrafen. Weißt du, warum?«

Lene zögerte. »Ich weiß es selbst nicht genau. Auch mir hat sie nicht erzählt, was sie quält.«

Dann erzählte sie ihm von Lenhard und den Kannegießers, und dass Clara gemeint hatte, sie sei schuld an ihrer aller Tod. »Aber warum, das hat sie nie gesagt.«

»Du hast gesagt, du kannst nicht begreifen, wie man uns zwei verwechseln konnt«, musste sie dann noch sagen. »Aber du – du hast es auch mal getan.«

Warum sagte sie das?

»Ja, ich weiß«, sagte er ruhig. »Einmal, im Keller. Aber da war es dunkel, und ich hatte nicht damit gerechnet, dass du schon bei uns warst.«

»Du hast uns vorher schon mal verwechselt.«

Sie hatte es niemals aussprechen wollen. Warum beschlossen manche Dinge von ganz allein, ans Tageslicht zu kommen?

»Wann hab ich euch verwechselt?«

»Beim Schießen. Wo wir die Krüge eingesammelt haben.« *Wo du gesagt hast, du willst mit meinem Vater sprechen.* »Da hast du mich geküsst.«

»Ja?«

Er war nicht einmal besonders erstaunt. Hätte einer ihm gesagt, er habe einen roten Einband für sein Buch bestellt und stattdessen einen braunen bekommen, wäre er bestimmt überraschter gewesen. Es war wohl wie bei einem reichen Mann, der eine Münze verliert und dies nicht einmal bemerkt in seinem Überfluss. Velten und Clara hatten so viele Küsse miteinander getauscht, dass er den Verlust eines einzelnen wohl verschmerzen konnte.

»Nun, das macht ja auch nichts«, erwiderte sie. »Ich mein ja nur.«

# 27

Lene hatte Velten nicht hereinkommen hören. Gab es denn nirgendwo einen Ort, wo man ungestört sein konnte? Nicht einmal hier, in ihrer gemeinsamen Kammer? Dabei hatte sie absichtlich einen Moment abgepasst, in dem sie ihn außer Haus und sich unbeobachtet glaubte.

Sie verbarg die Hände hinter dem Rücken. Hilflos sah sie ihn an. Sie wusste selbst, wie gefährlich das war, was sie tat.

»Was soll ich denn sonst machen«, verteidigte sie sich. »Ich kann doch nicht zum Contz gehen!«

Seit sie hier lebte, hatte sie immer mehr ihrer Werkzeuge aus dem Keller heraufgeholt und unten in ihrer Truhe versteckt. Schließlich gab es immer mal wieder etwas zu flicken an den Schuhen der Kinder, an Veltens oder an denen der Eltern Eckstein. Und noch immer galt der Satz, der sich Lene eingeprägt hatte, da er am Morgen des verhängnisvollen Tages ausgesprochen worden war, an dem Jakob sie entführt hatte.

Sie wiederholte ihn jetzt, während sie Velten die Kinderschuhe unter die Nase hielt.

»Für neue haben wir kein Geld. – Ich tät ja gern welche machen«, fügte sie hinzu. »Die Kinder bräuchten dringend welche, auch du und deine Mutter. Aber es gibt ja nur noch den Contz in der Stadt. Und der guckt den Leut auf die Füß. Der würd das gleich merken. Man muss ihn ja nicht auf dumme Gedanken bringen.«

Velten schüttelte resigniert den Kopf.

»Sei vorsichtig«, war alles, was er sagte, bevor er die Tür wieder hinter sich schloss.

Die Nächte waren ungewöhnlich schwül in diesem Jahr, selbst jetzt im September noch. Wenn man aufwachte, klebte das Hemd am Leibe, und die Decke lag auf einem wie ein Mehlsack. Am liebsten hätte Lene sie zurückgeschlagen und das Hemd ausgezogen. Aber das ging natürlich nicht, wenn der Velten neben einem lag. In Nächten wie diesen war dies schwerer zu vergessen als in anderen.

Im Winter, wenn es nachts so dunkel war, dass die Schwärze einem beinahe den Atem nahm, hatte Lene manches Mal, wenn sie wach dalag, ihre Hand ausgestreckt und sie Fingerbreit für Fingerbreit über das Laken wandern lassen. Sie hatte innegehalten, bevor sie ihn berührte, sobald sie seine Wärme spürte. Wenn sie sich sicher war, dass er ihr den Rücken zuwandte und fest schlief, hatte sie manchmal ihre Fingerspitzen ganz vorsichtig unter ihn geschoben. Lange ertrug sie das nicht, und doch brauchte sie es mitunter, um sich zu versichern, dass er da war, dass er atmete, dass er lebte. Dass sie lebte.

Nun, nach bald zwei Jahren, wusste Lene: Der Schmerz, dass Clara sie verlassen hatte, würde niemals vergehen. Wie eine Schicht schwerer Steine deckte er alles zu. Doch in diesem Sommer hatte das Grün zwischen den Steinen zu sprießen begonnen. Es würde sie niemals überwuchern, doch es zeigte, dass das Leben sich nicht besiegen ließ.

Das schwüle Wetter machte merkwürdige Gedanken.

Vor einigen Tagen war Lene abends in die Werkstatt geschlichen, um, wie so häufig, ein paar Zeilen in einem Buch zu lesen. Sie hatte das hervorgeholt, in dem die Vase mit den nackten und halbnackten Männern zu sehen war. *Ich wollt nur noch mal die Sohlen von den Schuhen angucken*, würde sie sagen, wenn einer sie überraschte. Und vielleicht war das ja auch wahr.

Sie hatte festgestellt, dass in dem Buch noch ganz andere Abbildungen waren. Auf einer Seite war etwas zu sehen gewesen, das Lene sich nervös hatte umschauen lassen, ob nicht doch in einer Ecke der Werkstatt jemand lauerte, der sie erwischen könnte bei ihrem neugierigen Schauen. Eine nackte Frau mit großen Brüsten lag auf den Knien, während ein Mann sich ihr mit aufgerichtetem Geschlecht von hinten näherte. Im Gegensatz zu den Männern mit den Schuhen war er auch durchaus so ausgestattet, wie man das von einem Mann kannte. Und die Frau sah ihm lächelnd entgegen, als habe sie absolut nichts dagegen einzuwenden, dass er gleich …

Ob es das wirklich gab? Frauen, die sich freuten, wenn ein Mann so zu ihnen kam? Nun, bei Clara war das gewiss der Fall gewesen.

Lene schalt sich dafür, doch immer wieder schlich sie in die Werkstatt, um das Bild zu betrachten. Allein, dass auch Velten es gesehen haben musste, ließ sie beinahe unerträglich unruhig werden. Wenn sie nicht aufpasste und ihre Hände ganz fest ins Leintuch krampfte, musste sie auch vor dem Einschlafen daran denken. Und dann daran, wie Velten hinter ihr gestanden hatte, damals, im Keller. Und dann begannen die beiden Bilder, ineinander zu fließen.

Vielleicht wäre alles nicht passiert, wenn Velten an diesem Augusttag zu Hause gewesen wäre. Doch er war unterwegs, um Leder zu besorgen, das ebenso fein wie erschwinglich sein musste.

Lene saß hinten im Hof, neben der geöffneten Werkstatttür, und flickte eine von Sebastians Hosen, als die Frickels Thea aus dem Haus gestürzt kam.

»Ich hab's doch gesagt, ich hab's doch gesagt!«, schrie sie in höchster Aufregung, stürzte auf Lene zu und ergriff sie am Arm. »Der Brunnen! Du musst kommen, ganz schnell! Und der Velten auch!«

Lene sprang auf. »Der Velten ist nicht da. Was ist denn passiert, um Himmels willen?«

»Ei, euer Bub, der Sebastian, der ist reingefallen, und keiner traut sich, ihn rauszuholen, weil er Angst hat, dass das ganze Ding über ihm zusammenstürzt!«

Lene verharrte einen Augenblick und vergaß, weiterzuatmen. Dann lief sie an Thea vorbei, durch die Werkstatt, wollte zu Veltens Mutter hinaufrufen, brachte aber kein Wort heraus.

Draußen standen in der Ferne schon die Leute um den Brunnen versammelt, dass man nur noch sein kleines Dach erkennen konnte. Lene rannte die Straße hinunter, am Rathaus vorbei, an der ›Krone‹, während das Herz ihr im Hals klopfte.

*Das Einzige, was von* ihr *geblieben ist.*

»Sebastian!«, schrie sie, so laut, dass alle sich zu ihr umwandten und die Menge sich teilte.

Am Brunnen war gerade ein Mann dabei, rasch die Kurbel zu drehen, um das Seil mit dem Haken in den Schacht hinabzulassen. Lene stieß ihn beiseite. Sie beugte sich über die Brüstung, und – wahrhaftig. Tief unten sah sie Sebastians braunen Schopf und sein angstvoll nach oben gerichtetes Gesicht. Das Wasser stand ihm bis zu den Schultern. Er ruderte heftig mit den Armen, um nicht zu straucheln und unterzugehen. Fanden seine Füße überhaupt noch Halt?

»Sebastian!«, rief sie.

Er antwortete nicht.

Inzwischen befanden sich nur noch wenige Umdrehungen des Seils auf der Rolle. So, wie es aussah, konnte der Haken nur eine Handbreit über der Nase des Jungen schweben.

Ein Mann schob Lene beiseite und rief hinab: »Du musst den Haken nehmen! Halt dich dran fest, wir ziehen dich hoch!«

Sebastian ruderte noch immer verzweifelt mit den Armen und machte keine Anstalten, das Seil zu ergreifen.

»Ich steig hinab!« Lene nahm das Seil und stand mit einem Fuß schon auf dem Brunnen.

»Bist du närrisch?« Der Mann nahm sie um die Mitte und zog sie herunter, andere Hände entwanden ihr das Seil. »Meinst du, da wären wir nicht auch drauf gekommen? Willst du, dass das ganz Ding über dem Bub zusammenstürzt?«

»Sebastian«, schrie Lene. »Komm! Mach schon! Greif nach dem Seil!«

Er schien sie nicht zu hören. Oder seine Angst ließ ihn völlig hilflos werden.

»Lasst es ganz runter!«, rief Lene dem Mann an der Winde verzweifelt zu.

Sie beugte sich wieder vor, so weit, dass man sie festhielt.

»Sebastian!«, rief der Mann neben ihr. »Stell deinen Fuß auf den Haken und halt dich am Seil fest! Los! Gleich bist du oben!«

Endlich reckte der Junge beide Arme nach oben. Sein gurgelnder Schrei, als er strauchelte und im Wasser verschwand, mischte sich mit dem Lenes.

»Mennes!« schrie sie, so laut sie nur konnte. »Mennes!«

Sein Kopf tauchte wieder auf, die Hände umklammerten das Seil.

»Zieht!«, schrie Lene. »Zieht doch!«

Einige Atemzüge später war Sebastian oben angelangt. Ein Mann streckte ihm die Arme entgegen und hob ihn über die Brüstung.

»Dem gehören ordentlich Schläg«, meinte er, als er ihn vor Lene abstellte. Sebastian triefte, dass auch Lene durch ihre

Gewänder hindurch nass bis auf die Haut wurde, als sie auf die Knie fiel und ihn fest an sich presste. Sebastian zitterte wie ein Zweig im Sturm.

Und Lene fühlte sich, als habe ihr Blut sich in eisiges Brunnenwasser verwandelt.

*Es ist doch alles gut, es ist doch alles gut,* versuchte Lene sich an diesem Tag immer wieder zu sagen. Aber die Kälte, die sie in ihren Adern spürte, verging nicht. Der Schrecken klebte noch an ihr wie Pech. Weder ihre eigene noch die Erleichterung der Ecksteins hatten ihn abwaschen können.

*Beinah wär's passiert. Ich muss doch auf sie aufpassen. Sie müssen leben und gedeihen, dafür bin ich doch noch da. Allein dafür bin ich doch noch da.*

Sebastian war nach seiner Errettung trockengerubbelt, in ein frisches Hemd und eine Schlafhose gesteckt und unverzüglich ins Bett geschickt worden. Er hatte den Nachmittag durchgeschlafen, war danach jedoch schon wieder so munter gewesen, dass er sein Erlebnis um riesige herabfallende Steine und ekliges Brunnengetier ergänzen konnte und sich dazu imstande sah, seine kleinen Geschwister zu ärgern.

Stockdunkel war es, als Velten an diesem Abend zu Lene kam, die sich schon früh zu Bett gelegt hatte. Sie fühlte sich so erschöpft, als habe sie den ganzen Tag im Weinberg geschafft. Velten war noch bei den Kindern gewesen, wie jeden Abend, hatte dann das Licht in deren Kammer gelöscht und kein neues entzündet. Sicher dachte er, sie schlafe schon, und versuchte, sie nicht zu wecken. Sie hörte, wie er sich am Bett stieß, als er darum herumging.

Lene biss sich fest auf die Zähne, damit sie nicht mehr klapperten. Es gelang ihr nicht.

»Um Himmels willen, was hast du denn?«, fragte er, kaum, dass er sich neben sie gelegt hatte. »Bist du krank?«

»Mir ist nur so kalt«, brachte Lene hervor, während ihre Zähne weiter aufeinanderschlugen. »Den ganzen Tag schon.«

Sie hörte, wie Velten wieder aufstand und hinausging. Um Himmels willen, was hatte er denn vor? Er würde doch jetzt keine Hilfe holen, nur weil sie ein wenig fror?

Es dauerte eine ganze Weile, bis er wiederkam. Dieses Mal hatte er ein Talglicht in der einen Hand, einen Becher in der anderen.

Er setzte sich auf ihren Bettrand und stellte das Licht ab.

»Jetzt trinkst du das«, befahl er.

Er hob ihren Kopf an und hielt den Becher an ihre Lippen.

»Ich bin doch kein Kind, und ich bin auch nicht krank«, sagte sie energisch und griff selbst nach dem Becher.

»Manchmal könnt man's aber meinen!«

Lene nahm einen Schluck. Warme Milch. Mit ein wenig Honig darin.

»War deine Mutter denn noch auf?«, fragte sie.

»Das wär ja schlimm, wenn ich so unbeholfen wär, dass ich nicht mal einen Schluck Milch warm machen könnt ohne die Mutter.«

»Du hast doch nicht noch mal Feuer angemacht deshalb?«

»Pscht«, machte er. »Sei brav und trink.«

»Muttermilch für Große«, murmelte sie und leerte den Rest des Bechers.

Velten lachte und löschte das Licht.

»Ich dank dir«, sagte sie noch im Dunkeln, als er wieder im Bett lag.

»Ich mein, ich hätte dir heut mehr zu verdanken als du mir«, erwiderte er.

Und nach einiger Zeit: »Weißt du überhaupt, was passiert ist?«

»Er ist in den Brunnen gefallen, hat die Frickels Thea gesagt. Und er selbst sagt das auch.«

»Es stimmt aber nicht. Mir wollt er das auch erzählen, aber ich hab es ihm nicht geglaubt. Und da hab ich ein paar Leut gefragt, die am Sand wohnen. Einer hat es gesehn. Es waren zwei Buben, älter als er. Die haben ihn reingeworfen, als sie gedacht haben, dass es keiner sieht.«

»Aber warum denn?«, fragte Lene entsetzt.

»Ich hab ihn gefragt. Es ist wohl, wie es überall ist. Der Krieg macht die Menschen schlechter, selbst die, die ihn noch gar nicht kennen. Und die Kinder, in deren Familie jemand wegen Hexerei angeklagt worden war, haben es sowieso schwerer als die anderen.«

»Gibt es denn noch andere Familien?«, fragte Lene bitter. Sechsundsechzig Hexenprozesse hatte es im vergangenen Jahr in Büdingen gegeben. »Warum hat der Sebastian mir nie erzählt, dass die Buben ihn ärgern?«

»Weil er denkt, er ist doch schon groß, und weil er uns keinen Kummer machen will.«

*Weil er weiß, dass wir schon Kummer genug haben. Der arme Kerl.*

»Weißt du, wie die zwei Gewitteräser ihn genannt haben?«, fragte Velten. »Hexenbalg.«

Lene wusste nichts zu sagen. Und ihn zu berühren wagte sie nicht.

Nach einer Weile sagte Velten: »Du klapperst ja immer noch. Du wirst doch am End nicht das kalte Wehe kriegen, wie die Leut, die zu viel Angst gehabt haben?«

»Nur weil ich mal frier?«, klapperte sie.

»Du kannst es gar nicht haben, wenn man was für dich tut, so tüchtig, wie du immer bist, stimmt's?«

Lene schwieg. Was hätte sie auch sagen sollen? *Ich kann es nur nicht haben, wenn du neben mir liegst und so lieb bist?*

Sie schrak zusammen, als sie plötzlich spürte, wie etwas ihre Sohle berührte.

»Um Himmels willen, du hast ja eiskalte Füß!«, bemerkte Velten.

»Dann hab ich halt kalte Füß.«

»Das muss ja nicht sein. Komm, gib sie her, ich wärm sie dir.«

Er legte seine warmen Füße unter ihre. »So, und jetzt halt still.«

»Dann frierst du aber.«

»Gib schon Ruh, du störrisches Weib.«

Lene schwieg.

Langsam stieg die Wärme in ihren Körper, der weich wurde und schwer. Müdigkeit hüllte sie freundlich ein. Unmerklich schwebte sie in den Schlaf, wo der erste Traum sie schon erwartete.

*Els schnarchte leise. Aber das störte Lene nicht, es war eher beruhigend. Clara lag von hinten an sie geschmiegt. Wie eins waren sie, eine Seele, ein Körper. Clara schob ihren großen Zeh zwischen ihre Zehen, so vertraut, so eigen. Das gehörte ihnen allein, es war ihr Zeichen. Nicht nur ihre Münder hatten eine geheime Sprache, auch ihre Füße.*

Sie wachte von ihrem eigenen verzweifelten Weinen auf. Ein Teil war ihr schon vorausgeeilt, aus dem Traum ins Begreifen. Sie riss ihre Zehen von seinen los.

»Ich wollt das nicht«, flüsterte Velten und hielt sie, »ich war schon halb eingeschlafen, ich dacht, du wärst …«

»Ich doch auch, ich doch auch«, schluchzte Lene. Sie drehte sich um zu ihm und klammerte sich an ihn.

*Sie hat das auch mit ihm gemacht, das mit den Zehen. Weil sie mich vermisst hat.*

Lange konnte sie nicht aufhören zu weinen, wie eine Geburt war das, etwas wollte heraus, unaufhaltsam.

Ihre Tränen waren beinahe versiegt, als sie das Beben in seinem Körper spürte. Auch er weinte. Zum ersten Mal, endlich. Sie hielt ihn, strich mit der Hand über sein Haar, seine Stirn, seine Schläfe, ohne etwas zu sagen, weil man nichts zu sagen brauchte, und weil alles zu klein gewesen wäre, was man hätte sagen können.

Erst als er ruhig atmete und ein kaum hörbares »Ach« ihr zeigte, dass es vorbei war, drehte sie sich um, dass sie wieder mit dem Rücken zu ihm lag. Er hielt sie noch immer. Alle Kälte in ihr war geschmolzen. Aber schlafen konnte sie dennoch nicht, wollte keinen Moment verpassen dieser wundersamen Nacht. Sie würde sich nicht regen, solange er sie hielt.

Schlief er bereits? Es war schwer zu sagen. Ging sein Atem schon ganz gleichmäßig? Da, ein leises Stöhnen, kaum hörbar. Ein Zurückziehen.

Nein, es sollte noch nicht vorbei sein. Wenn er bereits schlief, würde er ja nicht merken, wie sie ihm hinterherkam, um sich noch ein wenig seiner Wärme zu stehlen. Noch lag sein Arm um sie, sie musste nur ein wenig mit dem Hinterteil zu ihm rutschen, um ihm wieder nahe zu sein.

Ihr Atem stockte. Vor Überraschung spannte ihr Leib sich an.

Darum also hatte er sich von ihr zurückgezogen. Aber sie würde nicht weichen, mochte er denken von ihr, was er wollte. Sie presste sich an seine Härte, zog seinen Arm noch fester um sich. Nein, er schlief nicht. Sein Atem ging in einer Weise, die kitzelte und aufstachelte und unruhig machte. Als er sich langsam zu bewegen begann, antwortete sie ihm.

Vorsichtig, ganz vorsichtig begann sie, ihr Hemd nach oben zu ziehen mit der freien Hand. *Hör nicht auf, hör nicht auf.* Fingerbreit für Fingerbreit zog sie, bis sie sich entblößt hatte und spürte, dass auch er entblößt war.

*Komm doch, komm.*

Er kam nicht in sie, bewegte sich nur zwischen ihren Beinen und weckte allein schon damit, was keiner außer ihm je hatte wecken können. Fast ein Triumphgefühl war es, das Lene durchflutete. *Was auch immer morgen ist, das nimmt mir keiner mehr.*

»Komm doch, komm«, flüsterte sie.

Er verstand sie nicht, fragte.

»Komm doch.«

Sie betete, dass Worte den Zauber nicht brechen, dass er sich nicht besinnen würde. Sie lud ihn ein, mit ihrem Körper.

Er besann sich nicht.

Es hatte ein paar Tage gedauert, bis Lene beim Aufwachen begriffen hatte, dass sie nicht mehr in Orleshausen lag. Es dauerte länger, bis sie gleich wusste, dass sie auch nicht in der Obergasse war. Aber erst seit kurzem war Claras Verlust nicht mehr jeden Morgen als unfassbarer Schrecken zu ihr gekommen.

Als Lene an diesem Morgen erwachte, wirbelte alles durcheinander. Sie brauchte einige Atemzüge und entsetzte Stöhner, bis alle Erinnerungen sich wieder wohlgeordnet an ihrem Platz befanden. Velten war bereits fort. Am liebsten wäre Lene liegen geblieben, um ihm nicht unter die Augen zu kommen.

Aber es half ja alles nichts. Sie sprang auf, zog sich an und lief in die Küche. Alle saßen bereits um den Tisch.

»Du hast verschlafen!«, krähte Juliane begeistert.

Frau Eckstein lächelte. »Ja, und das hat ihr gewiss gutgetan. Wer immer so viel schafft, der muss auch mal länger schlafen dürfen.«

Sie tat einen gewaltigen Schöpfer auf Lenes Teller und legte einen Kanten Brot daneben.

Während sie die Suppe löffelte, warf Lene Velten einen verstohlenen Blick zu. Er aß mit so viel Bedacht, wie er ihn sonst bei der Arbeit aufbrachte, und hob kaum den Kopf während der Mahlzeit. Danach wechselte er einige knappe Worte mit seinem Vater und ging hinunter in die Werkstatt.

Als Lene später das Haus verließ, um auf den Markt zu gehen, sah sie ihn sitzen, über eine Arbeit gebeugt. Auch jetzt hob er nicht einmal den Kopf, um sie anzusehen. Nur mühsam konnte sie Ärger und Enttäuschung hinunterschlucken.

*Was hast du denn gedacht? Was passiert ist, passiert nun mal, wenn ein Mann bei einer Frau liegt. Er wollt es nicht, er ist ja noch weggerückt. Und ich hab mich an ihn gedrückt wie eine Hur.*

Jetzt lebte sie wahrhaftig in der Unehe. Nein, schlimmer noch, sie hatte Ehebruch begangen.

Nach draußen zu gehen war wie in heiße Brühe zu steigen. Der Himmel zeigte ein einheitliches, bedrohliches Grau. Man konnte sich vorstellen, dass ein missgestimmter Gott nur darauf wartete, einen Blitz auf einen Sünder zu schleudern.

Lenes Gedanken ließen sich einfach nicht zügeln. So musste sie noch einmal zum Markt zurückgehen, weil sie vergessen hatte, einen neuen Knopf für Sebastians Jacke mitzubringen. Es war ein Kreuz mit ihm, ständig verlor er etwas. Alle Ermahnungen und Vorhaltungen, was das alles koste, nützten nichts.

Den ganzen Tag über war es so schwül, dass einem die Kleider auf der Haut klebten und die Haare unter der Haube juckten. Gelegentlich grollte Donner in der Ferne und verhieß Erlösung, die nicht kam.

Erinnerungen schlichen sich in Lenes Geist, überfielen sie ständig und überall. Wie Velten ihre Brüste umfasst hatte. Sein Stöhnen. Sie musste an sich halten, um die Kinder nicht bei jeder Gelegenheit anzufahren.

Als alle zu Bett gingen, folgte sie Velten in die Kammer, wie an jedem Abend. Heute tat sie es nur, weil dies der einzige Ort war, an dem sie ungehört miteinander sprechen konnten.

»Ich glaub, es ist besser, ich schlaf wieder drüben, bei den Kindern«, sagte sie.

Er sah sie nicht an, nickte nur.

Sie wollte gerade die Tür öffnen, als sie ihn sagen hörte: »Es tut mir leid. Ich wollt das nicht. Jeder braucht ein wenig Liebe und Wärme ab und zu. Aber ich hätt dich nicht dafür gebrauchen sollen, ausgerechnet dich.«

»Ist schon gut«, sagte sie und ging hinaus.

Die Luft stand in der Kammer, dass man sich kaum vorstellen konnte, sie zu atmen. Juliane und Ewald quengelten. Dass ihr Bruder sie nicht ermahnte, sondern ruhig blieb, zeigte Lene, dass auch ihm die drückende Hitze zu schaffen machte. So hielt sie die Kleineren in den Armen und erzählte ihnen Geschichten, die ihr plötzlich wieder einfielen, wie Frau Kannegießer sie erzählt hatte, vom Moosweibchen, und vom Erdenmännlein, das im Büdinger Schloss lebte und dem Bäcker beim Brotbacken half.

Irgendwann fiel sie in einen unruhigen Schlaf, aus dem sie immer wieder erwachte. Sie konnte sich kaum rühren zwischen den kleinen Leibern, die an ihr klebten und die sofort wieder zu ihr rollten, wenn sie sich behutsam ein wenig Luft verschaffen wollte.

Es war mitten in der Nacht. Ein gewaltiger Schlag und Ewalds Wimmern weckten sie. Sie hörte noch das Grollen, das sich entfernte, als schon der nächste Blitzschlag für einen Augenblick die Kammer hell erleuchtete wie ein vorbeistreifender Fackelschein das Loch einer Maus. Juliane begann laut zu weinen.

»Das ist doch nur ein Gewitter«, sagte Sebastian. »Das geht schon die ganz Zeit so.«

Seine Stimme zitterte. Lene strich ihm die schweißfeuchten Haare aus dem Gesicht und zog die weinende Juliane und den laut schreienden Ewald an sich.

»Seid doch ruhig, ihr weckt ja das ganze Haus auf.«

*Als ob bei dem Gewitter nicht eh alle wach wärn.*

Und wahrhaftig, zwei Donnerschläge später stand Velten in der Tür, ein Talglicht in der Hand. Nachdem er das Licht abgestellt hatte, setzte er sich auf den Bettrand und zog Juliane auf seinen Schoß.

»Mein Mädchen, du musst doch keine Angst haben. Das ist nur ein Gewitter, das kennst du doch. Da passiert dir nichts, das ist nur laut.«

»Da kann schon was passieren«, wandte Sebastian ein. »Der Herr Lehrer hat gesagt, da kann die Scheuer abbrennen, oder das ganz Haus, wenn der Blitz einschlägt.«

»Aber nein«, sagte Lene beruhigend, »da kann gar nichts passiern. Weder ich noch die Großmutter Eckstein haben an Himmelfahrt genäht oder geflickt. Und nur die Leut, die das machen, werden vom Blitz verfolgt.«

»Und außerdem haben wir oben unter dem Dachfirst ein Steinbeil liegen«, fügte Velten hinzu. »Das hat schon mein Großvater Eckstein da hingetan, als er noch ein junger Mann war. Und deshalb hat der Blitz bei uns noch nie eingeschlagen.« Er blinzelte Lene zu.

Bei jedem weiteren Donnerschlag fuhren Ewald und Juliane zusammen, aber sie weinten nicht mehr.

»Seht ihr, da kann ich ja jetzt wieder gehen«, meinte Velten schließlich.

»Nein, du musst hierbleiben«, bettelte Juliane.

»Also gut.« Er legte sich neben seine Tochter und nahm sie in den Arm.

»Das Irmchen aus Ortenberg, das hat aber auch Angst«, sagte Juliane nach einiger Zeit.

Ihr Vater hatte ihr die Puppe auf dem letzten Kalten Markt gekauft. Er hatte sie darum »die kalte Irmgard« getauft, aber für seine Tochter war sie »das Irmchen aus Ortenberg«.

»Na, dann hol sie doch ins Bett. So viel Platz haben wir auch noch.«

Sebastian war offenbar nicht dieser Meinung, denn er schnaufte hörbar, während Juliane über ihren Vater hinwegkletterte.

»Du musst rutschen«, meinte sie energisch, als sie wieder zurückkam, die Puppe im Arm. »Sonst hat das Irmchen keinen Platz.«

Juliane legte sich auf den Bettrand und begann mit der Zielstrebigkeit eines kleinen Maulwurfs, ihren Vater nach hinten zu schieben.

Sie machte sich einen Spaß daraus, immer weiterzudrängeln, bis er gutmütig meinte: »So, jetzt langt's aber.«

Er versuchte, Platz gutzumachen, indem er sie zu kitzeln begann, was Juliane mit grobem Zurückkitzeln beantwortete. Lene, den inzwischen ruhigen Ewald im Arm, musste erdulden, dass Veltens Hinterteil sich im Verlauf der Schlacht immer wieder an ihrer Hüfte rieb.

*Immer noch besser wie umgekehrt*, dachte sie, und zog die Nase kraus.

Draußen leuchtete und krachte das Gewitter unvermindert weiter.

»Du musst sie in den Arm nehmen«, meinte Juliane zu ihrem Vater, nachdem der Kitzelkampf beendet war.

»Das Irmchen?«

Juliane prustete vor Lachen. »Nein! Sie!«

Lene hatte ihren Namen verloren und keinen anderen bekommen. Keines der Kinder hatte sie auch nur ein einziges Mal bei ihrem Namen genannt, seit sie aus Orleshausen zurück war, aber auch keines nannte sie Mutter. Sie wusste nicht, wie Velten es fertiggebracht hatte, den Kindern dieses Verbot zu vermitteln. Nie hatte sie erlebt, dass er seine Kinder schlug, er brauchte sie lediglich zu ermahnen. *Er ist genauso mit ihnen, wie der Vater mit uns war,* dachte Lene oft.

»Du musst sie in den Arm nehmen, weil sie auch Angst hat«, beharrte Juliane.

»Ich hab keine Angst«, knurrte Lene.

»Trotzdem. Ich hab das Irmchen aus Ortenberg, und sie hat den Ewald, und der Sebastian, der ist ja schon groß. Aber du musst sie auch in den Arm nehmen.«

»Du gibst ja sonst keine Ruh.« Velten schob den Arm unter Lenes Schultern.

Nach und nach beruhigten sich die Atemzüge der Kinder, während draußen der Regen gegen die Scheiben trommelte.

*Jetzt könnt er aber loslassen,* dachte Lene. *Ich rutsch nicht weg. Warum sollt ich.* Er *hat gesagt, er wollt es nicht und es tät ihm leid. Mir tut's nicht leid.*

Er ließ sie nicht los. Sein Arm zog sie eher noch näher zu sich, langsam, Stück für Stück, bis sie mit dem Kopf auf seiner Brust lag. Den anderen zog er vorsichtig unter der schlafenden Juliane hervor und begann, vorsichtig Lenes Schläfe zu streicheln, dann ihre Wange. Als er ihren Hals berührte, loderte die unheilvolle Flamme sofort wieder hoch. Im flackernden Schein betrachtete er sie ernst.

*So hat er damals geguckt, wie er zu uns gekommen ist,* dachte Lene. *Damals habe ich gedacht, er meint* mich. *Aber jetzt* weiß *ich es. Heut meint er wirklich mich.*

Er hatte sie nicht geküsst gestern Nacht. Jetzt tat er es. Er näherte sich ihr so vorsichtig, dass sie das Küssen gemeinsam entdecken konnten. Als er unter ihrem Hemd ihre Brust umfasste, musste sie ein Stöhnen unterdrücken. Ohne zu überlegen, fuhr ihre Hand unter die Decke, über seinen Leib, bis dorthin, wo sie das vermutete Ergebnis vorfand.

Dicht an ihrem Ohr hörte sie, wie er den Atem anhielt.

Sanft nahm er ihre Hand fort, behielt sie aber in seiner.

»Die Kinder schlafen«, sagte er leise. »Die brauchen uns nicht mehr. Komm, wir gehen in unsre Kammer.«

Dieses Mal war er nicht im Morgengrauen gegangen.

Er lag neben ihr, auf einen Ellbogen aufgestützt, und betrachtete sie.

»Tut es dir sehr leid?«, fragte er, zwischen Bangigkeit und Lächeln.

Sie schüttelte nur den Kopf. Sie hätte sich gewünscht, dass er noch mehr gesagt hätte.

Aber er meinte nur: »Das wär mir arg gewesen«, bevor er aufstand und sich anzog.

Er sagte: »Kommst du?«

Dann ging er hinaus.

›Lene‹ hatte er nicht zu ihr gesagt in dieser Nacht.

Bei der Morgensuppe war Lene weniger befangen als am Morgen zuvor.

Es gab lediglich einen Augenblick des Schreckens, als der kleine Sebastian grinsend meinte: »Die Juliane konnt nicht schlafen bei dem Krach. Aber ich hab ihr gesagt, ihr macht nur Spaß.«

Lene spürte, wie das Blut ihr in die Wangen schoss. Wenigstens schien Frau Eckstein nichts bemerkt zu haben. Sie war ganz und gar damit beschäftigt, ihren Mann dazu zu nötigen, seinen Teller leer zu essen.

Velten zog mit einem kleinen Lächeln die Augenbrauen zusammen, als erwarte er ihre Erklärung. Lene bemühte sich, Sebastian abzulenken, indem sie ihn zur Eile mahnte. Wie immer brachte sie ihn bis zur Hintertür, von wo es nur wenige Schritte bis zur Schule bei der Kirche waren, und wie immer ermahnte sie ihn, recht brav und aufmerksam zu sein. Und bösen Buben aus dem Weg zu gehen.

»Jajaja«, entgegnete er ungeduldig und war auch schon verschwunden. Lene blieb noch einen Augenblick unter der Tür stehen und nahm einen tiefen Atemzug, bevor sie sich umwandte und zurück ins Haus ging.

Am Fuß der Treppe kam Velten ihr entgegen. Sie blieben stehen, beinahe wie Fremde, die einander höflich den Vortritt lassen wollen. Er schenkte ihr ein freundliches Lächeln und ging an ihr vorbei in die Werkstatt.

Keine Berührung, kein verstohlener Kuss. Lenes Magen sackte spürbar ein Stückchen nach unten.

*Ich hab's schon wieder gemacht,* dachte sie, während sie langsam die Treppe hinaufstieg. *Er hat gesagt, es tät ihm leid und er wollt mich nicht dafür benutzen. Und ich greif unter die Bettdeck und* …

Wieder spürte sie, wie Röte sie überflutete.

Natürlich würde er nicht nein sagen, wenn sie sich ihm so schamlos anbot. Aber das hieß noch lange nicht, dass er jemals von sich aus zu ihr gekommen wäre.

Lene überlegte eben, ob es etwas zu tun gäbe, das sie möglichst weit aus der Sichtweite sämtlicher Ecksteins brächte, als sie hörte, wie unten die Ladentür aufging. Eine Stimme war zu hören, so laut und barsch, dass Lenes Haare sich auf den Armen aufstellten wie das Fell einer bedrohten Katze. Velten antwortete, aufgeregt und wütend. Ohne zu überlegen, wollte Lene zu ihm hinunterlaufen.

Auf halber Höhe kamen ihr zwei Stadtknechte entgegen.

»Du bist die Kalkhofs Clara?«, fragte einer von ihnen.

Lene nickte nur.

»Wir kommen, um dich mitzunehmen. Du bist der Hexerei beschuldigt worden.«

SECHSTER TEIL

# Gott gnad der Seel

September 1634 – April 1635

# 28

Grob ergriff der Mann Lenes Hände, während der andere das Ende eines Seils so fest um ihre Handgelenke schlang, dass es schmerzhaft in die Haut schnitt.

Oben an der Treppe sah Lene Frau Eckstein stehen, die eben die fassungslos dreinschauende Juliane zu sich drehte und deren Gesicht in ihre Röcke drückte.

Ohne ein weiteres Wort wurde Lene die Treppe hinunter- und durch die Ladentür hinausgezerrt. Sie konnte Velten, der bleich wie ein Leintuch dastand, gerade noch einen hilflosen Blick zuwerfen.

Lediglich ein paar Schritte weit hatten sie zu gehen. Die wenigen Büdinger, die bereits unterwegs waren, blieben stehen und gafften. Sie würden dafür sorgen, dass sich die Kunde, man habe das Weib vom Ecksteins Velten verhaftet, die »Hexenschwester«, umgehend in der ganzen Stadt – und darüber hinaus – verbreitete. Allein, dass man Lene so gesehen hatte, war, als habe man ihr ein Zeichen eingebrannt.

Der Himmel war nicht mehr drohend wie am gestrigen Tag, sondern freundlich, kornblumenblau mit einigen wenigen weißen Wolkenfetzen.

*Wenn ich die Sonn wieder seh, wird es das letzte Mal sein,* dachte Lene. Wer diesen Weg ging, der kam erst heraus, wenn man ihn zum Richtplatz führte.

Im Rathaus wurde Lene in den zweiten Stock gebracht, jedoch nicht ins Gerichtszimmer, wie sie vermutet hatte. Stattdessen öffnete einer der Knechte die eiserne Tür, die daneben lag.

Sofort schlug ihr ein überwältigender Gestank entgegen, nach Blut, Urin und Angst. In dem dämmrigen Licht, das durch ein kleines, schmutziges Fenster fiel, konnte sie zunächst nur ein paar unbehauene Steine ausmachen, wie zufällig im Raum verteilt. Dann sah sie die Gestalten, die man daran gekettet hatte. Es waren allesamt Frauen, und es war gewiss keine darunter, der sie nicht hundertmal begegnet war. Dennoch erkannte Lene keine von ihnen. Sie trugen nichts am Leib als schlichte, graue Hemden, und man hatte ihnen die Köpfe geschoren. Das also war das Betzeloch, das Gefängnis.

Lene versteifte sich. Sie konnte keinen Schritt mehr gehen. Der Stadtknecht herrschte sie an und zerrte sie weiter mit sich, bis sie in der dunkelsten Ecke angelangt waren.

»Viel Platz ist nicht mehr«, bemerkte er zu seinem Kameraden. »Vielleicht sollten sie doch wieder anfangen, die Weiber im Hexenturm unterzubringen.«

Er zog Lene dicht zu sich heran und drückte sie auf den strohbedeckten Boden nieder. Das Seil wurde gelöst, stattdessen bekam Lene eiserne Fesseln um die Handgelenke gelegt. Sie waren so eng miteinander verbunden, dass ihre Hände sich berührten, fast wie im Gebet, und durch eine kurze Kette, kaum eine Elle lang, an einem der Steine befestigt. Lene würde weder stehen noch liegen können.

Der Mann riss ihr die Haube vom Kopf und zog die Haarnadeln heraus. Grob glättete er ihre Haare und fuhr mehrfach mit den Fingern hindurch, um sicherzugehen, dass sie nichts darin versteckt hatte. Dann ging er und schlug die schwere Eisentür hinter sich zu.

Er hatte ihr nicht erklärt, wessen man sie beschuldigte oder was nun mit ihr geschehen sollte. Warum auch? Sollte ein

Wunder geschehen und in ein paar Tagen wahrhaftig einer sagen: Wir haben uns geirrt, du kannst gehen – es würde keinen Unterschied machen. Schuld oder Unschuld spielten keine Rolle mehr, wenn man einmal vor dem Scharfrichter gestanden hatte.

Sie war keine mehr von ihnen.

Niemals mehr würde sie beim Schießen am Nachbartisch sitzen, ihnen nie wieder vom Wein ihres Vaters einschenken oder mit den Frauen am Brunnen schwatzen.

Nun würde auch Claras Opfer sinnlos gewesen sein, wie der Tod all der anderen Frauen, die man hier eingesperrt hatte, gefangen in Schmerz und Angst.

*Wenigstens werd ich dahin gehen, wo sie ist. Wo auch immer das sein mag.*

Vergeblich versuchte Lene, Trost in diesem Gedanken zu finden. Ihr Herz schlug laut wie eine Trommel.

Keine der übrigen Gestalten bewegte sich.

»Wer ist da?«, fragte Lene leise.

Zu ihrer Rechten regte sich etwas, und ein Stöhnen antwortete ihr, wie von einem, der unter Schmerzen seine Lage verändert.

»Sprich leiser«, kam es kaum hörbar zurück. »Der Wächter kommt bestimmt gleich wieder. Wir können nur reden, wenn er pissen geht.«

»Wer bist du?«

»Die Sybilla.«

»Die Burckhardts Sybilla?«

»Ja. Und bevor du mich verurteilst, weil ich die Lene besagt hab damals: Wart ab, bis sie dich zum ersten Mal aufgezogen haben.«

Ihre Stimme war von Pausen unterbrochen. Lene brauchte ihre Phantasie nicht zu bemühen, um sich vorzustellen, in welchem Zustand die Hebamme sich befinden musste. Alles, was man sich zuraunte darüber, was hier oben geschah, alles, was Julio in sie gezwungen hatte, war ihr gegenwärtig.

»Wenn sie das mit dir getan haben, schwörst du, dass deine eigene Mutter nachts mit dem Leibhaftigen zum Tanz geht«, stöhnte die Hebamme. »Ach, was sag ich: deine eigenen Kinder.«

Lene überlief ein Schauder.

»Es ist schad um euch«, fuhr Sybilla fort. »Ihr wart zwei so schöne Mädchen. Selbst ich konnt euch kaum unterscheiden.«

Lene stockte der Atem. Man brauchte Sybilla nur zu befragen in diesem Punkt, und schon würde man Lene nicht nur der Hexerei für schuldig befinden, sondern darüber hinaus des Betruges, des Ehebruchs und der Hurerei.

»Ich krieg so manches zu sehen, was sonst keiner sieht.« Es schien beinahe so, als lache Sybilla. Schaurig klang es. »Wie war das?«, fragte sie. »Die Lene hatt das Mal …«

»Am linken Bein«, erwiderte Lene schnell. »Und ich hab's am rechten.«

»Stimmt«, sagte Sybilla. »Genau. So war's.«

Lene musste ein hörbares Aufatmen unterdrücken.

»Wenn man das Mal sieht, wird man sowieso sagen, das ist ein Hexenmal«, fuhr Sybilla fort. »Du wirst es sehn. Schrei nur tüchtig, wenn sie dich stechen, und hoff, dass Blut kommt, sonst ist die Sach für die schon entschieden.«

Aus einer Ecke ertönte ein unwilliges Knurren. »Ich meld's, wenn hier die eine Hex der andern guten Rat gibt, dass ihr's nur wisst!«

»Und du meinst, die glauben dir? Du bist doch selber eine«, gab die Burckhardt zurück.

»Bei der Lene ist's wenigstens schnell gegangen«, flüsterte sie unbarmherzig weiter. »Jetzt kannst du nur noch beten, dass es bei dir auch so schnell geht. Ich sitz jetzt seit bald vier

Jahr hier, nur weil die gelehrten Herrn in Marburg sich nicht einig sind, ob ich nun eine Hex bin oder nicht. Wenn's nach mir geht, können sie das bleibenlassen. Ich will endlich meine Ruh, und wenn ich vorher brennen muss.«

Lene schwieg.

»Vielleicht hast du ja so viel Glück wie die Lene. Du wirst es bald sehn. Die kommen bestimmt morgen früh und holen dich.«

Konnte man hier überhaupt je schlafen? Allein schon das Stöhnen der anderen Frauen – es waren ihrer vierzehn, wie Lene mittlerweile wusste – hätte ausgereicht, sie wach zu halten. Doch wie sollte sie schlafen können, wenn sie nicht einmal den Kopf auf den Stein legen konnte, weil die große eiserne Öse störte, an der die Kette befestigt war? Lene versuchte, sie zu umfassen und ihren Kopf auf die Hände zu legen. Dies gelang ihr stets nur bis zu dem Moment, an dem sie in Schlaf fiel und ihre Hände sich lösten.

Vergeblich versuchte sie, an alles zu denken, nur nicht an das, was ihr bevorstand. Immer wieder überlegte sie, was man ihr wohl vorwarf. Gewiss hatte es abermals mit ihren totgeborenen Mädchen zu tun. Vielleicht hatte die Burckhardt versucht, sich zu entlasten, indem sie behauptet hatte, Clara sei es gewesen, die ihre Schwester verhext habe? Lene zermarterte sich das Gehirn, was sie auf diese oder andere ebenso absurde Beschuldigungen antworten könnte. Und immer wieder raunte die Erinnerung ihr zu: *Wer in einen Prozess gerät, in dem es um Hexerei geht, muss alle Hoffnung fahren lassen, mit dem Leben davonzukommen.* Und was wäre das Leben noch wert, wenn man tatsächlich hier herauskäme?

Außerdem plagte Lene der Hunger. Seit der Morgensuppe hatte sie weder gegessen noch getrunken.

Ihre kurzen Träume waren wirr, doch nicht bedrohlich, lediglich eine Aneinanderreihung absurder Szenen. Bereits in Orleshausen hatte sie festgestellt, dass Alpträume fernblieben, wenn das Leben selbst zum Alptraum geworden war.

*Ist das nicht ein Zeichen, dass der Herr mich noch nicht ganz und gar verlassen hat?*, dachte sie. *Wenn er mir wenigstens diesen Trost schenkt?*

Dann fiel ihr ein, wie sie in Veltens Armen gelegen hatte, vor ein paar Stunden, vor einer Ewigkeit, und sie weinte.

Am anderen Morgen kam tatsächlich einer der Knechte, um sie zu holen, der gleiche wie der, der sie gestern hierhergebracht hatte. Ein Mann, dessen Schuhe sie geflickt hatte, wie die seiner Frau und seiner Kinder.

Auch jetzt bekam sie weder Brot noch Wasser. Wortlos löste der Stadtknecht die Kette vom Stein und zog Lene hinter sich her.

Vor der Tür der Gerichtskammer, gleich nebenan, hielt er inne und drehte Lene so, dass sie mit dem Rücken zu ihm stand. Als sie hörte, dass die Tür hinter ihr geöffnet wurde, wollte sie sich umwenden. Doch der Mann hielt sie an den Schultern fest und zog sie rückwärts in die Kammer. Erst nach einigen Schritten drehte er sie so, dass sie den schwarz gekleideten Männern gegenüberstand, dem Amtmann, dem Bürgermeister, dem Pfarrer, den Schöffen und dem Stadtschreiber. Offenbar hatte man Angst, sie könne die Anwesenden beim Eintreten mit dem bösen Blick verhexen. Hinter den Männern standen Wendel Glanz, der Scharfrichter, unübersehbar in seinem leuchtend roten Mantel, und sein Gehilfe.

Einen Verteidiger würde Lene nicht haben, wie es sie überhaupt selten in den Prozessen gab. Wenn einer tatsächlich wagte, für eine Frau zu sprechen, die der Hexerei angeklagt worden war, wurde er vom Gericht verwarnt, sich keine Förderung des Bösen zuschulden kommen zu lassen. Dies genügte, um allen, außer den Unerschrockensten, den Mund zu stopfen.

»Wie heißt du?«, fragte Walsporn sofort.

Lene sah ihn hilflos an. Machte sie sich nicht eines Verbrechens vor Gott und den Menschen schuldig, wenn sie log? Aber wenn sie offenbarte, wer sie wirklich war, kämen zu der Anklage wegen Hexerei, deretwegen man sie ja bereits angeklagt und deretwegen man Clara schuldig gesprochen hatte, noch weitere Delikte hinzu. Julio hatte ihr gesagt, was man denen auf dem Weg zur Richtstätte antat, die man mehr als nur einfacher Hexerei für schuldig befand. Er hatte recht gehabt. Schlimmeres als das, was Menschengeist ersann, konnte der Böse persönlich sich nicht ausdenken.

Sie schluckte und sagte: »Ich bin die Clara, Velten Ecksteins, des Buchbinders, Weib.«

»Glaubst du an Hexerei?«

»Gewiss tu ich das!«

Hätte sie die Frage verneint, wäre möglicherweise noch eine Anklage wegen Ketzerei hinzugekommen.

»Wie alt bist du?«

»Ich zähl achtundzwanzig Jahr.«

»Wer sind deine Eltern?«

»Der Ewald Kalkhof, Winzer hier in Büdingen, und sein Weib, die Gertrud.«

Dann fragte er sie, wo sie geboren, getauft und erzogen worden sei, und sie antwortete jeweils, dies sei in Büdingen geschehen.

»Bist du im Ehestand?«

»Ja, hoher Herr.«

Ungeduldig fragte der Amtmann: »Ja, aber wie lautet der Name deines Ehemannes?«

»Das ist der Buchbinder Velten Eckstein«, erwiderte Lene.

Solange man ihr glaubte, hatte Velten nichts zu befürchten. Sobald man misstrauisch wurde und sie auch in dieser Angelegenheit der peinlichen Befragung unterzog, oder Velten, oder gar eines der Kinder ... Bei dem Gedanken schnürte sich Lene die Kehle zusammen. Jedenfalls würde man Velten dann der Unkeuschheit bezichtigen und ihn ebenfalls anklagen. *Denk nicht dran*, ermahnte sie sich. *Du musst doch arglos erscheinen.*

»Hast du Kinder?«

Lene nickte.

»Wie viele Kinder hast du geboren?«

»Den Sebastian, der zählt acht Jahr, die Juliane fünf, und der Ewald drei.«

Dann wurde sie befragt, ob sie sich stets ehrlich verhalten oder ob sie sich des Diebstahls, der Hurerei, des Mordes oder anderer Verbrechen schuldig gemacht habe.

»Ich hab nichts von alldem getan«, antwortete sie.

Walsporn seufzte. »Dann wollen wir einmal zu dem kommen, was dir vorgeworfen wird.«

Lenes Schultern verkrampften sich, während der Amtmann das oberste der Papiere aufnahm, die vor ihm auf dem Tisch lagen.

»Du bist gesehen worden – und mehrere Zeugen haben das bestätigt –, wie du vor aller Augen, am helllichten Tag, Zauberei betrieben hast.«

Was in aller Welt meinte er?

»Du hast ja bereits deinen Sohn Sebastian erwähnt.«

Lene konnte nur nicken.

»Vor zwei Tagen hat man ihn gefunden, wie er im Brunnen am Sand gesessen hat.«

*Was heißt hier ›gesessen‹?*, dachte Lene. *Zwei Buben haben ihn hineingeworfen, weil sie meinten, er sei ein ...*

Es war wohl doch besser, zu schweigen.

»Wir wollen zunächst einmal gar nicht zu ergründen versuchen, was er dort gewollt hat«, meinte Walsporn. »Obwohl das zu einem späteren Zeitpunkt durchaus noch weiterer Betrachtung wert sein kann.«

*Bitte nicht die Kinder*, flehte Lene innerlich. *Bitte zieht die Kinder da nicht hinein.*

»Sollte sich erweisen, dass du eine Hexe bist – und wir finden das schnell heraus, das kannst du mir glauben –, so stellt sich dann natürlich die Frage, was das Kind einer Hexe im Brunnen zu suchen hat.«

Er starrte Lene an, als erwarte er gleich hier und jetzt Antwort. Nach einer Weile versenkte er sich wieder in das Schriftstück.

»Mehrere Männer vermochten es nicht, ihn dort herauszuholen«, bemerkte er und sah sie wieder durchdringend an. »Dann bist du gekommen. Du hast ein Zauberwort gerufen …«

»Was hab ich?«, keuchte Lene.

»Du hast ein Zauberwort ausgerufen, und daraufhin – und dafür gibt es mehrere Zeugen – ist dein Sohn von allein wieder heraufgeflogen. Gibst du zu, dass du das mit Hexenkräften bewirkt hast?«

»Nein, natürlich nicht!«, rief Lene. »Das ist einfach närrisch! Wo waren die, die das behaupten? Standen sie daneben? Waren sie überhaupt dabei?«

Oder gehörten sie zu denen, die ›Walt's Gott‹ sagten, wenn sie vorüberging? Oder ›Hexenschwester‹?

»Um die geht es nicht«, erwiderte Walsporn. »Zeugen werden wir später befragen, wenn es nötig sein sollte. Heute geht es um dich. Also, dann erzähle du uns doch, was du gerufen hast.«

Seine Stimme verriet deutlich, dass er nicht bereit war, ihr zu glauben.

Lene setzte die Worte in ihrem Geist zusammen. *Ich hab ein Wort gesagt, das aus einer geheimen Sprache stammt, die ich mit meiner Schwester geteilt hab. Der Schwester, die ihr der Hexerei beschuldigt und die ihr umgebracht habt.*

»Ich hab das nicht getan!«, konnte sie nur verzweifelt rufen. »Ich hab doch nur gesagt, dass er heraufkommen soll!«

Walsporn atmete tief ein, als habe er nichts anderes erwartet und nehme es den verstockten Hexen trotzdem übel, dass sie nur unter der Folter bekennen wollten.

»Wir werden die Wiegeprobe machen!«, unterbrach er sie.

Lene wusste, was das bedeutete. Es hieß, Satan verleihe den Hexen die Fähigkeit, leichter zu sein oder gar nichts zu wiegen, damit die Luft sie besser trug, wenn sie sich nachts auf den Weg zu ihm machten.

»Auf wie viel schätzt ihr die Weibsperson?«

Nacheinander wurden die anwesenden Männer befragt, und der Schreiber hielt ihre Angaben fest. Man einigte sich darauf, dass Lene wohl etwa einen Zentner wiegen müsse.

»Nehmt ihr die Fesseln ab«, ordnete Walsporn an.

Einer der Knechte trat zu Lene und öffnete das Eisen mit einem Schlüssel. Sie umschlang ihre Handgelenke und rieb sie.

»Zieh dich aus«, befahl der Amtmann.

»Wie?«

Walsporn schüttelte den Kopf, als habe er es mit einer Schwachsinnigen zu tun, der er die einfachsten Dinge erklären musste. Einige der Schöffen grinsten.

»Hast du nicht gehört? Du sollst die Kleider ablegen, bis du so wenig auf dem Leib hast wie an dem Tag, an dem du aus deiner Mutter Schoß gekrochen bist.«

Lene sah die Männer entsetzt an.

*Clara hat es tun müssen,* sagte sie sich dann. *Sie war nicht schuldiger als ich.*

Sie senkte den Kopf und begann, ihr Mieder aufzuschnüren. Als sie schließlich auch ihr Hemd ausgezogen hatte, hielt sie es fest und versuchte, ihren Körper dahinter zu verbergen. Der Knecht riss es ihr aus der Hand und warf es zu den anderen Kleidungsstücken, die bereits in einem Haufen auf dem Boden lagen. Lene versuchte, sich mit den Armen zu bedecken. Man reichte ihr ein einfaches graues Hemd, das sie hastig überzog, kritisch begutachtet von vielen Männeraugen. Man wollte sichergehen, dass sie nichts an ihrem Körper trug, das ihr Gewicht verfälschte.

Zwei Schöffen und der Stadtschreiber verließen den Raum. Lene wurde ihnen hinterdreingeführt, die Wendeltreppe hinab bis ins Erdgeschoss. Hier, wo man im Winter den Markt abhielt, versammelten sich alle um die große Balkenwaage. Lene wurde geheißen, auf eine der Waagschalen zu steigen und sich hinzukauern. Der Knecht wuchtete schwere Steine in die zweite Schale. Nach einiger Zeit hielt er inne und schüttelte den Kopf.

»Ha!«, rief einer der Schöffen aus. »Sie wiegt wahrhaftig weniger, als wir geschätzt hatten!«

*Steig du doch mal drauf, dann wollen wir sehen, ob du nicht auch für zu leicht befunden wirst,* dachte Lene hilflos. Nun verstand sie, warum sie seit gestern nichts zu essen bekommen hatte.

»Das ist der Beweis!« Einer der Schöffen wandte sich zum Schreiber. »Vermerkt in den Akten, dass die Kalkhof die Wiegeprobe nicht bestanden hat.«

Zurück in der Gerichtskammer nahmen die Männer wieder Platz. Lenes Magen krampfte sich zusammen. Was auch immer sie tat, oder was auch immer man ihr antat – alles bewies dem Gericht nur ihre Schuld. Es war leicht, jemanden der Hexerei zu beschuldigen. Kein Anlass war zu absurd. Aber es gab keine Möglichkeit, dem Tod zu entgehen, wenn man erst einmal vor Gericht stand.

*Dass ich eine Hex bin, glauben sie jetzt sowieso. Wenn ich es weiter abstreit, werden sie dem Velten und meinen Eltern den letzten Albus aus dem Beutel ziehn.*

»Meister Glanz, untersucht die Angeklagte auf Hexenmale und nehmt, wenn nötig, die Nadelprobe vor«, ordnete Walsporn an.

Lene trat unwillkürlich einen Schritt zurück, als Wendel auf sie zukam. Zehn Jahre waren vergangen seit dem Schießen, seit die Freundin sich ihr offenbart hatte. Was hatte Marie bloß an ihm gefunden? Inzwischen hatte Wendel das Amt von seinem Vater übernommen, doch noch immer konnte Lene nichts anderes in ihm sehen als einen bleichen Jungen mit verkniffenen Zügen. Und vielleicht ihren Henker.

In einem Ton, als wolle er lediglich ein Paar Schuhe abholen, forderte er sie auf, ihr Hemd auszuziehen.

*Ich muss so tun, als ob es nicht mir geschieht, sondern einer andern,* versuchte Lene sich verzweifelt einzureden. *Besser noch, als ob ich es in einem Buch les, und einer hat sich das bloß ausgedacht.*

Dennoch gelang es ihr auch dieses Mal nicht, das Hemd herzugeben, nachdem sie es über den Kopf gezogen hatte. Wendel musste es ihr aus der Hand nehmen und es seinem Gehilfen übergeben. Der Befehl, den er ihm daraufhin erteilte, ließ sie laut nach Luft schnappen vor Entsetzen.

»Entfernt jegliches Haar von ihrem Körper.«

Er reichte dem Mann eine Schere und ein Klappmesser. Bevor Lene noch begriff, was ihr geschah, hatte der Gehilfe eine Strähne ihres Schopfes gepackt und abgeschnitten. Lene warf einen Blick zur Seite und sah sie auf dem Boden liegen. Bis zu den Hüften hatten die Haare ihr gereicht. Sie schloss die Augen, um nicht mit ansehen zu müssen, wie Strähne um Strähne fiel. Nicht einmal mehr die Schultern erreichte ihr Haar, als er fertig war. Noch fester kniff Lene die Augen zusammen, als der Mann die kurzen Haare Handvoll für Handvoll packte und begann, sie mit dem Messer grob von der Kopfhaut abzuschaben. Das tat weh. Lene war sich sicher, er habe zahllose Wunden hinterlassen, als er sie schließlich losließ.

Nun war sie wahrhaftig gezeichnet.

Sie öffnete die Augen, befahl sich selbst aber, nicht zu Boden zu blicken. *Da liegt der Teil von mir, den sie mir schon genommen haben.*

»Heb die Arme hoch«, befahl Wendel, der die Prozedur kritisch beaufsichtigte. »Hinter den Kopf.«

Lene hielt den Atem an, als der Gehilfe die Haare unter ihren Armen abschabte, um keinen Schmerzenslaut auszustoßen. Sie versuchte, in die Ferne zu schauen, keinen der Männer mehr wahrzunehmen, deren Blicke auf sie gerichtet waren, offen oder verstohlen.

Anschließend fasste Wendel sie am Arm und hieß sie, sich rücklings auf einen Tisch an der Wand zu legen. Dort befahl er ihr, die Beine zu spreizen.

*Sie schänden mich,* dachte Lene, als sein Gehilfe auch die letzten Haare von ihrem Körper entfernte. *Und keiner bestraft sie dafür.*

Ob die Männer, die hinter dem langen Tisch saßen, zu ihnen herüberblickten oder ob sie sich lediglich miteinander unterhielten, bedeutete ihr beinahe nichts mehr. Einige von ihnen verhielten sich, als sei sie nicht im Raum. Allein die Tatsache, dass sie schwatzend duldeten, was ihr geschah, brachte sie jenseits aller Scham.

Lene wollte aufspringen, sobald der Mann zurücktrat. Aber er hielt sie fest und ihre Schenkel gespreizt, während der Scharfrichter zu ihr trat. Wendel besah und untersuchte die Innenseite ihrer Schenkel, auch ihre Scham, auf dass ihm kein Fleck, keine noch so kleine Veränderung ihrer Haut entgehe, nicht einmal am geheimsten Ort.

Danach hieß Wendel sie aufzustehen, sich gerade hinzustellen und die Arme vom Leib zu halten. Er ging um sie herum und nahm jeden Fingerbreit ihres Körpers in Augenschein, hieß sie sogar die Füße abwechselnd hochzuheben, damit er die Sohlen betrachten konnte.

Lene betete, dass er durch ein Wunder das Mal an der Außenseite ihres rechten Oberschenkels übersehen würde. Natürlich entdeckte er es. Aus der Tasche an seiner Seite zog er eine lange Nadel. Während Lene sich auf den Schmerz vorbereitete, der kommen musste, sah er sie unverwandt an. Sie spürte eine Berührung an ihrem Oberschenkel, als wolle Wendel die Stelle prüfen, an der er zustechen wollte.

Sie schloss die Augen, als sie ihn auch schon rufen hörte: »Seht, es kommt kein Blut! Und sie empfindet auch keinen Schmerz!«

Überrascht riss sie die Augen auf.

Sie hätte schwören können, dass die Nadel nicht einmal die Haut durchbohrt oder dass Wendel sie lediglich mit der stumpfen Seite berührt hatte.

Das also waren die berüchtigten Hexenproben. Kein Wunder, dass niemand sie bestand. Schließlich bekam der Scharfrichter für jede Hinrichtung fünf Gulden, Futter für sein Pferd und reichlich Wein während der Arbeitszeiten. Er sorgte selbst dafür, dass sein Beutel nicht leer wurde.

Lene wurde gestattet, das Hemd wieder anzuziehen, und erneut wurde ihr das Eisen angelegt.

»Setzen wir also die Befragung fort«, sagte Walsporn. »Von wem hast du die Zauberei erlernt? Von deiner Schwester? Von der Els, die Magd war in eurem Haus? Beiden ist ja nachgewiesen worden, dass sie Hexen waren.«

*Ich wünscht, ich könnt dir antworten, wie ich wollt*, dachte Lene nur.

Ob sie sich schuldig bekenne, Zauberei betrieben zu haben, wollte er nicht mehr wissen. Offenbar war dies für ihn mit den Proben bereits erwiesen.

»Nun red schon«, herrschte er sie an. »Wenn es eine andere war, die dir das Hexen beigebracht hat, so sagst du es lieber jetzt, solange wir dich noch gütlich befragen. Denn wir bekommen es heraus, so oder so!«

»Nein, da waren keine andren.«

Walsporn schnaubte und sah die Schöffen an. Einige schüttelten den Kopf.

»Seltsam ist das«, fuhr er fort. »Dass jede ihre Kunst nur von einer gelernt haben will, die schon tot ist. Wenn es noch eines Beweises bedurft hätte – und es bedarf dessen wahrhaftig nicht –, dass es eine Verschwörung unter euch gibt und dass ihr euch alle gegenseitig deckt, so wäre es dieser. Aber, wie gesagt, da kommen wir dir schon noch dahinter. Vielleicht fangen wir mit einer einfacheren Frage an: Wann hast du dich dem Teufel verschrieben?«

Lene war bereit gewesen, alles zu gestehen, was man ihr vorhielt. Da sie keine Hoffnung mehr für sich sah, gab es keinen Grund, durch einen langen Prozess die Ecksteins wie ihre eigene Familie endgültig um alles Hab und Gut und damit vielleicht selbst noch in den Kerker zu bringen. Doch die Fragen Walsporns machten sie völlig hilflos. Sie war darauf vorbereitet gewesen, zu allem ja und amen zu sagen, nicht jedoch darauf, Untaten ersinnen zu müssen, die sie begangen haben könnte.

Sie schwieg, während sie gleichzeitig verzweifelt versuchte, sich eine Antwort auszudenken, die plausibel klang und die keinen in Gefahr brachte, den sie liebte.

»Wann hat der Teufel dich getauft? Wie oft hast du an Hexenversammlungen teilgenommen?«

Die Fragen prasselten nun auf sie nieder, mit nur kurzen Pausen, als habe Walsporn die Hoffnung aufgegeben, von ihr noch Antworten zu erhalten, und als wolle er nur noch beweisen, dass man ihr so nicht beikam.

»Wen hast du dort gesehen? Wie oft fanden die Tänze statt?«

»Ich weiß es nicht mehr«, stammelte sie.

Dem Amtmann war deutlich anzumerken, dass er kurz davorstand, die Geduld mit ihr zu verlieren. »Wie oft hast du mit dem Leibhaftigen wie Mann und Frau verkehrt? Wie war seine Männlichkeit beschaffen?«

»Ich kann mich nicht mehr erinnern.«

Walsporn drehte sich abrupt um.

Zu dem Mann, der nun wieder hinter ihm stand, sagte er: »Meister Glanz, so kommen wir nicht weiter. Bringt die Angeklagte in die Verhörstube.«

# 29

Lene wünschte, sie könnte sich die Ohren zuhalten. Doch das ging nicht, so wenig, wie sie sich hinlegen konnte. Seit man sie ins Betzeloch zurückgebracht hatte, redete die Hebamme auf sie ein, wann immer der Wächter die Kammer verließ. Aber vielleicht war das auch gut so.

»Da hast du aber noch mal Glück gehabt, dass sie dir die Haare nicht *abgesengt* haben. Das tun sie nämlich manchmal«, sagte die Burckhardt gerade.

Heute hatte Wendel nichts anderes getan, als Lene genau zu erklären, wie er sie zu foltern gedächte. Zunächst würde man sie wiederum nackt ausziehen und ihr die Hexensuppe einflößen, ein Getränk, das aus Bier, Salz und Hechtgalle bestand, sowie aus der Asche verbrannter Hexen. Er hatte ihr die Daumen- und die Beinkrebse gezeigt, ihr eindringlich dargelegt, wie lange sie angewendet würden, was dabei ihrer Haut, ihrem Fleisch und ihren Knochen geschähe, schließlich, was sie danach mit ihren Händen und Beinen noch werde tun können und was niemals mehr. Und er hatte ihr gesagt, was man mit ihr tun werde, sollte sie sich auch danach mit des Teufels Hilfe weiter widerständig zeigen.

Vergeblich hatte Lene gewürgt, dort drüben und auch jetzt wieder, doch ihr leerer Magen gab nichts her. Sie hatte geglaubt, durch Julios Erzählungen vorbereitet gewesen zu sein. Doch bisher hatte sie lediglich gehört, was man Clara angetan hatte. Nun hatte sie es gesehen.

Immer wieder kam es vor, dass Frauen sich umbrachten, nachdem der Scharfrichter sie zum ersten Mal ins Verhörzimmer geführt hatte, noch vor der peinlichen Befragung. Lene empfand Mitleid mit ihnen, wann immer sie dergleichen hörte. Und doch hatte sie sich gefragt, wie man die ewige Seligkeit aufs Spiel setzen konnte, um einer kurzen Zeit der Qualen zu entgehen. War es nicht sowieso jeder Frau vom Allmächtigen aufgegeben, Schmerzen zu ertragen, die jedes Maß überstiegen?

Nun begriff sie. Alles, was sie heute gesagt hatte, war zu ihren Ungunsten ausgelegt worden. Dieser Falle konnte man nicht entkommen. Wer konnte es jemandem verdenken, der wusste, dass er dem Tod nicht entrinnen konnte, wenn er sich die Qualen ersparen wollte, die Wendel ihr so drastisch vor Augen geführt hatte?

Danach hatte Wendel sie in den Gerichtssaal zurückgeführt, und Walsporn hatte sie weiter befragt. Lene hatte geantwortet, was die Angst ihr eingab, und wusste schon jetzt nicht mehr genau, was das gewesen war. Noch hatte sie keine lebende Frau besagt.

»Dann wollen wir doch sehen, was der Meister Glanz morgen aus dir herausbringt«, hatte der Amtmann zum Schluss gesagt.

»Glaub bloß nichts, was der Walsporn verspricht«, beschwor Sybilla sie. »Wenn er sagt, er schenkt dir das Leben, so meint er damit das ewige Leben, und wenn er sagt, er baut dir ein neues Haus, wenn du nur bekennst, so meint er damit eine Reisighütte auf dem Scheiterhaufen.«

Obwohl Sybilla immer wieder heftig nach Luft schnappte, klangen ihre Worte so vertraulich, als stünden sie im hellen Sonnenschein plaudernd beieinander und als seien sie nicht an eine Frau gerichtet, deren Schwester sie den Tod gebracht hatte. Aber so war die Burckhardt wohl schon immer gewesen. Tüchtig in ihrem Handwerk, aber darüber hinaus von wenig Phantasie. *Fast wie der Contz.* Was er wohl dachte, wenn er erfuhr, dass man sein Weib verhaftet hatte? Oder war es ihm inzwischen gelungen, sich einzureden, sie sei bereits tot?

»Was hast du denn gemacht?«, fragte die Hebamme. »Ich mein – zuerst behaupten sie ja alle, dass sie unschuldig sind. Also: Was sagt der Walsporn denn, was du gemacht hättst?«

»Sie meinen, ich hätt meinem Sebastian durch Zauberkraft das Leben gerettet, als böse Buben ihn in den Brunnen geworfen haben. Natürlich ist das …«

Lene wurde durch einen Pfiff unterbrochen, dem ein ausdauerndes Husten folgte.

Als Sybilla wieder sprechen konnte, sagte sie: »Für die bist du ja jetzt eine Hex, weil du die Proben nicht bestanden hast. Und die Hexen weihen ihre Kinder nach der Geburt dem Bösen. Und außerdem stammen die sowieso meist aus dem Umgang mit dem Teufel und sind schon deshalb der Verdammnis geweiht. Dann sperren sie bestimmt den Sebastian auch noch ein, und vielleicht auch deine andern Kinder. Wart's nur ab.«

Es dämmerte bereits, als Lene hörte, wie sich die schwere Eisentür öffnete. Ob man sie noch heute zum peinlichen Verhör holte? Seit Sybilla gemeint hatte, man könne auch Sebastian anklagen, war ihr noch elender zumute als zuvor und ihr Körper angespannt wie bei einem Krampf.

Doch es war keiner der Knechte, der hereinkam und Wein und Brot ins Stroh stellte.

»Marie!«, brachte Lene hervor. »Was machst du denn hier?«

»Ich bring dem Wendel doch das Essen.«

Das hatte Frau Kannegießer auch immer getan, wenn ihr Mann wieder einmal unterwegs war, um eine der ständig versandeten Wasserleitungen der Stadt instand zu setzen. Das tat man als Frau, wenn der Mann außer Haus arbeitete. Ob er nun Bornmüller war oder Scharfrichter.

»Ich hab gedacht, ich bring dir auch was, weil die Männer grad alle fort sind. Also, natürlich nicht alle. Nicht, dass ihr denkt, ich bin allein hier.«

Nein, von Marie war keine Hilfe zu erwarten.

Sie kniete vor dem Stein nieder, an den Lene gekettet war, riss ein kleines Stückchen des dunklen Brotes ab und steckte es ihr in den Mund. Lene verspürte gleichzeitig Hunger und einen starken Widerwillen, doch sie zwang sich, zu kauen.

Von der Burckhardt ließ sich lautes Schnarchen vernehmen. Die Frau zur Linken hatte kein Wort gesprochen, seit Lene hierhergebracht worden war. Gestern hatte man sie hinausgeschleift, und sie war nicht wiedergekommen.

»Hast du auch die – die Lene gesehen, als sie hier war?«, wagte Lene nach ein paar Bissen leise zu fragen.

Marie sah sich nach den anderen Frauen um, die, wie meist, nahezu unbeweglich vor ihren Steinen hockten, zu erschöpft, um sich zu rühren, viele von ihnen dem Tode näher als dem Leben.

»Die Clara, meinst du«, erwiderte Marie verschwörerisch, mit einem schiefen Grinsen. »Ei ja, natürlich hab ich sie gesehen. Und gleich erkannt hab ich sie auch.«

»Aber du hast keinem was gesagt?«, flüsterte Lene.

»Warum hätt ich das denn tun sollen? Wenn die nichts sagt und wenn es sonst keiner merkt, warum soll ich denn dann was sagen? Am End hätten sie mir gar nicht geglaubt. Außerdem bist du damals ja fort, und da hab ich gedacht, es wär schon recht so und vielleicht ausgemacht zwischen euch. Ich wollt dich doch nicht verraten, du warst ja mal meine Freundin.«

»Du hast auch dem Wendel nichts gesagt?«

Marie zuckte gleichgültig mit den Achseln. »Was hätt es ihm denn genützt, wenn er es gewusst hätt?«

Lene überlief es kalt.

So dachte die Marie also. Hauptsache, der Mann verrichtet seine Arbeit, ob die richtige Schwester verbrannt wird oder die falsche.

»Was – was hat sie gesagt, als du sie besucht hast?«

Marie begann, in die finstere Ecke hinter Lene zu starren.

»Nichts Besonderes. Wir haben über alles Mögliche gesprochen, so über dies und das.«

»Marie, ich bitt dich«, flüsterte Lene. »Ich hab meine Schwester verloren. Für *mich* ist sie gestorben. Kannst du dir nicht vorstellen, dass jedes Wort, das sie gesagt hat, mir mehr wert ist wie ein Goldstück?«

Marie schien unsicher. Man merkte ihr an, dass sie überlegte.

»Man weiß ja nicht. Am End war sie auch eine Hex.«

»Marie, was redest du denn da!« Lene dämpfte ihre Stimme. Wenn eine der anderen Frauen mitbekam, worüber hier getuschelt wurde, würde sie nicht zögern, es zu verraten. Jedes Geständnis, welcher Art auch immer, konnte helfen, Qualen zu mindern. »Glaubst du das wirklich? Glaubst du, dass hier überhaupt schon mal eine Hex gesessen hat?«

Maries Gesicht hatte sich verschlossen. Sie sprang auf.

»Ich muss jetzt gehn.«

»Marie, bitte bleib! Vergiss, was ich gesagt hab, das war dummes Zeug. Ich mein doch nur, *sie* war keine Hex. Man hat sie doch nur für mich gehalten. Und du musst mir glauben, dass ich auch keine bin.«

»Das wird sich weisen«, erwiderte Marie steif.

»Bitte, ich will doch nur wissen, was sie gesagt hat.«

Marie dachte sichtlich angestrengt nach und hockte sich schließlich nieder. »Und wenn das ein Zauberspruch war, und mir was passiert, wenn ich den aussprech?«

»Marie, überleg doch mal. Wenn sie gar nicht hingerichtet werden sollt, dann war sie auch keine Hex. Und dann hat sie auch keine Zaubersprüch gekannt.«

»Vielleicht von der Els?«

Lene atmete tief, aber unhörbar aus. »Nein, die Els hat uns keine Zaubersprüch beigebracht.«

»Es klingt aber wie einer.«

»War es …« Wie gut, dass der Geist manchmal so schnell war, wenn man ihn brauchte. »War es vielleicht was aus der Sprache, die meine Schwester und ich manchmal miteinander gesprochen haben?«

Marie zögerte. »Sie hat gesagt, ich soll dir was sagen.«

»Und du hast es mir nicht gesagt, weil du gedacht hast, es ist ein Zauberspruch?«

Marie nickte.

»Bitte, Marie«, flüsterte Lene.

Marie hob den Kopf und sah sie beinahe trotzig an. »Es ist bestimmt ein Zauberspruch. Aber ich sag's dir trotzdem, weil du immer gut zu mir warst, und weil der Wendel sagt, die Hexen können einem nichts mehr tun, wenn man ihnen die Haare geschoren hat. Es muss ein Zauberspruch sein, weil es ist das Gleiche, was die Leut sagen, was du dem Sebastian zugerufen hast. – ›Mennes‹ hat sie gesagt. ›Mennes‹ war das Wort.«

Lene schloss die Augen. Als sie sie schließlich wieder öffnete, war sie beinahe überrascht, dass Marie noch immer vor ihr hockte.

»Siehst du, es ist nichts passiert«, sagte sie müde. »Ich will dir sagen, was das Wort bedeutet. Es bedeutet ›nimm es‹. Es bedeutet, sie wollt, dass es so kommt, wie es gekommen ist, dass ich ihr Leben nehm und es für sie führ, mit dem Velten, und mit den Kindern.«

Marie sah sie mit großen Augen an, als erwarte sie, dass die Geschichte noch eine Fortsetzung haben müsse.

»Hat sie sonst noch was gesagt?«, fragte Lene.

Marie schüttelte den Kopf. Ihr Mund hatte sich wieder verhärtet.

»Marie?«

*Ich muss aufpassen. Ich benehm mich, als wär sie die Gefangene und ich hätt das Sagen. Ein falsches Wort, und sie ist weg. Oder sie sagt dem Wendel, wer ich bin.*

Doch Marie blieb.

»*Ich* hab noch was gesagt«, murmelte sie.

»Du hast noch was zur Clara gesagt?«

»Nur, weil ich doch wusst, dass sie es eh nicht mehr lang macht, und da hab ich gedacht, man muss so jemand doch die Wahrheit sagen.«

Ja, in Maries Welt, da war das wohl so.

»Und da hast du ihr gesagt, dass ich dem Velten einen Kuss gegeben hab beim Schießen.«

Marie nickte erleichtert. »Das. Und dass du gedacht hast, er kommt und spricht mit deinem Vater.«

Lene umfasste die eiserne Öse und legte den Kopf auf ihre Hände. *Clara hat es gewusst. Das, was sie nie erfahren sollt. Sie hat gewusst, dass ich den Velten so lieb hab wie sie und dass sie ihn bekommen hat und ich nicht.*

»Wenn du keine Hex bist, musst du dir gar keine Sorgen machen«, sagte Marie nun.

Lene wusste keine Antwort darauf.

»Dann finden die das raus. Aber es kann sein, dass das ein paar Tag dauert, weil sie alle ziemlich durcheinander sind. Deshalb sind die Männer auch grad fort. – Aber draußen ist noch einer, nicht, dass ihr denkt!«

Erst nach einiger Zeit fiel es Lene ein, zu fragen, warum alle Männer fort seien.

»Grad hieß es, ein Trupp Kroaten ist auf dem Weg hierher«, erwiderte Marie aufgeregt, nun wieder lauter. »Jeder Mann wird da gebraucht. Sie werden die Tore schließen und jagen schon die Armen und die Kranken aus der Stadt. Wenn es zur Belagerung kommt, können wir die nicht mit durchfüttern. Und dafür bleiben der Wendel und ich und die Kinder jetzt hier und wohnen so lang beim Nachtwächter. Aber die ziehn bestimmt bald wieder ab. Und wenn nicht – dann gnade uns allen Gott. Wenn die hierherkommen – da bist du bei meinem Wendel besser aufgehoben, als wenn *die* dich aus dem Kerker holen, das kannst du mir glauben.«

Lenes Magen krampfte sich vor Hunger zusammen. Keiner war gekommen, weder einer der Stadtknechte noch Marie, gestern nicht und auch heute nicht. Vor einigen Jahren hatte man die Angeklagten wenigstens noch zweimal am Tag zum Abtritt im Hof geführt, sagte die Burckhardt. Seit einmal eine Frau dabei entkommen war, ließ man die Gefangenen in ihrem eigenen Schmutz liegen.

In dieser Nacht hatte das Knurren ihres Magens Lene kaum schlafen lassen, doch noch ärger als der Hunger quälte sie der Durst. Das Stück Brot, das Marie gebracht hatte, war längst aufgegessen und der Weinkrug leer.

»Das tun sie öfter«, meinte die Burckhardt. »Sie lassen uns gern mal ein paar Tage hungern und dürsten, um uns mürb zu bekommen.«

Ununterbrochen lauschte Lene auf das Geräusch von Schritten, obwohl sie wusste, dass sie nicht nur Brot und Wein bringen konnten, sondern auch Schmerz und Demütigung. Mitunter vermeinte sie Schreie zu hören. Aber da täuschte sie sich gewiss. Noch nie war ein Geräusch durch diese Mauern gedrungen von der Welt draußen, in der die Menschen arbeiteten und aßen, lachten oder schliefen, sich liebten oder gerade starben.

Ihre Angst schwoll an und wieder ab, verbrauchte sich,

schien fast besiegt oder zur Gewohnheit geworden, bevor sie aufs Neue über sie kam wie eine Welle, der Lene keuchend zu entkommen versuchte.

*Ich bring euch um, ich bring euch alle um*, hatte Julio gesagt. Immer öfter musste Lene daran denken. Mochte es Sünde sein oder nicht, aber mitunter tat es ihr gut, sich vorzustellen, man tue Wendel oder Walsporn an, was sie ihr zugedacht hatten.

Wieder meinte Lene Schreie zu hören, das Schlagen schwerer Türen. Dann, dieses Mal war sie gewiss, das Poltern von Schritten auf der Treppe. Jemand schrie, eine Männerstimme. Dann klang es, als ob Möbel verrückt wurden.

War der Feind schon in der Stadt?

Vergebens versuchte Lene, sich in den Schatten zu drücken. Was war das für eine Wahl, von den Händen der Eigenen zu sterben, langsam und qualvoll, oder durch die Waffe eines Kroaten, nach Schändung und Misshandlung?

Vielleicht übersah man diesen Raum hier, und sie blieben unbehelligt? Lene saß angespannt da wie ein Tier, das sich auf die Flucht vorbereitet. Und doch erschrak sie beinahe zu Tode, als mit einem Mal laute Stimmen zu hören waren, abgerissene Worte einer unbekannten Sprache.

»Zu Hilfe«, rief die Hebamme gellend. »Zu Hilfe!«

»Sei doch still«, flehte Lene.

*Wenn die hierherkommen, da bist du bei meinem Wendel besser aufgehoben*, hatte Marie gesagt. Lene begann, stumm zu beten.

Immer näher kamen die Stimmen. Eine Frau schrie draußen. Marie? Schlüssel klapperten. Dann wurde die Tür aufgerissen.

Soldaten stürzten herein, mit Säbeln in den Händen. Hochgewachsen waren sie, mit dunkler Haut und Schnurrbärten, vom Kopf bis zu den Stiefeln in erdfarbene Gewänder gehüllt. Nur die Tücher, die sie um den Hals gebunden trugen, waren farbig.

Keine der Frauen schrie, nur die Burckhardt. Das Schicksal hatte nun eine neue Marter für sie ersonnen, da alle anderen Schrecken sich bereits abgenutzt hatten.

Der Vorderste der Männer hielt sich die Nase zu und rief etwas, das angewidert klang. Die übrigen zuckten mit den Schultern oder lachten, als seien sie auf reiche Beute gestoßen. Einer, mit dem Schlüsselbund in der Hand, drängte sich zwischen den anderen hindurch und kniete vor Lene nieder. Er nahm ihr Gesicht zwischen Daumen und übrige Finger, quetschte es grob zusammen und schüttelte sie wie ein Tier. Die Umstehenden lachten. Nachdem er Lenes Kette gelöst und sie auch vom Handeisen befreit hatte, zog er sie hoch und mit sich, zu seinen Kameraden.

Nur einen Augenblick lang hoffte Lene. Vielleicht hatte Marie sich geirrt, vielleicht dachten die Männer, wen der Feind gefangen hielt, sei es wert, befreit zu werden?

Dann sah sie Sybilla auf dem Boden liegen, die noch immer schrie. Vergeblich wehrte die Hebamme sich gegen den Mann, der sich zwischen ihren Beinen bewegte, angefeuert von seinen Kameraden. Eine Gefangene nach der anderen wurde losgekettet, nur um dasselbe Schicksal zu erleiden, wie alt und elend die Frauen auch sein mochten.

Als Lene begann, laut zu beten, schlug einer der Männer ihr ins Gesicht. Wie einen Sack warf er sie einem Kameraden zu, und der sie wieder einem anderen. Ihre Hände klatschten wie Fausthiebe auf Lenes Rücken, auf ihre Schultern. Lene taumelte, streckte die Hände vor, wollte sich abfangen beim Sturz, wurde an den Schultern genommen und herumgedreht.

Wie eine Maus, die in eine Katzenschar geraten ist, stieß man sie von einem zu anderen. In kurzen, abgehackten Sätzen betete Lene, wusste nichts zu erbitten vom Herrgott, flehte einfach nur.

Die Männer schienen es nicht eilig zu haben. Beinahe war es, als seien sie nur gekommen, um ein Spiel mit ihr zu treiben. *Da bist du bei meinem Wendel besser aufgehoben.*

Einer presste hart ihre Brust, als sie ihm in die Arme stolperte. Der Nächste fasste ihr zwischen die Beine und warf sie einem zu, der ihr das Hemd hochzog und sie ganz und gar entblößte. Ein ärgerliches Schimpfen ertönte über dem Lachen der anderen. Offenbar dauerte einem der Männer das Spiel zu lange. Er herrschte seine Kameraden wohl an, sie festzuhalten, während er sich am Schlitz seiner Hose zu schaffen machte und auf sie zukam.

*Ich halt das aus, ich halt auch das noch aus*, sagte Lene sich, *ich bin doch sowieso nur zum Sterben hergekommen. Vielleicht find ich so den schnelleren Tod.*

Ein lauter Ruf.

Die Männer sprangen auseinander. Die, die sie hielten, rührten sich nicht, und der, der vor ihr stand, mit offener Hose, knurrte.

Wieder ein unverständlicher Befehl, dann ein Griff um ihr Handgelenk, ein anderer um ihren Oberarm, so fest, dass es schmerzte. Die Männer wichen zurück, als sie zwischen ihnen hindurchgezogen wurde. Hinter sich hörte sie Schimpfen, die Schritte der Männer, die ihnen folgten. Ein Wortgefecht entbrannte zwischen dem, der sie für sich allein beanspruchen wollte, und den anderen, die sie hatten teilen wollen.

*Einen Wolf tragen die Kroaten auf ihrer Fahne*, hatte Velten einmal gesagt. *Einen Wolf mit aufgesperrtem Rachen.*

Der Leitwolf kämpfte um sie, um seine Beute, mit dem Rest des Rudels.

Er zog sie durch die geöffnete Eisentür, gefolgt von seinen

Kameraden. Lene entfuhr ein Schrei, als sie auf dem Gang Marie liegen sah, mit entblößtem Unterleib und blicklosen Augen, einen Säbel im Leib. Eine dunkle Blutlache hatte sich unter ihr gebildet. Der Mann warf einen raschen Blick in den Gerichtssaal, dann wieder auf seine Kameraden, die ihn beschimpften und drohend die Säbel gegen ihn erhoben hatten. Er lief an ihnen vorbei, die enge Treppe hinab, Lene immer mit sich schleifend.

Im Stockwerk darunter zerrte er sie hinter sich her durch die offene Tür des Ratssaales, vorbei an seinen Kameraden, die Wandteppiche mit ihren Säbeln zerfetzten, Bilder zu Boden poltern ließen und aus blankem Mutwillen Stühle zerschlugen. Er riss die Tür zur Amtsstube auf, herrschte mit sich überschlagender Stimme einen Soldaten an, der eben den Inhalt eines Schrankes, Stapel von Akten, mit beiden Händen auf den Boden beförderte. Der Soldat warf ihm einen wütenden Blick zu, verließ jedoch die Kammer. Offenbar erkannte er das Vorrecht seines Hauptmanns an, sie für sich und die Frau zu beanspruchen, die er erbeutet hatte.

Der stieß Lene in die Amtsstube, so hart, dass sie zu Boden fiel. Sofort kam er hinterdrein. Er schrie sie an, weil sie im Weg lag, und schob den Stiefel unter ihren Leib, dass sie beiseiterollte und sich schmerzhaft an den Beinen eines Tisches stieß. Dann warf er die Tür hinter sich zu und verriegelte sie.

Er beugte sich zu ihr herab. Lene wagte nicht aufzustehen, wartete auf das, was nun geschehen musste, spürte beinahe schon sein Gewicht auf sich.

Sie wurde hochgezogen und zu dem Tisch geschoben, der mit Akten bedeckt war. Lene wich immer weiter zurück, bis es nicht mehr ging. Der Mann drängte noch weiter, schob sich zwischen ihre Beine.

Zum ersten Mal sah sie ihm ins Gesicht.

Seine Augen waren hell, umgeben von einem tiefdunklen, fast schwarzen Kranz. Teufelsaugen.

»So«, sagte er. »Und jetzt – schrei.«

## 30

Sie schrie.

»Ja«, sagte er. »Genau so.«

Er trat zurück und begann, die Akten, die überall im Raum verstreut waren, scheinbar wahllos in die Hand zu nehmen. Lene rührte sich nicht. An Flucht war nicht zu denken, solange die Kroaten das Rathaus in ihrer Gewalt hatten. Immer wieder rüttelte einer an der Tür oder rief Unverständliches. So blieb ihr nichts, als ohnmächtig dabei zuzuschauen, wie Julio einen mit Bindfaden gebundenen Aktendeckel nach dem anderen ansah und fluchend hinter sich warf.

Zwischendurch wandte er sich zu ihr um und sagte: »Du sollst doch schreien! Was sollen die denn denken, was ich hier mit dir tu?«

Lene schloss die Augen und schrie.

Suchte Julio am Ende die Akten des Prozesses gegen seine Schwester? Immer wieder hatte er jeden gefragt, wer es gewesen war, der sie besagt hatte. Plötzlich wurde es Lene eng in der Kehle, und ihr Schreien entsprang echter Verzweiflung. Sie riss die Augen auf. Irgendetwas hatte Clara mit der Verhaftung zu tun gehabt, vielleicht hatte sie Barbara gar selbst angezeigt. Was, wenn Julio herausfand, in welcher Weise ihre Schwester verstrickt gewesen war? Würde er sie an ihrer statt dafür büßen lassen?

*Das wär nur gerecht,* dachte Lene. Ein Schauder überlief sie.

Julio kniete neben einem Sack, füllte ihn stapelweise mit

Akten, und, als dies vollbracht war, noch einen zweiten. Lenes Herz hämmerte, doch sie spürte keine Furcht, als habe die sich in den vergangenen Tagen aufgebraucht. Nein, sie hatte nur kurz geruht. Nun, als er auf sie zukam, sprang die Angst wieder hoch, so frisch wie am ersten Tag, als man Lene hierhergebracht hatte. Lene schrie.

»Nein!«, rief er. »Nicht mehr! Nicht!«

Er nahm ihr Gesicht, ihren nackten Schädel in beide Hände und sagte noch einmal: »Nicht.«

Dann hob er einen der beiden Säcke hoch und drückte ihn ihr in die Hand. »Den musst *du* tragen.«

Er ging voraus, als sei es selbstverständlich, dass sie ihm folgte. Und natürlich tat sie es, was blieb ihr anderes übrig? Was immer er auch mit ihr vorhatte, in die Hände seiner Kameraden wollte sie nicht noch einmal fallen.

Vor der Tür blieb er stehen und drehte sich zu ihr um. »Warte.«

Er legte ihr seinen Umhang um die Schultern und verschloss den silbernen Knebelknopf. Dann nahm er seine Mütze mit dem feinen hellen Pelzbesatz vom Kopf und setzte sie ihr auf.

Auf der Treppe begegneten ihnen immer wieder kroatische Soldaten. Da man ihn aus der Stadt verbannt hatte, hatte Julio wohl keine andere Möglichkeit gesehen, wieder hierherzukommen, als sich dem Feind anzuschließen. Jedermann stand es frei, sich anwerben zu lassen, wo es ihm beliebte. Manch einer hatte schon die Fronten gewechselt in diesem Krieg.

Julio wechselte einige Worte mit seinen Kameraden, in einer Mischung von deutschen und fremdländischen Worten. Unten in der Kaufhalle standen Pferde angebunden. Es stank nach Schweiß, Urin und Pferdeäpfeln.

Lene bemühte sich, den Blick gesenkt zu halten, während

Julio sie hinter sich herzog, zwischen Tieren hindurch und Soldaten, deren laute Stimmen und deren rohes Lachen ihr Angst machten. Die Männer traten ihnen in den Weg, hoben Lenes Umhang hoch und kniffen sie in Brust und Hinterteil. Mehr als einmal hatte sie den Eindruck, man versuche, sie Julio abzuschwatzen.

Und wer sagte, dass sie bei ihm besser aufgehoben war als bei irgendeinem seiner Kameraden? Dennoch versuchte Lene, sich dicht bei ihm zu halten. Wenn er je vorgehabt hatte, sie zu schänden, hätte er in Orleshausen genug Möglichkeit dazu gehabt.

Bei einem großen, braunen Pferd blieb er stehen. Mit einem Schwung hob er sie in den Sattel und drückte ihr erst den einen, dann den anderen Sack in die Arme.

»Die musst du festhalten, als ging es um dein Leben«, raunte er ihr ins Ohr, während er sich hinter ihr in den Sattel schwang. Er lenkte das Tier zwischen den Leibern von Pferden und Männern hindurch, zur großen Tür, die auf die Rathausgasse führte.

Draußen blendete helles Sonnenlicht. Menschen schrien, Hühner gackerten, weiße Federn lagen auf der Straße und flogen auf bei jedem nervös tänzelnden Schritt, den das Pferd tat. Lene presste die Säcke eng an sich, während Julios Arme um ihre Mitte lagen und die Zügel hielten. Aus der Tür eines Hauses kamen Kroaten, die eine Truhe zwischen sich trugen. Eine Frau stürzte hinter ihnen her, mit verrutschter Haube, unter der zerzauste Haare wehten. Lene kannte sie, es war die Frau des Schmieds.

»Lasst uns das doch, wir haben ja sonst nichts mehr!«, rief sie laut.

Lene wandte sich im Sattel um und konnte eben noch sehen, wie einer der beiden Soldaten der Frau mit der Faust ins Gesicht schlug, dass sie stürzte und liegenblieb.

Auf dem Platz vor der Kirche wurde ein Karren von Kroaten mit Kisten, Bettzeug und Kesseln beladen. Die Kirchentür stand offen; Soldaten kamen heraus, die lachten und ihren Kameraden Münzen zuwarfen.

Lene stieß einen entsetzten Laut aus. Die Kroaten schienen überall zu sein. Was geschah gerade den Kindern, nur wenige Schritte von hier? Und Velten gehörte zu den Schützen, die die Stadt verteidigten. War er überhaupt noch am Leben?

»Ich muss …«, rief sie und versuchte, vom Pferd herunterzurutschen.

Julio nahm sie hart um die Mitte. »Gar nichts musst du! Und halt die Säcke fest!«

Lene blieb nichts, als hilflos zurückzuschauen. Als Julio das Pferd durch die Kirch- zur Schlossgasse gelenkt hatte, schrie sie gellend auf. Soldaten waren eben dabei, die Tür ihres Elternhauses mit Äxten einzuschlagen.

Julio zögerte nicht einmal, gab dem Tier die Sporen und trieb es an, vorbei an jammernden, umherirrenden Menschen, an Freund und Feind. Er musste anhalten, als ein Soldat eine Kuh am Strick hinter sich her über die Straße führte. Dann ging es weiter, in Richtung des Mehltors.

*Vielleicht lassen sie uns gar nicht durch*, dachte Lene, und dann: *Was will ich denn, zu den Kindern will ich, und zum Velten, aber dann fängt man mich ja nur und sperrt mich wieder ein.*

Kurz vor dem Tor sah sie einen Mann auf dem Boden liegen. Kroaten hielten den sich heftig Wehrenden nieder, während einer ihrer Kameraden Jauche aus einem Eimer in einen großen Trichter goss, den sie ihrem Opfer in den Mund gezwängt hatten.

Und überall Geschrei, Kinderweinen, wütende, unverständliche Befehle und raues Lachen.

Julio sah nicht nach links, nicht nach rechts, ritt durch das Tor und hielt die Beute in seinen Armen fest.

Der Hof mit dem Brunnen und den verkohlten Gebäuden hatte etwas beklemmend Vertrautes, auch wenn Lene ihn nur ein einziges Mal gesehen hatte. Ohne die Zügel loszulassen sprang Julio vom Pferd, riss die Säcke aus ihren Armen und ließ sie fallen. Dann nahm er Lene um die Taille und hob sie herunter.

»Komm mit«, sagte er, führte das Tier am Zügel und zog sie gleichzeitig hinter sich her.

Drinnen ließ er sie los, um sein Pferd anzubinden. Lene erwartete, er werde sie nun in den Teil des Stalles führen, wo er sie bereits einmal gefangen gehalten hatte.

*Wie ein Lamm, das geschlachtet werden soll, steh ich hier, statt fortzulaufen.*

Aber wo sollte sie auch hin, so wie sie aussah. Wer gab schon einer Hexe Unterschlupf?

Julio sagte nur wiederum: »Komm«, und ging hinaus.

Neben der Stalltür, durch die sie einst in die Freiheit entkommen war, stand eine alte, grobgefügte Bank.

»Da hat er immer gesessen, abends, der Schinder«, murmelte Julio geistesabwesend. »Setz dich da hin.«

Lene gehorchte. Er leerte die Säcke, legte sie auf den Boden und schichtete die Akten darauf. Dann setzte er sich neben Lene auf die Bank, nahm das Bandelier von der Schulter und öffnete die Knöpfe seiner Jacke. Er griff sich eine Akte, schlug sie auf, klappte sie wieder zu und tat sie beiseite.

Lene betrachtete ihn verstohlen. Es war eigenartig, ihn hier sitzen zu sehen, wie einen, der seine Arbeit tut, oder wie Velten, wenn er abends aus einem Buch oder aus der Zeitung vorlas. Ernst sah er aus, wie er eine Akte nach der anderen kopfschüttelnd studierte oder seufzend weglegte. Man konnte ihn nicht ansehen, ohne zu bemerken, wie schön er war, fast schöner noch als damals, als sie ihn in Hanau getroffen hatte. Er war wieder schlank, nicht mehr mager, und die lehmfarbene Uniform mit den silbernen Knöpfen kleidete ihn mindestens so gut wie das Gewand in Schwarz und Weiß, das er bei ihrer ersten Begegnung getragen hatte.

*Vergiss nicht*, mahnte Lene sich, *das ist der, der dich monatelang hier eingesperrt hat. Und der jetzt wahrscheinlich wissen will, wer seine Schwester besagt hat.*

Vielleicht hatte er ja erfahren, was geschehen war. Vom Jakob. Dass man die Lene umgebracht hatte. Dann musste er jetzt wirklich denken, sie sei Clara.

*Und wenn?*, dachte Lene. *Sie ist für mich gestorben, dann sterb ich halt für sie.*

Der Gedanke war von selbst gekommen, ohne Überlegung, so selbstverständlich wie Atem oder Herzschlag. Doch nun, zum allerersten Mal, meldete sich ein anderer.

*Nein. Ich will nicht.*

Etwas hatte sich verändert. Nicht dadurch, dass sie in Veltens Armen gelegen und ihre Lust mit ihm geteilt hatte. Es war in den Tagen geschehen, die sie im Kerker verbracht hatte, vielleicht in dem Augenblick, als Marie ihr Claras Nachricht überbracht hatte.

*Mennes.*

Warme Septembersonne schien von einem kaum bewölkten Himmel und ließ die gelben und rostfarbenen Blätter aufleuchten. *Wie vor zwei Jahr*, dachte Lene und nahm einen zitternden Atemzug. In dem verwilderten Garten zu ihrer Rechten trugen die Bäume schwer an ihrer Last von Kirschen, Äpfeln und Zwetschgen.

Keine halbe Stunde Weges von hier starben Menschen. Alles zog Lene dorthin zurück, um zu erfahren, wie es den Kindern erging, den Eltern, der Großmutter. Velten. Sie nahm die Mütze vom Kopf und fuhr sich mit den Händen tastend über den Schädel. Ein Schluchzen stieg auf, als sie begriff, dass ihr Wunsch sich niemals erfüllen konnte.

»Hast du Hunger?«, fragte Julio.

Lene schüttelte den Kopf. Ihr Magen schmerzte, aber sie hätte ums Verderben nichts hinuntergebracht in diesem Augenblick.

Er nickte nur knapp und griff nach der nächsten Akte.

Noch einmal hob er den Kopf und sagte: »Falls du nichts willst, weil du denkst, wir haben es den Büdingern weggenommen – denk dran, dass sie dich eingesperrt haben. Was sie dir tun wollten. Und was sie deiner Schwester getan haben.«

Er wusste es. Natürlich.

»Es geschieht ihnen recht«, sagte er heftig. Es klang, als müsse er sich selbst überzeugen. »Alles, was ihnen grad passiert, geschieht ihnen recht.«

Dann las er weiter. Er atmete dabei tief, blickte zwischendurch zum Himmel auf oder schloss die Augen.

Lene stand zögernd auf. Als sie merkte, dass Julio zwar aufsah, sie jedoch nicht hinderte, ging sie zum Brunnen, trank klares, sauberes Wasser und wusch sich Gesicht und Arme. Dann setzte sie sich wieder auf die Bank und beobachtete Vögel, die sich satt fraßen an Kirschen und Hagebutten. *Sie fliegen ins Ungewisse,* dachte sie. *Sie denken nicht drüber nach, sondern leben. Von einem Augenblick zum andern.*

Irgendwann stieß Julio einen Laut aus, zwischen Befriedigung und Entsetzen. Offenbar hatte er die Akte gefunden, nach der er gesucht hatte. Nachdem er sie geschlossen hatte, blieb er noch einen Augenblick regungslos sitzen, dann legte er sie ihr in den Schoß.

»Das solltest du lesen.«

Lene brauchte nicht lange, bis sie an die entscheidende Stelle kam. Hier. Da stand es. Der Name der Person, die dem

Gericht angezeigt hatte, dass Barbara Kaufmann eine Hexe sein sollte.

*Gertrud Kalkhof.*

Lenes Gedanken rasten, um zu begreifen, was geschehen war. Schließlich sah sie es beinahe vor sich. Die Mutter hatte Clara wohl gefragt, wie es ihr, Lene, gehe. Clara hatte ihr daraufhin von dem Kummer berichtet, den Contz ihr bereitete, und welchen Anteil das fremde Paar daran hatte, das in die Stadt gekommen war.

Hatte die Mutter Barbara deshalb als Hexe denunziert? Hatte ihre Mutter sie schützen wollen?

Lene konnte das kaum glauben. Die restlichen Seiten überflog sie lediglich. Sie gaben keinen Aufschluss.

Als Lene zu Ende gekommen war, schnellte ihr Kopf hoch, als sei sie gerade erwacht und werde sich ihrer Umgebung erst bewusst. Sie hatte erwartet, Julio würde beobachten, welche Wirkung die Enthüllung auf sie habe. Doch er war bereits in eine weitere Akte vertieft und schien gar nicht zu bemerken, dass sie das Studium der ihren beendet hatte. Lene blieb ruhig, bemüht, seine Aufmerksamkeit nicht auf sich zu ziehen. Er wusste nun, dass ihre Mutter für den Tod seiner Schwester verantwortlich war. Was würde er tun?

Eine ganze Zeit später stand er auf. Ohne sie anzusehen, ging er einige Schritte, blieb stehen und verschränkte die Arme. Lene sah nur seinen Rücken. Aber sie wusste, wohin sein Blick ging. Nach Osten, dorthin, wo Büdingen lag.

Er rührte sich nicht, stand wie versteinert, auch, als Lene die Akte aufnahm, die er als letzte gelesen hatte.

Sie stieß einen kleinen Ruf aus, als sie auf dem Deckel sah, über wessen Prozess hier berichtet wurde.

*Thomas Kannegießer, Bornmüller,* stand da zu lesen, *und Marina, sein Weib*. Fieberhaft überflog Lene die Seiten. Schließlich konnte Julio jederzeit seinen Sinn ändern und ihr die Akte aus den Händen reißen. Als er sich umdrehte und auf sie zukam, drückte sie die Akte mit beiden Armen an sich.

»Du kannst es lesen«, sagte er. »Ich kann dir aber auch sagen, was drinsteht. Zumindest das, was du wissen solltest. Nicht das, was später kommt, das Quälen und das Brennen. Sondern wie es angefangen hat.«

Er setzte sich zu ihr und streckte die Hand aus. Bevor sie wusste, was sie tat, hatte sie ihm die Akte überlassen.

»Sie sind angezeigt worden, weil sie angeblich Wetter gemacht haben. Sie sollen es der kleinen Clara Kalkhof beigebracht haben.«

»Was?« Lene stockte der Atem.

»Weißt du was darüber?«

Sie schüttelte den Kopf.

»Doch, wart …« Plötzlich kam ihr etwas in den Sinn. »Einmal ist ein Wetter aufgekommen, als wir grad auf dem Wildenstein waren, mit Lenhard, und seiner Mutter, und seiner kleinen Schwester. Wir haben Kräuter gesammelt, ich weiß es noch, sie hat uns so viel darüber beigebracht, und manches hab ich wieder vergessen, aber das weiß ich noch, vielleicht weil es das letzte Mal war, Holderblumen gegen Husten, und Veilchen gegen Fieber. Dann ist ein Gewitter aufgezogen, und es hat schon angefangen zu donnern. Wir haben Angst bekommen und wollten heim. Aber die Clara musst so dringend, und da hat sie sich ins Gras gehockt, um Wasser zu lassen. Danach hat es nicht mehr gedonnert. Da hat die Frau Kannegießer gelacht und gemeint, wenn eine Frau ihren nackten Hintern den Wolken entgegenstreckt, kann sie damit das Gewitter vertreiben.«

»Und das hat die Clara daheim erzählt.« Julios Stimme war kaum mehr als ein Flüstern.

»Ja, vielleicht hat sie das.«

»Und deine Mutter ist zum Gericht gelaufen und hat erzählt, dass die Frau Kannegießer und ihr Mann der Clara das Wettermachen beigebracht haben.«

Lene war es, als habe sie einen Schlag erhalten.

»Du willst mir doch nicht erzählen, meine Mutter hätte auch die Kannegießers ...«

»Doch«, sagte er ruhig, schlug die Akte auf, blätterte kurz darin und reichte sie ihr, während sein Finger auf eine bestimmte Stelle zeigte.

Da stand es.

*Gertrud Kalkhof.*

Ihre Mutter hatte nicht nur Julios Schwester, sondern auch die Kannegießers in den Flammentod geschickt.

Julio rückte näher zu ihr. Lene bemerkte es kaum.

Selbst als er nach ihrem Hemd griff und es hochschob, bis hinauf zu den Oberschenkeln, blieb sie bewegungslos sitzen. Sie war seine Beute. Natürlich würde er mit ihr verfahren, wie es ihm gefiel. Vielleicht konnte sie es zumindest hinauszögern. Bis sie begriffen hatte, was geschehen war. Erst als er sich vorbeugte und begann, ihr in die Beine zu kneifen, wieder und wieder, fegte sie seine Hand beiseite und zog das Hemd wieder herunter.

»Nein, lass mich.«

Etwas in seiner Stimme brachte sie, wenn auch widerwillig, dazu, ihn gewähren zu lassen. Erneut begann er, ihr mit Daumen und Zeigefinger in die Wade zu kneifen, immer wieder.

»Was tust du da?«, fragte sie.

Was er tat, störte sie dabei, zu begreifen. Schließlich war das alles, was ihr noch geblieben war. Die Wahrheit.

»Das hab ich schon mal gemacht«, sagte Julio.

»Bei mir ganz gewiss nicht. Das hat überhaupt noch nie einer gemacht.«

»Doch«, widersprach er.

»Das braucht auch keiner zu machen«, meinte sie dennoch. »Das ist dumm.«

»Nicht, wenn da Egel sind.«

»Da sind keine Egel.«

Lene besah sich ihre Beine, drehte sie sogar ein wenig hin und her. Was für ein absonderliches Gespräch war das?

»Heut sind da keine.« Seine Stimme hatte sich verändert, so sehr, dass Lene den Kopf hob und ihn ansah. Es klang, als sei bei einem mehrstimmigen Chor ein neuer Sänger dazugekommen, der dem Lied eine andere Farbe verlieh. »Aber ich hab sie dir einmal abgepflückt.«

Sie sah ihn atemlos an.

»Wir haben am Seemenbach gespielt«, sagte er. »Du bist hineingewatet. Und als du herauskamst, hattst du Blutegel an den Beinen. Ich hab sie dir abgepflückt.«

Lene erstarrte. Der Mund wurde ihr trocken, und sie musste sich daran erinnern, weiterzuatmen. Sie schlug die Hände vors Gesicht und begann zu weinen, zuerst vor Schreck, dann aus Mitleid. Nach einiger Zeit rutschte sie von der Bank, kniete zwischen seinen Beinen. Sie umschlang ihn und schmiegte ihr Gesicht an seinen Leib, während sie weiter weinte und er ihr übers Haar strich.

»Lenhard«, flüsterte sie immer wieder, »Lenhard«, als müsse sie den falschen Namen mit dem richtigen auslöschen.

Nach langer Zeit hob sie den Kopf und sah ihm in die Augen. *Teufelsaugen.* Das hatte ihre Mutter immer gesagt. Nicht über ihn, dessen Augen noch einen blauen Schimmer besessen hatten, wie es bei Kindern oft ist. Über seine Mutter hatte sie es gesagt.

»Wir waren immer Beeren pflücken mit ihr. Und Geschichten hat sie uns erzählt.« Lene schluchzte erneut. So sanft war ihre Stimme gewesen. So freundlich ihr Lachen. »Ich glaub, ich habe nie wieder eine schönere Frau gesehen.«

*Da, guck ruhig hin.* Die Finger ihrer Mutter hatten sich in ihre Schultern gekrallt, während die Kannegießers verbrannten. *Das passiert solchen Weibsbildern.*

Am liebsten wäre Lene vor ihm sitzengeblieben, als könne sie so Abbitte tun für die Leben, die ihre Mutter zerstört hatte, und für das, was in ihm zerstört worden war. Doch er zog sie hoch und neben sich. Lange saßen sie schweigend, mit gefassten Händen.

»Hast du es gewusst?«, fragte Lene schließlich. »Hast du gewusst, dass – dass meine Mutter es war, die schuld ist?«

»Ich hab es immer geahnt. Aber wissen tu ich es erst jetzt. Wo ich selbst gesehen hab, was sie damals aufgeschrieben haben.«

»Warst du bös auf mich? Weil ich doch ihr Kind bin?«

»Nein«, erwiderte er rasch, und dann, zögernder: »Ich weiß es nicht. Ich wusst ja nicht, wie du jetzt denkst. Und als ich gesehn hab, dass du die Frau vom Contz bist – vom Contz!« Er schüttelte den Kopf. »Ich wollt's erst gar nicht glauben in Hanau, dass du es bist, aber als der Contz dann von der Clara erzählt hat und dass man euch nicht unterscheiden kann … Wir sind in die Schul gegangen zusammen, der Contz und ich, aber er hat mich nicht erkannt. Keiner hat mich erkannt. Nur der Jakob, von früher, wenn ich mit euch im Weinberg war. Kein einziges Mal hab ich gedacht, das geschieht der Kalkhofs Gertrud recht, als sie die Clara umgebracht haben, jetzt weiß sie, wie das ist, wenn einer stirbt, den sie liebhat. Das musst du mir glauben.«

Lene nickte.

»Lene, ich muss zurück nach Büdingen«, sagte er mit einem Mal und sprang schon auf. »Ich kann nicht einfach fortbleiben. Ich gehör doch jetzt zu denen.«

*Was wirst du dort tun?*, hätte sie gern gefragt, aber es war wohl besser, wenn sie es nicht wusste.

»Ich verlang nichts von dir«, sagte er, »nur eins: Bleib hier. Versteck dich. Die schlagen dich doch schon tot, wenn sie dich nur sehen, oder die Kroaten erwischen dich. Ich komm wieder, sobald es geht. Ich kenn den Pfarrer hier. Ich sag ihm, er soll sich um dich kümmern, wenn ich nicht mehr komm. Aber ich bitt dich: Bleib hier. Kannst du mir das versprechen?«

Sie überlegte, ob sie es konnte.

Dann nickte sie. »Aber du musst mir auch was versprechen. Bitte geh nicht zur Mutter. Und tu ihr nichts. Bitte.«

Er sah sie an, unschlüssig und traurig. »Ich versprech es dir. Aber irgendwann – irgendwann muss ich noch mal zu ihr. Ich muss es doch verstehen, warum sie das alles gemacht hat. Vorher kann ich nicht fort.«

Lene schlief im Stall, dort, wo sie monatelang gelegen hatte. Tagsüber wagte sie sich hinaus, entfernte sich jedoch nie vom Hof. Am Brunnen spülte sie den Schmutz und die Berührungen der Männer von ihrer Haut. Sie wickelte sich in eine der Decken, die noch immer im Stall lagen, wusch auch das verhasste Hemd und hängte es zum Trocknen über den Zaun.

Oft ging sie in den Garten, um Obst zu holen zu dem Brot und dem Käse, die Lenhard ihr dagelassen hatte. Dort gelang es ihr, zu vergessen. Sonne fiel auf ihre Haut, Gras und Erdschollen drückten sanft gegen ihre Fußsohlen. Sie hörte das rastlose Schnarren der Heupferdchen und biss in einen saftigen Apfel.

*Weil du zufrieden bist mit dem, was du siehst und hörst und riechst und schmeckst,* hörte sie Velten sagen.

*Ja,* dachte sie, *das bin ich. Heute bin ich es.*

Doch immer wieder flohen ihre Gedanken zu denen, um die sie sich ängstigte, und das Versprechen wurde ihr schwer.

Es war einer dieser zeitlosen Augenblicke im Garten. Lene saß im hohen Gras, unter dem Birnbaum, den Rücken gegen den Stamm gelehnt, und beobachtete Fliegen, die sich auf Disteln und Pastinakenblüten niederließen.

»Lene!«

Ein Ruf, der sich wiederholte, lockend, ganz in ihrer Nähe. Lene erstarrte, ließ sich hinabgleiten am Stamm, vorsichtig, verbarg sich im hohen Gras und hörte ihr Herz laut klopfen. Lenhard war es nicht, ihn hätte sie an der Stimme erkannt. Oder war er es doch gewesen, und ihr Gehör und die noch immer sprungbereite Angst hatten sie getäuscht?

Ein Schatten fiel auf sie.

»Lene, hier bist du ja.«

Sie beschirmte die Augen gegen die Sonne. Zuerst erkannte sie nur eine dunkle Silhouette, dann erst, wer vor ihr stand. Sie sprang auf.

»Hab doch keine Angst«, sagte der Alte.

Lene machte ein paar vorsichtige Schritte, bis sie neben dem Zaun stand, bereit, jederzeit zu fliehen. Der Büdinger Pfarrer hatte dabeigesessen, als sie man sie verhört hatte. Und der Mann, der vor ihr stand …

»Ihr wart da, als man die Barbara verbrannt hat, oder?«, fragte Lene misstrauisch.

Alle Pfarrer der Grafschaft waren dabei gewesen.

Er nickte.

Wie musste sie ihm erscheinen, mit ihrem geschorenen Haupt und nichts als einem derben Hemd auf dem Leib? Musste sie nicht in jedem, der ihr begegnete, Abscheu erregen?

Sie wollte zurückweichen, als er auf sie zukam.

Aber er streckte nur die Hand aus, strich zart über den Flaum auf ihrem Kopf und sagte: »Was tun sie euch nur an, dir, und der Barbara. Und all den anderen.«

»So glaubt Ihr nicht, dass ich eine Hex bin?«

»Ach Lene, gewiss nicht.«

Danach saßen sie auf der Bank vor dem Stall und sprachen miteinander.

Er war der Einzige gewesen, dem Lenhard sich anvertraut hatte, nachdem er mit seiner Schwester nach Büdingen zurückgekehrt war.

Und so war er auch einer der wenigen, die wussten, wer sie war.

»Ihr habt gewusst, dass er mich gefangen hält, und habt nichts getan?«, fragte sie ihn. »Ihr seid nicht mal zu mir gekommen!«

»Was hätt ich dir denn sagen sollen?«, meinte er beinahe flehend. »Du hättest ja sofort nach Büdingen gewollt und anstelle deiner Schwester sterben. Wir mussten doch sehen, dass wenigstens du am Leben bleibst.«

Ein paar Tage später kam Lenhard zurück, nachts, als Lene schlief. Sie schrak hoch, als Licht sie weckte. Ihr Puls raste, bis sie ihn erkannt hatte.

Er brachte Kleider, Hemden, Röcke, Mieder. Eine Haube. Lene schauderte es davor, die Gewänder anzuziehen, auch, das Brot anzurühren, die Wurst und den Schinken, die er auf das Tuch leerte, das er im Heu ausgebreitet hatte.

»Ich hab leider keine Schuh, ich wusst ja nicht, welche dir passen«, erklärte er.

»Was macht ihr in Büdingen?«, fragte sie nun doch.

»Was die Kroaten dort machen? Schreckliches tun die, Lenchen, das willst du nicht wissen.« Nun, da er die Akten gefunden hatte, verband ihn offenbar nichts mehr mit den Männern, die seine Kameraden gewesen waren.

»Wie kannst du bei Menschen sein, die so was tun? Du hast selbst gesehn, was sie mit den Frauen im Betzeloch gemacht haben, und mit dem Mann am Mehltor! Und wer weiß, was sie mit den Eltern und der Großmutter …«

»Denen geht es gut, Lene. Ich war nicht dort, aber ich hab es erfahren. Und all das andere – ich bin doch schon bei den Soldaten, seit der Krieg angefangen hat. Und wie oft ich die Seiten gewechselt hab, kann ich selbst nicht mehr zählen. Ich weiß nur eins: So, wie es jetzt zugegangen ist, geht es zu, wenn die Soldaten in eine Stadt kommen. Da ist es egal, was sie in der Fahne führn und in welcher Kirch sie beten. Und das, was sie mit dem Mann am Mehltor gemacht haben, nennt man ›auf Schwedisch tränken‹, hast du das nicht gewusst? Weil man sagt, die Schweden haben es erfunden. Du siehst, da steht keiner dem andern nach.«

*Wie kannst du das ertragen?*, fragte sie sich.

Bei ihm hatte sie sich einst sicher gefühlt. Vor Grobheiten anderer Buben seines Alters hatte er sie und Clara beschützt und nie geduldet, dass einem Lebewesen Übles zugefügt wurde, sei es seiner kleinen Schwester oder einer streunenden Katze.

*Den Lenhard, den haben sie totgemacht,* hatte die Mutter gesagt.

»Du bist nicht mehr der Lenhard, den ich gekannt hab«, sagte sie leise.

»Doch, der bin ich«, erwiderte er, und das Licht flackerte auf seinen Zügen wie damals, als er sie hier gefangen gehalten hatte. »Aber ich bin bestimmt nicht der Lenhard, der ich geworden wär, hätt man die Eltern leben lassen. Im Krieg ist es schwer, ein Mensch zu bleiben und nicht zum Vieh zu werden. Und ich hab mehr als genug getan, für das ich mich schämen muss.

Zu den Kroaten bin ich, als ich gehört hab, dass die hierherziehn. Ich hab ein paar Brocken von der Sprach gekonnt. Man lernt so viel, da draußen. Ich musst doch noch einmal in die Stadt. Ich wollt doch wissen, wer das war mit der Barbara, und mit der Mutter und dem Vater.«

»Was willst du denn mit meiner Mutter?«, fragte Lene ängstlich.

»Gar nichts will ich mit ihr. Ich will nur hörn, warum sie das gemacht hat.«

»Aber du hast gesagt, du bringst den um, der der Barbara das angetan hat.«

»Ich weiß, dass ich das gesagt hab. Und vielleicht tät ich's sogar, wenn's einer wär, den ich nicht kenn. Aber es ist doch deine Mutter. Meinst du, ich wollt dir Kummer machen? Und den Meinen tät's doch nichts mehr nützen, und mir auch nicht. Und darum ist es so, wie ich gesagt hab: Ich will nur noch wissen, warum sie das gemacht hat.«

Noch immer hatte Lene nichts angerührt.

»Iss doch«, sagte er, »es wird darum schon keiner verhungern.«

Als sie weiter zögerte, fügte er hinzu: »Kannst du denn gar nicht verstehn, warum ich das alles gemacht hab? Warum ich dich damals hier eingesperrt hab und warum ich unbedingt noch mal mit den Kroaten in die Stadt musst? Kannst du mir denn gar nicht verzeihn?«

»Verstehn kann ich es schon«, sagte sie. »Und verzeihn vielleicht auch, wenn ich weiß, dass es den Kindern gutgeht und dem Velten. Aber wenn nicht – nein, dann kann ich dir nicht verzeihn.«

Er zögerte und nickte schließlich. »Ich will versuchen, ob ich was erfahrn kann.«

»Und was soll aus mir werden?«

»Ich weiß es doch auch nicht, Lene. Hauptsach, du bist fort aus Büdingen.«

»Lenhard – hast du gedacht, ich bin die Clara, als du mich hier gefangen hast?«

»Das hast du geglaubt? Ich hab doch damals gesagt: *Denkst du wirklich, ich kann euch nicht auseinanderhalten?* Ich hab dem Jakob aufgetragen, er soll auf dich aufpassen. Und er hat gemerkt, dass sie keine Ruh geben, wegen deinen totgeborenen Kindern. Da hat er gemeint, er muss dich retten. Und da hat er dich hierhergebracht, wo ich mich versteckt hatt.«

»Aber warum hat der Jakob das überhaupt gemacht?«

»Der kennt euch doch von klein auf. Und er hat nicht gewollt, dass euch was geschieht. So Leut gibt's auch noch auf der Welt. Und dann hab ich erfahren, dass sie statt deiner die Clara … Niemals hätt ich das gewollt, und der Jakob auch nicht, das musst du mir glauben. Aber dann konnt ich dich doch nicht mehr fortlassen.«

»Du hättst es mir aber sagen können.«

»Das hab ich nicht fertiggebracht. Und ich wollt auch nicht, dass der Pfarrer zu dir geht und es dir sagt. Du hättst dann fortgewollt und hättst statt ihrer sterben wollen. Ich war doch selbst noch so durcheinander und voller Zorn, nach dem, was sie mit der Barbara gemacht haben. – Stell es dir doch vor. Sie haben mir die Eltern genommen. Ich hab alles versucht, dass es der Barbara gutgeht. Und da kommt der Contz und braucht nur zu sagen, dass er ein Büdinger ist, und schon hängt sie an ihm, als hätt er sie mit einem Zauber belegt. Und ich war so dumm und hab geglaubt, wir könnten wahrhaftig noch mal dorthin zurück.«

»Und jetzt kann ich auch nicht mehr zurück.«

Er schüttelte den Kopf. »Nein. Du kannst nicht mehr zurück.«

Lenhard kam und ging, und irgendwann trug er nicht mehr die Uniform. Die Kroaten waren abgezogen. Drei Wochen hatten sie in der Stadt gehaust. Lenhard wusste nur, wen sie getötet und wen sie misshandelt hatten. Keiner der Ecksteins und der Kalkhofs war dabei. Das musste Lene genügen, und es genügte ihr.

Von da an blieb er bei ihr. Sie aßen, was er in Säcken mitgebracht hatte oder was der Garten ihnen schenkte, und schliefen im Stall. Einmal wachte Lene frühmorgens davon auf, dass Fingerspitzen ihre Wange berührten. Sie erschrak und drehte sich brüsk auf die andere Seite. Es tat ihr leid, und doch wusste sie, dass es anders nicht hätte sein können.

Am nächsten Tag bemerkte sie, dass es ihm schwerfiel, sie anzusehen, und dass er unruhig war.

Er kam zu ihr, als sie im Garten stand und Unkraut jätete. Sie wollte sehen, ob sich dazwischen nicht doch noch Essbares fand, das die Jahre der Vernachlässigung überlebt hatte. Mittlerweile war es Oktober geworden, und noch immer wussten sie nicht, wie es weitergehen sollte. Als Lene sah, dass er am Zaun stand und sie beobachtete, richtete sie sich auf.

»Lene, ich muss dich was fragen.« Es klang zögernd, als habe er lange nachgedacht und sei zu keinem Ergebnis gekommen. »Glaubst du, dass wir füreinander bestimmt waren?«

Lene wischte die Hände am Rock ab und ging langsam auf ihn zu. Gut, dass zwischen ihnen der Zaun war, an dem sie sich festhalten konnte.

»Einst hab ich's geglaubt«, sagte sie dann. »Ich war ja noch ein Kind und hab mir immer vorgestellt, dass du der Bornmeister bist eines Tages, und dass ich deine Frau bin. Auch als ich dacht, du bist tot.« *Bis der Velten kam.* »Ich hätt dich gehabt und die Clara den Velten, und wir wären alle zwei zufrieden gewesen, sie und ich.«

»Aber so ist es nicht gekommen.«

Lene sah ihn an und fand die Traurigkeit, die ihn umgab, kaum erträglich. Sie schluckte hinunter, was ihr in die Kehle stieg.

»Die Mutter hat es kaputtgemacht«, fuhr sie fort. »Wegen ihr bist du nicht mehr der, den ich kannt. Aber trotzdem – kein Mensch kann in das eingreifen, was die Vorsehung bestimmt hat. Oder ist das wahr, was die Alten glauben, und die Frau Holle belohnt die Fleißigen und bestraft die Faulen? Aber das kann auch nicht sein, denn sonst wär die Els nicht …«, sie schluckte, »und die Clara … Ich kann das nicht begreifen.«

Er seufzte. »Da musst du einen klügeren Mann fragen als mich.«

»Aber du bist doch klug. Du hast bestimmt die halbe Welt gesehn.«

»So was weiß nur einer, der Bücher gelesen hat. Da musst du deinen Velten fragen.«

»Er ist nicht mein Velten.«

Es war doch nur ein Traum gewesen, der gerade zwei Nächte lang gedauert hatte, und nicht einmal die.

*Ich kann doch nicht mehr zurück. Ich weiß ja nicht mal, ob er mich wirklich gewollt hat. Und selbst wenn. Jetzt kann mich doch keiner mehr wollen.*

Am nächsten Tag kam der alte Pfarrer.

In der Nacht hatte es gestürmt. Auch jetzt flogen die Wolken rasch über den grauen Himmel, und der Wind riss Blätter mit sich.

»Ihr könnt hier nicht bleiben«, sagte er. »Bald ist es Winter. Und außerdem – es gehört sich nicht, dass ihr zusammenlebt wie Mann und Frau.«

»Ich weiß, dass wir nicht bleiben können«, sagte Lenhard. »Und ich wünscht mir nichts mehr, als die Lene an einen Ort zu bringen, wo sie wieder die Lene sein kann und ich der Lenhard und wo man uns in Frieden lässt.«

»Frieden«, sagte der alte Mann. »Frieden gibt es keinen mehr. Und in Büdingen schon gar nicht.«

»Aber die Kroaten sind doch fort?«, fragte Lene.

»Ja, aber ein anderer Feind ist in die Stadt gekommen, und der ist kaum weniger schlimm. Vorher wollt man keinen reinlassen, jetzt soll keiner mehr raus. In Büdingen ist wieder die Pestilenz.«

# 31

»Hast du das gewusst?«, fragte Lene entsetzt.

Lenhard schüttelte den Kopf. Alle Farbe war aus seinem Gesicht gewichen.

»Ich muss dorthin«, sagte er.

»Lenhard«, sagte der Pfarrer und wollte ihm die Hand auf die Schulter legen.

Lenhard sprang förmlich zurück.

»Du kannst da nicht hin«, meinte der Pfarrer begütigend. »Hast du mir nicht zugehört?«

»Ihr habt gesagt, es kommt keiner raus. Ihr habt nicht gesagt, es kommt keiner rein. Ich muss einfach noch einmal hin.«

»Ich muss auch hin.« Lenes Herz raste.

*Nur einmal noch. Ich muss doch wissen, was mit den Kindern ist.*

Immer wieder kam die Seuche in die Stadt. Erst im vergangenen Jahr hatte sie die Ursel und andere getötet. Wer sagte, dass die Seuche dieses Mal nicht noch mehr Opfer fordern würde?

*Und Velten muss doch wissen, dass ich leb.*

»Die lassen keinen hinein, vor lauter Angst, es kommen noch mehr kranke Leut«, meinte der Pfarrer bestimmt. »Ich weiß nicht mal, ob sie mich in die Stadt lassen. Ich könnt es bestenfalls versuchen, denn dass ein Pfarrer den Kranken beistehen will, wird niemanden verwundern. Falls es mir gelingt, kann ich ausrichten und in Erfahrung bringen, was euch notwendig erscheint. Aber ihr bleibt hier! Habt ihr denn alle zwei euren Verstand verloren? Dich kostet es die rechte Hand, Lenhard, wenn man dich erkennt. Und wenn einer sich den Kroatenhauptmann genauer angesehen hat, kostet es dich mehr als das.«

»Das ist mir gleich!«

Lene ging einen Schritt auf Lenhard zu.

Er wich zurück. »Fass mich nicht an!«

Lene erschrak. Der Teil in ihm, vor dem sie sich einst gefürchtet hatte, schien wieder die Oberhand gewonnen zu haben. Offenbar wollte er alles daransetzen, ihre Mutter zur Rede zu stellen.

*Er hat Angst, dass die Mutter stirbt, bevor er sie fragen konnt.*

»Wenn er geht, muss ich auch mit«, sagte sie fest.

Der Pfarrer sah sie entsetzt an.

»Für dich ist es doch bald noch gefährlicher als für ihn! Nein, ihr bleibt alle beide hier.«

Lenhard schüttelte entschieden den Kopf und wandte sich bereits zum Gehen.

Lene lief ihm hinterdrein.

»Lenhard!«, rief der Pfarrer. »Lene! Benehmt euch doch nicht wie störrische Kinder! Die nehmen euch doch schon am Tor gefangen!«

Lene blieb stehen. Zu ihrer Erleichterung wandte auch Lenhard sich um.

»Ihr habt doch einen Wagen«, sagte er. »Wir beladen ihn mit allem, was ich mitgebracht hab aus Büdingen.«

»Die Sachen gehören eh den Leuten dort«, erinnerte der Pfarrer.

»Wir packen noch Obst dazu, denn in ihre Gärten können die Büdinger auch nicht, wenn die Tore zu sind. Ich versteck mich auf dem Wagen. Und Ihr bringt mich in die Stadt.«

»Uns«, beharrte Lene. »Und wieder heraus.«

Sie sah Lenhard trotzig an und erschrak vor dem, was sie in seinen Augen sah. So hatte Marie einst geschaut, als sie neben der Kirchentür gestanden hatte. Es schien, als wolle er nur noch hinein in die Stadt, aber als habe er keine Hoffnung mehr, je wieder herauszukommen.

Den Tag verbrachten sie damit, die Bäume im Garten abzuernten. Lene versuchte alles, Lenhard zur Einsicht zu bringen. Vergeblich. Er lief vor ihr davon, sobald sie sich ihm näherte. Schließlich gab sie es auf. Außerdem bestand er darauf, dass alle sich ein Tuch um Mund und Nase binden sollten, mit Branntwein getränkt.

»Aber jetzt doch noch nicht«, widersprach sie.

Er wiederholte seine Forderung, so lange, bis sie nachgaben.

Als es schon beinahe dunkel war, hieß der Pfarrer Lene, sich auf seinen Karren zu legen, unmittelbar hinter den Kutschbock. Dort rollte sie sich zusammen, eingekeilt zwischen Säcken und Körben, während er sie mit Lumpen bedeckte und dann Äpfel auf ihre Beine schichtete.

Lene konnte nichts mehr sehen, spürte nur, wie Lenhard sich schließlich am anderen Ende niederlegte.

Während der Fahrt gab sie sich alle Mühe, völlig regungslos dazuliegen.

»Das Mehltor ist geschlossen«, hörte sie den Pfarrer schließlich sagen. »Keiner ist zu sehen. Rührt euch nicht!«

Der Karren schwankte leicht, als er vom Kutschbock stieg. Lene hörte lautes Klopfen, dann unverständliche Worte, die gewechselt wurden. Wieder schwankte der Karren und setzte sich erneut in Bewegung. Dann waren sie in der Stadt.

Einen Augenblick lang stockte Lenes Herzschlag.

*Mein Gott, der Pfarrer hat recht. Es ist ganz und gar närrisch, was wir hier tun, und völlig sinnlos obendrein. Warum hab ich nicht gemacht, dass ich fortkomm von hier, so weit wie möglich?*

Doch dann sah sie in ihrem Geist Velten vor sich, und ihr Herz schlug stolpernd weiter. Nicht sogleich vom Wagen zu springen und zu ihm laufen zu dürfen, war beinahe unerträglich.

Bald schon nach dem Tor bog der Wagen polternd nach rechts, in die Schlossgasse. Wieder stieg der Pfarrer ab, ein Klopfen, dann kam er zurück und lenkte das Pferd weiter. Lene ahnte, dass es nun in den Hof ihres Elternhauses ging.

»Ihr kommt dann runter, wenn ich es sag, keinen Augenblick früher«, mahnte der Pfarrer halblaut. »Der Herrgott soll bestimmen, wann mein Leben zu Ende ist, nicht eure Torheit!«

Lene hörte, wie er abstieg und sich entfernte, vermeinte auch, die Stimme ihres Vaters zu hören. Oder war es die Peters?

Ihre Geduld wurde auf eine schwere Probe gestellt. Lene wagte nicht, auch nur ein Wort mit Lenhard zu wechseln. Schließlich wusste man nicht, wer in der Nähe war. Und auch er verhielt sich völlig ruhig.

Lene erschrak, als sie plötzlich die Stimme des Pfarrers dicht neben sich hörte.

»Ihr könnt jetzt rauskommen. Aber leise. Und schnell.«

Vorsichtig richtete Lene sich auf, bemüht, die Äpfel nicht allzu laut von sich herunterpoltern zu lassen. Sie hatte gehofft, ihren Vater zu sehen. Doch obwohl es mittlerweile völlig dunkel geworden war, konnte sie erkennen, dass lediglich der Pfarrer neben dem Karren stand. Er reichte ihr die Hand und mahnte sie noch einmal mit einer Geste, leise zu sein. Vorsichtig stieg Lene herunter und lief geduckt die wenigen Schritte zur Tür. Hinter sich, mit einigem Abstand, sah sie Lenhard.

Erst nachdem der Pfarrer die Tür geschlossen hatte, kam der Vater ihr entgegen.

Er nahm sie fest in die Arme, begann zu weinen und konnte sich kaum wieder beruhigen.

Schließlich schneuzte er sich und sagte: »Der Herr Pfarrer hat mir alles erzählt. Lenchen, du hättst nicht kommen dürfen! Und trotzdem – was bin ich froh, dass du da bist!«

Dann wandte er sich an Lenhard, der hinten an der Tür stand. »Du bist also der Lenhard Kannegießer.«

Es klang, als habe er diese Begegnung seit Jahren erwartet.

Lenhard nickte. Lene sah, dass Schweißtropfen auf seiner Stirn standen.

»Bitte, Ewald. Ich möcht dein Weib sprechen.« Seine Stimme klang gedämpft. Noch immer verdeckte das Tuch sein halbes Gesicht.

»Wo sind denn alle?«, fragte Lene bang.

»Die Großmutter und der Peter sind in der Küch und warten auf dich. Hab keine Angst«, fügte er hinzu, »bei uns hat's noch keinen erwischt. Aber nebenan, bei Langs – da sind die Leut nachts schon gekommen und haben das Haus ausgeräumt. Da lebt keiner mehr, die hat's all hingemacht.«

»Was ist mit der Mutter?«

»Die ist ja schon seit zwei Jahr wunderlich gewesen.«

Lene nickte. Kaum mehr ein Wort hatte die Mutter gesprochen. Bisher hatte sie geglaubt, die Mutter könne Claras Tod nicht verwinden. Nun wusste sie es besser. Gertrud Kalkhof wurde nicht damit fertig, dass sie selbst ihn verschuldet hatte. Hätte sie Barbara nicht angezeigt, wären die Löhr und die Burckhardt verschont geblieben. Lene wäre nicht besagt worden. Und Clara nicht gestorben.

»Ich weiß nicht, was sie jetzt wieder hat«, sagte der Vater. »Gestern hat sie sich in der Stub eingeriegelt, und seitdem kommt sie nicht raus.«

*Beinahe, als hätt sie es geahnt,* dachte Lene.

»Bitte, Ewald«, bat Lenhard. Er sah erschöpfter aus, als

wenn er den Weg von Orleshausen hierher zu Fuß unternommen hätte. »Sag ihr doch, dass ich da bin.«

Ewald nickte, ging zur Stubentür und klopfte.

»Gertrud«, rief er laut. »Es ist was Wichtiges.«

Es dauerte eine ganze Zeit, während derer Lene und ihr Vater sich ansahen.

Die Stimme der Mutter klang dumpf und schleppend wie die einer Greisin, als sie fragte, was los sei.

»Hier ist der Lenhard Kannegießer«, erwiderte Ewald.

»Sie soll rauskommen«, flüsterte Lenhard. »Ich geh in den Hof mit ihr.«

*Warum?*, wollte Lene fragen. Da endlich begriff sie.

»Nein«, stöhnte sie.

»Ich hab doch nicht gewusst, dass ich's hab«, sagte Lenhard. »Ich wusst nicht mal, dass die Pestilenz in der Stadt ist. Und deshalb hab ich mir auch nichts dabei gedacht, dass mir der Kopf wehtut seit gestern und dass mir heiß ist. Erst als der Herr Pfarrer es erzählt hat. Da hab ich gedacht, ich kann doch nicht sterben, ohne zu wissen, warum die Gertrud das alles gemacht hat.«

Der Riegel der Stubentür wurde zurückgeschoben. Sie öffnete sich, nur einen Spaltbreit.

»Der Lenhard soll kommen«, sagte die Mutter.

»Sie soll rauskommen«, wiederholte Lenhard. »Ich will nicht, dass noch einer krank wird. – Nicht mal sie.«

Die Tür wurde ganz geöffnet. Noch nie hatte Lene ihre Mutter so gesehen, mit wirren Haaren und teigigem Gesicht. »Der Lenhard soll kommen.«

»Gertrud, das kann ich nicht zulassen«, meinte der Vater. »Der Lenhard ist krank, wie die Ursel damals. Willst du denn nicht die Lene sehen? Guck mal hier, die Lene ist doch da!«

»Der Lenhard soll kommen«, wiederholte die Mutter noch einmal.

Der Vater nahm Lene am Arm und zog sie mit sich zum Fuß der Treppe. Lenhard verschwand in der Stube. Die Tür schloss sich hinter ihm, und der Riegel wurde vorgeschoben.

Einen Tag blieb der Pfarrer noch, aß und betete mit ihnen. Zum Abschied stellte er sich vor die Stubentür und sprach laut einen Psalm.

Die Worte ›denn er errettet mich vom Strick des Jägers und von der schädlichen Pestilenz‹ und ›dass du nicht erschrecken müssest vor dem Grauen des Nachts, vor den Pfeilen, die des Tages fliegen, vor der Pestilenz, die im Finstern schleicht, vor der Seuche, die im Mittag verderbet‹, sprach Lene mit.

»Ich muss fort«, sagte er dann. »Bei so viel Elend in der Stadt kann es gar nicht genug Pfarrer geben. Ich werde erst mal nicht wiederkommen. Wer weiß, ob ich euch nicht schon den Tod ins Haus gebracht hab. Aber das bestimmt der Herrgott, da können die Herrn Doctores noch so viel erzählen über Krankheitssamen, die durch die Luft fliegen. Ich komm, um die Lene zu holen, aber erst, wenn die Pestilenz die Stadt verlassen hat. Und solang sorgt Ihr dafür, Herr Kalkhof, dass die Lene nicht aus dem Haus geht. Danach wird sich was finden.«

Er hatte ihnen noch einen Teil dessen dalassen wollen, was auf dem Karren lag. Doch der Vater hatte versichert, man besitze noch genug, um über die nächsten Wochen zu kommen.

Ganz so gut stand es aber nicht um die Vorräte im Keller des Kalkhofschen Hauses. Wenigstens hatten die Kroaten die Bewohner verschont und zumindest einiges an Mehl und eingelegtem Gemüse dagelassen. Aber sie hatten so viele Fässer Wein mitgenommen, wie sie tragen konnten.

Es folgten eigenartige, bleischwere Tage, wie Lene sie noch nie erlebt hatte. War es sonst üblich, dass Nachbarn sich ständig unaufgefordert besuchten, so brauchte Lene sich nun nicht vor fremden Augen zu verstecken. Jedes Haus in der Stadt war zu einer Festung geworden, die keiner mehr verließ, der es nicht unbedingt musste.

Die Tür der Stube war und blieb verschlossen. Eines Nachts stellte der Vater fest, dass jedoch das Fenster zum Hof offenstand. Als er sich näherte, wurde es sofort wieder zugeschlagen. In der nächsten Nacht wartete er draußen. Als das Fenster erneut geöffnet wurde, stellte er einen Korb aufs Fensterbrett, mit Brot und Wurst, mit Kräuterbier und Theriak. Am anderen Morgen war er verschwunden. So hielten sie es von da an. Jede Nacht wartete Ewald und stellte bereit, wovon sie dachten, dass es benötigt wurde.

An einem Morgen glaubte Lene, sie habe die Mutter schreien gehört. Doch die Tür blieb verschlossen.

Derweil tat Lene alles, von dem sie gehört hatte, es könne die Ausbreitung der Seuche verhindern. Sie sorgte dafür, dass so häufig wie möglich gelüftet wurde, besprengte den Fußboden mit Essigwasser und tat auch an jede Mahlzeit ein wenig Essig, um dem Gift und der Verfaulung des Geblüts entgegenzuwirken. Es gelang ihr sogar, den Vater dazu zu überreden, dass sie Bier statt Wein tranken, mit Kräutern versetzt.

»Ich weiß, du würdest gern zum Velten«, sagte er einmal. »Aber das geht nicht.«

»Zu den Kindern würd ich gern.«

»Und zum Velten. Ach Lene, ich weiß doch, wie dir's ums Herz ist. Ich hör doch, wie du seinen Namen sagst. Aber es geht nicht.«

Lene musste es einsehen. Die Vorstellung, eines der Kinder oder Velten seien erkrankt, quälte sie unaufhörlich, noch mehr aber der Gedanke, sie selbst könne die Seuche zu den Ecksteins tragen.

Man konnte nur warten.

Mitunter, und trotz allem, war es wie ein Geschenk, noch einmal mit Vater, Bruder und Großmutter in der Küche sitzen zu dürfen.

»Warum hat die Mutter das damals gemacht, mit den Kannegießers?«, fragte sie, gleich am ersten Abend, nachdem der Pfarrer fort war.

Lene hätte gern allein mit dem Vater darüber gesprochen, aber es ergab sich nicht. Sie hatte erwartet, die Großmutter werde ihre Frage mit einem verächtlichen Schnauben beantworten. Doch die antwortete ganz ruhig für ihren Sohn.

»Eifersüchtig war sie, das dumme Ding. Natürlich haben die Mannsleut sie all gern gesehn, die Kannegießers Marina. Die war ja auch ein schönes Frauenzimmer. Und die Gertrud – na, die hat halt noch keiner schön genannt.«

»Das stimmt nicht«, widersprach der Vater leise. »Sie war ein liebes Mädchen damals. Immer so scheu gelacht hat sie.«

Die Großmutter musterte ihn einen Augenblick lang erstaunt, dann fuhr sie fort: »Die Gertrud hat sich halt eingebildet, der Ewald tät mehr als nur gucken. Da war bei Gott nichts dran, aber sie hat sich das eingeredet und hat es auch gar nicht mehr gern gesehn, dass ihr so viel mit den Kannegießers Kindern zusammen wart. Selbst den Thomas mocht sie nicht mehr leiden, weil man doch wusst, wie gern der sein Weib hat. Und als die Clara dann heimgekommen ist und erzählt hat, die Kannegießers hätten ihr gesagt, wie man das Gewitter wegmacht – da war's passiert.«

»Und das war alles?«, fragte Lene. »Nur weil sie eifersüchtig war?«

»Ach Kind, du weißt es doch selbst. Es sind schon Leut für weniger besagt worden.«

»Ihr habt mir immer erzählt, der Lenhard wär auch tot«, meinte Lene. »›Aus der Kleinen kann ja vielleicht noch ein anständiger Christenmensch werden‹, hat die Mutter gesagt. ›Aber den Lenhard, den haben sie totgemacht. Aus so einem Hexenbalg wird doch nix Gescheites mehr.‹«

»Vielleicht war's verkehrt«, gab die Großmutter zu. »Aber wir haben gedacht, es ist das Beste. Du hast doch dauernd nach ihm gefragt.«

Vermutlich musste man so handeln, wenn die Tochter nicht an einen denken sollte, der keinen gescheiten Beruf mehr würde lernen können. Wo seine Eltern doch verurteilte Zauberer waren.

Lene berichtete, was Lenhard ihr erzählt hatte, wie er und Barbara in ein Waisenhaus gekommen waren. Dort habe man sie immer beten lassen für ihre Seelen, weil sie doch Hexenkinder waren, und für die Seelen ihrer Eltern, von denen man ihnen erzählte, sie seien auf Ewigkeit verflucht.

Irgendwann kam mein Onkel, hatte er gesagt, und dass der Hof in Orleshausen seiner gewesen sei. Er hat uns durchfüttern lassen im Waisenhaus, bis ich alt genug war. Dann hat er uns zu sich geholt, damit ich ihm helfen sollt. Die Arbeit war hart, und er dacht nicht anders über seinen Bruder und unsere Mutter als die im Waisenhaus. Wahrscheinlich hat er es übelgenommen, dass unser Vater es zu was gebracht hatt, während er selbst auf seinem Acker schuften musst. Irgendwann sind mir seine bösen Worte und die Schläge zu viel geworden. Aber noch mehr das, was er mit der Barbara gemacht hat. Sie war doch noch ein Kind. Und als dann die Anwerber kamen …

Er war mit ihnen gegangen, und seine Schwester hatte er mitgenommen.

Du weißt ja, wie sie war, hatte Lenhard gesagt. Manchmal hab ich gedacht, nachdem die Eltern nicht mehr waren, hat sie nicht älter werden wollen. Sie war ja grad mal zwei Jahr alt damals. Vielleicht sah sie aus wie ein Weib, aber sie ist immer das Kind geblieben, das sie in dem Augenblick war, als die Büttel kamen und die Mutter holten. Und später den Vater. Ich hab gehofft, wenn sie erst mal fort ist aus dem Waisenhaus, wird es besser mit ihr, und später, wenn sie erst mal weg ist vom Onkel. Aber es wurd nicht besser. – Ich dacht, vielleicht kann sie alles vergessen. Und auch ich wollt alles vergessen. Ich wollt nicht mehr der Lenhard sein, wollt nicht, dass jemand anderer den Namen ausspricht, nachdem die Mutter es nicht mehr konnt. Einmal habe ich einen getroffen, der nannte sich Julio. Das war ein Spanier. Aber der Name hat mir gefallen. Der passt zu mir, dacht ich. Weil – weil es doch im Juli war, damals.

Als Lene zu Ende erzählt hatte, sagte die Großmutter nur: »Das ist nicht recht, was mit den Kannegießers passiert ist. Nein, das ist nicht recht.«

Offenbar war Lenhard noch immer am Leben. Oder behielt die Mutter in ihrem Wahnsinn einen Toten bei sich? Zumindest verschwand der Korb jede Nacht.

Nach bald einer Woche hielt Lene es nicht mehr aus.

»Wir müssen doch was tun«, flehte sie den Vater an. »Wir können doch nicht hiersitzen und warten. Wenn ich wenigstens zum Velten könnt.«

Ein Blick von ihm genügte.

»Ich weiß es ja«, murmelte sie. »Ich weiß es ja.«

Es gab tausend vernünftige Gründe, hierzubleiben. Und alle anderen waren nicht von vernünftiger Natur.

»Du musst nicht glauben, dass der Velten sich weniger Sorgen macht um dich als du um ihn«, sagte ihr Vater. »Der Velten hat es vom Schmied. Dem seine Frau hatt gesehen, wie ein Kroat dich vor sich auf dem Pferd hatt.« Seine Hände zitterten. »Wir waren doch sicher, wir sehn dich nie mehr wieder. Und was glaubst du, wie das ist, wenn man denken muss, hoffentlich hat so einer dein Kind mitgenommen und totgemacht, das ist besser, als dass es vom Glanze Wendel …«

Er unterbrach sich und schlug die Hände vors Gesicht.

Man konnte nur warten.

Seit Lene zurück war, schlief sie bei der Großmutter in der Kammer. Eigentlich hatte sie aufbleiben wollen, wie in jeder Nacht, um zu erfahren, ob das Stubenfenster wieder geöffnet worden war. Doch sie war zu müde gewesen und ins Bett gegangen.

Halb noch im Schlaf richtete sie sich erschrocken auf, als die Kammertür sich öffnete.

Der Vater stand dort, ein Licht in der Hand.

»Ich muss fort«, sagte er. »Den Totengräber holen.«

# 32

Was ist denn?«, fragte die Großmutter schlaftrunken. Lene war derweil schon aus dem Bett gesprungen und zog sich an.

»Woher weißt du, dass … War das Fenster denn nicht auf?«, fragte sie den Vater.

»Doch«, anwortete er.

»Und …« Ihre Stimme stockte. »Und da hat die Mutter gesagt, der Lenhard …«

»Nein, Lene.«

Er kam zu ihr, nahm ihre Hände und knetete sie zwischen seinen.

»Aber nein«, sagte er sanft. »Die Mutter ist tot.«

Er weckte den Peter, erzählte ihm, was geschehen war und befahl ihnen, hierzubleiben.

Kurz darauf hörte Lene Schritte auf der Treppe.

»Ich hab dem Lenhard gesagt, er soll nach droben gehen«, erklärte der Vater. »Wo ihr früher geschlafen habt.«

Dann ging er, den Totengräber zu holen.

Zunächst saßen sie schweigend in der Kammer der Großmutter, später, nachdem der Totengräber die Mutter geholt hatte, in der Küche.

»Es gibt keine Aufbahrung in der Kirch«, sagte der Vater. »Nicht, wenn die Pestilenz in der Stadt ist. Aber wenigstens kriegt sie einen Sarg, das hat er mir versprochen.«

Er sah gefasst aus, wie Menschen sind, wenn einer gestorben ist. Bevor sie beginnen, es zu begreifen.

Morgen würde der Totengräber wiederkommen, allen Hausrat, alle Kleidung aus der Stube holen und vor der Stadt verbrennen. Der Vater hatte ihn überreden können, kein weißes Kreuz auf die Haustür zu malen, das jedermann angezeigt hätte, dass die Seuche im Haus war. Dafür hatte er versprechen müssen, keiner werde die Stube in der nächsten Zeit betreten.

»Er hat mir erzählt, wer alles gestorben ist in den letzten Tagen.«

Lenes Magen krampfte sich zusammen. Die Großmutter strich ihr wieder über die Hände.

*Als ob sie was wegwischen will,* dachte Lene. *Oder was einreiben.*

»Es sind mehr geworden statt weniger. Den Ecksteins ist der Vater gestorben.«

Lene stöhnte auf.

»Nein, der Totengräber hat gemeint, es wär wohl nicht die Pestilenz gewesen«, fuhr der Vater fort. »Aber was anderes hat er gesagt. Lene …«

Sie erstarrte.

»Er hat gesagt, unter den Toten wär auch der Contz. ›Der ist doch auch mal Ihr Schwiegersohn gewesen‹, hat er gemeint.«

»Da hat's ihm nichts genützt, dass er sein Lebtag keine Nieren gegessen hat«, sagte Lene, und erschrak dann erst.

*Mein Mann ist tot. Meine Mutter ist tot.*

Eigenartig, wie wenig sich in ihr regte, wenn sie sich das vorsagte. Sie wusste, sie würde trauern um die Mutter, um den Contz, und irgendwann würden gute Erinnerungen die schlechten verdecken. Aber jetzt traf das Wissen, dass sie nicht mehr waren, nur eine taube Stelle.

Eins musste sie noch aussprechen: »Und ich hab mal zum Lenhard gesagt, ich wünscht ihm grad die Pest an den Hals, ihm und dem Contz.«

Die Großmutter tätschelte ihre Hand. »So was macht der Herrgott, Lenchen. Nicht ein unbedachtes Wort aus Menschenmund.«

Danach schien es über eine Woche lang, als habe sich nicht viel geändert. Sie stellten lediglich den Korb vor der Tür der oberen Kammer ab statt vor dem Stubenfenster.

Und dann kam der Morgen, als Lene in die Küche ging und Lenhard dort sitzen sah. Vor Schreck machte ihr Herz einen Sprung. Er sah blass aus, und sein langes Haar war ungekämmt, doch schien er ansonsten unverändert.

Sie setzte sich neben ihn an den Tisch. Er hielt die Arme fest um den Körper geschlungen.

»Ich hatt die Hitz«, sagte er, »und auch schon Beulen, und ich hab der Gertrud gesagt, sie soll mich nicht anfassen, ich bin krank. Sie hat gesagt, sie bleibt trotzdem. Aber es wurd nicht schlimmer. Es wurd besser. Stattdessen ist sie krank geworden.« Er sah Lene an. Der Vater hatte ihr schon alles erzählt, aber sie wollte es noch einmal von ihm hören. »Ich hab gedacht, ich bin schuld dran. Aber sie hat es schon gespürt, bevor ich gekommen bin. Sie hat es nicht wahrhaben wollen, hatt Angst, man tut sie ins Siechenhaus. Die Frau vom Peter ist dort gestorben, hat sie gesagt.«

Lene nickte.

»Und doch hat sie's auch gewusst. Sie hat nicht gewollt, dass ein anderer krank wird, und hat sich deshalb eingesperrt. Wir haben geredet miteinander. Vielleicht hab ich auch meinen Frieden gemacht mit ihr.« Er starrte auf die Tischplatte, in die Erinnerung versunken. »Ich hab gefragt, warum sie das getan hat mit der Barbara, und sie hat gemeint, sie wollt nicht, dass dir dasselbe passiert. Dass eine kommt und dir den Mann wegnimmt.« Er schüttelte den Kopf. »Dann ist sie wirr im Kopf geworden und hat alles durcheinandergebracht. Sie hat immer Durst gehabt, und ich hab ihr zu trinken gegeben und von dem Theriak. Ich hätt ihr sogar die Beulen aufgemacht, weil das oft hilft, ich hatt ja mein Messer. Aber sie wollt sterben, glaub ich. Sie hat immer nur gesagt, sie geht zur Clara. – Der Tod will uns nicht, Lene«, schloss er. »Der nimmt die anderen, aber nicht uns.«

Lenhard wusch sich gründlich und zog frische Gewänder an, eine Hose vom Peter, ein Hemd vom Vater. Dann half er Lene, die Stube mit Wacholder auszuräuchern und vorsichtshalber auch die Kammer, in der er geschlafen hatte.

Noch immer wusste Lene nicht, was aus ihr werden sollte, nur, dass sie in Büdingen nicht bleiben konnte. Und später ging es vielleicht nur darum, einen Ort zu finden, wo sie ein wenig länger leben konnte als hier. Sehen. Hören. Riechen. Schmecken.

Lene wartete bis zum Abend, dann ging sie zum Vater.

»Ich will zum Velten«, sagte sie. »Einmal noch.«

»Du bleibst hier«, erwiderte er. »Ich hol ihn.«

Lene lief in der Küche auf und ab, glättete die Falten ihres Rockes, zog sich die Haube zurecht, biss sich auf die Lippen und kniff sich in die Wangen, um sie ein wenig röter zu machen und etwas besser auszusehen.

*Wie damals*, dachte sie, *als der Velten mit seinem Vater gekommen ist.*

Die Großmutter gab vor, sie habe im Keller zu tun, und Peter meinte, er müsse in den Stall.

Lenhard blieb am Tisch sitzen und sah ihr zu. Ihr war unbehaglich unter seinen Blicken, und sie wünschte, er ließe sie allein. Bis sie verstand. *Er hätt meiner Mutter ins Fleisch geschnitten, um ihr zu helfen,* dachte sie. *Jetzt schneidet er sich selber. Um zu begreifen.* Er musste wohl mit eigenen Augen sehen, wie sie sich sehnte danach, dass Velten kam.

Und dass es Lene und Lenhard nicht mehr gab.

Sie hatte hier warten wollen, immer noch gefangen in dem Wissen, dass keiner sie sehen durfte. Aber als die Haustür zuschlug, lief sie hinaus auf den Gang.

»Lene!« Er kam auf sie zu, nahm sie in die Arme und drückte sie so fest, dass sie Angst hatte, er werde sie zerquetschen. »Lene. Lene. Lene.«

Sie lachte und küsste ihn, einen unbeschwerten Moment lang. Dann nahm sie sein Gesicht in beide Hände.

»Bitte schau mich nicht an«, flüsterte sie. »Aber lass mich dich anschauen.« Hungrig ließ sie ihren Blick über sein Gesicht gleiten und springen. »Ich muss doch für immer wissen, wie du aussiehst. – Ich hätt dich so gern noch mal bei Tag gesehen.« Ihre Stimme zitterte. »Ich hab mich nie getraut, dir in die Augen zu sehen. Ich weiß doch gar nicht, was die für eine Farb haben.«

»Lene …«, sagte er, aber sie unterbrach ihn.

Die kurze Zeit, die sie miteinander hatten, sollte nicht getrübt werden. Sie zog ihn mit sich in die Küche.

Der Vater kam nicht hinterdrein.

Lenhard war aufgestanden.

»Ich weiß, wer du bist«, sagte Velten freundlich und streckte ihm die Hand hin. »Der Ewald hat es mir gesagt.«

Lenhard erwiderte den Gruß.

»Lene«, sagte Velten noch einmal und zog sie an sich. »Dein Vater hat gemeint, du musst wieder fort. Aber ich hab die Clara verloren. Noch mal ertrag ich das nicht. Und deshalb sag ich dir nur eins: Ich lass dich nicht fort.«

Lenes Herz tat einen Sprung.

»Es geht doch nicht anders«, warf Lenhard ein. »Die fangen sie doch nur wieder ein und bringen sie um.«

Velten hielt Lenes Hände fest, während er sich zu Lenhard wandte.

»Sie können sie nicht mehr einfangen«, sagte er. Seine Stimme schien zu leuchten vor Freude und Triumph. »Ich hab es selbst heut erst erfahren und grad dem Ewald erzählt. Die Schweden haben jetzt das Sagen hier. Das Hexenbrennen ist verboten worden.«

Sie warteten, bis es stockdunkel war. Die Großmutter gab Lene ein dunkles, wollenes Tuch, das Velten ihr liebevoll über Haube und Schultern legte. Der Mond hatte sich hinter dicken Wolken verborgen, und sie gingen ohne Fackel und ohne Licht. In den Gassen war keine Menschenseele. Als Velten die Hintertür des ecksteinschen Hauses hinter ihr schloss, blieb Lene stehen und lehnte sich an die Wand.

»Was hast du?«, fragte er leise.

»Ich hätt im Leben nicht geglaubt, dass ich noch mal hier in der Werkstatt steh«, sagte sie.

Er antwortete nicht, nahm sie nur in die Arme und hielt sie.

»Die Mutter weiß, dass ich dich holen wollt«, sagte er, bevor sie die Treppe hinaufstiegen. »Die Kinder wissen es noch nicht. Wir sagen es ihnen morgen.«

Als sie in ihrer Kammer standen und er sie wieder in die Arme nahm, war Lene mit einem Mal beklommen zumute. Sie konnte nichts sagen. Alles, was ihr einfiel, wäre wie mit dem Finger auf etwas zu weisen, von dem man nicht wollte, dass der andere es sah.

»Geh'n wir ins Bett?«, fragte er, und Lene nickte.

Er nahm ihr Gesicht in beide Hände. Wenigstens versuchte er nicht, ihr die Haube vom Kopf zu ziehen.

»Wir gehen *nur* ins Bett«, sagte er ernst. »Wir liegen nebeneinander, und wenn du willst, dass ich dich wärm, dann wärm ich dich.«

Sie nickte wieder, ohne ihn anzusehen. Natürlich würden sie nur nebeneinanderliegen. Schließlich hatten sie das zwei Jahre lang getan. Sie hatte gewusst, dass es kein Zurück gab in dem Augenblick, als man sie gebunden aus diesem Haus geführt hatte. Was er ihr nun anbot, war so viel mehr, als sie je zu hoffen gewagt hatte in den vergangenen Wochen. Sie musste es nur zu schätzen wissen.

»Lene, guck mich an.«

Sie tat es.

»Ich weiß nicht, was sie dir alles angetan haben, drüben im Rathaus, der Wendel und die Kerle, die man die Frauen bewachen lässt, und was die fremden Soldaten mit dir gemacht haben. Du sagst es mir, wenn du es willst. Aber wenn du darum mit keinem Mann mehr zusammen sein kannst … Dann wünscht ich den Kerlen die ewige Verdammnis an den Hals. Aber ich werd dich niemals anrühren, das versprech ich dir.«

Ihr Blick rutschte wieder an ihm hinunter, bis er neben ihm auf dem Boden angekommen war.

Velten wandte sich ab und begann, sich auszuziehen, zuerst den Mantel, dann die Stiefel. Schließlich hielt er inne und wandte sich zu ihr. Lene hatte sich nicht gerührt, hatte lediglich das Tuch der Großmutter aufs Bett gelegt.

»Ach so«, sagte er. »Du möchtest, dass ich das Licht vorher lösch.«

Wieder konnte sie nur nicken. Noch immer war es, als gehöre ihr Leib nicht länger ihr, als sei er in den Besitz von Wendel und den anderen übergegangen und als könne sie nicht mehr darüber verfügen. Überall auf ihr hatten die Männer unsichtbare Spuren hinterlassen. Und eine sichtbare. Es würde Jahre brauchen, bis ihre Haare wieder so lang waren, dass man sie flechten konnte.

»Wie ich es gesagt hab«, fuhr Velten fort. Mit einem Mal wünschte sie sich, er ginge und ließe sie in Ruhe. Doch stattdessen kam er zu ihr. »Ich werd nichts tun, was du nicht willst. Aber eins, das muss ich tun.«

Bevor ihre Hände hochfahren und sie ihn daran hatte hindern können, hatte er ihr bereits die Haube vom Kopf gezogen. Lene erstarrte. Mit einem Mal war sie wieder im Betzeloch, wo der Stadtknecht das Gleiche getan hatte.

»Sieh mich an«, sagte Velten, und sie konnte wieder atmen und wusste, wer vor ihr stand.

»Ich seh dich gern an«, sagte sie zwischen Lachen und Weinen, »aber ich will nicht, dass du mich ansiehst.«

»Aber Lene!« Sein Erschrecken tat ihr wohl. Noch mehr, wie er seine Hände um ihren Schädel legte, auf dem gerade mal fingerlang der Flaum spross. »Denkst du wirklich, meine Lene steckt in dem, was sie dir gestohlen haben? Ich hab die Clara gesehen, im Betzeloch, und sie hatten ihr das Gleiche angetan. Denkst du wirklich, ich hätt sie darum weniger liebgehabt? Ich hab sie nie lieber gehabt als in dem Augenblick.«

»Ich könnt nur heulen, seit ich bei dir bin«, meinte Lene. »Hast du eigentlich auch schon mal was Verkehrtes gesagt?«

»Gewiss hab ich das. Ich weiß nur, was ich viel zu selten gesagt hab. Selbst hier drin, in unserer Kammer. Lene.«

Er küsste sie auf die Schläfe, dicht hinter dem Haaransatz.

»Ich hab doch nicht geglaubt, dass ich dich noch mal wiederseh«, sagte er leise. »Und ich hab mich geschämt, dass ich so viel von dir genommen hab und nichts gegeben.«

»Das stimmt doch gar …«

»Ich hab mich geschämt, dass ich zu dir gesagt hab, du wärst zufrieden mit dem, was du siehst und hörst und riechst und schmeckst.«

»Aber das bin ich doch auch.«

»Ich hab dich vor mir gesehn, wie du dem Sebastian die Jacke zuknöpfst, wie du dich um meinen Vater gesorgt hast, sogar, wie du in die Werkstatt kommst und mir den Kopf zurecht setzt. Und ich hab gedacht, du wirst nie erfahren, wie lieb ich dich dafür hab. Weil – weil ich es doch selbst erst richtig gemerkt hab, als du fort warst.«

Dann sagte er wieder »Lene« und setzte einen Kuss dicht neben den ersten über ihr Ohr.

Mit der Zeit begann sie zu lachen und sich zu wehren, aber er hielt sie fest, bis sie wieder ruhig wurde und er ihren ganzen Kopf mit Küssen und mit ›Lenes‹ bedeckt hatte.

*Jetzt hast du gemacht, dass mein Kopf schon wieder mir gehört,* dachte sie, und das sagte sie ihm auch.

»Sie haben mir nichts getan, die Knechte und die Kroaten«, fügte sie hinzu. »Nicht, was du meinst, jedenfalls.«

Sie wusste ja selbst nicht, wie vorsichtig er mit ihr sein musste. Er sollte nur nicht denken, er dürfe gar nichts tun.

Beim letzten Mal, in der Gewitternacht, war es dunkel gewesen, nachdem sie hierhergekommen waren, und in der Nacht davor hatte er sie nicht geküsst.

Alles war neu, nun, da er gesagt hatte: *Ich lass dich nicht fort.*

Stets hatte es nur verstohlenes Schauen gegeben und zufällige Berührungen. Nun konnte sie ihm in die Augen sehen, deren Farbe sie morgen einen Namen geben würde. Und sie konnte seine Lippen mit den Fingerspitzen berühren, bevor sie ihm einen Kuss gab. Er hielt sich zurück, um ihretwillen, und allein dies zu wissen, ließ den Wunsch nach anderen Zärtlichkeiten viel eher in ihr erwachen, als sie es für möglich gehalten hätte. Sie genoss es, ohne es ihn merken zu lassen. Schließlich hatten sie Zeit. Die ganze Nacht lang. Lene legte die Arme um seinen Hals, barg ihr Gesicht an seiner Schulter und lächelte.

*Irgendwann werd ich vielleicht wieder mir gehören, ganz und gar. Vom Kopf bis zu den Zehen.*

Lene war eine glückliche Gefangene.

Jede Nacht schlief sie in Veltens Armen, und am Tage warteten sein liebevoller Blick und seine Küsse nur ein paar Schritte entfernt auf sie.

Am Tag, nachdem sie in dieses Haus zurückgekehrt war, kam ihr Vater und erzählte, Lenhard sei fort. Er war einfach verschwunden. Ein paar Tage lang war Lene besorgt, er habe sich in Gefahr gebracht und man habe ihn vielleicht eingefangen. Doch man hörte nichts. Offenbar hatte er es irgendwie fertiggebracht, aus der Stadt herauszukommen.

Es war nun einen Monat her, seit die Seuche ihr letztes Opfer gefordert hatte. Die Kinder lebten.

Es gab keine Hexenprozesse mehr. In nur zwei Jahren hatte man jede dritte Frau in dieser Stadt umgebracht.

Nicht *einmal* versuchte Lene, das Haus zu verlassen. Sie ging auch nicht in die Werkstatt, solange Kundschaft kommen konnte. Niemand außer den Kalkhofs und den Ecksteins wusste, dass sie in der Stadt, dass sie überhaupt am Leben war. Einige Frauen, die mit ihr im Betzeloch gewesen waren, hatten Schändung und Misshandlung durch die Kroaten überlebt. Velten hatte erzählt, dass man sie mied und auf die andere Seite ging, wenn man ihnen begegnete, und dass fast jeder »Amen« oder »Gott walt's« sagte, wenn sie vorübergingen.

Sie sprachen nicht darüber, wie es weitergehen sollte. Lene dachte an die Vögel, die Kirschen fraßen und Hagebutten und nicht an den nächsten Morgen dachten. So musste es jetzt gehen. Anders ging es ja nicht.

Ihr Vater brachte einen Brief, der an ihn geschickt worden, aber eigentlich für sie gedacht war. Ein schwedischer Hauptmann hatte ihn geschrieben. Sein Name war Lenhard Kannegießer.

*Ich hab dem Jakob gesagt, er soll mir schreiben, wie du guckst, wenn er dich sieht,* las Lene. *Und wenn du nur einmal traurig aussiehst, dann nehm ich mir wieder eine Armee und komm nach Büdingen. Und dann kann der Velten was erleben.*

Lene zeigte Velten den Brief.

»Dann muss ich mich ja anstrengen«, meinte er.

»Musst du nicht«, erwiderte sie.

Es war kurz vor Weihnachten.

Lenes Haar war um fast zwei Fingerbreit gewachsen und plötzlich lockig, wo es doch immer glatt gewesen war. Jede Nacht fuhr Velten mit den Fingern hindurch und sagte ihr, wie schön sie sei.

Lene stand in der Stube und beobachtete wachsam, wie Juliane ihren kleinen Bruder hochhob, damit der einen Apfel an einen Zweig hängen konnte.

Dies war ein Trauerhaus, wie so viele in der Stadt. Aber Velten hatte gemeint, das Leben sei zu kurz und zu ungewiss, als dass seine Kinder ohne Freude sein sollten an diesem Weihnachtsfest, und sein Vater hätte das gewiss nicht gewollt. In der Zeitung hatte Velten gelesen, dass die Straßburger um diese Zeit Tannenbäume in die Stuben stellten und schmückten. Als man endlich wieder vor die Mauern gehen konnte, hatte er deshalb einen kleinen Baum im Wald geholt.

Sebastian ermahnte seine Geschwister nicht, mit dem Baum vorsichtig zu sein. Stumm stand er neben seiner Großmutter und lehnte sich an ihren Stuhl. Seit Lene zurückgekehrt war, sprach er nicht mehr viel, und er erzählte auch nicht mehr, was er in der Schule erlebt hatte.

»Sebastian, machst *du* das?«, fragte sie ihn und hielt ihm die bunten Papierbilder hin, die sein Vater ausgeschnitten hatte. »Nicht, dass die Kleinen sie noch kaputtmachen.«

Er nickte und machte sich daran, die Bildchen an den Baum zu hängen.

*Ich möcht nicht wissen, wie sie ihn kujonieren, die andern Kinder*, dachte sie. *Die hören doch nicht auf damit, nur weil man verboten hat, die Hexen zu jagen.*

Man musste dankbar sein, zu leben, und noch mehr dafür, dass die Kinder lebten. Aber hörte man je auf, zu hoffen, es gehe ihnen noch ein wenig besser? Wenn alles anders wäre, könnte man sich sogar wünschen, weitere Kinder in die Welt zu setzen.

Mitunter dachte Lene an den Holleborn. Vielleicht hatte Frau Holle ja für sie im Sinn, dass sie noch ein Kind vom Velten haben sollte? Schließlich war es sein Topf gewesen, den sie dort vergraben hatte.

*Vielleicht hat die Burckhardt sich ja getäuscht*, hatte Clara einst gesagt. *Das ist schon öfter passiert, hab ich gehört.*

Sie schrak zusammen, als sie Velten die Treppe heraufkommen hörte. Er kam öfter am Tag aus der Werkstatt, um ein Wort oder einen Kuss mit ihr zu tauschen. Doch heute waren seine Schritte groß und rasch. Sofort waren die Bilder wieder da, von dem Tag, als die Stadtknechte sie geholt hatten.

Aber Velten lächelte, als er vor ihr stand, und Lenes Herzschlag beruhigte sich. Sogleich nahm er sie bei der Hand und zog sie mit sich. An der Treppe blieb sie stehen, scheute sich, ihm am Tage hinabzufolgen. Aber er ließ sie nicht los, bis sie unten angelangt waren.

Die Werkstatt wirkte noch immer wie ein Kranker, der sich nur langsam erholte. Die Regale waren leer. Viele Werkzeuge fehlten, andere waren zerstört. Die Bücher hatten die Kroaten mitgenommen, vielleicht, um sie zu verkaufen, vielleicht, um sie zu verbrennen. Was sie dagelassen hatten, hatten die Soldaten geholt, die nach ihnen gekommen waren.

Vor drei Wochen erst hatten kaiserliche Truppen unter ihrem Obristen Graf von Mansfeld, von Fürstenberg und Beningshausen die Stadt belagert, mit Granatwerfern beschossen und schließlich eingenommen. Sie hatten alles kahlgefressen. Auch aus dem kalkhofschen Keller hatten sie sämtlichen Wein mitgenommen, den die Kroaten zurückgelassen hatten.

Dann waren sie weitergezogen. Man brauchte Männer, um eine Stadt zu halten, Männer, die man zurücklassen musste, und deren Verlust das Heer schwächte. In diesem Krieg war es nicht mehr allein wichtig, Boden gutzumachen. Es ging vor allem darum, riesige Horden zu ernähren, die ziellos umherirrten.

Büdingen war eine geplünderte Stadt.

In der Werkstatt stand der Pfarrer aus Orleshausen. Er kam mindestens einmal in der Woche, um mit Lene zu beten, da sie nicht in die Kirche konnte.

Sie wollte schon zu ihm hinstürzen und ihn umarmen, nicht nur, weil sie sich freute, ihn zu sehen, oder weil es sie jedes Mal aufmunterte, wenn jemand kam, dem sie sich zeigen konnte.

Doch da sah sie den Mann neben ihm. Er trug einfache, aber gutgeschnittene schwarze Gewänder mit einem feinen weißen Spitzenkragen und einen Hut. Lenes Augen wurden groß, als sie ihn sah. Velten zog sie weiter mit sich, sonst hätte sie es kaum gewagt, sich dem Herrn zu nähern.

Zwar hatte Velten früher öfter erzählt, dass der alte Graf Wolfgang Ernst mitunter selbst in den Laden gekommen war, um einen Auftrag zu erteilen, doch hatte Lene ihn nie hier gesehen. Dennoch kannte sie jedes Mitglied der Grafenfamilie, wie alle Büdinger.

»Erlaucht, das ist sie«, sagte Velten.

Konrad Ernst, nur wenige Jahre älter als Velten, ähnelte seinem Vater mit seinen braunen Augen und dem langen Bart. Nach allem, was man hörte, hatte er auch dessen Frömmigkeit geerbt.

Vorsichtshalber machte Lene einen Knicks.

Der Graf schenkte ihr ein durchaus freundliches Lächeln, doch Lenes Herz schlug weiter Alarm.

»Dann lass mich doch einmal die ganze Geschichte hören«, meinte er zu Velten gewandt. »Der gute Pfarrer hier ist zu mir gekommen und hat gemeint, du hättest mir wohl etwas zu erzählen.«

Lene sah den Alten erschrocken an, als sei er zum Verräter an ihr geworden. War es vielleicht wirklich so?

»Ich lege mein Schicksal und das dieses Weibes damit in Eure Hand, Hochgeboren«, erklärte Velten.

Lene wurde angst und bange, als Velten zu erzählen begann. Er ließ – beinahe – nichts aus, schilderte, wie man Clara an ihrer statt hingerichtet und wie man Lene genötigt hatte, das Leben ihrer Schwester fortzuführen.

Lene hatte den Eindruck, die Miene des Grafen werde finsterer und finsterer. Nie hatte sie Veltens Urteilskraft angezweifelt. Jetzt tat sie es.

»So hast du also die ganze Zeit unter falschem Namen unter diesem Dach gelebt?«, fragte Konrad Ernst sie scharf. »In der Unehe mit deinem Schwager? Und hast zudem deine Ehe gebrochen?«

»Ich wollt weiß Gott nicht mehr leben, nachdem ich erfahren hatt, was der Clara geschehen war«, brach es aus ihr hervor. »Nur um der unschuldigen Kinder willen hab ich geschwiegen, um die ich mich kümmern wollt, da sie es nicht mehr konnt. Und nicht *einmal* angerührt hat der Velten mich«, fügte sie hinzu.

Das stimmte ja auch beinahe.

»Und was war mit deinem Ehemann, dem Schuster?«

»Der hat mich nicht mehr haben wollen. Der hat mich verleugnet und aus dem Haus gejagt, weil ich ihm keine Kinder schenken konnt.«

»Erlaucht, ich bitte euch.« Velten sank auf die Knie, wie damals, als er um Claras Hand angehalten hatte. »Gewährt uns ein ehrliches Leben miteinander, um meiner Kinder willen.«

»Wie sollte das gehen?« Die Stimme des Grafen klang noch immer abweisend.

»Der Contz Schunk, ihr Ehemann, ist gestorben. Es wird schwer werden für die Lene hier, nach allem, was geschehen ist, und mit ihrem geschorenen Haar wird man es auch so schnell nicht vergessen. Ich möcht gern nach Frankfurt gehn mit ihr, wo ich meine Lehrzeit verbracht hab. Mein alter Meister wär gewiss froh, wenn ich wieder zu ihm käm, das hat er oft genug gesagt. Grad hab ich ihm Nachricht geschickt, aber ich hab noch keine Antwort.«

»So, der Meister Schunk ist also tot«, meinte Konrad Ernst nachdenklich. »Da ist es aber schade um ihn. Der Graf von Hanau-Lichtenberg war so angetan von den Schuhen, die er ihm einmal angefertigt hat. Er meinte, es gäbe keinen zweiten wie ihn.«

Velten und Lene sahen sich an. »Hochgeboren, die Lene muss Euch noch etwas gestehen«, ermutigte er sie.

Lene erschrak. Gerade hatte sie den Eindruck gehabt, der Graf sei Velten wieder etwas gewogener, da setzte er alles erneut aufs Spiel?

»*Ich* hab die Schuh gemacht für den hohen Herrn und die Dame«, gab sie zu. Und dann, bevor sie noch nachdenken konnte, fügte sie stolz hinzu: »Man kann meilenweit darin gehn, ohne auch nur eine einzige Blase an den Füßen zu bekommen!«

Der Graf sah sie lange nachdenklich an. »Das hat der Herr von Hanau-Lichtenberg mir auch erzählt. Und du willst mir einreden, du bist keine Hexe?«

Lene erschrak, dann bemerkte sie, dass Veltens Mundwinkel sich verzogen hatten. Offenbar hatte der Graf seine Bemerkung nicht ernst gemeint.

Konrad Ernst sagte nichts mehr, und als Velten den Mund aufmachte, bedeutete er ihm, ebenfalls zu schweigen.

»Schwierig, schwierig«, sagte er nach einiger Zeit. »Erst einmal müsstest du die Witwe ja heiraten, und allein schon damit kämst du in übles Geschrei. Nicht jeder ist so gutgläubig wie ich und nimmt euch ab, dass ihr wie Bruder und Schwester miteinander gelebt habt.«

Lene bemühte sich, keine Miene zu verziehen.

»Da geht es schon los.« Der Graf fuhr sich nachdenklich durch den Bart.

»Man müsste einen Pfarrer finden, der uns traut, ohne dass einer es erfährt«, meinte Velten und sah den Orleshäuser dabei an.

Lene spürte die Erleichterung durch ihren Körper fluten.

»Nun, das ließe sich machen«, meinte der Pfarrer dann auch prompt. »Es wär mir eine große Freude.«

Der Graf schüttelte den Kopf, als wolle er gar nicht wissen, warum denn ein Pfarrer einem Weib gern einen Gefallen täte, das, wäre es anders gekommen, jetzt als Hexe vor Gericht stünde.

»Nun gut«, sagte er mit einem Seufzen. »Ich will euch einen Vorschlag machen. Weder in meinem Schloss in Birstein noch hier bin ich meines Lebens sicher in diesen Zeiten. Ich habe darum beschlossen, mich mit meiner Gemahlin in die Festung Hanau zurückzuziehen. Gewiss weiß man dort einen tüchtigen Buchbinder zu schätzen, zumindest will ich ein gutes Wort für dich einlegen. Oder ihr geht nach Frankfurt. Dort mag dein Weib dann auch wieder den Namen führen, auf den sie getauft ist. Ob ihr allerdings eines Tages wieder hierher zurückkehren wollt, das müsst ihr selbst entscheiden. Anraten würde ich es euch nicht. Irgendwann werden die Schweden vielleicht wieder fort sein. Und wer weiß, ob meine guten Büdinger sich dann nicht der Frauen erinnern, die sie jetzt verschonen müssen.«

Lene stieß erleichtert den Atem aus.

»Ich danke Euch von Herzen, Erlaucht«, sagte Velten bewegt. »Wenn ich nur wüsste, wie wir Euch danken können.«

»Oh, da fiele mir schon etwas ein«, meinte Konrad Ernst. Lene hatte den Eindruck, auch er sei erleichtert, dass diese Lösung gefunden worden war. »Euer Weib macht mir und meiner Gemahlin jedes Jahr ein Paar Schuhe, wie nur sie es versteht. Es muss ja keiner wissen, dass ein Weib sie gefertigt hat.«

Lene machte noch einmal einen Knicks und senkte den Kopf. Als sie ihn wieder hob, waren der Graf und der Pfarrer bereits auf dem Weg zur Ladentür. Velten begleitete die beiden Männer und verbeugte sich zum Abschied.

Als er wieder vor ihr stand, warteten sie noch einen Augenblick, wie Kinder, die sichergehen wollen, dass die Eltern vor einem Streich auch außer Hörweite sind. Dann jauchzten sie beide, Velten hob Lene hoch und drehte sie im Kreis.

»Nicht, Velten«, meinte sie. »Wir sind noch nicht verheiratet. Am besten, ich schlaf heut Nacht wieder bei den Kindern.«

Er ließ sie herunter, nahm ihr Gesicht in beide Hände und küsste sie. »Du schläfst bei mir heut Nacht. Wenn ich den Grafen richtig verstanden hab, sind wir ja jetzt verlobt.«

# 33

Der Vater war schon einmal hier gewesen, zu Beginn des Jahres, und allein. Als er danach zurückgekommen war, hatte er nicht viel gesprochen, und seitdem schien es, als sei das Schweigen der Mutter auf ihn übergegangen.

Heute Morgen hatte die Großmutter ihren Stock genommen und verkündet: »Wir gehen in den Berg.«

Der Gang hinauf war ihr schwer geworden, durch die Altstadt, durch das Obertor, den steilen Weg am Bandhaus vorbei, zum Gebück hinauf und den noch steileren Weg durch die Weinberge. Immer wieder hatten sie stehenbleiben müssen und rasten.

Zum ersten Mal seit Monaten hatte Lene sich auf der Straße gezeigt. Wenn einer ihnen begegnet war, hatte sie nur geradeaus geschaut. Sie wollte in den Mienen nicht lesen müssen, wer sich wünschte, die Totgeglaubte sei tatsächlich nicht mehr am Leben.

Endlich waren sie am Fuße des kalkhofschen Weinbergs angelangt, die Großmutter, der Vater, Heinrich, Lene und Velten. Peter hatte nicht mitkommen wollen.

Für lange Zeit würde es das letzte Mal sein, dass sie zusammen hier oben standen. Velten hatte das Haus verkauft. Viel hatte er nicht bekommen dafür. Es gab genug Gebäude in Büdingen, die leerstanden und deren Bewohner Krieg, Pestilenz oder Hexenwahn zum Opfer gefallen waren. Der größte Teil des Hausstandes befand sich bereits in Frankfurt.

Der Rest war verpackt und würde morgen mit Lene, ihrem Ehemann, den Kindern und Veltens Mutter in die große Stadt reisen.

*Wir werden wieder ganz neu anfangen müssen*, hatte Velten gemeint. *Aber da mach ich mir keine Sorgen. Ich kann schaffen. Und die Kalkhoffrauen sind ja tüchtig.*

Lene war mit ihm in Frankfurt gewesen, hatte die winzige Wohnung gesehen, in der sie künftig leben würden, und sie wunderschön gefunden. Unterwegs hatten sie in der Festung Hanau haltgemacht. Dort hatte der ansässige Zusammensprecher sie als Eheleute miteinander verbunden, und der Orleshäuser Pfarrer hatte sie getraut: Velten Eckstein, Buchbinder, und Lene Kalkhof, Witwe des Schuhmachers Contz Schunk.

Heute war der Tag des Abschieds, von so vielem. Und nun ein weiterer.

Noch bevor man im letzten Herbst die Rebpfähle hätte herausziehen und die Reben niederbiegen können, waren die Kroaten gekommen. Heinrich und der Vater hatten sich im Winter manches Mal Sorgen gemacht deswegen. Nun sah Lene zum ersten Mal, was sie schon geahnt und gehört hatte. Gelber Löwenzahn überwucherte alles, deckte zu, was geschehen war. Sonst unterbrachen um diese Jahreszeit ordentliche Reihen von Rebstöcken das gelbe Meer, aus denen die ersten Triebe und Blätter sprossen.

Wie ein Heuschreckenschwarm waren die kaiserlichen Soldaten über die Stadt gekommen, hatten sich genommen, was sie zum Leben brauchten und was ihnen gefiel. Wären sie im Sommer hier gewesen und weitergezogen, hätte es dabei bleiben können. Aber sie waren gekommen, als es bitterkalt war und man jedes Stück Holz brauchte, um sich zu wärmen. Nicht nur die Pfähle hatten sie achtlos herausgezogen und verbrannt, nicht nur die Triebe mit schweren Stiefeln zertrampelt. Das hätte die Lese eines Jahres gekostet oder zumindest einen Teil.

Es sah nach Mutwillen aus, nach grausamem Spiel oder Achtlosigkeit. Sie hatten die Rebstöcke umgehackt, einen nach dem anderen, dass nur noch kleine Stümpfe übriggeblieben waren, kaum eine Handbreit hoch.

Lene stand neben ihrem Vater. Sie wagte nicht, nach seiner Hand zu greifen.

»So was macht man doch nicht«, murmelte der Heinrich. »Haben die denn keinen Wein, da, wo die herkommen?«

Die Großmutter berührte einen der geschundenen Rebstöcke mit ihrem Stecken, mit rauer Zärtlichkeit, als könne sie ihn damit zum Leben erwecken.

»Und, Ewald«, fragte sie. »Was machen wir?«

Ewald Kalkhof sah seine Mutter an. Lene glaubte in seinem Blick die gleiche Verzweiflung zu sehen wie damals, als er mit ihr im Stall gestanden hatte.

Er schüttelte den Kopf.

»Apfelbäume«, sagte die Großmutter. »Ob wir's erleben oder nicht, dass hier der erste Apfel am Baum hängt – es muss doch weitergehen. Du pflanzt hier Apfelbäume.«

Sie nickte noch einmal. Dann wandte sie sich um und begann den Abstieg zurück in die Stadt.

# Schlussbemerkung

»Irgendwann werden die Schweden vielleicht wieder fort sein. Und wer weiß, ob meine guten Büdinger sich dann nicht der Frauen erinnern, die sie jetzt verschonen müssen«, lasse ich Graf Konrad Ernst am Ende des Romans sagen. Und tatsächlich wurden die Büdinger Hexenprozesse unter Amtmann Junker Hartlieb von Walsporn im Jahre 1649 wieder aufgenommen.

Mittlerweile geht man davon aus, dass klimatische Veränderungen (wie wir sie auch in unserer Zeit erleben) eine Hauptursache der Hexenverfolgung darstellten. Die sogenannte Mittelalterliche Warmzeit hatte einige Jahrhunderte zuvor dazu geführt, dass Wein auch in Gegenden angebaut werden konnte, in denen das früher nicht möglich gewesen war. Die sogenannte Kleine Eiszeit, die dann im 15. Jahrhundert einsetzte, brachte hingegen einen allgemeinen Temperaturrückgang. Da diese Zusammenhänge nicht verstanden werden konnten, sah man den Zorn Gottes als Ursache der späten Fröste, der nassen Sommer und der Missernten an und versuchte Vergebung zu erlangen, indem man der biblischen Aufforderung folgte, die »Zauberer« zu vernichten.

Obwohl ich Namen verwendet habe, die im 17. Jahrhundert in Büdingen gebräuchlich waren, sind etwaige Ähnlichkeiten mit damals oder heute lebenden Personen rein zufällig und unbeabsichtigt. Eine der wenigen Ausnahmen bildet Hartlieb von Walsporn. Wo es sich anbot, habe ich möglichst viel von dem, was damals in Büdingen geschah, in die Handlung eingeflochten. Beispiele hierfür sind die beiden kaiserlichen Soldaten, die in Büdingen randalierten und aus der Stadt vertrieben wurden, der Auszug der Schützen nach Langendiebach, das Hochwasser im April 1625, die vergrabene Ritterkette und die Einnahme der Stadt durch kroatische Reiter im Jahre 1634.

Die Tatsache, dass Lene ein Zwilling ist, prädestinierte sie meines Erachtens dafür, ein Wissen wiederzuentdecken, das in der Tat lange verschollen war. In Wahrheit erhielt sich die gerade, nicht fußangepasste Form der Schuhe bis ins 19. Jahrhundert, bei Damenschuhen sogar noch länger. Freiheiten habe ich mir auch bei dem großen Brand in Orleshausen genommen, den ich um ein Jahr vorverlegt habe, sowie bei der Hochzeitsordnung, die Graf Wolfgang Ernst nicht im Jahre 1625, sondern erst 1628 erließ.

Mein Großvater war ehrenamtlicher Stadtführer in Büdingen. Schon als kleines Mädchen lauschte ich an seiner Hand den Geschichten, die er den Touristen erzählte und die ich damals lediglich spannend und gruselig fand.

In Dr. Walter Nieß und Dr. Klaus Peter Decker habe ich zwei hervorragende Experten für die Geschichte Büdingens gefunden, die jederzeit bereit waren, mir freundlich und kompetent Auskunft zu geben. Ich danke Roman Hocke und Dr. Uwe Neumahr von der Agentur AVA International sowie Dr. Frank Zimmer von den Ullstein Buchverlagen für die wunderbare Zusammenarbeit. Besonderer Dank gebührt auch Peter Zinnkann vom Büdinger Stadtarchiv und Gerd Winkmann. Last not least möchte ich mich bei meinem Mann für die Beantwortung historischer Detailfragen (und seine Geduld) bedanken und bei meinen klugen Probeleserinnen Viola Dioszeghy-Krauß, Juliane Korelski, Angelika Kremer, Charlotte Lyne und Sabine Wassermann.

VNICVIQVE DEDIT DOMI-
NVS SVA MVNERA TERRAE.
A°. M.IↃC.XVII.